La proie

Une inconnue dans la tempête

NORA ROBERTS

La proie

BLACK ROSE

HARLEQUIN

Collection : BLACK ROSE

Titre original : NIGHTSHADE

Traduction française de JEANNE DESCHAMP

Ce roman a déjà été publié en juin 1994, 2002, 2006, 2014

HARLEQUIN®
est une marque déposée par le Groupe Harlequin

BLACK ROSE®
est une marque déposée par Harlequin

HARLEQUIN

83-85, boulevard Vincent-Auriol, 75646 PARIS CEDEX 13.

Service Lectrices — Tél. : 01 45 82 47 47

www.harlequin.fr

ISBN 978-2-2803-4585-9 — **ISSN** 1950-2753

Prologue

Drôle de lieu pour une rencontre, songea Colt en saluant l'indic d'un bref signe de tête. La nuit était glaciale, la rue sinistre et des relents de whisky et de mauvaise sueur s'échappaient par la porte entrouverte du Tick-Tock, le bar voisin. Colt s'adossa contre le mur et tira lentement sur son cigare. Il examina d'un regard rapide l'homme qui avait accepté de lui vendre ses renseignements à prix d'or. Wild Bill Billings était un véritable sac d'os, rabougri et laid. Dans la lumière blafarde de l'enseigne qui clignotait au-dessus d'eux, son informateur avait une allure presque comique.

Mais Colt n'était pas d'humeur à sourire. L'affaire qui l'amenait à Denver dans cette rue obscure n'avait rien d'une plaisanterie.

— Vous êtes une vraie anguille, Billings. J'ai bien cru que je n'arriverais jamais à mettre la main sur vous.

Mordillant l'ongle crasseux de son pouce gauche, l'indic scruta les alentours d'un regard méfiant et marmonna :

— Moins on se montre dans cette ville, plus on a des chances de rester en vie longtemps.

Puis il reporta son attention sur Colt et demanda :

— Vous vouliez me voir ?

Colt acquiesça d'un signe de tête, notant au passage que le dénommé Billings transpirait à grosses gouttes.

— Un type comme moi a intérêt à prendre le maximum de précautions, vous comprenez ? Les tuyaux qui vous intéressent, tout le monde ne serait pas capable de vous les refiler. En temps normal, je ne bosse qu'avec une seule personne, quelqu'un de la police que j'ai essayé de joindre toute la journée et qui n'était jamais là.

— J'aime autant me passer du flic. Après tout, c'est moi qui paye, non ? dit Colt en sortant deux billets de cinquante dollars de la poche de sa chemise.

Les yeux luisants, Billings tendit la main pour s'en emparer. Mais Colt maintint l'argent hors de sa portée. Il ne craignait pas de prendre certains risques, mais n'avait pas pour habitude de régler la note avant d'avoir vu la couleur de la marchandise.

— On pourrait causer plus tranquillement en buvant un coup, suggéra Billings en indiquant le bar du menton.

Un rire de femme, aigu, presque hystérique s'échappa par la porte ouverte. Colt observa son compagnon. Billings crevait de peur, c'était manifeste. A la moindre alerte, il détalerait comme un lapin. Et ce serait de nouveau la croix et la bannière pour le retrouver. Si ce type avait des informations valables à lui offrir, il s'agissait de les lui faire cracher. Et vite.

— Dites-moi d'abord ce que vous savez. Je vous offrirai à boire ensuite.

— Vous n'êtes pas d'ici, vous.

— Exact, confirma Colt en haussant les sourcils. Ça pose un problème ?

— A priori, non. Ça pourrait même plutôt vous sauver la peau, au contraire, marmonna Billings en essuyant du revers de la main la sueur qui perlait sur ses lèvres. Car si jamais ils apprennent que… Enfin. Vous avez l'air capable de vous défendre.

— Je me débrouille, dit Colt, laconique, en jetant son fin cigare dont la pointe continua à rougeoyer dans le caniveau. Et maintenant, passons aux choses sérieuses, Billings.

En guise d'acompte, Colt lui remit un premier billet. L'indic s'empara prestement des cinquante dollars et les glissa dans une de ses poches. Mais la satisfaction qui s'était peinte sur son visage fit place soudain à une expression de terreur intense.

Un bruit de pneus crissant sur la chaussée venait de retentir, et Colt, n'écoutant que son instinct de conservation, se jeta sur le sol juste au moment où les premiers coups de feu éclataient dans la nuit.

1

La patience avait toujours été une des qualités majeures d'Althea Grayson.

Après une lourde journée de labeur clôturant une semaine harassante, elle s'était changée sans rechigner pour enfiler une robe de cocktail et des escarpins à talons hauts. Elle avait même enduré sans broncher les discours soporifiques qui se succédaient depuis le début du banquet annuel du Barreau. L'ennui n'avait jamais été un problème pour Althea. Au contraire. Les moments de désœuvrement, elle les utilisait pour se recharger les batteries, au moral comme au physique.

S'il y avait une chose qu'elle tolérait *très mal*, en revanche, c'était qu'on la traite comme un vulgaire objet de consommation courante. Elle faillit bondir lorsque Jack Holmsby glissa une main sous la nappe pour la poser d'autorité sur son genou.

Les hommes étaient si tristement prévisibles.

Althea prit son verre et se pencha à l'oreille de son voisin.

— Jack ?

Sa main glissa plus haut sur sa cuisse.

— Mmm ?

— Si vous n'enlevez pas votre main dans — disons, deux secondes — je l'attaque à coups de fourchette. Et je vous préviens que ce sera douloureux.

Se renversant contre son dossier, elle but une gorgée de vin et lui sourit par-dessus le rebord de son verre.

— Je parle sérieusement, Jack. Vous n'aimeriez pas être privé de tennis pendant un mois, je suppose ?

Mais Jack Holmsby, célibataire convoité, procureur redouté

et invité d'honneur à cette soirée très officielle, n'était apparemment pas homme à reculer devant le premier obstacle. Il parut hautement stimulé au contraire.

— J'aime ton caractère emporté, Thea, chuchota-t-il en lui adressant un clin d'œil subtilement lubrique. Et si on s'esquivait, tous les deux ? On pourrait finir la soirée chez moi.

Il lui murmura à l'oreille quelques propositions imagées, inventives et quasi irréalisables sur le plan anatomique.

Le signal d'appel de son biper dispensa Althea de répondre et évita à Jack de finir sa soirée aux urgences. Plusieurs de ses compagnons de tablée s'agitèrent et tapotèrent leur poche. Althea se leva et sourit.

— Ne cherchez plus, messieurs, l'appel était pour moi. Si vous voulez bien m'excuser quelques instants…

Elle s'éloigna à grands pas pour se diriger vers la rangée de téléphones dans le hall, dévoilant une longue jambe nue à chaque foulée. Toute la tablée la suivit des yeux. Sans être grande, elle avait un corps souple, compact, élastique, avec des courbes voluptueuses qui laissaient peu d'hommes indifférents. Et sa robe de soirée en jersey de soie violet les mettait si savamment en valeur que les pressions artérielles montaient dans la salle.

Habituée à faire sensation, la jeune femme traversa la pièce sans se soucier des regards masculins posés sur elle. Ses préoccupations professionnelles reprenaient le dessus et elle était déjà à des années-lumière du banquet annuel du Barreau.

Dans sa pochette minuscule, elle avait réussi à caser son poudrier, un rouge à lèvres, un peu d'argent et son 9 mm. Pêchant une pièce de monnaie, elle la glissa dans la fente et composa son numéro.

— C'est moi. Grayson. Il y a une urgence ?

La nouvelle qu'on lui communiqua à l'autre bout du fil lui procura un choc inattendu. Repoussant les longs cheveux d'un roux flamboyant qui lui tombaient sur les yeux, elle referma son sac d'un geste brusque.

— OK. Merci de m'avoir avertie. Je me rends immédiatement sur place.

Althea raccrocha et vit Jack Holmsby se hâter dans sa direction. *Attirant, ce garçon*, se dit-elle en l'examinant d'un œil connaisseur. Vu de l'extérieur, il avait tout pour plaire. Dommage que l'intérieur soit aussi décevant !

— Désolée, Jack. Mais je vais devoir vous fausser compagnie.

Le procureur fronça les sourcils. Il l'avait manifestement incluse dans ses projets pour la nuit et ce contretemps semblait le contrarier au plus haut point.

— Franchement, Thea, vous aviez promis de me consacrer cette soirée. Vous ne pourriez pas demander à l'un de vos collègues de vous remplacer, pour une fois ?

Sans l'ombre d'une hésitation, Althea secoua la tête. Le travail, pour elle, avait toujours constitué une priorité absolue.

— Impossible, Jack, trancha-t-elle en tournant les talons.

Tenace, il lui emboîta le pas et sortit du bâtiment à sa suite. La nuit d'automne les enveloppa de sa fraîcheur humide.

— Et pourquoi ne pas venir me retrouver ici quand vous aurez terminé ? proposa Jack. Nous reprendrons là où nous nous sommes arrêtés.

— Il n'y a rien à reprendre, pour la bonne et simple raison que nous n'avons rien commencé, rétorqua-t-elle en confiant son ticket au chasseur à l'entrée. Et je n'ai aucune intention de démarrer quoi que ce soit avec vous.

Elle soupira lorsque Jack noua ses bras autour d'elle.

— OK, parlons franc, Thea : n'essayez pas de me faire gober que vous êtes venue ce soir pour le plaisir d'avaler de médiocres travers de porc en écoutant des avocats discourir...

Il se pencha vers elle et souffla tout contre ses lèvres :

— Tu n'as pas mis une robe comme celle-ci pour me

tenir à distance, mais pour m'exciter. Et tu as pleinement réussi. Tu ne vas pas t'arrêter en si bon chemin, ma belle...

Althea sentit la moutarde lui monter au nez. Jack pâlit lorsqu'elle lui enfonça un coude dans les côtes. Se dégageant d'un mouvement vif, elle recula d'un pas.

— Vous voulez savoir pourquoi j'ai accepté de vous accompagner à ce banquet, Jack ? Parce que je vous respecte sur le plan professionnel et que j'espérais que nous passerions un moment agréable ensemble. Quant à mon choix de vêtements, il ne concerne que moi, Holmsby. Mais retenez tout de même une chose : je m'habille pour me faire plaisir. Jamais pour me faire tripoter sous la table ni pour servir de déversoir aux fantasmes pornographiques de tout un chacun.

Sans aller jusqu'à crier, elle n'avait pas pris la peine de baisser la voix pour autant. Jack ajusta son nœud de cravate en regardant nerveusement autour de lui.

— Althea ! Mettez une sourdine, voulez-vous ? Un peu de respect pour ma réputation.

— Le respect ? Vous ne croyez pas que c'est précisément ce dont vous m'avez manqué ce soir ? rétorqua-t-elle d'une voix suave en se penchant pour remettre un pourboire au chasseur qui arrivait au volant de sa voiture.

Sous le regard ébloui de l'employé, elle se glissa au volant de sa Mustang décapotable et sourit au procureur.

— Bonsoir, Maître. Et au plaisir.

Saluant Jack d'un signe de tête, elle passa une vitesse et l'élégant cabriolet bondit en avant.

A la campagne, comme à la ville, au fin fond d'une banlieue grise ou dans un pré d'herbe verte, une même ombre rôdait immanquablement sur les lieux d'un crime : celle de la mort. Forte de ses dix années d'expérience dans la police, Althea avait appris à l'identifier et à dominer le malaise qu'elle suscitait. Elle avait besoin d'avoir la tête claire pour conduire son enquête avec calme et rigueur.

En arrivant à proximité du Tick-Tock, elle vit que des barrières avaient été placées pour arrêter la circulation. L'activité habituelle régnait autour du corps qui gisait toujours sur le trottoir. Le photographe de la police venait de prendre un dernier cliché et commençait à remballer son matériel.

Trois voitures de patrouille, noires et blanches, bloquaient la rue, avec gyrophares tournants et radios crachotantes. Comme toujours, un attroupement s'était formé et les curieux s'agglutinaient devant les barrières pour tenter d'avoir un aperçu du cadavre. La mort attirait toujours les spectateurs. Rien de tel que de se frotter à elle pour sentir la vie couler un peu plus fort dans ses veines.

Frissonnant dans la nuit d'automne, Althea drapa une étole de soie verte autour de ses épaules et descendit de sa Mustang. Elle montra son insigne au policier chargé de contenir la foule et se glissa sous la barrière. Avec un soupir de soulagement, elle reconnut Sweeney, un vieux de la vieille qui arborait l'uniforme de la police de Denver depuis presque trente ans. Il s'avança à sa rencontre.

— C'est une sale affaire, inspecteur.

Il sortit un mouchoir de sa poche et se moucha bruyamment.

— Comment est-ce arrivé, Sweeney ?

— Des coups de feu ont été tirés d'une voiture en marche. La victime était en train de discuter devant le bar. D'après les témoins, le véhicule arrivait par le haut de la rue. Le trottoir a été arrosé de balles, puis la voiture a accéléré de nouveau. Ils ne se sont pas arrêtés, évidemment.

Althea hocha la tête. L'odeur du sang flottait encore dans l'air même si elle commençait à s'atténuer.

— Il y a eu des blessés ?

— Non. Juste quelques éclats de verre pour les consommateurs qui se trouvaient près de la porte. Les meurtriers savaient ce qu'ils faisaient, apparemment.

Sourcils froncés, Sweeney contempla l'homme gisant sur le trottoir. Il secoua la tête.

— Il n'avait aucune chance d'en réchapper. Je suis désolé, inspecteur.

— Pas tant que moi.

Althea alla s'accroupir un instant près de la victime. De son vivant, déjà, Billings n'occupait pas beaucoup de place. Mais mort, étalé sur les pavés tachés de sang, il paraissait encore un peu plus maigre, un peu plus triste, un peu plus laid.

Wild Bill Billings… Proxénète à ses heures, un peu truand sur les bords. Et indicateur de police à plein temps.

Son indic.

— Et le médecin légiste ?

— Il est déjà passé, déclara Sweeney. Il ne nous reste plus qu'à expédier l'ami Bill à la morgue.

— Alors, faites ce que vous avez à faire, murmura Althea en prenant congé de Billings d'un ultime regard. Vous avez la liste des témoins ?

— Ouais. Sans intérêt, pour la plupart. La voiture était bleue pour les uns, noire pour les autres. L'un des piliers de bistrot a entrevu un chariot en flammes surgi tout droit de l'enfer. Et tout à l'avenant.

Sweeney conclut ce compte rendu plutôt désolant par une série de jurons musclés. Althea qui en avait entendu d'autres ne se formalisa pas de ses écarts de langage.

— On fera avec ce qu'on a, murmura-t-elle en tournant la tête.

Scrutant la foule du regard, elle ne détecta rien d'inhabituel : les éternels poivrots rivés au bar, une bande d'adolescents en quête de sensations fortes, quelques SDF figés dans une attitude hébétée et…

Althea ressentit une vibration étrange, comme un picotement qui se propageait sur toute la surface de sa peau. L'homme sur lequel s'était arrêté son regard n'avait pas les yeux ronds comme la plupart de ses voisins. Il ne paraissait ni révulsé ni excité par la scène sanglante qui venait de se produire. Debout près du comptoir, les bras croisés sur la poitrine, il attendait la suite des événements sans montrer d'anxiété particulière. Althea nota le bomber en cuir ouvert sur une chemise en jean, la médaille d'argent sur sa poitrine. Il était grand, sans être dégingandé, plutôt athlétique, manifestement à l'aise dans son corps. Dans la lumière jaunâtre du bar, elle ne put distinguer si ses cheveux étaient blond foncé ou châtain clair. Mais ils étaient abondants, légèrement ondulés, plutôt plus longs que la moyenne.

Un fin cigare fiché entre les lèvres, il regardait autour de lui avec une expression indéchiffrable. Malgré l'absence de lumière, on le devinait hâlé. Ses traits étaient nets, hardis, anguleux. Les yeux légèrement enfoncés, le nez long et assez mince. Sa bouche dégageait une impression d'ironie, comme s'il se moquait silencieusement du monde.

D'instinct, Althea reconnut un pro, même s'il lui était difficile de le situer exactement. Elle voulut sonder ses traits avec plus d'attention lorsque le regard de l'homme rencontra le sien. L'impact lui fit l'effet d'un coup de poing dans le ventre.

Elle tourna la tête vers son compagnon.

— Et ce type là-bas, Sweeney ?

— Lequel ?

Sweeney regarda dans la direction qu'elle lui indiquait et le vieux policier eut un discret sourire.

— Ah, celui-là. C'est le témoin principal. La victime était en pleine discussion avec lui juste avant de se faire descendre.

Du coin de l'œil, Althea nota que l'équipe du coroner procédait à l'enlèvement du corps.

— De tous les témoins, c'est le seul à présenter un récit à peu près cohérent, précisa Sweeney.

Il sortit un carnet de sa poche, se mouilla l'index et le feuilleta en fronçant les sourcils.

— Voyons… Il a pu identifier le véhicule. Il s'agirait d'après lui d'une Buick noire, modèle 91, immatriculée dans le Colorado. Il n'a pas eu le temps de relever le numéro des plaques car la scène s'est déroulée trop vite et le témoin était très occupé, selon ses propres dires, « à essayer de sauver sa peau ». Le véhicule, d'autre part, roulait tous feux éteints. Il dit qu'au son, l'arme du crime pourrait être un AK-47.

— Tiens, tiens. Ce monsieur a de l'oreille, on dirait, commenta Althea en se tournant vers le témoin. Je vais peut-être…

Elle s'interrompit en voyant son supérieur hiérarchique pénétrer dans le bar. Boyd se dirigea en droite ligne vers l'homme au cigare, secoua la tête puis afficha un grand sourire. Les deux hommes se donnèrent l'accolade et se tapèrent longuement dans le dos.

Althea observa ces démonstrations d'amitié avec une curiosité qu'elle se promit de satisfaire à la première occasion. Puis elle se tourna vers Sweeney.

— Bon, changement de programme… J'abandonne notre témoin principal aux mains du commissaire pour le moment. Finissons-en ici, Sweeney. La nuit promet d'être longue.

Colt n'avait pas quitté la jeune femme des yeux depuis le moment où il avait vu la portière de la Mustang s'ouvrir, révélant une paire de jambes sculpturales. Inutile de préciser qu'il avait apprécié le spectacle. Sa façon de se mouvoir, surtout, lui avait plu. La superbe rousse se déplaçait avec une grâce qui n'avait rien d'ostentatoire. Il y avait chez elle une souplesse, une économie dans le geste qui constituaient un régal pour les yeux.

La demoiselle avait une plastique à laquelle on ne pouvait rester insensible. Elle n'était pas grande, pourtant. De taille moyenne, mais proportionnée à la perfection, elle dégageait une vitalité étonnante. L'éclat solaire de sa chevelure offrait un contraste frappant avec la pâleur de sa carnation, la grande finesse de ses traits.

Malgré la fraîcheur de la nuit, Colt se surprit à caresser quelques pensées particulièrement brûlantes. Ce qui n'était pas la pire façon de tuer le temps en attendant qu'on l'autorise enfin à poursuivre son chemin. La patience n'avait jamais été son fort et se trouver là, au point mort, avec un informateur définitivement réduit au silence n'arrangeait pas spécialement ses affaires.

Colt ne fut pas surpris de voir la jeune femme brandir une carte professionnelle pour franchir le cordon de sécurité. Au premier coup d'œil, à voir son allure, il avait pensé à une avocate ou à une journaliste. Il alluma un cigare et comprit qu'il s'était trompé lorsqu'elle entra en discussion avec Sweeney.

Flic. Cette fille était flic jusqu'au bout des ongles. Cela se voyait rien qu'à la façon dont elle observait la scène.

Environ trente ans. Un mètre soixante-cinq à peu près, et un physique à damner un saint. Colt siffla mentalement entre ses dents. Si tous les flics avaient un gabarit comme celle-ci, il voulait bien être soumis à des arrestations régulières.

Le spectacle du corps criblé de balles de l'indic ne lui inspirait, en revanche, aucune émotion particulière. Colt ne voyait qu'une chose : Billings avait été réduit au silence avant de pouvoir lui fournir les tuyaux promis. Mais Colt Nightshade n'était pas homme à se laisser arrêter par un cadavre. Il contournerait l'obstacle et trouverait un autre moyen pour arriver à ses fins.

Comme il réfléchissait à des pistes possibles, il sentit soudain le regard de la femme peser sur lui. Il tira sur son cigare et tourna les yeux vers elle en rejetant sa fumée. Sa première réaction fut épidermique, intensément sexuelle et plutôt inhabituelle. La seconde ne fut pas seulement inhabituelle mais sans précédent : il eut l'impression qu'un vide sidéral se creusait soudain en lui, laissant son esprit lisse et immobile comme un miroir. Il vacilla. Comme aimantée à son tour, elle fit un pas dans sa direction.

Il était dans un tel état de distraction que Boyd put s'approcher de lui, sans qu'il sente sa présence dans son dos.

— Colt ! Vieille fripouille !

Prêt à bondir, Colt pivota sur lui-même. Un large sourire

éclaira ses traits lorsqu'il reconnut l'homme qui se tenait devant lui.

— Fletch !

Colt n'avait jamais eu peur d'être démonstratif avec ses vrais amis. Sans une hésitation, il serra Boyd dans ses bras. Puis, les mains en appui sur ses épaules, il recula d'un pas, curieux de découvrir les transformations qui s'étaient opérées depuis dix ans qu'ils ne s'étaient pas revus. Mais le temps n'avait pas opéré de ravages sur Boyd Fletcher. Au contraire.

— Toujours aussi beau gosse, l'ami.

— Et toi, tu as toujours ton allure de baroudeur. Bon sang ! Je suis content de te voir, tu sais. Ça fait longtemps que tu es arrivé à Denver ?

— Il y a deux jours. Je voulais d'abord régler un truc ou deux avant de me manifester.

Boyd jeta un regard au cadavre que l'on chargeait dans le véhicule du coroner.

— Et Billings faisait partie des « trucs » que tu avais à régler ici ?

— On peut dire ça comme ça, oui. Merci d'avoir réagi aussi rapidement à mon coup de fil, Boyd. J'apprécie que tu sois venu à la rescousse.

— Tu aurais fait la même chose à ma place, répondit Boyd en saluant sa collègue rousse d'un signe rapide de la main. Mais à qui s'adressait ton appel, Colt ? A l'ami ? Au flic ?

Colt jeta son cigare et l'écrasa d'un coup de talon.

— Disons que ça tombe bien que tu sois l'un et l'autre.

— C'est toi qui as tué ce type ?

La question avait été posée avec une telle décontraction que Colt ne put s'empêcher de sourire.

— Non.

Boyd hocha la tête.

— Tu as l'intention de me raconter ton histoire ?

— De bout en bout.

— Parfait. Tu m'attends une seconde dans la voiture ? J'arrive tout de suite.

— *Commissaire* Fletcher ! Eh bien... Mes félicitations.

Colt secoua la tête en riant. Les pieds calés sur le bureau de Boyd, il se sentait en grande forme malgré l'heure tardive et la qualité innommable du café tiré du distributeur.

— Et toi, Colt ? Je croyais que tu étais rangé des voitures et que tu élevais sagement des chevaux et du bétail dans le Wyoming ?

— Je suis éleveur, oui. A mes heures.

— Et tes études de droit ?

Il rit doucement.

— Mon diplôme doit traîner dans un tiroir quelconque.

— Tu as démissionné de l'armée de l'air, alors ?

Colt haussa les épaules.

— Disons que je pilote toujours mais que je ne porte plus l'uniforme. Et cette pizza ? Quand pouvons-nous compter la voir arriver ici, à ton avis ?

— Juste le temps qu'il faudra pour qu'elle refroidisse et devienne immangeable, répondit Boyd en se renversant contre son dossier.

Colt contempla son ami avec affection. On le sentait à l'aise dans son bureau, comme il était à l'aise dans la rue, à l'aise dans la vie. Malgré la longue coupure, il retrouvait sa complicité avec Boyd intacte, comme s'ils s'étaient quittés dix minutes — et non pas dix ans — plus tôt.

— Et le gars qui a tiré ? Tu n'as rien vu ?

Colt eut un petit rire.

— Tu me prends pour qui, Fletch ? Superman ? C'est déjà pas mal que j'aie réussi à identifier le véhicule avant de plonger au sol. Cela dit, je reconnais que mon témoignage n'apporte pas grand-chose. Ils devaient opérer à bord d'une voiture volée.

— Je suppose que nous allons le savoir bientôt : l'inspecteur

Grayson a diffusé le signalement du véhicule. En attendant, si tu m'expliquais ce que tu fabriquais dans une rue noire de Denver, à causer avec un indic ?

— Billings avait pris contact avec moi dans l'après-midi. J'avais...

Colt s'interrompit lorsque la jeune femme rousse — toujours en robe du soir — fit irruption dans le bureau. Elle n'avait pas pris la peine de frapper et brandissait un carton plat.

— Hé, là-bas. C'est pour vous, la pizza ?

Posant le carton sur le bureau de Boyd, elle tendit la main, paume ouverte.

— Tu me dois dix dollars, Fletcher. Et je te conseille de régler ta dette sans traîner.

Avec un léger sourire, Boyd fit les présentations.

— Althea Grayson. Colt Nightshade. Colt est un vieil ami, précisa-t-il en tirant un billet de son portefeuille.

Althea rangea les dix dollars dans son sac avant de le gratifier d'un signe de tête.

— Enchantée, monsieur Nightshade.

— Et moi donc, mademoiselle Grayson.

— *Inspecteur* Grayson, rectifia-t-elle.

Soulevant le couvercle du carton à pizza, elle examina le contenu d'un œil critique et finit par choisir sa part.

— Vous étiez présent sur les lieux du crime, je crois ? observa-t-elle d'un ton désinvolte en plongeant son regard mordoré dans le sien.

— C'est exact.

Reposant les pieds au sol, il se pencha sur le carton pour se servir à son tour. Au passage, il capta une bouffée du parfum d'Althea. Un bouquet de fragrances fleuries, autrement plus affriolant que l'odeur de chorizo et de fromage fondu qui se dégageait de la pizza refroidie.

La jeune femme revint à la charge.

— Vous pourriez m'expliquer, monsieur Nightshade, en

quel honneur vous vous êtes fait tirer dessus en compagnie de mon indic ?

Colt fronça les sourcils.

— *Votre* indic ?

— Exactement. *Mon* indic…

Althea examina Colt Nightshade de près tout en se tapotant les lèvres avec une serviette. Si ses cheveux hésitaient entre le blond et le châtain, ses yeux, eux, semblaient être à mi-chemin entre le bleu et le vert. Et le regard qu'il posait sur elle en cet instant était plus froid que le vent d'automne qui s'acharnait sur la fenêtre.

— Billings m'a confié qu'il avait essayé de joindre son contact dans la police depuis ce matin, observa-t-il sèchement. En vain.

— J'étais occupée sur le terrain.

Colt gratifia sa robe de soirée d'un regard appuyé.

— Sur le terrain ? C'est ce que je vois, en effet, acquiesça-t-il avec une ironie non dissimulée.

— L'inspecteur Grayson travaille sur une affaire de drogue assez compliquée en ce moment, trancha Boyd. Et maintenant, les enfants, si nous repartions du début ?

— OK pour moi.

Althea reposa sa part de pizza à moitié entamée et retira son étole. Colt dut serrer les mâchoires pour ne pas rester bouche bée et la langue pendante, comme un parfait demeuré. Lorsqu'elle se détourna pour poser son châle, il eut l'occasion de découvrir son dos dénudé jusqu'en dessous de la taille. Un dos droit, mince et souple, au pouvoir singulièrement érotique.

Reprenant sa pizza, Althea alla se percher sur un coin du bureau de Boyd. Colt encaissa le choc. Elle était parfaitement consciente de l'impact qu'elle avait sur les hommes, en plus. Il le voyait dans ses yeux — à cette lueur à peine perceptible de satisfaction et de défi qui s'allumait dans son regard. Pour Colt, rien d'étonnant. Il avait toujours été persuadé que les femmes connaissaient — et exploitaient — leur propre pouvoir de séduction à la perfection. Mais Althea Grayson disposait pour cela d'un arsenal particulièrement bien fourni.

— Que faisiez-vous ce soir avec Wild Bill, monsieur Nightshade ?

— Nous parlions, répondit Colt, laconique.

Il aurait pu être plus explicite mais il était trop occupé à essayer de deviner quel type de relation son ami Boyd entretenait avec la belle inspectrice rousse. Il avait beau les observer, cependant, impossible de percevoir le moindre soupçon d'attirance entre eux. Etonnant.

— Et de quoi parliez-vous donc, Bill et vous ?

Elle continuait à l'interroger d'une voix patiente et douce, comme si elle avait affaire à un attardé mental.

— La victime était l'informateur de Thea, lui rappela Boyd. Si elle veut s'occuper de l'affaire…

— C'est le cas.

— … Je lui confie le dossier.

Pour se donner un temps de répit supplémentaire, Colt prit une seconde part de pizza. Il savait qu'il n'avait pas le choix mais il n'en renâclait pas moins devant l'épreuve : s'il y avait une chose qu'il détestait depuis toujours, c'était bien d'avoir à demander de l'aide.

— Il m'a fallu deux jours pour mettre la main sur Billings, précisa-t-il.

L'opération lui avait également coûté deux cents dollars, avec toutes les pattes qu'il avait fallu graisser au passage. Mais il n'était pas homme à faire des comptes avant d'être allé jusqu'au bout de la tâche qu'il s'était fixée.

— Lorsque Billings s'est présenté au rendez-vous, il paraissait très nerveux, poursuivit-il en se levant pour arpenter le bureau. Il était réticent et a fait remarquer à plusieurs reprises qu'il aurait préféré passer par l'intermédiaire de son contact dans la police.

Il observa Althea et comprit qu'elle luttait contre l'épuisement. Les signes, cela dit, étaient à peine perceptibles : une infime lourdeur des paupières, la ligne légèrement voûtée d'une épaule, une ombre impalpable sous ses yeux mordorés au regard intelligent.

— Je suis désolé que vous ayez perdu votre informateur, inspecteur. Mais je crois que votre présence auprès de lui ce soir n'aurait rien changé.

Althea soupira.

— C'est possible. Nous n'aurons jamais la réponse définitive à cette question, alors à quoi bon la poser ?

Elle redressa la taille. Comme si elle essayait de se redonner du courage. Et revint aussitôt à la charge :

— Et quel genre de tuyaux espériez-vous obtenir de Bill ?

— Il y avait une fille qui travaillait pour lui, dans le temps. Elle se faisait appeler Jade. Ce nom vous dit quelque chose ?

Althea réfléchit un instant puis hocha la tête.

— Oui, je vois. Petite. Blonde. Un visage de poupée. De temps en temps, je la croisais au poste, lorsqu'elle se faisait arrêter pour racolage sur la voie publique. Il faudra que je vérifie mais il me semble que ça fait quatre ou cinq semaines, maintenant, qu'on ne la voit plus sur le trottoir.

Colt alla tirer un second café au distributeur.

— Et pour cause. Il y a un peu plus d'un mois, Billings lui a trouvé un job d'actrice.

Il porta le breuvage à ses lèvres et fit la grimace.

— Evidemment, il ne s'agit pas d'un rôle de star à Hollywood. Jade tourne pour des compagnies parallèles spécialisées dans le porno. Les cassettes sont destinées à une clientèle privée. Des gens qui ont les moyens de s'acheter ce genre de choses. Des amateurs fortunés.

Avec un haussement d'épaules, Colt reprit sa chaise.

— Tant qu'il s'agit d'adultes consentants, il n'y a rien à redire. Même si, personnellement, je préfère vivre ma sexualité directement plutôt que par écran interposé.

— Vos préférences sexuelles ne sont pas vraiment à

l'ordre du jour, monsieur Nightshade, intervint Althea de sa voix suave.

— Oh, je vous en prie, inspecteur. Ne m'appelez pas « monsieur ». Puisque nous abordons un sujet aussi chaud, vous et moi, laissons tomber les formes.

Il se renversa contre son dossier et l'observa entre ses paupières mi-closes. Pour des raisons qu'il préférait ne pas prendre le temps d'explorer, il ne pouvait s'empêcher de la provoquer. Mais sans grand résultat jusqu'à présent. Comme Althea restait de marbre, il reprit plus sérieusement :

— Pour en revenir à Jade, donc, il semble qu'elle n'ait pas poursuivi très longtemps sa nouvelle carrière. Quelque chose lui a fortement déplu dans son boulot et elle a décidé de prendre le large sans demander son reste. Je ne sais pas si elle fait partie de ces prostituées au grand cœur comme on en rencontre dans les romans. Mais une chose paraît certaine : cette fille a une conscience. Elle s'est arrangée pour faire parvenir une lettre à un couple, M. et Mme Cook… Frank et Marleen, précisa-t-il à l'intention de Boyd.

— Marleen ? s'exclama ce dernier.

— Eh oui ! Là encore, il s'agit de vieux amis, inspecteur. Il y a une éternité, Mme Cook et moi avons eu une relation de nature assez… intime. Mais comme cette jeune femme a la tête sur les épaules, elle a pris la sage résolution d'épouser mon ami Frank, de s'installer à Albuquerque et de lui faire deux beaux enfants.

Dans un léger froufrou de soie, Althea croisa les jambes. Sur la poitrine de Colt, reposait une médaille de saint Christophe, patron des voyageurs. *M. Nightshade éprouverait-il le besoin d'une protection spirituelle ?* se demanda-t-elle, mi-amusée, mi-intriguée.

Elle lui jeta un regard lourd d'ironie.

— Je ne doute pas que vous ayez eu une vie sentimentale riche, monsieur Nightshade. Mais ces touchants souvenirs ont-ils un rapport, même lointain, avec le sujet qui nous préoccupe ?

— Rassurez-vous, inspecteur, vous allez bientôt comprendre où je veux en venir.

Nightshade sortit un cigare de sa poche et tapota son blouson à la recherche d'un briquet. Althea nota qu'il avait de belles mains, avec des doigts étonnamment longs et élégants.

— Il y a environ un mois, la fille aînée de Marleen, Elisabeth… Tu te souviens de Liz, Fletch ?

Boyd secoua la tête.

— La dernière fois que je l'ai vue, elle portait des couches-culottes et se déplaçait à quatre pattes. Quel âge a-t-elle, maintenant ? Douze ans ?

Colt approcha la flamme de son cigare et aspira profondément la fumée.

— Tout juste treize. Mais on lui donnerait facilement trois ou quatre années de plus. Et c'est une beauté, comme sa mère. Mais pour son malheur, elle a également hérité du caractère impossible de Marleen. Il y a quelque temps, un conflit l'a opposée à ses parents. Un problème banal et sans importance, comme il en survient dans n'importe quelle famille. Mais Liz a pris la mouche. Elle a jeté quelques affaires dans un sac à dos…

— … et s'est sauvée de la maison, conclut Althea.

La mentalité des enfants fugueurs, elle la connaissait bien. Trop bien, même.

— Liz a fugué, en effet, acquiesça Nightshade. Inutile de préciser que Frank et Marleen vivent un enfer. Ils ont averti la police, bien sûr, mais vos collègues d'Albuquerque n'ont pas été fichus de retrouver la trace de la gamine. En désespoir de cause, les Cook ont fini par m'appeler, il y a dix jours.

— Pourquoi vous, spécialement ? s'étonna Althea.

— Je vous l'ai déjà dit. Nous sommes amis.

— Ah oui ? Vous êtes le genre d'ami qui ne recule devant aucun sacrifice. C'est une habitude chez vous de planter là toutes vos occupations du moment pour sillonner le pays, pourchasser des proxénètes introuvables et vous faire canarder devant des bars louches ? C'est chouette de vous avoir comme camarade, monsieur Nightshade.

Colt songea qu'elle était décidément très douée pour le sarcasme. Une arme de plus à ajouter à son arsenal.

— Disons, inspecteur, qu'il m'arrive de rendre service aux gens.

— Vous êtes détective privé ?

Il contempla songeusement le bout rougeoyant de son cigare.

— Cela m'arrive parfois. Toujours est-il que je me suis mis à la recherche de Liz en posant quelques questions ici et là. J'ai fini par trouver une trace qui m'a mené vers le Nord. Et c'est là que Frank et Marleen ont reçu ce courrier de la dénommée Jade.

Coinçant le cigare entre ses dents, il sortit une feuille de papier à lettre pliée en quatre de la poche de sa chemise.

— Tenez, lisez-la vous-même. Cela nous fera gagner du temps.

Il tendit à Boyd la feuille de papier mauve parfumée, parsemée de petites fleurs. Althea alla se placer derrière son supérieur hiérarchique et, la main posée sur son épaule, se pencha pour déchiffrer la missive en même temps que lui.

Intrigué de les voir si proches, Colt continuait à les observer avec attention. Mais le geste, pour intime qu'il fût, était curieusement dépourvu de sensualité. Il dénotait plutôt une grande confiance réciproque qu'une attirance quelconque.

Althea lisait en même temps que Boyd, fronçant les sourcils à mesure qu'elle progressait dans sa lecture :

« Chers monsieur et madame Cook,

« J'ai rencontré votre fille Liz à Denver. C'est une gamine vraiment super. Je sais qu'elle regrette maintenant d'avoir quitté la maison et qu'elle reviendrait volontiers si elle le pouvait. Je pensais l'aider moi-même mais j'ai été obligée de quitter la ville en quatrième vitesse. Il faut que vous sachiez que Liz est en danger. Je serais bien allée voir la police mais je ne suis pas très rassurée. Et de toute façon, ils refuseraient d'écouter une fille comme moi.

« Liz n'est pas faite pour le métier mais ils refusent de la laisser partir. Elle est jeune et très jolie et je pense que leurs films leur rapportent un joli paquet de pognon. Moi, le tapin, je connais. Ça fait cinq ans que je pratique. Mais les trucs qu'ils nous demandent de faire devant une caméra, c'est l'horreur. Je crois même qu'ils ont tué l'une des filles qui tournaient avec moi. C'est pour ça que je me suis sauvée quand l'occasion s'est présentée. Liz a réussi à me faire passer votre adresse et elle m'a demandé de vous écrire pour vous dire qu'elle regrette de s'être disputée avec vous. Il faudrait que vous vous arrangiez pour la sortir de là très vite, avant qu'il ne lui arrive un gros pépin.

« Jade. »

« P-S : Ils ont un grand chalet dans les montagnes où ils tournent leurs films. Pour d'autres scènes, ça se passe dans un appartement, sur la Seconde Avenue. »

Un silence de plomb tomba dans le bureau. La main de Boyd trembla lorsqu'il posa la lettre sur sa table de travail. Althea songea qu'il avait lui-même une fille de six ans. Elle vit ses poings se crisper lorsqu'il tourna les yeux vers son ami d'enfance.

— Pourquoi avoir attendu deux jours pour venir m'en parler ?

— J'ai l'habitude de bosser seul.

Colt tira une dernière bouffée de son cigare et soupira en l'écrasant dans le cendrier.

— Désolé, Boyd. Je serais venu te trouver de toute manière. Mais je voulais d'abord rassembler quelques éléments. J'avais obtenu le nom du proxénète de Jade et je pensais d'abord lui tirer les vers du nez.

— Bill est mort maintenant, commenta Althea d'une voix neutre, le regard rivé sur la fenêtre.

Colt examina son profil détourné. Ce n'était pas seulement de la colère et de la révolte qui émanaient d'elle. Elle était clairement abattue par la disparition brutale de son indic.

— Sa brève rencontre avec moi a marqué la fin de sa carrière, en effet. La nouvelle que j'étais à sa recherche a dû se répandre. Et ils ont découvert d'une façon ou d'une autre qu'il avait accepté de me parler. Ce qui me conduit à penser que les ordures auxquelles nous avons affaire ont un solide réseau d'informateurs. Et que ces gens tuent à peu près aussi facilement qu'ils respirent.

— C'est à la police de prendre cette affaire en main, Colt, fit remarquer Boyd calmement.

Il hocha la tête.

— Je ne dis pas le contraire. Mais c'est aussi une histoire qui me concerne dans la mesure où j'ai juré à Frank et à Marleen que je leur ramènerais leur fille. Je vais continuer à chercher, Fletch. Aucune loi ne l'interdit. Je représente les Cook, en l'occurrence. On dira que je suis leur avocat si on nous questionne de trop près.

Althea l'examina avec un regain d'intérêt.

— C'est donc ça votre vraie profession ? Vous êtes un homme de loi ?

— A mes heures, rétorqua Colt, laconique, avant de reporter son attention sur Boyd. Mon but n'est pas de vous mettre des bâtons dans les roues. C'est une collaboration que je propose, au contraire. Tout ce que je veux, c'est que cette gamine puisse rentrer chez elle. Je suis prêt à coopérer à cent pour cent. A condition que ce soit réciproque, bien sûr.

Un imperceptible sourire se dessina sur les lèvres de Colt. Comme s'il se moquait vaguement de lui-même.

— Ce n'est pas mon truc de travailler en équipe, Boyd. En temps normal, je préférerais crever la bouche ouverte plutôt que de demander de l'aide. Mais aujourd'hui, je suis prêt à faire exception. Donne-moi l'un de tes hommes. Ton meilleur élément. A deux, nous progresserons plus vite. Et tirons Liz de là avant qu'il ne soit trop tard.

— Colt..., dit Boyd d'un air ennuyé. Tu sais que c'est totalement contraire au règlement, ce que tu me demandes là ?

Il se massa la racine du nez et hésita un long moment. Puis, avec un haussement d'épaules, il désigna Althea.

— Tu veux mon meilleur élément ? Le voilà. Et maintenant, débrouillez-vous tous les deux.

2

Tant qu'à être obligé de traîner un équipier, autant en avoir un qui soit roulé comme une déesse grecque, se disait Colt, philosophe. De toute façon, il n'avait pas tant l'intention de travailler *avec* Althea que *grâce* à elle. L'autorité que lui conférait sa fonction pouvait être sacrément commode dans une enquête. Elle lui servirait de laissez-passer. Et pour le reste, il se débrouillerait seul, comme d'habitude.

Cela dit, il tiendrait parole puisqu'il s'était engagé à coopérer. Il communiquerait à sa partenaire toutes les informations qu'il parviendrait à glaner. Mais il doutait qu'elle soit capable de tirer un quelconque parti des éléments qu'il lui apporterait.

Des flics, il en avait déjà vu à l'œuvre. Par dizaines, même. Mais ceux dont il respectait les compétences se comptaient sur les doigts de la main. Boyd, évidemment, faisait partie du nombre. Mais qu'attendre de sa jolie inspectrice rousse ? Guère plus qu'un plaisir visuel ainsi que l'aide ponctuelle que lui vaudrait son insigne.

Quoique... Avec son côté caustique, elle devait être redoutable dans les interrogatoires. Et ce n'était peut-être pas la moindre de ses qualités. Boyd, après tout, l'avait désignée comme son meilleur élément.

Colt regarda l'horloge au tableau de bord de son 4x4 et fit la grimace. La matinée était déjà un peu trop avancée à son goût. Mais il se sentait reposé et prêt à mettre les bouchées doubles après avoir dormi comme une souche pendant six heures d'affilée. Il ne s'était pas fait prier lorsque Boyd lui avait proposé de quitter son hôtel et de s'installer chez lui pendant la durée de son séjour à Denver. Colt avait un faible pour les familles. Enfin… celles des autres, en tout cas. Et il avait été curieux de découvrir quel genre de femme Boyd avait épousée.

Il s'en était toujours voulu d'avoir manqué le mariage de son ami. Même s'il n'était pas friand de ce genre de cérémonies, il aurait fait le déplacement sans hésiter. Mais à l'époque, il avait été retenu à Beyrouth, pris dans une chasse aux terroristes particulièrement trépidante.

Sa rencontre avec Cilla, la veille au soir, l'avait conforté dans ses regrets d'avoir laissé passer toutes ces années sans avoir repris le contact. Il avait été enchanté par la femme de son ami. Loin de s'offusquer de voir son mari arriver à 2 heures du matin avec un parfait inconnu, elle l'avait accueilli sans sourciller. En l'installant dans la chambre d'amis, elle l'avait prévenu que ses trois terreurs le tireraient sûrement de son sommeil dès 7 heures du matin mais qu'il pouvait toujours essayer de survivre au vacarme en enfouissant la tête sous l'oreiller.

Il avait suivi le conseil de Cilla et, les couvertures tirées jusqu'aux oreilles, avait réussi à résister aux cris, aux chocs sourds et autres cavalcades matinales. Et maintenant, après un petit déjeuner pantagruélique et trois tasses d'un excellent café préparé par la cuisinière des Fletcher, il se sentait prêt à soulever des montagnes.

Compte tenu des engagements pris envers Boyd la veille, Colt décida de faire d'abord un saut au commissariat. Une fois qu'Althea et lui auraient établi un plan de campagne, ils poursuivraient probablement chacun de leur côté.

Colt pénétra dans les locaux de police et examina les lieux avec curiosité. Son vieil ami Boyd avait le navire bien en main, de toute évidence. Malgré le tourbillon d'activité qui régnait, une indiscutable impression d'ordre se dégageait de l'ensemble.

Le sergent à l'accueil avait été prévenu de sa visite et il

lui tendit un badge visiteur avant même qu'il ait à expliquer quoi que ce soit. Colt passa à côté de la salle des gardes à vue, emprunta un couloir étroit et compta trois portes avant de trouver le bureau d'Althea. Il frappa un coup bref avant d'entrer. Elle était là. Son instinct le lui assura avant même qu'il ne pose les yeux sur elle. Il la sentait, comme un loup sent sa compagne.

Ou sa proie.

Exit, bien sûr, la robe longue, les soies précieuses et les talons vertigineux. Mais même de bon matin, en tenue dite de travail, elle tenait plus de la figure de mode que du flic. Althea Grayson exerçait un métier encore considéré comme très masculin. Mais elle ne reniait pas pour autant son appartenance à son propre sexe. Au contraire. Elle portait une broche et des boucles d'oreilles et son extraordinaire chevelure rousse était relevée, soulignant encore l'ovale délicat de son visage.

Etonnante, cette femme, songea Colt. Même si ses vêtements et sa coiffure étaient la décence même, il se dégageait d'elle une sensualité brûlante, à la limite de la provocation. Eût-il écouté ses instincts les plus primitifs qu'il s'en serait léché les babines.

— Asseyez-vous, Nightshade, suggéra-t-elle d'un ton neutre en lui désignant l'unique chaise restante.

Il la retourna pour l'enfourcher. Un ordre impeccable régnait dans le bureau minuscule. Les tiroirs étaient tous soigneusement fermés, les dossiers alignés, les crayons dangereusement effilés rangés en ordre de taille. Une plante trônait sur la table de travail, là où d'habitude se dressaient les classiques portraits encadrés des conjoints, parents ou autre progéniture. Seul un tableau abstrait sur la cloison du fond apportait une touche personnelle à cet espace plutôt austère. Colt examina la toile avec curiosité. Les couleurs claquaient, s'affrontaient, se faisaient la guerre plus qu'elles ne se fondaient et s'harmonisaient.

Fasciné, il laissa son regard s'attarder sur le tableau. Et songea que ces traits heurtés et ces couleurs belliqueuses parlaient de l'occupante des lieux mieux que les mots n'auraient su le faire.

— Alors, demanda-t-il en croisant les bras sur le dossier de la chaise. Vous avez des pistes, pour la voiture ?

— Je n'ai pas eu besoin de chercher bien loin. Une plainte a été déposée à son sujet. Elle aurait été volée vers 23 heures, hier soir. Ses propriétaires dînaient dans un restaurant du centre-ville. Lorsqu'ils sont sortis, leur Buick avait disparu. M. et Mme Wilmer sont dentistes l'un et l'autre et célébraient leur cinquième anniversaire de mariage. A priori, ils ne paraissent pas être mêlés à une organisation criminelle quelconque.

— Je ne crois pas que leur honnêteté soit en cause, en effet, acquiesça Colt. Je m'attendais d'ailleurs à ce type de scénario. Je suppose que la voiture n'a pas été retrouvée ?

— Pas encore, non. J'ai ici le casier judiciaire de Jade, si cela vous intéresse.

Althea sélectionna un dossier dont elle lui lut quelques extraits à voix haute.

— Janice Willowby. Age : vingt-deux ans. Quelques amendes pour racolage sur la voie publique. Une inculpation pour possession de drogue. Rien de bien méchant : elle s'est fait prendre avec deux ou trois joints dans son sac alors qu'elle avait seize ans. Elle est passée par le parcours classique : prostitution dès l'âge de quinze ans, placement en famille d'accueil, foyers. Puis à vingt ans, elle s'est retrouvée de nouveau à la rue. Et elle a repris le tapin, faute de mieux.

Le visage sombre, Colt hocha la tête. Le schéma-type d'une vie gâchée d'avance…

— Jade a-t-elle encore de la famille ? Il se peut qu'elle ait tenté de rentrer chez elle. Si elle a des racines quelque part.

— Elle a une mère à Kansas City. Ou, plus précisément,

une mère qui se trouvait à Kansas City il y a dix-huit mois. J'étais justement en train de vérifier l'adresse.

— Vous n'avez pas perdu votre temps, Grayson.

Althea lui jeta un regard en coin.

— Tout le monde ne peut pas se payer le luxe de commencer sa journée de travail à 10 heures du matin, dit-elle d'une voix suave.

— Je suis en meilleure forme le soir, inspecteur.

Il prit un cigare et voulut le porter à ses lèvres. Mais Althea secoua la tête.

— Nenni, l'ami. Pas de ça dans mon bureau.

Sans insister, Colt glissa de nouveau le cigare dans sa poche.

— A qui Billings se confiait-il à part vous ?

— A personne, pour autant que je sache.

En prononçant ces mots, Althea ressentit un léger pincement au cœur. Car elle savait que Bill avait confiance en elle. Pleinement confiance, même. Et qu'il était mort sans qu'elle ait rien pu faire pour le protéger.

— Entre Bill et moi, c'était l'arrangement classique, précisa-t-elle d'une voix détachée. Je lui donnais de l'argent, il me fournissait des informations. Point final.

— Quel genre d'informations ?

— Ses tuyaux étaient assez variés, en fait. Il trempait dans toutes sortes de combines. Un brin de proxénétisme, petits trafics, petites arnaques. Jamais rien de bien sérieux. Mais il connaissait beaucoup de monde et il avait l'art de se faire oublier. Les gens avaient tendance à le tenir pour quantité négligeable. Au point qu'on oubliait sa présence. Mais Wild Bill était un observateur redoutable. Et il avait l'oreille fine.

La voix d'Althea s'étrangla et elle dut s'interrompre un instant pour regarder sa tristesse en face. La disparition de Wild Bill laissait comme un vide. Ainsi qu'un arrière-goût de chagrin, autant le reconnaître. A l'évidence, elle avait fini par s'attacher à ce petit homme si peu gâté par la vie qui avait su se créer une existence à sa façon.

Se ressaisissant, elle poursuivit d'un ton plus ferme :

— Oui, Bill était rusé. Il s'est toujours arrangé pour faire son petit trafic sans attirer l'attention, en restant à l'abri des représailles. Jusqu'à hier, du moins.

Nightshade se frotta le crâne.

— Je n'ai pas caché que j'étais à sa recherche et que j'espérais obtenir certains tuyaux de lui. Mais j'étais loin de me douter que je mettrais ses jours en danger en demandant ouvertement après lui.

— Je ne vous tiens pas pour responsable de la mort de Bill.

Il lui jeta un regard sceptique.

— Vous me dites ça par politesse ? Ou vous le pensez sincèrement ?

— La politesse n'a jamais été mon fort, Nightshade. Non, les gens comme Bill, aussi malins soient-ils, ont toujours une espérance de vie limitée. S'il avait réussi à me joindre, il m'aurait sans doute donné rendez-vous au même endroit qu'à vous. Et il se serait sans doute fait descendre de la même façon.

Althea avait passé une bonne partie de la nuit à réfléchir à la question. Et après analyse objective de la situation, elle avait fini par parvenir à ces conclusions.

— Je ne peux pas dire que j'apprécie votre style, Nightshade. Mais je ne vous ferai pas porter le chapeau, en l'occurrence. Même si j'ai été tentée hier soir de vous jeter quelques âcres reproches à la figure.

Colt nota qu'elle se tenait parfaitement immobile derrière son bureau. Elle parlait calmement, sans faire de gestes, sans tics ni grimaces, sans pianoter ou taper du pied. Comme du tableau accroché derrière elle, il se dégageait de cette femme une impression de passion immobile, d'intensité sans mouvement.

— Et quel est, au juste, mon « style », inspecteur ?

— Vous ? Vous êtes un rebelle, un outsider. Vous jouez le

jeu sans respecter les règles et vous ne reconnaissez d'autres lois que celles que vous vous fixez vous-même.

Elle lui avait répondu sans s'énerver, d'une voix égale, presque douce. Ses yeux qui à aucun moment n'avaient fui les siens étaient froids et insondables comme les eaux dormantes d'un lac sous la brume. Colt se demanda comment ébranler cette façade si étrangement impassible.

— C'est tout ? s'enquit-il, vaguement irrité.

— Non. Vous vous lancez dans pas mal d'aventures mais vous n'allez pas systématiquement au bout de ce que vous entreprenez. Peut-être que vous vous lassez facilement ou que votre énergie s'épuise trop vite. Dans un cas comme dans l'autre, cela donne à penser que vous n'êtes pas quelqu'un de très fiable.

Charmante analyse. Contrarié mais bien décidé à n'en rien laisser paraître, Colt la gratifia d'un sourire amusé.

— Vous avez eu le temps d'étudier mon CV par le menu depuis hier soir ?

— J'ai pris quelques renseignements sur vous. Cela m'a surprise de découvrir que vous aviez connu Boyd dans une boîte à bachot réservée aux fils de bonne famille, observa-t-elle avec l'ombre d'un sourire. Vous n'avez pas le look-type du fils à papa.

— Mes parents pensaient que je sortirais de cette école dûment dressé et policé. Ils ont déchanté, les pauvres, précisa-t-il avec une grimace contrite.

— Harvard n'a pas réussi non plus à dompter le rebelle qui est en vous. Vous êtes allé jusqu'au bout de vos études de droit mais vous n'avez pas fait grand-chose de votre diplôme. Quant à votre carrière militaire, elle relève en partie du secret d'Etat. Mais j'ai pu malgré tout me faire une idée assez précise de votre parcours.

Althea se pencha sur une boîte d'amandes enrobées de chocolat, posée sur son bureau, et en sélectionna une avec soin.

— J'aime bien savoir avec qui je travaille, précisa-t-elle aimablement.

— Cela tombe bien, moi aussi. Briefez-moi sur Althea Grayson, OK ?

Elle secoua la tête.

— Pas question. C'est moi, le flic, ici. Pas vous. Vous avez une photo récente d'Elisabeth Cook ?

— Oui, j'en ai une, acquiesça-t-il en se gardant bien de la sortir de son portefeuille.

Rien ne l'obligeait à accepter ce genre d'attitude de la part de cet iceberg ambulant sous prétexte qu'elle portait un badge de flic.

— Vous savez, inspecteur, que la rigidité, ça se soigne ? Coincée comme vous l'êtes, vous n'avez jamais songé à entamer une psycho ?

Le téléphone l'interrompit. Ce qui valait mieux pour lui, à en juger par la lueur inquiétante qui étincelait dans le regard d'Althea. Colt jubilait. Au moins avait-il trouvé le moyen de la faire réagir.

— Allô ?

Le combiné coincé sous le menton, Althea griffonna quelques notes.

— Parfait. Prévenez le département médico-légal. J'arrive.

Elle glissa son carnet dans son sac à main en peau de serpent et repoussa sa chaise.

— Nous avons trouvé la voiture, annonça-t-elle. Puisque Boyd souhaite une collaboration, je suppose que vous pouvez m'accompagner. Mais comme simple observateur, c'est clair ?

— Très clair, inspecteur.

Il la suivit hors du bureau puis se hâta de la rattraper pour ajuster son pas au sien. De dos, la sensuelle Althea offrait un spectacle particulièrement torride. Et il préférait éviter ce genre de distraction pour le moment.

— Vu l'heure tardive, je n'ai pas eu le temps de bavarder avec Boyd autant que je l'aurais voulu hier soir. Mais j'ai été frappé de voir que vous aviez des relations très... libres avec votre commissaire.

Althea s'immobilisa net et lui jeta un regard incisif.

— Un problème, inspecteur ? s'enquit-il comme elle continuait à l'examiner en silence.

— De deux choses l'une, Nightshade : soit vous essayez délibérément de nous insulter, Boyd et moi, soit vous avez été maladroit dans votre formulation.

Il haussa les sourcils.

— Optez pour la seconde solution, OK ?

Les traits d'Althea se détendirent et elle reprit sa progression.

— J'aime mieux ça. Boyd et moi avons fait équipe ensemble pendant sept ans. Au cours de ces années, j'ai eu l'occasion de lui confier ma vie sans hésiter et vice versa. Croyez-moi, si vous voulez, mais ça crée des liens.

— Mais Boyd, *lui*, est passé commissaire...

Althea sortit ses clés et ouvrit la portière de sa Mustang.

— En effet, oui. Je suis désolée pour vous, mais le siège avant est coincé en position avancée. Je n'ai pas encore eu le temps de le faire réparer. Le trajet risque de ne pas être très confortable.

Colt fit la moue. Il n'avait rien contre les voitures de sport, bien au contraire. Mais pour se caser dans celle-ci, il allait être obligé de se replier comme un accordéon, le menton calé sur les genoux.

— Et ça ne vous pose pas de problème que votre ancien coéquipier soit monté en grade ?

D'un mouvement plein de grâce, Althea se glissa au volant. Un sourire se dessina sur ses lèvres lorsqu'elle le vit se contorsionner pour prendre place à son tour.

— Non, cela ne me pose pas de problème, Nightshade. Question suivante : suis-je ambitieuse ? Réponse : oui. Est-ce que cela m'ennuie de recevoir des ordres d'un flic que je respecte et dont j'ai toujours admiré le travail ? Non. Ai-je moi-même l'espoir de devenir commissaire dans les cinq années à venir ? Résolument.

Elle enfila une paire de lunettes de soleil réfléchissantes.

— Voilà. Satisfait ? Et maintenant, attachez votre ceinture.

Démarrant en trombe, elle prit la rampe de sortie du parking à une vitesse impressionnante. Comme la Mustang filait le long de l'avenue, Colt se résigna à admirer sa façon de conduire. Il n'avait pas le choix, de toute façon. C'était elle qui tenait le volant et sa vie reposait entre ses mains.

— Ainsi, vous êtes amis, Boyd et vous ?

Elle soupira.

— Vous avez tiré cette brillante conclusion tout seul, Nightshade ?

— Oh, je voulais juste m'assurer que vous n'aviez pas une dent contre *tous* les hommes de mon âge avec un physique attirant.

En réponse à son regard interrogateur, il poursuivit avec l'ombre d'un sourire :

— Dans un sens, ça me fait plutôt plaisir que je sois le seul être au monde que vous détestiez aussi cordialement. Ça me donne au moins un statut à part à vos yeux.

Althea réagit avec un sourire qui aurait presque pu passer pour amical. Colt en eut des frissons partout.

— N'exagérons rien, Nightshade. Je n'ai pas vraiment une dent contre vous. Je me méfie des amateurs, c'est tout. Mais nous avons le même but, en l'occurrence. Et les amis de Boyd sont mes amis. Je pense que nous pouvons essayer de nous supporter pacifiquement.

— Cela me paraît être la meilleure politique à suivre, en effet. Nous avons Boyd et une enquête en commun. Et peut-être, en cherchant bien, pourrons-nous trouver quelques traits d'union supplémentaires ?

Il monta le volume de la radio et hocha la tête en signe d'approbation lorsqu'il entendit la voix chaude d'une chanteuse de blues.

— Voilà déjà un point commun de plus. Que pensez-vous de la nourriture mexicaine ?

— J'aime le chili con carne qui arrache et les margaritas très frais.

— A la bonne heure ! Nous progressons à grands pas, Grayson.

Colt tenta de changer de position et jura lorsque ses genoux heurtèrent le tableau de bord.

— Je vous préviens : la prochaine fois que nous avons de la route à faire ensemble, nous prenons mon 4x4.

— Cela me paraît négociable.

Althea baissa le volume de la musique lorsque la radio de la police se mit à crachoter :

— A toutes les unités qui se trouvent à proximité de Sheridan et Jewel, 511 en cours.

Althea jura lorsque l'appel à l'aide fut renouvelé avec insistance.

— Il y a une urgence tout près d'ici, expliqua-t-elle à Colt. Des coups de feu ont été tirés. Il faut que j'intervienne, vous comprenez ?

— Faites ce que vous avez à faire, inspecteur.

— Ici, l'unité 6, annonça-t-elle. Je suis sur place. Je vous tiens au courant.

Les pneus de la Mustang crissèrent lorsqu'elle s'immobilisa juste derrière la voiture de patrouille noire et blanche qui stationnait déjà sur place. Elle ouvrit sa portière.

— Ne bougez pas d'ici, ordonna-t-elle à Colt en dégainant son arme.

Sans attendre sa réponse, elle courut jusqu'à l'entrée du modeste immeuble de cinq étages. Au moment précis où elle passa la porte, Althea entendit tirer au-dessus d'elle. Apparemment les coups de feu provenaient du premier ou du second. Le dos plaqué contre la paroi, elle traversa le hall désert sans encombre et commença à gravir l'escalier. Des cris s'élevèrent. Ou des pleurs, plus exactement. Ceux d'un tout petit enfant malade de terreur. Quelque chose se figea en elle. Mais son esprit restait calme et la main qui tenait le Luger 9 mm ne tremblait pas. Au premier étage, une porte s'entrouvrit sur sa gauche. Tombant accroupie, elle braqua son revolver sur l'embrasure et découvrit une vieille dame au visage décomposé par la peur.

— Police, dit Althea. Bouclez-vous chez vous et ne sortez que lorsqu'on vous en donnera la permission.

La dame âgée ne se le fit pas dire deux fois. La porte se referma et Althea entendit le claquement d'un verrou repoussé avec précipitation. Elle se remit à courir. Ce fut au deuxième étage seulement qu'elle trouva ses deux collègues en uniforme. L'un gisait à terre, la chemise maculée de sang. L'autre se tenait penché — ou plutôt recroquevillé — sur son compagnon.

Le flic encore valide paraissait tellement tétanisé qu'Althea dut poser la main sur son épaule pour attirer son attention.

— Que se passe-t-il, ici ?

— Il... il a tiré sur Jim. Le type était comme fou. Il est sorti en courant de l'appartement et il a fait feu tout de suite. On n'a même pas eu le temps de réagir.

Le policier était blanc comme un linge. Presque aussi pâle que son collègue atteint au ventre. Elle n'aurait su dire lequel des deux tremblait le plus violemment.

— Votre nom ?

— Harrison. Don Harrison, marmonna l'agent en maintenant son mouchoir trempé de sang sur le flanc de son coéquipier.

— Inspecteur Grayson, dit-elle. Expliquez-moi la situation et faites vite.

Harrison haletait, au bord de la crise de panique.

— Une querelle domestique, inspecteur. On a entendu tirer dans l'appartement. Un homme de race blanche a agressé la femme du 203. Il a ouvert le feu sur nous, puis il s'est engouffré dans la cage d'escalier pour se diriger vers les étages supérieurs. Il serrait contre lui une petite fille de moins de deux ans. On n'a rien pu faire, il se servait de l'enfant comme d'un bouclier.

Au moment où Harrison terminait son récit, une femme sortit en titubant de l'appartement 203. Elle avait une main crispée sur la taille et du sang coulait entre ses doigts.

— Il a pris mon bébé. Oh, mon Dieu, s'il vous plaît, balbutia-t-elle en tombant à genoux. Charlie a perdu la tête. Sauvez mon enfant, je vous en prie.

Althea jura en entendant du bruit derrière elle dans l'escalier. Colt, bien sûr. Elle aurait dû se douter qu'il ne se contenterait pas de l'attendre patiemment.

— Agent Harrison ! Vous allez descendre immédiatement téléphoner de votre voiture pour demander des renforts. Précisez qu'un agent et un civil ont été blessés. Et qu'il y a prise d'otage. Quelle arme portait l'agresseur ?

— Ça ressemblait à un colt 45.

— Bon. Je monte voir ce que je peux faire. Descendez informer le central puis revenez ici ventre à terre et tâchez de me couvrir. Quant à vous, Colt, rendez-vous utile puisque vous êtes là de toute façon. Faites ce que vous pouvez pour soulager les blessés.

Redoutant ce qu'elle allait trouver, Althea se précipita dans l'escalier. Elle entendait de nouveau les pleurs de la petite fille, des hurlements terrifiés dont l'écho résonnait dans l'étroite cage d'escalier. Une porte claqua alors qu'elle atteignait le dernier étage. *L'accès au toit !* se dit-elle, horrifiée. L'homme — le dénommé Charlie — se réfugiait sur le sommet en terrasse de l'immeuble. Prenant appui d'une main sur le battant, elle tourna doucement la poignée, poussa la porte du pied et eut le réflexe de se baisser.

Il tira aussitôt, sans sommation. La balle siffla, ricochant à une dizaine de centimètres à sa droite. Althea se redressa et lui fit face.

— Police ! lança-t-elle. Lâchez votre arme !

Le tireur fou se tenait à l'extrême bord du toit. C'était un homme massif, de haute taille. Il avait les joues cramoisies, le regard étrangement fixe des drogués et le canon de son 45 était braqué sur elle. Rien de tout cela n'inquiétait beaucoup Althea. Maîtriser un aliéné, même armé, était dans ses cordes. Ce qui lui posait un réel problème, en revanche, c'était la petite fille que l'homme tenait par un bras, suspendue au-dessus du vide. Le type même de paramètre susceptible de déstabiliser le flic le mieux entraîné…

— Faites un pas de plus et je la lâche, cria l'homme.

Il était manifestement dans un état d'exaltation maniaque. Inutile d'espérer aboutir à une forme de compromis quelconque. L'homme était inaccessible à la raison.

— Je vais le faire, de toute façon. Je la laisserai tomber comme une pierre, exulta-t-il, les yeux exorbités, en secouant l'enfant avec un rire dément.

Une minuscule chaussure rose se détacha d'un pied de la petite fille et chuta de la hauteur de cinq étages.

— Si vous faites ça, vous le regretterez toute votre vie, Charlie, déclara Althea d'une voix ferme en progressant dans sa direction, centimètre après centimètre.

Son 9 mm braqué sur la poitrine du possédé, elle tenta de nouer une sorte de dialogue avec lui.

— Ramenez-la au moins contre vous. Vous ne pouvez pas la laisser pendre au-dessus du vide comme ça.

Les yeux fous, l'homme se mit à rire, la bouche déformée en un rictus amer, les lèvres retroussées.

— La morveuse ? Je vais la laisser dégringoler jusqu'en bas, voilà ce que je vais faire ! Et c'est pas moi que ça va gêner. Vous voyez pas qu'elle est comme sa mère ? Ça passe son temps à se plaindre, à crier, à pleurnicher. Elles pensaient qu'elles avaient réussi à larguer Charlie, hein ? Mais j'ai fini par les retrouver, les deux garces. Et la Linda, elle regrette de m'avoir trahi, maintenant. Mais elle comprendra sa douleur quand elle verra sa môme réduite en purée.

Althea luttait contre la panique. L'écho étouffé de souvenirs haïs se répercutait dans son esprit : la peur, les pleurs, les hurlements. Elle rejeta ses réminiscences avec horreur, comme elle aurait écrasé un cafard sous le talon de sa chaussure.

— Attention, Charlie. Si vous faites du mal à cette enfant, c'en est fini pour vous.

Les yeux du dément étincelèrent de rage.

— *Fini ?* Comment ça, fini ? hurla-t-il en agitant la petite fille comme un vulgaire sac de linge sale. Ne dites jamais « fini » devant moi ! enchaîna-t-il avec une rage soudain décuplée.

Le cœur d'Althea cessa de battre. L'enfant, elle, ne hurlait plus. Seuls des sanglots muets la secouaient encore. Ses grands yeux bleus étaient devenus fixes, comme voilés.

— C'était le truc à Linda, ça. Fini, fini, fini, chantonna-t-il d'une voix suraiguë. « C'est fini, Charlie », qu'elle gueulait tout le temps. Tout ça à cause de la môme. Elle n'a plus jamais été la même, Linda, une fois qu'elle a pondu la gamine. Mais c'est moi qui décide si c'est fini ou pas. *Moi et personne d'autre.*

Au loin, elle perçut le hurlement des sirènes de police. Les nerfs tendus à se rompre, Althea perçut une présence dans son dos. Mais elle ne prit pas le risque de tourner la tête. Elle devait absolument garder l'attention du dément fixée sur elle.

— Si vous rendez l'enfant, vous aurez votre chance, Charlie. Car vous voulez vous en sortir, n'est-ce pas ? Allez, donnez-moi cette enfant. Vous n'avez pas besoin d'elle.

Il ricana haineusement.

— Vous me prenez pour un idiot ? Vous êtes une garce, vous aussi. Comme les deux autres.

— Je ne vous prends pas pour un idiot, Charlie.

Du coin de l'œil, elle capta un mouvement léger sur sa gauche. Elle réprima un juron. Ce n'était pas Harrison mais Colt qui était monté à la rescousse. Telle une ombre, il progressait vers Charlie qui, les yeux rivés sur elle, ne voyait rien venir.

— Je suis convaincu que vous n'êtes pas stupide, au contraire. Je sais que vous êtes un homme raisonnable et que jamais, vous ne feriez de mal à un enfant.

— Je vais la tuer ! brailla Charlie. Et je vous buterai aussi. Vous et Linda. Et toutes les autres. C'est moi et personne d'autre qui décide si c'est fini ou non !

Tout se passa très vite, alors, comme dans ces séquences de rêve où les événements se succèdent sans qu'on puisse en suivre le déroulement exact. Colt se rua en avant et attrapa l'enfant par la taille. Une arme étincelait dans sa main mais il n'eut pas l'occasion de s'en servir. La petite fille serrée contre lui, il se détourna pour faire bouclier de son corps.

Comme au ralenti, Althea vit le revolver de Charlie dessiner un arc de cercle pour se pointer sur Colt et l'enfant. Elle tira sans hésiter, dans un réflexe élémentaire de protection. Charlie poussa un cri et tomba en arrière, basculant par-dessus le rebord du toit.

Ce fut lui qui chuta au sol comme une pierre.

Althea ne s'autorisa même pas un soupir. Elle rengaina son arme et courut vers Colt. L'enfant était toujours sous le choc.

— Comment va-t-elle ?

— Un peu secouée mais intacte. En tout cas, physiquement.

D'un geste si naturel qu'on aurait juré qu'il avait fait ça toute sa vie, il fit glisser la fillette sur sa hanche et posa un baiser sur sa tempe.

— Tout va bien, maintenant, ma puce. Personne ne te fera plus de mal.

— Maman, hoqueta alors la fillette en enfouissant le visage contre l'épaule de Colt. Maman…

— Tu vas la voir tout de suite, ta maman, murmura-t-il en la berçant contre lui.

Tout en parlant à voix basse à l'enfant, Colt caressait ses courtes boucles blondes.

— Beau travail, inspecteur, commenta-t-il avec l'ombre d'un sourire.

Pendant une fraction de seconde, Althea s'autorisa à fermer les yeux.

— On ne peut pas dire que j'aie accompli des exploits, Nightshade.

Elle jeta un bref coup d'œil derrière elle. Déjà, des flics en uniforme se pressaient dans l'escalier.

— Vous avez réussi à gagner du temps en le faisant parler. Puis vous lui avez tiré dans les jambes pour protéger la petite. Qu'il soit tombé du toit est regrettable mais vous n'y pouviez pas grand-chose.

Colt se remémora l'éclat bien particulier qu'il avait surpris dans les yeux d'Althea lorsqu'elle s'était élancée dans l'escalier. Un éclat qui ne s'était toujours pas estompé complètement, d'ailleurs. Ce n'était pas la première fois qu'il voyait une expression comme celle-là. Et il n'avait qu'un seul terme pour la désigner : le « masque du guerrier ».

— Sortons d'ici, dit-elle.

— Vos désirs sont des ordres, cher coéquipier.

— Juste une chose, Nightshade, ajouta-t-elle avant de franchir la porte.

Il sourit, convaincu qu'elle allait le remercier.

— Oui ?

— Vous avez un permis pour cette arme ?

Interdit, il s'immobilisa net. Et éclata d'un grand rire. La petite fille releva la tête, renifla et lui sourit faiblement à travers ses larmes.

Elle avait tué.

Althea avait pour principe de ne pas laisser ses pensées s'attarder sur ce type « d'incident ». Elle avait déjà tué avant et elle tuerait sans doute encore. Mais elle s'interdisait de réfléchir trop longuement à cet aspect de sa profession. Elle se savait en danger, sinon. En danger de le vivre comme une obsession. Ou de se mettre à boire. Ou pire encore, en danger d'y prendre plaisir.

Elle rédigea donc son rapport et songea à autre chose. Ou elle essaya, du moins.

Après avoir passé quelques coups de fil, Althea apporta personnellement un exemplaire de son compte rendu à Boyd. Comme elle le posait sur son bureau sans mot dire, il la retint en lui posant la main sur le bras.

— Le flic — Jim Barkley — est toujours en salle d'opération. La femme, elle, va bien. Elle s'en sortira.

— Dieu merci pour la gamine. Comment va-t-elle, au fait ?

— En attendant le rétablissement de sa mère, elle devrait séjourner quelque temps chez une tante, à Colorado Springs. Le dénommé Charlie était son père. Il avait des antécédents. Coups et blessures, toxicomanie. Il y a un an environ, sa compagne, Linda, a craqué. Elle s'est enfuie de chez eux et s'est réfugiée dans un foyer pour femmes battues. Cela faisait trois mois qu'elle avait emménagé dans son nouvel appartement. Elle avait trouvé un job, un équilibre.

— Jusqu'à ce que Charlie la retrouve.

— Jusqu'à ce que Charlie la retrouve, en effet.

Althea détourna les yeux.

— C'est au moins quelque chose qui ne risque pas de se reproduire.

Elle allait quitter la pièce lorsque Boyd se leva. Il contourna le bureau et ferma la porte. L'habituel vacarme qui s'élevait en provenance du local de garde à vue s'atténua.

— Ça va aller, Thea ?

Elle haussa les épaules.

— Pourquoi ça n'irait pas ? Cela m'étonnerait que la police des polices me cherche des noises sur ce coup-là. On peut difficilement parler de bavure, en l'occurrence.

— La question n'est pas là. Ça ne te ferait peut-être pas de mal de prendre quelques jours de congé.

— Cela ne me ferait pas de mal, mais pas vraiment de bien non plus.

A Boyd, elle pouvait dire certaines choses qu'elle n'aurait jamais confiées à personne d'autre.

— Ce n'est pas moi qui ai arraché la petite des bras de son père. C'est Colt. Et normalement, il n'avait pas à être là.

— Il y était. C'est l'essentiel, non ?

Boyd lui posa une main amicale sur l'épaule.

— Oh, oh, je crois que j'identifie les symptômes : tu nous fais le complexe du superflic, Thea. Je le vois venir d'ici : zigzaguer entre les balles, rédiger des rapports au kilomètre, surprendre des assassins dans les impasses obscures, vendre des tickets pour le bal annuel de la police, débarrasser le monde de tous les méchants et sauver les chatons coincés au sommet des peupliers.

Althea sourit faiblement.

— Arrête ton char, Fletcher. Je suis fermement décidée à abandonner les chats à leur sort.

— Tu viens dîner à la maison, ce soir ?

Elle laissa sa main reposer sur la poignée.

— Ça dépend. Qu'est-ce qu'il y a à manger ?

— Je ne sais pas encore. Maria est de congé.

— Tu veux dire que c'est Cilla qui fait la cuisine ?

La main sur le cœur, Althea gratifia son ex-coéquipier d'un regard peiné.

— Et moi qui croyais que nous étions amis, Boyd Fletcher.

— Bon, OK. Nous nous ferons livrer par un traiteur. Ça te va ?

— Parfait. Tu peux compter sur moi.

En regagnant le local de garde à vue, elle repéra Colt. Il avait les pieds sur un bureau et un téléphone collé à l'oreille. Elle le rejoignit et se percha sur un coin de la table en attendant la fin de la communication.

— Ça y est ? demanda-t-il. Finies les corvées de paperasserie ?

— Nightshade, je suppose qu'il est inutile de vous faire remarquer que ce bureau, ce téléphone et cette chaise sont normalement inaccessibles à toute personne étrangère au service ?

Il lui sourit aimablement.

— C'est tout à fait inutile, en effet. Mais continuez. Vous êtes à croquer lorsque vous invoquez la Loi et le Règlement.

— Vos compliments me coupent le souffle, maugréa-t-elle en repoussant ses pieds bottés du bureau. Les gars du service médico-légal sont en train d'examiner la voiture volée. Je ne pense pas que ça servirait à grand-chose de nous précipiter là-bas pour les regarder faire. Ils vont se débrouiller tout seuls comme des grands.

— Vous avez d'autres projets ?

— Faire un tour au Tick-Tock, pour commencer. Passer dans deux ou trois autres bars où Bill avait ses habitudes. Tenter de faire parler quelques personnes qui le connaissaient.

Il se leva.

— OK. Je suis votre homme.

— Mon homme ? Ne parlez pas de malheur, Nightshade.

Comme elle se dirigeait vers le garage, il la retint par le bras.

— Stop. N'oubliez pas notre arrangement. On prend *ma* voiture, cette fois.

Avec un léger haussement d'épaules, Althea revint sur ses pas. Ils sortirent du commissariat côte à côte. Le 4x4 de Colt était garé juste devant la porte, en stationnement interdit. Colt arracha son P.-V. du pare-brise et le fourra dans sa poche.

— Je suppose que ce n'est pas la peine de vous demander de me le faire sauter ?

— Vous perdriez votre temps, en effet.

— Alors je ne le gaspillerai pas. Boyd s'en chargera.

Elle ne put s'empêcher de sourire.

— Vous vous y êtes pris de façon magistrale, tout à l'heure, avec la petite fille. Sans vous, elle aurait sans doute fini cinq étages plus bas en lieu et place de son père.

Il lui coûtait d'admettre que Colt avait fait un excellent boulot. Mais elle n'avait jamais été femme à nier l'évidence.

— Sans *nous* cette petite ne serait plus en vie à l'heure qu'il est. D'aucuns appelleraient ça un travail d'équipe.

— D'aucuns, oui.

Elle fixa sa ceinture d'un mouvement sec.

— Ne soyez pas si dure avec vous-même, Thea, lui reprocha-t-il doucement en passant une vitesse. Où en étions-nous, déjà, avant cette petite parenthèse ? Ah oui, vous aviez commencé à me parler de vous.

— Je ne crois pas, non.

— Très bien. Alors je parlerai de vous à votre place. Vous êtes quelqu'un qui aime l'organisation, la structure. Enfin, aimer, je ne suis pas sûr, mais en tout cas, vous vous raccrochez à l'ordre et à la loi.

Elle fit la moue.

— Voilà qui est brillant, Nightshade ! Comment avez-vous deviné que quelqu'un qui a choisi le métier de flic apprécie la loi et l'ordre ?

— Stop. Ne m'interrompez plus, femme sarcastique ! Je me sens inspiré, ce soir. Vous êtes âgée de vingt-sept ? Vingt-huit ans ?

— Trente-deux. Votre inspiration vous abandonne déjà.

— Elle va revenir, rétorqua Colt en jetant un coup d'œil sur son annulaire. Vous n'êtes pas mariée.

— Vous vous surpassez, Nightshade.

— Vous avez une nette tendance à l'ironie et un goût marqué pour les beaux vêtements et les parfums de luxe. Le vôtre est une merveille, entre parenthèses. De l'espèce qui séduit l'esprit d'un homme avant même que son corps n'entre en jeu.

Elle secoua la tête.

— Vous devriez vous lancer dans la rédaction publicitaire. Il n'est pas trop tard pour une reconversion.

— Je sais que je ne vous apprends rien si je vous dis que

vous dégagez un sex-appeal du feu de Dieu. Certaines femmes choisiraient de l'exploiter. D'autres, de le dissimuler. Vous ne faites clairement ni l'un ni l'autre, donc j'imagine que vous laissez aux hommes le soin de se débrouiller avec. Ce qui à mon avis est de loin la solution la plus sage.

Du coin de l'œil, Colt guetta sa réaction. Mais si Althea avait des commentaires à faire sur cette dernière affirmation, elle choisit de les garder pour elle.

— Vous ne gaspillez ni votre temps ni votre énergie, poursuivit-il. Si bien que vous n'êtes jamais à court ni de l'unni de l'autre. Vous avez une forme d'intelligence précieuse pour un flic : vous jaugez rapidement les problèmes et vous réagissez en conséquence. Et j'imagine que vous manipulez les hommes avec autant de facilité que vous maniez votre 9 mm.

— Voilà une analyse intéressante, Nightshade.

— Vous êtes restée impassible lorsque vous avez descendu ce type, aujourd'hui, poursuivit Colt en se garant devant le Tick-Tock. Vous étiez mal, très mal avec ça, mais vous avez fait ce que vous aviez à faire sans sourciller. Et s'il faut opérer à deux sur un cas qui risque de mal tourner, j'aime autant être associé avec quelqu'un qui peut affronter n'importe quelle situation sans broncher.

Althea estima qu'elle en avait assez entendu.

— Ainsi j'ai passé tous les tests avec succès ? Je suis flattée, vraiment flattée. Vous penserez à me remettre mon diplôme avec une lettre de félicitations, Nightshade ?

Les nerfs à fleur de peau, elle descendit de voiture et fit claquer sa portière. Colt ferma le 4x4 et la rattrapa en deux enjambées.

— Enfin un mouvement d'humeur ! commenta-t-il avec un large sourire en passant un bras autour de ses épaules. Je suis rassuré de constater qu'il y a tout de même un peu de feu qui couve sous la glace.

Althea se dégagea avec brusquerie.

— Méfiez-vous, Nightshade. Si je laissais libre cours au

« feu » qui bouillonne en moi, ce ne serait pas rassurant du tout, croyez-moi.

Ils passèrent les deux heures qui suivirent à écumer les bars louches, les salles de jeux et autres tripots du quartier. Sans grand résultat. Jusqu'au moment où ils pénétrèrent dans un établissement des plus sinistres dont l'enseigne indiquait « Clancy ».

Dans la salle enfumée, quelques alcooliques étaient déjà à pied d'œuvre, indifférents au soleil qui brillait encore au-dehors. D'une radio placée derrière le bar, s'élevait une chanson triste, où il était question d'amours trahies et de bouteilles vides. La plupart des consommateurs étaient isolés à leur table et buvaient ferme dans leur coin, le regard fixe, sans se préoccuper de ce qui se passait alentour.

Les verres étaient sales, le whisky d'allure douteuse. Mais le prix des consommations était peu élevé et l'atmosphère propice aux ébriétés solitaires. Althea s'approcha du comptoir et commanda une limonade dans laquelle elle était fermement décidée à ne jamais tremper les lèvres. Colt, lui, opta pour une bière à la pression.

— J'espère que votre vaccination anti-tétanique est à jour ? lui murmura-t-elle à l'oreille.

Elle sortit un billet de vingt dollars et le posa sur le bar.

— Wild Bill faisait partie de votre clientèle, je crois ?

Elle recouvrit le billet de sa main au moment où le barman allait l'empocher.

Sourcils froncés, l'homme posa alternativement le regard sur elle et sur la coupure de banque. Il avait le blanc des yeux injecté de sang, les joues violacées par la couperose. Apparemment, il devait consommer autant de verres qu'il en servait.

— Wild Bill Billings, répéta Althea patiemment.

— Ouais, ben quoi ?

— C'était un ami à moi.

— Alors faut croire que vous vous retrouvez avec un ami en moins, ma jolie.

Althea se mit à jouer ostensiblement avec le billet.

— Il m'est arrivé de venir ici avec lui. Vous vous en souvenez peut-être ?

Le barman eut un rictus mauvais.

— J'ai une mémoire qui vaut ce qu'elle vaut, mais les flics, je ne les oublie jamais.

— Parfait. Donc vous avez sans doute deviné que Bill et moi, nous avions un petit arrangement.

— J'ai surtout deviné que c'est grâce à votre petit arrangement, comme vous dites, qu'il a fini étalé sur le trottoir avec quelques pruneaux dans le buffet.

— Erreur. Ce n'était pas avec moi qu'il était en tractation lorsqu'il s'est fait descendre. Moi, tout ce que je sais, c'est que je n'apprécie pas qu'on touche à mes amis. Le type qui a fait ça à Bill, j'ai l'intention de le coffrer. Et pour ça, je suis prête à payer.

Althea avança le billet dans sa direction.

— Je suis même disposée à offrir beaucoup plus que ça, ajouta-t-elle en regardant l'homme droit dans les yeux.

— Je suis au courant de rien, marmonna-t-il, sans se priver pour autant d'empocher prestement les vingt dollars.

— Mais vous voyez passer du monde ici. Vous connaissez peut-être quelqu'un… qui connaît quelqu'un… qui… Enfin, vous voyez ce que je veux dire.

Le barman haussa les épaules. Il allait se détourner lorsqu'elle posa la main sur son bras.

— Ces vingt dollars valent bien une ou deux minutes de plus de votre temps, vous ne pensez pas ? Il y avait une jeune femme qui travaillait pour Bill. Une dénommée Jade. Elle a disparu depuis un mois. Mais elle n'était pas la seule, je crois.

— Mouais… Généralement, il avait deux filles sur le trottoir, à tout casser. Le gros business, ce n'était pas son truc, à Bill.

— Et l'autre prostituée ? Vous la connaissez ?

Il prit un chiffon sale dans l'évier et frotta diligemment le comptoir crasseux.

— Y en avait une qu'avait les cheveux noirs. Meena, je crois qu'elle s'appelait. Il lui arrivait de faire le tapin par ici. Mais ça fait un moment que je ne l'ai pas vue, cette fille.

— Passez-moi un coup de fil si jamais elle se manifeste, suggéra Althea en sortant sa carte de visite. Ah oui, autre question : vous n'auriez pas entendu parler d'une équipe de tournage de films porno, par hasard ? Des vidéos d'amateur mettant en scène des filles très jeunes ?

Le barman secoua la tête d'un air d'incompréhension totale. Mais Althea avait eu le temps de capter l'éclair de reconnaissance dans ses yeux. Il savait pertinemment à quoi elle faisait allusion. Et il était clair aussi qu'il ne lâcherait pas un mot sur la question.

— Jamais vu des gens du cinéma par ici, moi. Regardez mes clients, vous croyez qu'ils ont une tête de metteur en scène, peut-être ? D'ailleurs, je vous en ai assez dit pour vingt dollars. Laissez-moi travailler maintenant.

— Très bien. Je vous remercie pour votre coopération.

Althea sortit du bar sans insister et Colt suivit le mouvement.

— On va attendre ici quelques instants. J'aimerais bien voir ce qu'il va faire maintenant, glissa-t-elle à son compagnon.

Ils firent mine de bavarder un moment sur le trottoir. A travers la vitre sale, ils virent le barman décrocher son téléphone.

— C'est étonnant, non ? Ce besoin soudain de passer un coup de fil ?

Colt sourit.

— J'aime votre style, inspecteur.

— Je ne sais pas si vous l'aimerez toujours une fois que nous aurons passé six heures d'affilée sans bouger dans une voiture glacée. Nous avons une surveillance ce soir,

Nightshade. J'ai l'intention de revenir ici et de voir un peu ce qui se passe.

Colt haussa les épaules.

— Aux dernières nouvelles, nous étions invités à dîner chez les Fletcher. Mais si je suis ici, c'est dans un seul but : retrouver Liz. Faisons le guet devant ce bar charmant, si vous estimez que cela nous rapprochera d'elle d'une façon ou d'une autre…

3

Ce ne fut pas le froid qui posa problème à Colt. Avec des sous-vêtements polaires et une veste en mouton, il était parfaitement équipé pour supporter la fraîcheur mordante d'une nuit d'automne dans le Colorado. Mais, en revanche, l'inactivité le rendait à moitié fou.

Alors qu'Althea, au contraire, semblait s'épanouir d'heure en heure !

Confortablement installée dans le siège passager, elle enchaînait les mots croisés à la lumière de la boîte à gants. Et paraissait prendre le plus grand plaisir à cette occupation. Tout en écoutant la radio d'une oreille, Colt rongeait son frein en songeant à la soirée qu'ils avaient manquée. A cette heure, ils auraient dû se trouver avec Boyd et Cilla devant un bon feu de cheminée. A savourer un ou deux verres d'un excellent whisky. Un repas chaud. Un cigare…

Qui sait même si Althea ne se serait pas montrée plus accessible dans un contexte de soirée informelle entre amis ? Songer à une Althea moins lointaine n'était pas sans présenter certains dangers, cela dit. Colt avait conscience de s'engager sur un terrain plutôt glissant. Mais comme son imagination productive l'aidait à tuer le temps, il la laissa dériver.

Dans la réalité du moment, Althea était flic à cent pour cent. Et aussi inaccessible que la lune pâle qui se levait au-dessus des toits. Mais dans ses rêves éveillés, alimentés par les blues nostalgiques que la radio diffusait en sourdine, Althea Grayson ne se réfugiait ni derrière ses mots croisés ni derrière son statut d'inspecteur. Dans ses fantaisies, elle était plus femme que femme, sexy comme les dessous en dentelle noire dont il l'imaginait vêtue, brûlante comme le feu qu'il se représentait allumé dans l'âtre, douce comme les fourrures blanches sur lesquelles il se voyait tomber lentement avec elle.

Sa bouche avait un goût de miel et de fruit. Et son odeur tiède, féminine, fondante s'entremêlait aux notes fleuries de son parfum si tentateur. Les yeux clos, Colt prit une profonde inspiration comme pour se remplir de ses fragrances puissamment aphrodisiaques.

Ecartant la soie noire, il découvrit la peau d'albâtre, plus douce qu'un pétale de rose. Souple, lisse et sans défaut. Fluide et pure comme une eau claire. Avec un gémissement de plaisir, elle le prit en elle en chuchotant des mots d'invite à son oreille…

— Encore un peu de café ?

Il tressaillit.

— Hein ?

Brutalement ramené à la froide réalité du moment, il vit qu'Althea tenait une Thermos à la main.

— Je vous proposais un café, Nightshade.

Althea réprima un soupir. D'abord intriguée par son expression hagarde, elle avait reconnu très vite les signes. Identifier le désir dans le regard des hommes était devenu très tôt pour elle un réflexe.

— Vous étiez ailleurs, on dirait ? lança-t-elle d'une voix vibrante d'ironie.

— On peut dire ça comme ça, oui.

Colt prit le gobelet en plastique qu'elle lui tendait et but le café tiède d'un trait. Il ne put s'empêcher de sourire de la situation absurde dans laquelle il se trouvait.

— Eh oui ! Très dépaysant, le petit voyage imaginaire que je viens de faire, commenta-t-il en lui jetant un regard en coin.

— Tâchez quand même de ne pas trop vous éloigner de

la réalité, Nightshade. Nous sommes ici pour observer… Tenez, en voilà encore un, justement.

Althea prit son appareil photo sur ses genoux et photographia l'homme qui venait d'entrer dans le bar. C'était le second client seulement en l'espace d'une heure.

— On ne peut pas dire que le commerce soit florissant, commenta Colt en étouffant un bâillement.

Elle reposa l'appareil photo.

— Vu l'ambiance qui règne dans ce trou à rats, ce n'est pas étonnant que personne n'y mette les pieds. Cela m'étonnerait que nos cinéastes viennent se divertir dans un endroit pareil, d'ailleurs.

— Alors en quel honneur sommes-nous assis depuis deux heures dans une voiture glacée à surveiller l'entrée d'un bar que personne ne fréquente ?

— Parce que c'est mon boulot, riposta Althea en sortant une tablette de chocolat de son sac. Et parce que j'attends autre chose.

Colt tressaillit.

— Autre chose ! Comment ça, autre chose ? Vous pourriez peut-être prendre la peine de me fournir quelques explications, inspecteur.

— Non.

Elle glissa un carré de chocolat noir entre ses lèvres et se pencha de nouveau sur ses mots croisés.

— Bon, cette fois, ça suffit !

A bout de patience, Colt lui arracha la revue des mains.

— Si c'est à ce petit jeu que vous comptez jouer, Grayson, je vais vous indiquer quelles sont *mes* règles : j'ai tendance à m'énerver lorsqu'on me fait marcher. Et je m'énerve tout spécialement lorsqu'on se fiche de ma figure alors que je m'ennuie comme un rat mort à faire le planton devant un rade pourri où il ne semble pas devoir se passer grand-chose. Ça me rend mauvais, vous comprenez ? Carrément méchant, même.

— Désolée, susurra-t-elle d'une voix douce qui présentait un contraste frappant avec l'éclat furieux de son regard. C'est à peine si j'arrive à parler, avec la boule de terreur qui m'obstrue la gorge.

— Vous voulez que je vous fasse peur ?

Colt réagit de façon fulgurante. Eût-elle voulu lui échapper qu'Althea n'aurait rien pu faire. Elle veilla donc à ne lui opposer aucune résistance lorsqu'il la saisit par les épaules et la plaqua contre son dossier.

— J'ai très envie de vous coller la frousse de votre vie, Thea. Ça mettrait un peu d'animation dans cette voiture.

— Calmez votre enthousiasme, Nightshade, OK ? Si vous avez fini votre numéro, jetez plutôt un coup d'œil par la vitre. Ce que j'attends depuis tout à l'heure s'apprête à entrer chez Clancy.

— Quoi ?

Il tourna la tête. Althea n'attendait que cette occasion pour lui prendre le pouce et le tordre violemment jusqu'à ce qu'il jure à voix haute.

— C'est Meena, l'autre fille qui travaillait pour Bill, expliqua-t-elle, impassible, en reprenant son appareil pour photographier la prostituée. J'ai trouvé sa photo tout à l'heure dans nos fichiers. La demoiselle a déjà fait plusieurs stages au poste. Pour racolage sur la voie publique, escroquerie, possession et vente de substances illicites, et j'en passe.

— Elle a tâté un peu de tout, notre amie Meena.

— *Votre* amie Meena, Nightshade. Comme vous aimez bien jouer les gros machos, vous ne devriez pas avoir trop de mal à me ramener cette fille. Et si vos charmes devaient rester sans effet, voici de quoi stimuler ses appétits.

Althea ouvrit son sac et en sortit une enveloppe avec des billets.

— Vous voulez que j'entre dans ce rade et que je me présente comme un client ?

— C'est exactement ce que j'attends de vous.

— Pourquoi pas ?

Il avait déjà eu l'occasion de relever des défis autrement plus musclés que celui-là. Mais il repoussa l'enveloppe avec les billets.

— J'ai de l'argent. Je me débrouillerai.

Althea le regarda traverser la rue et pousser la porte vitrée du bar. Ce ne fut que lorsqu'il eut disparu de sa vue qu'elle se renversa contre le dossier et ferma les yeux en poussant un grand ouf.

Décidément, ce Colt Nightshade était un individu redoutable.

Mortellement dangereux même.

Elle n'avait pas seulement ressenti de la colère lorsqu'il s'était jeté sur elle comme un joueur de rugby plaquant son adversaire. Les émois par lesquels elle était passée avaient été des plus confus, des plus tordus. Des plus complexes, aussi.

Le plus alarmant, c'est qu'elle avait été la proie d'une excitation physique intense qui s'était déclenchée sans prévenir, avec une force peu commune. Le tout assorti d'une peur presque primitive, assaisonné d'une pointe — juste une pointe — de rage meurtrière.

Cocktail détonant s'il en est…

Althea prit une profonde inspiration pour remettre de l'ordre dans ses pensées fiévreuses. Cela ne lui ressemblait pas de réagir comme elle venait de le faire. Normalement, elle gardait le contrôle d'elle-même lorsqu'un homme prenait ce genre d'initiatives.

Car les initiatives, c'était *elle* qui les prenait, dans ce domaine. Tel était le Premier Principe Elémentaire d'Althea Grayson. Et si Colt pensait pouvoir passer outre à cette règle, il était parti pour une grosse déception.

Se construire comme elle s'était construite ne s'était pas fait sans effort. Elle avait dû lutter pas à pas pour définir ses buts et se tenir à une ligne de conduite stable. Et il n'y avait eu ni parents ni famille pour la soutenir. Issue du chaos, elle avait bataillé sans relâche pour le laisser derrière elle une fois pour toutes. Mais pour cela, elle avait eu besoin de se fixer des règles. Ce qui ne voulait pas dire nécessairement qu'elle s'était figée dans un autoritarisme rigide. Elle gardait une marge de flexibilité, bien sûr. Mais sur certains points, il lui était tout simplement impossible de tolérer le moindre écart.

Althea ouvrit les yeux et soupira. C'était la nature même de l'enquête qui la ramenait aux zones de fragilité de son propre passé. Une fille d'à peine treize ans, retenue par des inconnus et vraisemblablement violée, maltraitée.

Elle frissonna. Encore un schéma qui ne lui était que trop familier.

Et puis, comme par hasard, il y avait eu la petite fille, ce matin. Livrée sans défense à la folie meurtrière du père...

Althea secoua la tête, rangea sa revue de mots croisés dans son sac et se força à penser de façon positive. Son seul vrai problème, en l'occurrence, était la fatigue. Le coup de filet qui lui avait permis d'arrêter tout un réseau de trafiquants de drogue cette semaine avait exigé une stratégie lourde et compliquée. Elle avait escompté se reposer ce week-end. Et voilà que cette nouvelle affaire lui tombait sur le coin de la figure. Alors qu'elle n'avait même pas eu une soirée pour souffler. Ce qu'il lui fallait, au fond, c'était des vacances.

Tout simplement des vacances...

Althea sourit en imaginant des étendues de sable blanc, une mer translucide, quelques cocotiers agités par la brise. Et un hôtel de luxe en arrière-plan, avec jacuzzi, bains de boue et autres commodités délicieuses.

Parfait. Voilà ce qu'elle allait s'offrir dès que l'enquête serait bouclée et qu'elle aurait renvoyé Colt Nightshade à son cabinet d'avocat. Ou à Dieu sait quelle mystérieuse occupation qui correspondait à son activité principale.

Quelle que puisse être sa profession, en tout cas, l'ami Colt savait s'y prendre avec les femmes. Althea dut s'incliner devant sa prestation : dix minutes à peine s'étaient écoulées et il ressortait déjà avec la dénommée Meena.

— Ah, tu veux faire ça à trois, avec ta femme ? commenta

la prostituée lorsqu'ils arrivèrent près de la voiture. Tu sais que ça va te coûter beaucoup plus cher, ça, mon trésor ?

— Aucun problème.

Colt tendit galamment la main à Meena pour l'aider à s'installer sur la banquette arrière.

— Un type comme toi n'aura aucun mal à satisfaire deux femmes, susurra la fille.

Elle avait un visage ovale, assez fin, et aurait pu être jolie si elle n'avait pas été maquillée de façon aussi outrancière.

— Désolée, mais mon collègue n'aura pas l'occasion de démontrer ses talents aujourd'hui, observa Althea en brandissant son insigne.

Meena jura avec force et foudroya Colt du regard. Puis elle se croisa les bras sur la poitrine.

— Vous n'avez rien de mieux à faire, vous les flics, que de nous persécuter ?

— Si vous répondez à nos questions, Meena, nous ne vous emmènerons pas au poste. Fais un petit tour, Colt, tu veux bien ? demanda Althea, tutoyant son « coéquipier » par réflexe.

Il démarra obligeamment et elle se retourna vers Meena.

— Wild Bill était un ami à moi.

— Ouais, c'est ça. Si vous croyez que je vais gober ce genre d'histoire.

— Il me rendait quelques petits services, à l'occasion. Et vice versa.

Sur le point de lui rire au nez, Meena plissa soudain les yeux d'un air entendu.

— Mmm… Je vois. Vous ne seriez pas la femme flic à qui il filait de temps en temps des tuyaux, par hasard ?

Manifestement rassurée, la fille se laissa aller contre son dossier.

— Bill disait que vous étiez réglo. Et que vous lui glissiez toujours un ou deux billets sans vous faire prier.

Notant le sourire gourmand qui venait d'apparaître sur les lèvres de la fille, Althea haussa les sourcils.

— Bill aurait peut-être dû vous préciser que je le payais seulement lorsqu'il avait une information valable à m'offrir. Vous connaissez Jade, je suppose ?

— Ben ouais, évidemment. Mais elle a quitté Denver. Et si vous voulez savoir où elle est passée, vous perdez votre temps. Elle ne m'a pas laissé d'adresse.

Meena tira un paquet de cigarettes de son sac en vinyle rouge et en planta une entre ses lèvres pulpeuses, d'un rouge cerise soutenu. Lorsque Colt alluma son briquet et approcha la flamme, elle posa sa main sur la sienne et le gratifia d'un regard langoureux.

— Merci, chéri.

— Et elle ? Son visage vous dit quelque chose ?

Colt tira la photo d'Elisabeth Cook de son sac et alluma le plafonnier. Meena examina rapidement le cliché et secoua la tête.

— Non.

Sur le point de rendre la photographie, elle se ravisa soudain et contempla de nouveau les traits de Liz à travers la fumée de sa cigarette.

— Tout compte fait, ce visage me dit quelque chose… Mais je ne me souviens pas où je l'ai vue, cette gamine.

— Avec Bill ?

— Ah non, sûrement pas. Bill n'aurait jamais mis des mineures sur le trottoir. Ce n'était pas son genre.

— Et ce serait le genre à qui de faire bosser des mineures ?

Meena tourna les yeux vers Colt.

— Y a bien Georgie qui a quelques jeunettes dans son écurie. Mais carrément des gamines de douze, treize ans ? Non, je ne vois pas.

— Dites-moi, Meena : Bill ne vous aurait pas trouvé un job dans le cinéma, récemment ? intervint Althea.

— C'est possible.

— La réponse est soit oui soit non, riposta Althea en récupérant la photo. Attention, Meena. Si vous gaspillez mon temps, je ne gaspillerai pas mon argent.

— Ouais, ben, moi ça ne me dérange pas si un type s'amuse à me filmer pendant que je bosse. Ils m'ont filé du fric en plus pour le faire, je ne vois pas pourquoi j'aurais dit non.

— Vous pouvez me donner le nom de ces gens ?

Meena pouffa.

— Qu'est-ce que vous vous imaginez ? Que nous avons échangé nos cartes de visite ?

— En tout cas, vous pouvez me fournir une description. Combien ils étaient, à quoi ils ressemblaient, où ça s'est passé.

Le regard de Meena se fit calculateur tandis qu'elle rejetait sa fumée dans leur direction.

— Je pourrais, oui… si vous me donniez de quoi me motiver un peu…

— Votre motivation, c'est que si vous parlez, vous échappez à une nuit en garde à vue en compagnie d'un gros Suédois d'un mètre quatre-vingt-dix surnommé l'Orang-outang, rétorqua Althea aimablement.

— Vous n'avez pas le droit. Je n'ai strictement rien fait.

— Avec un casier comme le vôtre, vous n'avez aucune chance de convaincre qui que ce soit de votre innocence, Meena. Vous savez bien que le juge vous rirait au nez.

— *Relax*, Thea, protesta Colt d'une voix traînante. Ne sois pas si dure avec elle. Elle fait tout ce qu'elle peut pour nous aider. Pas vrai, Meena ?

La prostituée se passa la langue sur les lèvres.

— Ben oui.

— Elle essaye de me mener en bateau, oui ! Je veux des réponses claires, un point c'est tout.

Althea constata non sans amusement que Colt et elle étaient tombés tout à fait spontanément dans la classique stratégie du « bon flic, mauvais flic ».

— Les réponses, elle va nous les donner, dit Colt d'un ton rassurant. Laisse-lui simplement le temps de respirer.

Meena fit la moue.

— Il y avait le gars qui filmait, un autre assis dans un coin qui dirigeait les opérations. Celui-là, je ne pouvais pas le voir, de là où j'étais. Le troisième, c'était mon partenaire. Le type qui « jouait » avec moi, quoi. Le cameraman était noir et chauve. Très grand, bâti comme un lutteur. Et pas causant, avec ça. Il n'a pas ouvert la bouche une seule fois en une heure.

Althea sortit son carnet et commença à griffonner des notes.

— Ils s'appelaient par leur prénom, tous les trois ?

Meena réfléchit un instant puis secoua la tête.

— Non. C'est marrant quand j'y pense mais ils ne se sont même pas adressé la parole, en fait. Il n'y avait que l'acteur, mon partenaire qui causait. Mais c'était rien que des trucs cochons qu'il disait pour la caméra. Y a des gens que ça excite, les obscénités. C'était un type pas très grand, plutôt menu même. Sauf là où je pense, bien sûr, pouffa la prostituée. Mais pour le reste, il était maigre, la quarantaine, avec une queue-de-cheval.

— Il faudra que je vous demande de collaborer avec le portraitiste de la police pour élaborer un portrait-robot.

— Ah non, merci bien ! J'ai eu ma dose de flics pour le mois.

— Nous ne sommes pas obligés de le faire au commissariat. Et si vous nous donnez une description précise qui pourra nous aider à mettre la main sur ces gens, vous toucherez cent dollars.

Le visage de Meena s'éclaira.

— Bon, ben dans ce cas, y a moyen de s'arranger.

Althea tapota sur son carnet avec la pointe de son crayon.

— Vous avez tourné où ?

— Tourné ? Ah, le film, vous voulez dire ? Dans un appartement de la Seconde Avenue. Très classe. Il y avait une vraie baignoire à remous dans la salle de bains. Et les murs étaient carrelés de miroirs.

Meena se pencha pour caresser l'épaule de Colt.

— C'était très… stimulant, chuchota-t-elle en le regardant dans les yeux.

— Vous avez l'adresse ? demanda Althea.

— Je ne me souviens plus exactement. Mais c'était un immeuble blanc, pas très haut, avec de grandes terrasses.

Colt lui jeta un regard encourageant.

— Je suis sûr que vous reconnaîtriez les lieux si nous passions devant. Pas vrai, Meena ?

— Ouais, essayez toujours. On verra bien.

Meena, qui semblait avoir un faible pour Colt, se montra très coopérative. Quelques minutes plus tard, elle désigna l'immeuble à travers sa vitre.

— Voilà, c'est ici. Vous voyez, c'est l'appartement au dernier étage avec les grandes baies vitrées et le balcon en arrondi. C'est là-dedans que ça s'est passé. Il était vraiment top, leur duplex. Toutes les moquettes étaient blanches. Et fallait voir la chambre à coucher ! Avec des rideaux en velours rouge et un immense lit rond. Et les robinets de la salle de bains étaient en or. Je ne vous dis pas comme c'était beau ! J'y serais bien retourné, moi, si j'avais pu.

— Ils ne vous ont fait venir qu'une seule fois ? s'étonna Colt.

— Ben oui. Ils ont dit à Billy que je ne correspondais pas au profil. Et vous ne devinerez jamais pourquoi ! s'exclama-t-elle en allumant une énième cigarette. Parce qu'ils m'ont trouvée trop vieille, ces gugusses. Vous imaginez un peu ? Je venais juste de fêter mes vingt-deux ans. Ça m'a dégoûtée quand Bill m'a annoncé ça… Ah ouais, tiens, à propos…

Soudain inspirée, Meena posa la main sur l'épaule de Colt.

— La gamine, vous savez ? Celle que vous m'avez montrée en photo. C'est là que je l'ai vue ! J'avais fini et j'étais déjà redescendue quand je me suis rendu compte que j'avais oublié mes clopes là-haut. Quand je suis allée les récupérer, elle était assise dans la cuisine. Sur la photo, elle n'est pas maquillée, alors que là elle en avait une couche ! C'est pour ça que je ne l'ai pas reconnue tout de suite.

— Elle vous a dit quelque chose ? demanda Colt d'une voix tendue. A-t-elle tenté de communiquer avec vous d'une façon ou d'une autre ?

— Ben non. Elle était assise là, sans rien faire, avec une drôle d'expression. A mon avis, ils avaient dû la droguer, cette petite. Elle n'avait pas l'air dans son état normal.

Notant qu'un muscle tressautait à l'angle de la mâchoire de Colt, Althea posa sa main sur la sienne. Ses doigts étaient froids et rigides sous les siens. A son grand étonnement, il eut un léger mouvement du poignet et ils se retrouvèrent paume contre paume, à se tenir la main.

— J'aurais besoin d'un numéro de téléphone où vous joindre, déclara-t-elle en fouillant son sac de sa main libre pour en tirer la somme promise à Meena.

Cette dernière compta ses billets avec une satisfaction manifeste et ne montra aucune réticence à donner ses coordonnées.

— Bill avait raison. Vous êtes réglo. Hé, ça vous dérangerait de me déposer au Tick-Tock ? Je crois que je vais boire un canon ou deux à la mémoire de ce bon vieux Bill.

— Nous ne pouvons rien faire sans mandat de perquisition, répéta Althea pour la troisième fois lorsqu'ils descendirent de l'ascenseur, au dernier étage de l'immeuble que leur avait indiqué Meena.

— On n'a pas besoin d'une permission signée par un juge pour aller frapper à leur porte, que je sache.

Portant la main à sa poche pour vérifier la présence de son arme, Althea soupira.

— Tu crois qu'ils vont nous inviter à boire le café, peut-être ? Accorde-moi quelques heures et je t'obtiens…

Colt fit volte-face. Lorsqu'elle vit son expression, Althea

demeura un instant bouche bée. Toute la journée il était resté d'un calme olympien, même avec Charlie et la fillette. Elle s'était attendue à tout sauf à voir ses nerfs lâcher maintenant.

— Entendons-nous bien, inspecteur. Si Liz est bouclée dans cet appartement, il est hors de question que j'attende ne serait-ce qu'une *minute* de plus pour que tu obtiennes ton bout de papier. Et je peux t'assurer que si je la trouve, je la sors d'ici, direct. Mandat ou pas mandat.

— Ecoute, Colt, je comprends parfaitement.

— Tu ne comprends rien du tout, oui !

Elle ouvrit la bouche et la referma juste à temps. Aussi incroyable que cela puisse paraître, elle avait été à deux doigts de hurler à ce quasi-inconnu que nul n'était mieux placé qu'elle pour *comprendre*, au contraire.

— Très bien. Allons frapper à leur porte, déclara-t-elle sèchement en joignant le geste à la parole.

Personne ne répondit.

— Ils ont peut-être l'oreille dure, maugréa Colt en tambourinant du poing contre le battant.

Mais là encore, sans résultat. Il entra alors en action avec une rapidité telle qu'Althea n'eut même pas le temps d'émettre une protestation.

Elle dégaina son arme.

— Bien, Nightshade, bien… C'est subtil, ça, comme méthode. Et comment vais-je justifier dans mon rapport le fait que tu aies défoncé cette porte ?

Colt sortit à son tour un revolver de sa botte.

— J'ai été un peu impulsif, on dirait. Mais le résultat est là.

— Colt, non, stop !

Mais une fois de plus, elle gaspillait sa salive : il était déjà à l'intérieur. Maudissant Boyd et ses amis d'enfance jusqu'au dernier, Althea lui emboîta le pas et le couvrit par automatisme. Elle sut que l'appartement était vide avant même que Colt ne trouve l'interrupteur : il ne restait rien hormis la moquette et les rideaux aux fenêtres.

— Ils ont plié bagage, les ordures, marmonna Colt comme pour lui-même en s'engouffrant dans la chambre.

Althea replaça son arme dans son holster.

— Notre ami le barman du Clancy a bien fait passer la consigne, on dirait. Et les oiseaux n'ont pas traîné pour s'envoler du nid. Avec un peu de chance, nous retrouverons leur piste grâce au contrat de location. Et nous pouvons toujours essayer d'interroger les voisins. On en apprendra peut-être un peu plus sur cette fine équipe.

Mais plus Althea examinait les lieux, moins elle se sentait optimiste. Ils avaient affaire à des pros. Et ces gens-là avaient clairement pris toutes les dispositions nécessaires pour effacer leurs traces. Ils avaient opéré un repli net et sans bavure. Et n'avaient rien laissé derrière eux qui eût pu constituer un indice.

Par acquit de conscience, elle alla jeter un coup d'œil dans la salle de bains. La pièce était telle que Meena l'avait décrite. Althea nota avec une pointe d'amusement que les robinets en forme de cygne étaient en cuivre et non en or.

— Franchement, ce n'est pas malin d'être entré ici par effraction, Nightshade. Il aurait fallu venir avec des techniciens de l'identification criminelle, geler les lieux, procéder aux relevés d'empreintes et tout le bataclan. C'est scientifique, une enquête judiciaire, merde !

— J'ai fait l'idiot, c'est vrai. Mais imagine que Liz se soit trouvée ici, derrière cette porte, dit Colt juste derrière elle. Pouvait-on se permettre d'attendre ?

Althea contempla leurs deux reflets dans les miroirs qui réfléchissaient leurs silhouettes à l'infini. Son indignation retomba d'un coup lorsqu'elle vit la rage impuissante qui se reflétait sur les traits de Colt.

— Nous la retrouverons et nous la ramènerons chez elle. Je te le promets, Colt. Nous mettrons tout ce qu'il faut en œuvre.

— Nous la trouverons, oui. Mais *quand* ? Et dans quel état ?

Colt dut faire un effort sur lui-même pour ne pas arracher

les rideaux rouges et tordre les robinets en cuivre. Casser quelque chose aurait soulagé, au moins momentanément, la colère démesurée qui grondait en lui.

— Chaque jour qui passe ne fait qu'ajouter à son cauchemar, bon sang ! Et elle aura une vie entière à vivre avec ce stock de souvenirs dégradants. Comment veux-tu qu'après cela, cette gamine puisse mener une existence normale ?

— Les enfants sont plus solides que la plupart des gens ne le pensent. Ils ont une extraordinaire faculté pour renouer avec la vie, Colt. Liz surmontera ce trauma si on lui donne la possibilité de reprendre ses activités normales, comme n'importe quel enfant de son âge. Et ce sera plus facile pour elle, car elle a une famille aimante pour la soutenir.

— Plus facile que quoi ?

Plus facile que lorsqu'on n'a personne sur qui compter à part soi-même. Gardant cette pensée pour elle, Althea lui toucha la joue.

— Plus facile, c'est tout. Ne laisse pas l'angoisse prendre le dessus, Colt. Tu vas te mettre à faire n'importe quoi sinon.

Il inclina la tête.

— Tu as raison. Désolé.

Lorsqu'elle voulut retirer sa main, il la retint par le poignet et la ramena vers lui.

— Tu sais quoi ? Tu viens de te comporter de façon quasi humaine, là.

— Ah vraiment ?

Leurs corps se touchaient presque. Les signaux d'alerte d'Althea virèrent au rouge. Mais elle n'avait jamais été de celles qui reculent devant une épreuve. Elle fit donc face, sans reculer d'un millimètre.

— Parce que, d'habitude, je me comporte comment ? Comme un monstre ?

— D'habitude, tu es simplement parfaite.

Colt comprit — trop tard — qu'il allait céder à la tentation. Depuis le premier instant, il avait eu envie de plonger les mains dans sa chevelure. Il soupira en sentant ses cheveux soyeux crisser sous ses doigts.

— C'est presque effrayant, chuchota-t-il. Tout est fascinant chez toi : ta chevelure, ton visage, ton corps, ta peau, ton intelligence. Qu'est-ce qu'un homme peut faire devant tant de merveilles ? Hurler éperdument à la lune ? Tomber foudroyé à tes pieds ?

Althea dut rejeter la tête en arrière pour maintenir son regard à hauteur du sien. Même si son cœur battait un peu plus vite, elle pouvait faire abstraction du phénomène. Qu'une légère attirance se fasse sentir ne lui paraissait pas alarmant en soi. Cela s'était déjà produit et elle se savait capable de contenir ces accès de faiblesse momentanés. Plus inquiétants, en revanche, étaient le trouble, la confusion, cette impression déconcertante de flotter dans un No Man's Land de pure sensation.

A surveiller, conclut-elle.

— Je ne crois pas que tu sois du genre à pratiquer l'une ou l'autre de ces deux attitudes, Nightshade.

Elle accompagna cette remarque réfrigérante d'un sourire glacial propre à décourager n'importe quel individu mâle pourvu d'un minimum de raison. Mais Colt ne se laissa pas impressionner, en l'occurrence. Un éclair brilla dans ses yeux bleu-vert.

— Tu as raison. Hurler à la lune n'a jamais été ma tasse de thé. Quant à tomber à tes pieds… le contexte ne s'y prête pas vraiment. Mais on pourrait essayer autre chose.

Il articula lentement mais se mut avec la rapidité et la souplesse d'un fauve. Ses lèvres s'emparèrent des siennes avant qu'elle ait pu anticiper la manœuvre.

Si elle s'était débattue — si elle avait émis la plus petite protestation, même — il aurait tout arrêté, quitte même à s'excuser platement.

Mais Althea ne fit pas un geste pour se défendre. Une passivité dont elle fut la première à s'étonner. Elle avait la ferme intention de le rejeter, bien sûr. Et même énergiquement. Mais une étrange apathie s'était emparée d'elle, la poussant à différer le moment de passer à l'action. Se défendre n'était pas vraiment un problème. Elle connaissait diverses méthodes — défensives ou offensives — pour mettre un terme à ce genre de situation. Mais aucune tactique, bizarrement, ne s'imposait à son esprit.

Peut-être fut-ce par curiosité qu'elle le laissa faire dans un premier temps ? Parce qu'elle expérimentait des sensations qui demandaient à être explorées plus avant ? Parce que la bouche de Colt était exigeante, que ses bras autour d'elle semblaient éloigner le reste du monde, parce que les volutes de plaisir qui tourbillonnaient en elle exerçaient des effets délétères sur ses fonctions mentales ?

Elle le repousserait, bien sûr. C'était une certitude. Mais en attendant…

Les baisers d'Althea étaient exactement tels que Colt les avait pressentis. Et Dieu sait qu'il les avait pressentis souvent. Il but à ses lèvres un nectar si sauvage, si flamboyant qu'il perdit rapidement la tête. Foudroyé, il l'était bel et bien, même s'il avait plus urgent à faire que de tomber à ses pieds pour le moment.

Lorsque les lèvres d'Althea s'ouvrirent sous les siennes, il investit sa bouche et ne songea plus qu'à se perdre dans ses profondeurs électriques. Elle était si mince, si souple, si menue qu'il en avait des frissons. Il n'aurait pu imaginer plus grande perfection. Si Althea n'avait pas été conçue, il l'aurait fantasmée et dessinée exactement telle qu'elle était.

L'abandon avec lequel elle noua les bras autour de son cou n'était pas fait pour briser son élan. Il sentait ses mains aller et venir dans son dos, entendait les petits bruits félins qui vibraient dans sa gorge. Colt vit un éclair passer devant ses yeux. Le sang se précipitait dans ses veines et lui rugissait aux oreilles avec la force d'un torrent.

Murmurant son nom, il la plaqua contre la cloison aux miroirs et couvrit son corps du sien. Il voulait la toucher partout, la prendre avec sa bouche, ses mains, la dévorer tout entière. Déjà, il s'attaquait à ses vêtements, défaisait des boutons, s'escrimait sur une fermeture Eclair.

Il la voulait, là, tout de suite, sans attendre. C'était plus qu'une envie : un besoin primitif, élémentaire, aveuglant. Il lui fallait Althea comme un homme ivre de fatigue aspire à la délivrance du sommeil. Arrachant sa bouche de la sienne, il posa les lèvres dans son cou, goûta la saveur somptueuse de sa chair.

Dans un semi-délire, elle se tendit vers lui comme un arc, gémissant lorsque sa bouche dévorante entra en contact avec sa peau. Si elle n'avait pas été adossée contre la cloison, elle aurait glissé au sol. C'était là, par terre, dans cette salle de bains, qu'ils s'uniraient l'un à l'autre. Sur les carreaux, avec des douzaines et des douzaines de miroirs reflétant leurs ébats.

Ici et maintenant.

Comme un voleur se glisse dans une maison obscure, une image de Meena vint s'insinuer dans son esprit. Elle songea à Liz, aux scènes sordides qui s'étaient déroulées dans ce même décor.

Dans un sursaut d'horreur à l'idée de ce qui avait failli être, Althea se rejeta en arrière. Elle, femme et flic, avait été à deux doigts de se rouler par terre avec un quasi-inconnu sur les lieux même où elle était censée exercer ses compétences professionnelles ?

— Stop ! protesta-t-elle d'une voix encore enrouée par l'excitation. Je ne plaisante pas, Colt. Arrête-toi. Maintenant.

— Quoi ?

Comme un plongeur refaisant surface après une longue traversée, il secoua la tête et vacilla presque. Bon sang, c'était à peine s'il tenait encore sur ses jambes ! Colt dut prendre appui d'une main contre la cloison. Il ne pouvait la regarder sans prendre le vertige. La fièvre qui luisait encore dans ses yeux les faisait paraître d'or liquide. Ses lèvres étaient très rouges, humides et gonflées — l'image même de la tentation. Comme un appel. Un cri de volupté.

Il lui toucha la joue avec une délicatesse infinie, comme il aurait effleuré le pétale à peine défroissé d'un coquelicot.

— Tu es tellement belle, chuchota-t-il. D'une beauté inaccessible et fragile, comme une fleur exotique sous une cloche de verre. Pour cueillir cette fleur, il n'y a pas d'autre solution que de briser le contenant.

Fermant un instant les yeux, elle secoua la tête.

— Colt, non, arrête. C'est de la folie ce que nous faisons là.

— Ce n'est pas très raisonnable, j'en conviens. Mais qu'est-ce que c'est bon…

— Nous sommes en pleine enquête criminelle, Nightshade. Et cet appartement va être mis sous scellés. On ne peut pas faire n'importe quoi n'importe où !

Avec un léger sourire, il lui prit la main et porta ses doigts à ses lèvres pour les mordiller un à un. Même si leurs investigations tournaient court pour le moment, ils n'étaient pas obligés de stopper toute activité pour autant.

— Alors allons ailleurs, proposa-t-il, pragmatique, en aspirant son pouce entre ses lèvres, le regard plongé dans le sien.

Luttant contre une nouvelle montée de désir, Althea recula hâtivement d'un pas et entreprit de rajuster ses vêtements. Mais ses mains tremblaient tellement qu'elle dut s'y prendre à deux fois pour reboutonner son chemisier.

— Nous allons partir, oui. Chacun de notre côté.

Colt comprit qu'il n'y avait qu'un endroit sûr où placer ses mains, en l'occurrence : dans ses poches. Althea avait raison : ce n'était pas le moment — vraiment pas le moment.

Ravalant sa frustration, il se résigna à maintenir le cap qu'il s'était fixé. Une fois que Liz serait hors de danger, il serait temps de penser à lui. Et à elle.

— OK, soyons clairs : tu aimerais que nous fassions comme si rien ne s'était passé ?

Althea jura tout bas en s'escrimant sur sa veste froissée. Elle lui jeta un regard noir.

— Enfouir la tête sous le sable n'a jamais été ma politique, Nightshade. Entre nous, cela devait sans doute arriver. Mais maintenant que notre curiosité est satisfaite, nous pouvons considérer que cet épisode est clos et définitivement clos.

— Désolé, mais je ne suis pas d'accord. Je ne peux parler que pour moi, bien sûr. Mais ce genre de… vibrations, ça n'arrive pas tous les jours. Quant à ma curiosité, elle commence tout juste à s'éveiller.

Elle lui jeta un regard hautain.

— Tu as raison, Colt. Tu ne peux parler que pour toi-même.

Althea réussit à atteindre le salon avant qu'il la rattrape.

— Je ne crois pas que la fuite te mène bien loin, dans ce cas précis, Thea.

La voix de Colt était mortellement calme. Serrant les lèvres, elle secoua la tête sans répondre.

— Sois franche avec moi, OK ? insista-t-il en la forçant à soutenir son regard. Nous sommes adultes l'un et l'autre.

— Très bien, comme tu voudras. Si j'avais eu envie d'une liaison brève et torride, je n'aurais certainement pas manqué de te faire signe. Mais il se trouve que j'ai d'autres priorités en ce moment.

— Tu fonctionnes avec des listes, c'est ça ? En cochant des cases sur un emploi du temps ?

— Je ne considère pas ce genre d'accusation comme une insulte, répondit-elle d'une voix suave. J'ai toujours pensé qu'il était utile de s'organiser dans la vie et c'est un choix que j'assume pleinement.

— Tu compartimentes tout.

Elle haussa les épaules.

— Si tu veux appeler ça comme ça, libre à toi. Mais pour l'instant, je ne vois qu'une chose que nous ayons à faire ensemble, Colt Nightshade : tirer cette gamine de l'enfer. Crois-moi si tu veux, mais je suis tout aussi déterminée que toi. Je n'aurai de cesse que lorsqu'elle sera de retour dans sa famille, à se quereller avec son petit frère ou à s'inquiéter des résultats de son dernier contrôle de maths. Quant aux ordures qui lui ont fait ça, je ne les lâcherai pas. Ma motivation est aussi forte que la tienne même si c'est sans doute difficile à comprendre.

Il soutint son regard sans ciller.

— Je peux comprendre beaucoup de choses, Althea. Il suffit de m'expliquer.

— Je suis flic. C'est déjà une motivation en soi, non ?

— Oui, mais ce n'est pas la seule.

Pendant qu'elle parlait, il avait vu une froide passion se refléter sur son visage. Une passion aussi forte quoique très différente de celle qu'elle avait exprimée dans ses bras.

— Je suis fatiguée, Colt, murmura-t-elle.

Lui aussi. Il massa sa nuque douloureuse où s'étaient accumulées les tensions de la journée. Ils étaient épuisés et à bout. Ce n'était ni le lieu ni le moment. Il avait besoin d'avoir l'esprit clair s'il voulait espérer comprendre quelque chose à l'énigme que représentait Althea Grayson…

— Ecoute : je me serais excusé si j'avais eu un geste déplacé, tout à l'heure. Mais je refuse d'admettre qu'il y ait eu quoi que ce soit de « déplacé » dans ce qui vient de se passer entre nous. Je suis ici pour récupérer Liz et je m'investirai à cent pour cent dans cette recherche. Mais ensuite… Après avoir goûté une première bouchée de toi, Thea, je sais que je mettrai une détermination analogue à t'obtenir tout entière.

— Je ne suis pas le plat du jour, consommable à volonté, Nightshade, rétorqua-t-elle d'une voix lasse. Tu n'obtiendras que ce que j'accepterai de te donner.

Colt eut un sourire beaucoup trop désarmant à son goût.

— C'est tout ce que je demande. Viens, maintenant. Je te raccompagne chez toi.

4

Armé d'une tasse de café noir bien serré, Colt assistait en spectateur médusé au furieux tourbillon matinal qu'il fallait bien nommer « petit déjeuner chez les Fletcher ». Une agitation qui, semblait-il, faisait partie du quotidien de la famille. En quelques jours, il avait appris qu'envoyer trois enfants à l'école le matin n'avait rien d'une sinécure. Et que le trio d'adultes qui orchestrait ce grand chambardement matinal formait les héros discrets d'une bataille sans gloire et sans médaille, chaque jour réitérée.

— Ah, berk ! Non ! Elles vont me faire vomir, ces céréales ! gémit Bryant.

Il remplit sa cuillère de la masse spongieuse et, sourcils froncés, la laissa retomber dans son bol de lait avec un grand splatch qui éclaboussa une bonne partie de la table.

— Regarde ça, maman ! Je peux pas avaler cette bouillasse ! Elles ont un goût de carton mouillé.

— Tu as choisi ce paquet à cause du sifflet gratuit à l'intérieur, lui rappela patiemment Cilla tout en tartinant des sandwichs pour sa progéniture. Et tu m'avais promis que, quoi qu'il arrive, tu les avalerais jusqu'à la dernière.

— Tu n'as qu'à rajouter une banane pour faire passer le goût, suggéra Boyd, très occupé de son côté à tresser les cheveux fous de sa fille Allison.

— Aïe ! Papa, fais attention ! Tu m'arraches la tête !

— Désolé. Je t'en rachèterai une autre à la première occasion, c'est promis… Alors ? Cette capitale du Danemark ?

— Euh… Helsinki ? Non, Copenhague ! grommela la petite fille. Je déteste les contrôles de géographie.

Tout en soumettant ses cheveux aux mains de son père, Allison pratiquait des pliés de jambe en vue de son prochain cours de danse.

— Pourquoi il faut apprendre tous ces trucs par cœur ? bougonna-t-elle. Ça sert à rien.

— La connaissance, c'est sacré, ma fille.

La langue coincée entre les dents, Boyd se débattait avec l'élastique.

— Oui, ben moi, j'ai oublié le nom sacré de la capitale de la Hongrie.

— Facile. C'est… euh…

Colt réprima un sourire en voyant son ami se frotter le crâne. La connaissance sacrée n'était manifestement pas au rendez-vous ce matin.

— Tu le savais encore hier soir, Allison, éluda Boyd avec une parfaite mauvaise foi. Ça te reviendra pendant le contrôle.

— Pfft ! Hé, maman ! Y a Bryant qui refile ses céréales à Bongo ! claironna Allison avec le sourire triomphant du délateur confirmé que tout enfant de sept ans cache au fond de lui.

Cilla se tourna juste à temps pour voir son fils tenter de nourrir le chien à la cuiller.

— Bryant Fletcher !

— Mais regarde, maman. Même Bongo n'en veut pas. Elles sont trop dégueu, j'te dis !

— Bryant, par pitié, surveille ton vocabulaire ! dit Cilla d'une voix lasse.

Mais il fallait se rendre à l'évidence : le gros chien bâtard qui mangeait absolument n'importe quoi, n'importe où et buvait l'eau des flaques, avait résolument tourné le dos aux céréales Rocket Crunchies.

Avec un soupir démonstratif, Cilla alla porter le bol dans l'évier.

— Bon. Dépêche-toi de manger ta banane et va préparer tes affaires.

— M'man ! cria Keenan, le plus jeune des trois, en déboulant dans la salle à manger pieds nus avec une basket sale à la main. Je trouve plus mon autre chaussure. Quelqu'un l'a volée.

— Appelle la police, commenta Cilla, philosophe, en déposant son dernier sandwich dans un cartable.

Se détournant de ses fourneaux, la cuisinière s'essuya les mains sur son tablier.

— Je m'en occupe, *señora*.

— Maria, vous êtes une bénédiction.

— C'est des méchants qui l'ont prise, Maria, chuchota Keenan d'un air grave. Ils sont venus cette nuit et ils l'ont embarquée. Mais ça fait rien, parce que mon papa, il va les arrêter.

— Ton papa, il retrouve tous les voleurs du monde entier, acquiesça Maria avec le plus grand sérieux en prenant la main du bambin dans la sienne. Mais on va déjà monter tous les deux et chercher des indices, d'accord ?

Exit Maria et Keenan. Mais le calme qui retomba après leur départ fut de courte durée. Cilla jeta un coup d'œil par la fenêtre et poussa une exclamation.

— Oh, mince ! Il a l'air de pleuvoir à verse. Il leur faudrait des parapluies. Tu sais si nous en avons encore, Boyd ?

— Excellente question, ma chérie.

Boyd finit d'attacher les cheveux de sa fille et la laissa à ses pas de danse pour se servir une tasse de café bien méritée pendant que Cilla se lançait dans des recherches frénétiques.

— A mon avis, quelqu'un a dû aussi voler les parapluies, suggéra Boyd gravement. Il s'agit probablement de la même bande qui a dérobé la chaussure de Keenan. J'ai déjà affecté une équipe sur cette enquête.

— Ah, on peut compter sur toi en temps de crise, Fletch ! grommela Cilla en passant nerveusement la main dans ses courtes boucles brunes.

Elle courut dans le petit hall et poussa une exclamation de triomphe.

— Les voici ! Ils étaient tout simplement accrochés au porte-manteau.

Elle attrapa les trois cartables et rassembla ses deux aînés.

— Vos blousons, vite ! Oh, misère ! Le car de ramassage passe dans moins de cinq minutes et Keenan est encore en haut avec Maria.

Cilla se retourna et trébucha sur le chien. Les enfants se ruèrent dans le couloir pour récupérer leurs affaires, mais ce fut le moment que choisit Bongo pour se jeter dans la mêlée en aboyant pitoyablement.

— Bongo déteste les adieux, précisa Boyd en interceptant le chien.

Maria entra sur ces entrefaites en poussant un Keenan dûment chaussé devant elle.

— La chaussure était dans le placard, finalement.

Cilla retrouva le sourire.

— C'est les méchants qui ont dû la cacher là. Ils sont diaboliques.

Elle arma son plus jeune fils d'un petit sac à dos contenant un pique-nique.

— Et maintenant : bisous ! Ah oui, Allison : la capitale de la Hongrie, ça devrait être Budapest, si mes souvenirs sont bons.

— Merci, m'man !

La famille procéda alors à un échange généralisé de bises d'adieu auquel le chien Bongo participa activement. Puis Cilla leva la main.

— Attention, s'il y en a un qui oublie son parapluie à l'école, il sera exécuté sur-le-champ. Et maintenant, filez !

Les enfants détalèrent en riant. La porte d'entrée claqua. Cilla ferma les yeux.

— Encore un début de matinée paisible chez les Fletcher.

Colt, que puis-je t'offrir ? Du bacon ? Des œufs ? Un litre de whisky ?

Colt alla s'asseoir en riant à la place laissée libre par Bryant.

— J'accepte volontiers les deux premiers. Quant au whisky, je veux bien que tu le mettes de côté pour ce soir. Très colorée, cette petite mise en scène, en tout cas ! Vous assurez ce spectacle tous les matins ?

— Pratiquement. Avec des représentations à rallonge pendant les week-ends !

Elle passa encore une fois la main dans ses cheveux et jeta un coup d'œil à la pendule.

— Je serais bien restée à traîner autour d'une tasse de café avec vous mais il faut que je monte me préparer. J'ai une réunion dans une heure. Colt, si jamais tu as un creux dans ton emploi du temps, n'hésite pas à venir me voir à la station de radio. Je te ferai visiter.

— Très volontiers.

— Faut-il que je vous rapporte quelque chose pour le repas de ce soir, Maria ?

— Non, merci, *señora,* déclina la cuisinière en jetant les tranches de bacon dans la poêle. J'ai tout ce qu'il me faut.

Cilla vint poser la main sur l'épaule de son mari.

— Je devrais être de retour vers 18 heures. J'ai cru comprendre qu'une partie de poker monstre se préparait ici, ce soir, Fletch ?

— C'est une rumeur qui court, en effet.

Boyd attira sa femme sur ses genoux et l'embrassa tendrement.

— Mmm… Tu sais que tu es délicieuse à croquer, O'Roarke ? Quel est ce goût suave sur tes lèvres, ô femme de ma vie ?

— De la confiture de fraises ! Tu m'invites toujours à déjeuner à midi ?

— Notre repas en amoureux ? Mais bien évidemment.

Cilla gratifia son homme d'un dernier baiser et quitta la

cuisine d'un pas dansant. Ils l'entendirent grimper l'escalier quatre à quatre. Colt et Boyd échangèrent un regard.

— Tu sais que tu es verni, Boyd Fletcher ?

— Mmm ?

— Tu as une femme merveilleuse et trois enfants formidables. Et tout ça, du premier coup.

— Je reconnais que j'ai de la chance. Dès l'instant où j'ai rencontré Cilla, j'ai compris que ce serait elle et pas une autre. C'est étonnant, non ?

Boyd but une gorgée de café et son expression se fit songeuse.

— Enfin… note que j'ai dû user de pas mal de persuasion pour la convaincre, elle, qu'il était inutile d'espérer poursuivre sa vie sans moi !

— Apparemment, tu as réussi à te faire entendre, vieux renard.

Boyd eut un sourire qui laissa Colt rêveur. Difficile de ne pas ressentir une pointe d'envie lorsque votre ami d'enfance vous parlait mariage et vie de famille avec un tel éclat dans le regard.

— Quand tu as rencontré Cilla, tu étais déjà le coéquipier de Thea, au fait ?

— Tout à fait. On assurait tous les trois un service de nuit, à l'époque. Thea est la première femme avec qui j'aie jamais fait équipe. Au début, j'étais vaguement sceptique. Mais ça a été un vrai régal de travailler en duo avec elle. Thea est un flic hors pair.

Colt fronça les sourcils. « Un vrai régal » ? Voilà qui pouvait s'interpréter de toutes sortes de manières.

— Tu n'es pas obligé de me répondre, Fletch, mais il n'y a jamais rien eu de… euh… personnel entre Thea et toi, avant que tu rencontres Cilla ?

— Il se passe quantités de choses personnelles avec un équipier. C'est inévitable.

— Oui, bien sûr, mais…

Avec un sourire serein, Boyd se resservit en café.

— Mais il n'y a jamais eu d'attirance entre nous, si c'est là où tu veux en venir.

Colt haussa les épaules en se demandant pourquoi la réponse de son ami le soulageait à ce point.

— Désolé d'avoir été indiscret, mon vieux. Mais avoue que, quand on voit Thea, c'est difficile de ne pas se poser la question.

— Tu as du mal à comprendre pourquoi je n'ai jamais tenté ma chance, c'est ça ? Comment j'ai pu rester de marbre devant une femme avec un tel physique, une telle intelligence. Et un tel… hum… comment appeler ça ?

Avec un léger sourire, Boyd se tut pendant que Maria leur servait leur petit déjeuner en silence.

— Merci, Maria. Où en étions-nous, déjà ? Oui, Thea. Comment ai-je pu rester indifférent à… disons une *présence physique* telle que la sienne ? C'est assez simple, Colt. Je ne te dis pas que l'idée ne m'a pas traversé l'esprit. Et il est possible que Thea se soit posé la même question de son côté. Mais tu vois, le déclic ne s'est pas produit. Et si ça a fonctionné d'emblée sur le plan professionnel et amical, nous n'avons jamais été amenés à nous aventurer sur d'autres voies.

Boyd prit sa fourchette, s'attaqua à ses œufs brouillés et lui jeta un regard en coin.

— Et toi ? Tu en es où, question « déclic » ?

Colt joua distraitement avec la tranche de bacon sur son assiette.

— Avec Thea ? Pour l'instant, je ne peux pas encore dire si ça fonctionne entre nous sur le plan amical et professionnel. Mais nous avons déjà fait un pas ou deux pour explorer « les autres voies ».

Boyd ne parut pas surpris outre mesure.

— Il y a des femmes que l'on a dans la peau et des femmes que l'on a constamment dans la tête. Lorsqu'on les a à la fois dans la peau et en tête, ça déménage !

— Mmm… Et si tu m'en disais un peu plus sur Althea ?

— C'est un excellent flic et une personne en qui tu peux avoir toute confiance. Elle a ses problèmes, bien sûr, comme tout le monde. Mais elle les gère plutôt bien. Si tu veux des détails, en revanche, il faudra t'adresser directement à l'intéressée… Et je te rassure tout de suite : Thea recevrait la même réponse si elle m'interrogeait à ton sujet, compléta Boyd avec un léger sourire.

— Parce qu'elle t'a demandé des trucs sur moi ?

— Non.

Boyd dissimula un sourire en portant sa tasse à ses lèvres.

— Et si tu me racontais plutôt où tu en es de tes recherches ?

Ravalant sa frustration, Colt lui fit un bref compte rendu de la journée de la veille.

— Nous avons réussi à obtenir l'adresse du « studio » où ils tournaient, sur la Seconde Avenue. Mais quand nous sommes arrivés, ces crapules avaient déjà plié bagage.

Colt se retint de frapper la table du poing. Le fait qu'ils aient manqué les geôliers de Liz de quelques heures à peine continuait à lui saper sérieusement le moral.

— Après le petit déjeuner, j'irai interroger le gérant de l'immeuble. Comme il vit sur place, il pourra peut-être me fournir quelques renseignements valables sur notre bande de joyeux cinéastes.

Boyd hocha la tête.

— Cela me paraît être la procédure logique à suivre, en effet. Si je peux t'être utile en quoi que ce soit, Colt…

— Je te ferai signe en cas de besoin. Ce qui m'inquiète, c'est qu'il y a déjà deux semaines que cette gamine est entre leurs pattes, Fletch. Et je n'ose imaginer dans quel état nous allons la récupérer.

— Tu te préoccuperas de cela une fois que tu l'auras retrouvée. Dans ce métier, on règle les problèmes au fur et à mesure, Colt. C'est la seule manière d'y arriver sans se noyer.

— J'ai l'impression d'entendre ton amie, l'inspecteur

Grayson. La belle Althea me fait faux bond jusqu'en début d'après-midi, au fait. Elle passe la matinée au tribunal.

Boyd hocha la tête.

— Ah oui, c'est vrai. Le procès Marsten. Vol à main armée avec violence. Tu veux que je te délègue un agent en uniforme pour t'assister, ce matin ?

— Ça va aller, merci. Je suis encore capable de tenir une demi-journée seul, sans un membre des forces de l'ordre pour me tenir la main.

Travailler en solo avait ses avantages… Colt s'en rendit compte ce matin-là. Il n'avait pas à se demander s'il n'empiétait pas sur le territoire de son partenaire. Ni à délibérer pour définir une stratégie. Et dans le cas particulier d'Althea, son absence lui laissait l'esprit libre, le dispensant d'avoir à combattre ses bas instincts à tout bout de champ !

Il commença par interroger Nieman, le gérant. C'était un homme chauve, fluet, de petite taille, qui semblait avoir une haute idée de sa propre fonction. Vêtu d'un costume trois-pièces, il baignait dans une odeur soutenue d'eau de toilette au vétiver.

— J'ai déjà fait ma déclaration à l'autre officier de police qui est passé ce matin, déclara-t-il par l'entrebâillement de la porte, sans prendre la peine de retirer la chaîne de sécurité.

— Eh bien, maintenant, c'est à mes questions qu'il faudra répondre, déclara Colt calmement, sans juger utile de le détromper au sujet de son appartenance présumée à la police judiciaire de Denver. Souhaitez-vous que nous poursuivions le dialogue ainsi, monsieur Nieman ? Je peux rester dans le hall et crier mes questions si vous préférez ne pas me laisser entrer.

La mine morose, Nieman se résigna à lui ouvrir sa porte.

— Ça va encore durer longtemps, cette histoire ? Déjà que vos collègues sont venus tambouriner à ma porte à l'aube ! Et depuis, il ne se passe pas une minute sans que le téléphone ne se mette à sonner. Rien que des locataires curieux de savoir pourquoi la police a mis le duplex sous scellés. Avez-vous la moindre idée du temps que cela va me prendre avant que les effets de toute cette publicité négative soient dissipés ?

— C'est un métier difficile que le vôtre, monsieur Nieman, commenta Colt gravement en examinant les lieux.

L'appartement de fonction n'était pas aussi grand et luxueux que celui du dernier étage mais le gérant bénéficiait d'un confort plus qu'appréciable. Nieman avait opté pour un ameublement rococo à la française. Colt songea que sa mère aurait été aux anges en découvrant pareil décor.

— Ah, ça, vous ne croyez pas si bien dire ! Vous ne pouvez pas savoir comme j'en vois de toutes les couleurs, par moments, opina Nieman en lui désignant un fauteuil aux accoudoirs artistiquement sculptés. Les locataires sont souvent pires que des enfants. Ils ont constamment besoin d'être guidés, recadrés, remis à leur place. Cela fait dix ans que j'exerce ce métier, monsieur. Et vous n'imaginez pas le nombre d'anecdotes savoureuses que j'aurais à raconter !

Craignant le pire, Colt se hâta de l'interrompre.

— Et si vous me parliez plutôt des locataires du duplex ?

— Je ne peux malheureusement pas vous en dire grand-chose, admit Nieman. Comme je l'ai expliqué ce matin à votre collègue, M. Davis n'est resté ici que quatre mois.

— Vous ne faites pas visiter vos appartements avant de les louer ?

— En règle générale, si, bien sûr. Mais il se trouve que ce locataire avait de bonnes références. Et il m'avait fait parvenir un chèque certifié par la poste. Nous avons également signé le contrat de location par ce biais.

— C'est habituel pour vous, de procéder de cette façon ?

Nieman tira sur son nœud de cravate.

— Non, certainement pas. Mais il se trouve que j'ai eu M. Davis — le locataire — au téléphone. Ce monsieur m'a expliqué qu'il était un très bon ami de M. et Mme Ellison, le couple qui occupait l'appartement avant lui. D'excellents locataires, les Ellison. Distingués, élégants, un goût parfait. Ils ont quitté Denver pour Boston et comme M. Davis avait été régulièrement convié chez eux pour assister à des dîners et des réceptions, il connaissait déjà le duplex. Il n'était donc pas nécessaire qu'il le visite avant de signer son contrat de location. Et étant donné qu'il était pressé de s'installer et que ses références étaient excellentes…

— Vous les avez vérifiées ?

Nieman pinça les lèvres.

— Mais naturellement, quelle question ! Je prends mes responsabilités très au sérieux.

— Quel métier exerçait ce Davis ?

— Ingénieur. Lorsque j'ai appelé son employeur, il s'est montré très élogieux à son sujet.

— Savez-vous pour quelle société il travaillait ?

— Une petite seconde, s'il vous plaît… J'ai son dossier là, sous la main.

Nieman prit une chemise cartonnée sur la table basse.

— Ah, voici : Fox Engineering. Naturellement, je me suis également mis en contact avec son ancien propriétaire. C'est une tradition chez nous, gérants d'immeuble. On m'a assuré que M. Davis était le locataire idéal : ordonné, discret, responsable. Et qu'il payait toujours son loyer à temps. Ce qui s'est effectivement confirmé.

— Mais en quatre mois, vous n'avez pas eu une seule fois l'occasion d'échanger quelques mots avec ce M. Davis ? s'étonna Colt.

Nieman haussa les épaules avec fatalisme.

— L'immeuble est grand. Et ce qu'on voit surtout, dans un métier comme le mien, ce sont les enquiquineurs et les fauteurs de trouble, si vous me pardonnez l'expression. Alors que M. Davis, lui, ne s'est jamais fait remarquer.

***

Pour ne pas s'être fait remarquer, il ne s'est pas fait remarquer, en effet, songea Colt avec une ironie grinçante tandis qu'il continuait patiemment à frapper aux portes. Sur tous les locataires qu'il avait réussi à interroger, trois seulement avaient eu l'occasion de croiser le mystérieux M. Davis. Et chacun des trois avait brossé de lui un portrait différent.

Il était déjà midi passé, il avait vu des dizaines de personnes, s'était heurté à autant de portes closes et n'avait pas encore obtenu un seul témoignage digne d'intérêt. D'humeur noire, il frappa au 305. Pendant quelques secondes, il se sentit observé par le judas, puis la chaîne cliqueta, le verrou fut repoussé. Enfin, il vit apparaître une femme d'une soixantaine d'années avec une masse de boucles d'un orange soutenu. Dans le visage ridé, des yeux très bleus brillaient d'un éclat encore singulièrement vif. Elle portait un T-shirt vaste comme une tente couvrant ce que Colt estima devoir correspondre à au moins cent cinquante kilos de chair vive. Le double menton était marqué, avec un troisième en formation.

— Mmm… vous n'avez ni le sourire faux cul ni la mine obséquieuse du démarcheur qui fait du porte-à-porte, déclara la dame en l'examinant avec une curiosité non dissimulée.

Si Colt avait eu un chapeau, il l'aurait soulevé sur-le-champ.

— Je n'ai effectivement rien à vous vendre, madame. La police a ouvert une enquête. Et j'aimerais vous poser quelques questions concernant un de vos colocataires.

— Mmm… Vous n'êtes pas flic, pourtant. Sinon vous m'auriez déjà montré votre insigne.

La locataire du 305 semblait être autrement plus futée que le pompeux Nieman.

— Non, madame. Je ne suis pas de la police. J'enquête à titre privé.

— Ah, un détective ! Un « privé », comme mon ami Sam Spade. Vous savez quoi ? Je ne connais pas d'homme plus attirant au monde que Humphrey Bogart. Si j'avais été Mary Astor, je n'aurais pas hésité une seconde.

Il fallut quelques secondes à Colt pour comprendre que la dame était cinéphile et qu'elle faisait allusion au *Faucon Maltais*.

— Et moi j'ai un faible marqué pour Lauren Bacall. Ils ne sont pas beaux, tous les deux avec Bogart, dans *Le Grand Sommeil* ? répliqua-t-il du tac au tac.

La volumineuse occupante du 305 en rit de délice.

— Oh, ne m'en parlez pas. J'ai vu le film quinze fois. Mais nous n'allons pas prendre racine dans ce couloir. Entrez donc.

Colt fit deux pas dans l'appartement, puis dut entamer un véritable parcours du combattant pour ne renverser ni meuble, ni chat au passage. De sa vie, il n'avait vu un espace aussi chargé. Le salon était un véritable entassement d'authentiques antiquités mêlées à des rebuts de marchés aux puces. Une demi-douzaine de chats de races, d'aspect et de couleurs variés se prélassaient dans des recoins divers, manifestement fort satisfaits des conditions de vie qui leur étaient proposées.

— Je suis un peu collectionneuse sur les bords, précisa son hôtesse avec un délicieux sourire en s'effondrant dans une causeuse Louis XV.

Comme elle occupait largement les trois quarts du petit canapé, Colt estima plus judicieux de s'installer dans un fauteuil en tapisserie représentant des soldats de l'Empire en pleine bataille.

— Esther Mavis, se présenta la volumineuse cinéphile.

— Colt Nightshade. Enchanté.

Philosophe, Colt toléra les manœuvres d'approche d'un sacré de Birmanie qui vint se rouler en ronronnant sur ses genoux. Il réussit même à rester de marbre lorsqu'un abyssin s'aventura sur son épaule et lui renifla tendrement l'oreille.

— Alors, monsieur Nightshade ? Sur quoi enquêtons-nous, au juste ?

— Nous nous intéressons à votre ancien voisin du dessus.

— Ah, le monsieur du dernier étage ? Celui qui a déménagé hier ?

Esther Mavis porta pensivement la main à ses mentons.

— J'ai vu deux ou trois types costauds hier qui chargeaient un camion.

D'autres locataires lui avaient rapporté le même témoignage. Mais personne n'avait noté si la raison sociale de l'entreprise de déménagement figurait sur le véhicule.

— Pourriez-vous me dire de quel genre de camion il s'agissait, madame Mavis ?

Elle haussa ses épaules massives.

— *Mademoiselle* Mavis, rectifia-t-elle. Le camion ne présentait pas de caractéristiques particulières, pour autant que je me souvienne. Mais les déménageurs, eux, avaient un comportement inhabituel.

— C'est-à-dire ?

— Ils couraient presque. Les gens qui sont payés à l'heure ont tendance à se déplacer bien plus posément que ça, d'habitude. En tout cas, ils ont sorti quelques belles pièces. J'ai un petit faible pour les meubles, comme vous pouvez le constater.

— Et M. Davis ? Vous est-il arrivé de le rencontrer ?

— Il est possible que je l'aie croisé mais je ne connais pas les noms des gens de l'immeuble. Mes chats et moi, nous nous suffisons à nous-mêmes. Qu'a-t-il donc fait de répréhensible, mon ancien colocataire ?

— C'est ce que nous sommes en train d'essayer de découvrir.

Esther Mavis sourit.

— Vous êtes comme mon ami Bogart, vous, n'est-ce pas ? Belle tête de baroudeur, un petit air cynique et un goût marqué pour le secret. Il est parti pour de bon, alors, ce Davis ?

— Tout porte à le penser, oui.

Elle observa quelques secondes de silence pensif.

— Dans ce cas, je ne vais pas pouvoir lui remettre son paquet.

— Son paquet ?

— Il est arrivé hier, porté par messager spécial. Apparemment, on l'aura déposé devant chez moi par erreur. Mavis, Davis…

ça se ressemble. Et les gens ne sont pas très attentifs aux détails, de nos jours, commenta Esther en secouant la tête. Ils font tout n'importe comment et à la va-vite.

— C'est une triste caractéristique de notre temps, en effet, opina Colt gravement en soulevant avec précaution le chat qui dormait sur ses genoux. De quel genre de paquet s'agit-il, mademoiselle Mavis ?

— Oh, un paquet du genre paquet.

Grognant et soufflant bruyamment, Mlle Mavis s'extirpa de sa causeuse.

— Je l'avais posé dans ma chambre en attendant de le lui porter aujourd'hui. Je pouvais difficilement me douter que ce monsieur partirait en catastrophe.

Elle traversa le séjour surchargé avec une dignité qui ne manquait pas de grâce, comme un énorme navire fendant les flots. Quelques secondes plus tard, elle revint avec le colis.

— J'aimerais l'emporter avec moi, déclara Colt en se levant. Si cela vous pose le moindre problème, je vous propose d'appeler le commissaire Fletcher, du département de police de Denver.

— Bah… Je vous fais confiance. Mais quand vous aurez terminé votre enquête, n'hésitez pas à faire un saut ici pour me raconter toute l'histoire. Si vous avez quelques minutes à perdre, bien sûr.

Colt s'inclina avec un sourire.

— Mademoiselle Mavis, je m'y engage.

Ce n'était pas sa façon habituelle de procéder.

Colt n'aurait su dire pourquoi il fit une exception à ses propres règles. Pourquoi il ne se sentit pas autorisé à ouvrir le paquet là, tout de suite, dans sa voiture. Pourquoi il le fourra dans sa boîte à gants et prit le chemin du tribunal de grande instance.

Il arriva juste à temps pour voir Althea répondre aux questions de l'avocat. Elle était vêtue d'un tailleur couleur brique qui aurait sans doute paru terne sur n'importe quelle autre femme. Mais avec ses cheveux relevés et le simple rang de perles à son cou, elle apparaissait comme un concentré de féminité, de classe et d'assurance.

Colt prit place au fond de la salle et la regarda procéder. Froidement et sans jamais élever la voix, elle démonta point par point les arguments de la défense.

Aux yeux de tous, y compris ceux du jury, elle devait apparaître comme un modèle de maîtrise et de professionnalisme. Personne, assurément, n'aurait pu l'imaginer s'embrasant entre les bras d'un homme.

Entre ses bras à lui. Colt Nightshade.

Qui se serait représenté cette femme si nette, si composée, se tordant de désir sous ses caresses, la tête renversée, le corps agité de soubresauts ?

Mais une chose était certaine : il n'avait pas l'intention d'oublier cet aspect caché d'Althea Grayson. Ni de renoncer à s'aventurer plus loin sur ces « autres voies ».

En l'observant avec une attention plus soutenue, Colt nota certains détails qui lui avaient d'abord échappé. Des petits détails. Des petites choses. Et toutes lui parlaient de la femme qu'il avait tenue la veille dans ses bras.

Althea était fatiguée. Il le voyait à ses yeux. Dans sa voix, il perçut comme une pointe d'impatience contenue lorsqu'on la pria de redonner des informations qu'elle avait déjà fournies. Elle changea de position, croisa les jambes. Il comprit qu'elle était non pas anxieuse mais pressée d'en finir.

Lorsque le marteau du juge frappa la table, une crispation à peine perceptible altéra la calme impassibilité de ses traits. Cela ne dura qu'une fraction de seconde et pourtant Colt perçut son changement d'expression. Comme si un courant subtil le reliait à cette femme et lui permettait de capter ses émotions, même les plus discrètes.

*
* *

Althea allait s'esquiver lorsque Jack Holmsby la retint par le bras.

— Comme d'habitude, vous avez été admirable de justesse et de précision, Thea. Mes compliments.

— Merci. Je pense que vous n'aurez plus aucun mal à établir la culpabilité de l'accusé.

Elle voulut passer son chemin mais il lui barra la route.

— Ecoutez, Thea, ce serait dommage de rester sur une mauvaise impression, vous ne pensez pas ? Pourquoi ne nous retrouverions-nous pas demain pour un dîner en tête à tête ?

Althea demeura un instant interdite. Elle n'était pas tant sidérée qu'épuisée par l'aplomb dont le procureur faisait preuve.

— Jack… Est-ce que le mot « non » a un sens pour vous ?

Il se contenta de rire en lui serrant le bras de façon gentiment suggestive. L'espace d'un instant, elle s'imagina le ceinturant pour le plaquer au sol, là, au milieu de la salle d'audience. Le simple fait de se représenter cet homme à terre et enfin réduit au silence lui procura une bouffée de satisfaction tout à fait grisante.

— Allez, Althea, ne boudez pas comme ça ! Donnez-moi au moins une chance de me faire pardonner.

— Vous faire pardonner ? Tout ce qui vous intéresse, c'est de me fourrer dans votre lit. Et pour ça, Jack, vous pouvez toujours courir. Maintenant lâchez-moi ou je porte plainte pour harcèlement.

— Eh bien, eh bien. Inutile de vous…

— Inspecteur ? demanda alors la voix doucement traînante de Colt derrière elle. Je peux vous parler un moment ?

— Nightshade…

Furieuse qu'il ait assisté à cet échange humiliant avec Jack, elle salua le procureur d'un signe de la tête.

— Désolée d'avoir à interrompre cette charmante conversation, Holmsby, mais j'ai du travail qui m'attend.

Elle quitta la salle au pas de charge, consciente — trop consciente — de la présence de Colt à son côté.

— Si tu as une information valable à me communiquer, dis-moi ce que tu as à dire et qu'on en finisse. Je ne suis pas très copine avec les hommes de loi en ce moment.

— Rassure-toi, ma belle. Avec toi, je suis plus homme que de loi.

— Très drôle.

— Je n'ai même pas droit à un sourire ?

— Au cas où tu ne l'aurais pas remarqué, je ne suis pas d'humeur, Nightshade.

Il lui prit le bras et s'irrita de la sentir se crisper à son contact.

— Ma voiture est garée juste devant, déclara-t-il en la lâchant. Tu veux qu'on roule un peu tout en faisant le point ?

— Comme tu voudras. Je suis venue à pied du commissariat. Tu peux me raccompagner.

Colt s'inclina avec une moue ironique.

— Je suis très honoré que Madame veuille bien m'accorder ce privilège.

Il trouva une nouvelle contravention coincée sous son essuie-glace. Jurant tout bas, il la fourra dans sa poche.

— Encore une, ça n'arrête pas. Désolé d'avoir interrompu ton croustillant tête-à-tête avec le procureur, au fait. Ça avait l'air très *hot*, votre petite conversation.

— Nightshade, tu peux aller te faire…

— Ça va, n'en dis pas plus. Tu pourrais me donner des idées.

Il se pencha pour ouvrir la boîte à gants.

— Tiens.

— C'est quoi ? s'enquit-elle, sourcils froncés.

— De l'aspirine. Pour ton mal de tête.

— Ma tête va parfaitement bien, merci.

Ce n'était pas à proprement parler un mensonge. La douleur lancinante qui lui broyait le crâne n'avait rien de comparable avec une innocente céphalée.

— Tu préfères t'afficher en martyre plutôt que de soulager

tes maux ? Ce n'est pas une attitude très rationnelle pour quelqu'un qui se veut si posée, si raisonnable.

— Fiche-moi la paix et conduis, Nightshade.

Fermant résolument les yeux, Althea réussit — ô bénédiction inespérée — à obtenir le silence.

Avec la fatigue accumulée suivie d'une nuit entière d'insomnie tenace, elle avait atteint le degré de tolérance zéro. Il lui était insupportable de voir, d'entendre, de sentir. De penser même. Au fil des années, elle avait pourtant appris à tenir avec un temps de sommeil limité à deux ou trois heures par nuit. Mais la veille au soir, au lieu de s'endormir comme un bébé après une journée éreintante, elle avait senti le sommeil lui échapper. Et elle avait eu beau courir derrière, il ne s'était pas laissé rattraper, même aux petites heures du matin.

Althea était trop fière pour désigner ouvertement le coupable et le placer face à ses responsabilités. Car l'origine de tous ses maux était assis juste à côté d'elle.

Et affichait, lui, une forme olympique !

Sitôt la tête posée sur l'oreiller, elle avait laissé Colt Nightshade envahir ses pensées. S'était reproché de le faire. Avait revécu la scène impossible dans l'appartement du dernier étage. S'était fait de nouveau la morale. Avait essayé un bain chaud, la lecture de Spinoza, le yoga et même un grog bien tassé.

Rien n'y avait fait.

En désespoir de cause, elle avait fini par s'extirper de son lit pour assister, épuisée, au lever du jour. Si bien qu'elle avait déjà huit heures de travail derrière elle. Et qu'elle se voyait partie pour en assurer encore huit de plus. Avec Colt sur le dos, pour arranger le tout…

Anéantie par cette perspective, Althea ouvrit les yeux lorsqu'il se gara le long du trottoir, devant un bar-épicerie.

— On avait dit le commissariat, Nightshade, protesta-t-elle aigrement.

— J'ai un truc à acheter, marmonna-t-il.

Et il sortit en faisant claquer sa portière.

Génial, songea Althea en refermant les yeux. Il ne lui était même pas venu à l'esprit de lui demander si elle avait besoin de quelque chose. Comme d'une scie pour se trancher la tête, par exemple.

En l'entendant revenir, elle s'étonna de reconnaître le rythme de son pas, le claquement caractéristique de ses santiags. Pour se protéger — ou par simple obstination — elle garda les yeux fermés.

— Tiens, dit-il en lui pressant quelque chose dans la main. Voilà du thé. Pour faire passer l'aspirine.

Elle souleva les paupières tant bien que mal et le vit déboucher le tube.

— Cesse de te martyriser, Thea, et prends-moi ces cachets, bien gentiment. Puis tu mangeras ce sandwich. Je suis sûr que tu n'as rien dans le ventre depuis ce matin. Je n'ai jamais vu personne se nourrir comme tu le fais de bonbons, de chocolats et autres cochonneries de la même eau.

— Le sucre, c'est de l'énergie à l'état pur, commenta-t-elle. J'aurais préféré que tu me prennes des petits cakes.

— Tu as besoin de protéines, repartit Colt, imperturbable.

— Et qui te dit qu'il n'y a pas de protéines dans les cakes ?

Mais elle n'en avala pas moins les comprimés qu'il lui tendait. Dès la première gorgée, le thé lui fit un bien fou. Althea le but jusqu'à la dernière goutte puis craqua également pour le pain et le fromage. Si elle avait souffert d'insomnie, elle ne pouvait s'en prendre qu'à elle-même, après tout. Colt ne saurait être tenu pour responsable des émotions qu'il suscitait en elle. C'était à elle d'assumer ses propres sentiments et réactions.

— Je pense que les types du labo ont dû finir les relevés d'empreintes dans le duplex à l'heure qu'il est, observa-t-elle d'un ton plus aimable.

— Exact. Je suis passé tout à l'heure et j'ai vu qu'ils étaient déjà repartis.

Contrariée, elle marmonna, la bouche pleine.

— J'aurais préféré que tu t'abstiennes d'aller là-bas sans moi.

— Comme on ne peut pas satisfaire les attentes de tout le monde dans la vie, je fais ce que j'estime avoir à faire. Point barre. J'ai pu interroger le gérant, donc. Une vraie fouine, ce type. Mais il n'a jamais vu le locataire du duplex.

Pendant qu'elle finissait son sandwich, Colt lui fit le récit de ses aventures de la matinée.

— Je savais déjà pour Davis, dit-elle. J'ai arraché Nieman de son lit, tôt ce matin. J'ai contrôlé les références du pseudo Davis par téléphone. Comme par hasard, le « numéro demandé n'est pas attribué ». Il n'y a pas de Fox Engineering à l'adresse indiquée ni où que ce soit ailleurs à Denver. Quant à M. et Mme Ellison, les précédents locataires, ils n'ont jamais entendu parler de l'ami Davis.

Colt lui jeta un regard en coin tout en pianotant sur le volant.

— Tu n'es pas restée inactive, toi non plus, ce matin. Et tu me reproches d'avoir fait quelques petites recherches, de mon côté ?

Althea se surprit à sourire. Son mal de tête s'éloignait déjà.

— Moi, j'ai un badge de flic. Pas toi.

— Mmm… Ce n'est pas *ton* insigne mais *mes* connaissances de parfait cinéphile qui m'ont ouvert la porte de l'appartement de Mlle Mavis, ce matin.

— Oh, oh. Et devrais-je être jalouse de ce privilège ?

— Mais pas qu'un peu, ma chérie !

Bassement satisfait d'avoir réussi à la précéder d'une longueur, Colt sortit le paquet de la boîte à gants.

— C'est un messager qui l'a livré à la femme aux chats par erreur.

— La femme aux chats ?

— Ah, c'est indescriptible. Il aurait fallu que tu sois là pour voir l'appartement. Hé, là, pas touche, ma belle. Ce colis, c'est mon butin de guerre. Mais je suis prêt à partager.

Althea eut un mouvement d'humeur, aussitôt calmé lorsqu'elle vit que le paquet était encore scellé.

— Tu m'as attendue pour l'ouvrir ?

Elle sentit un drôle de frémissement dans sa poitrine lorsque Colt chercha son regard.

— J'ai pensé que ce serait plus fair-play si on découvrait son contenu ensemble.

— Tu as bien pensé, Nightshade. Jetons un œil.

Colt se pencha pour sortir un couteau de sa botte. Comme il fendait la bande adhésive d'un coup de lame, Althea plissa les yeux.

— Je n'ai pas l'impression que ce petit joujou soit aux dimensions autorisées, l'ami.

— Exact. Vous avez l'œil, inspecteur, acquiesça Colt calmement en replaçant le couteau où il l'avait pris.

Du paquet, il sortit une cassette vidéo et une lettre rédigée dans un style pour le moins télégraphique :

« Voici la version finale. Chutes de neige importantes prévues pour ce week-end. Les provisions fournies sont OK. La prochaine fois, prévoyez de la bière et des cassettes vierges. Les routes pourraient être bloquées. »

Tenant la feuille de papier par un coin, Althea prit un sac en plastique spécial qui servait à sceller les indices.

— Cette lettre nous fournira peut-être quelques empreintes digitales intéressantes. C'est vraiment un coup de chance que ce paquet n'ait pas été livré à son destinataire. Je crois que nous tenons enfin le bon bout, Colt. Ça va commencer à bouger, je le sens.

Il lui posa la cassette sur les genoux et passa une vitesse.

— Que dirais-tu d'une séance de cinéma, chère collègue ?

Althea hocha la tête.

— Je crois que ce petit bijou d'art et d'essai exige une projection privée. J'ai un magnétoscope chez moi.

*
* *

Elle avait également un canapé confortable avec de gros coussins de toutes les formes et de toutes les tailles. Un parquet à larges lattes rustiques avec quelques tapis dont les motifs étaient inspirés de l'artisanat des indiens Navajo. Logiquement, les reproductions art déco au mur auraient dû jurer avec les éléments plus « western » du décor. Et pourtant, ce n'était pas le cas. Même l'amas invraisemblable de plantes assemblées sur une table roulante rococo et les deux poissons rouges nageant dans un aquarium en forme de baignoire s'intégraient étonnamment bien à l'ensemble.

— C'est original, chez toi, commenta Colt, vaguement déconcerté.

— Ce n'est pas très design, mais pour le temps que je passe à la maison, ça me va très bien comme ça.

Elle se dirigea en droite ligne vers le poste de télévision, ôtant ses escarpins à mi-parcours sans même marquer une halte. Une gestuelle si parlante que Colt en apprit plus sur la personnalité d'Althea en la regardant évoluer chez elle que s'il avait potassé une douzaine d'études psychologiques approfondies à son sujet.

Avec son efficacité habituelle, elle alluma à la fois le poste TV et le magnétoscope. Le « film » commença directement — sans présentation, sans bande-annonce et sans générique. Dès les premières images, ils se trouvèrent en plein cœur de l'action.

Colt se considérait comme quelqu'un de relativement expérimenté sur le plan sexuel, mais la crudité de la scène qui se déroulait devant ses yeux suscita malgré tout un léger malaise. Il jeta un regard en coin à Althea et, vaguement embarrassé, se fourra les mains dans les poches. Ils avaient beau être des adultes passablement aguerris l'un et l'autre, il ne savait trop quelle contenance adopter en présence de la jeune femme.

— On peut dire que c'est direct et sans entrée en matière,

commenta-t-il en haussant les sourcils. Il n'y a pas de scénario ou quoi ?

Althea, elle, appréhendait la situation avec son habituel détachement clinique. Les yeux rivés sur l'écran, elle haussa les épaules.

— C'est du porno hard. Pur et dur. La cassette est d'excellente qualité, par ailleurs. Quant au cameraman, il connaît son boulot. Je pense que c'est un professionnel, à en juger par sa manière de filmer. Rien à dire non plus au niveau du son. Techniquement, leur truc est au point.

Lorsque la caméra prit du champ, elle fronça les sourcils.

— La scène n'a pas été filmée dans le duplex, de toute évidence.

— Exact, acquiesça Colt. Je suppose qu'ils ont dû tourner dans le chalet en montagne que Jade mentionne dans sa lettre. Le décor est rustique haut de gamme. Le lit de style Chippendale me paraît être une pièce authentique.

— A quoi tu vois ça ?

— L'habitude. Ma mère est une fana d'antiquités. Regarde la lampe sur la table de chevet. Si ce n'est pas du Tiffany, il s'agit d'une excellente imitation. Ah, l'intrigue se corse. Tenons-nous bien.

Un second personnage féminin, en effet, venait de faire irruption comme une furie dans la chambre à coucher. Quelques répliques rapides permirent de situer l'action : la nouvelle arrivée était l'épouse et elle venait de surprendre son mari au lit avec sa meilleure amie. Le ton monta et la scène tourna à la violence.

Althea se rapprocha de l'écran et siffla entre ses dents.

— Je n'ai pas l'impression que le sang qui gicle de cette blessure soit une imitation. Et la première femme ne s'attendait visiblement pas à recevoir un coup d'une pareille violence.

Colt jura tout bas. Mélange cru de sexe et de brutalité, la scène à l'écran était quasi insoutenable. Tous les coups, les sévices, étaient exclusivement appliqués aux personnages féminins. S'il n'avait écouté que son instinct, il aurait éteint la télévision et jeté la cassette au vide-ordures. Ce qu'il voyait était si infâme qu'il ne ressentait plus ni gêne ni embarras. Plus rien qu'un sentiment de répulsion profonde.

— Ça va, Nightshade ? Pas trop secoué ? s'enquit Althea en lui posant la main sur le bras.

Ils savaient l'un et l'autre ce qu'il redoutait le plus : voir apparaître Liz à l'écran, au détour d'une de ces scènes sordides.

— Comme ci, comme ça. Je crois que je vais me passer d'esquimaux pour cette séance.

Par réflexe, Althea se rapprocha de lui, comme pour le réconforter physiquement par sa présence. La trame du scénario était on ne peut plus mince : un week-end dans un chalet à la montagne. Deux couples d'amis. La bonne. Et les échanges de partenaires de rigueur. Se désintéressant de ce semblant d'intrigue, Althea se concentra sur les détails comme le cadre et l'ameublement. Colt avait raison : le mobilier était presque entièrement constitué de pièces authentiques de très belle facture.

Le chalet, quant à lui, s'élevait sur deux étages. C'était une construction élégante avec une grande galerie ouverte, de belles poutres au plafond, une cheminée en pierre de taille.

Les rares plans où on discernait la vue laissaient apparaître peu de détails : des sommets enneigés, des forêts de résineux. A la faveur d'une scène d'extérieur qui n'avait pas dû offrir aux acteurs des conditions de tournage très confortables, Althea vit qu'il n'y avait pas d'autre habitation à proximité.

La cassette se termina sur une vague réconciliation entre les quatre personnages. Et sans que Liz ne soit apparue à l'écran.

— Eh bien, commenta Althea en rembobinant la cassette. Je doute que ce chef-d'œuvre ne remporte beaucoup d'Oscars. Tu tiens le choc, Colt ?

Colt ne tenait plus rien du tout. Il ressentait une tension explosive dans la poitrine et un besoin viscéral de la décharger avant qu'elle n'implose trop brutalement.

— Je suis surpris de la violence qui est exercée sur ces femmes, commenta-t-il prudemment.

— Je pense qu'il existe une clientèle pour ce genre de chose. Des hommes avec des fantasmes de domination sadique.

— De la domination sadique, on leur en donne à cœur joie. Il y en a effectivement pour tous les goûts.

Althea haussa les épaules.

— Ce qui me frappe, c'est que si la qualité technique est bonne, le jeu des acteurs, lui, est particulièrement pitoyable. J'en arrive à me demander s'ils n'ont pas tout simplement laissé certains de leurs clients vivre directement leurs fantasmes en les fixant sur la pellicule.

— Charmante pratique.

Les nerfs tendus à craquer, Colt passa la main sur ses mâchoires crispées.

— Jade mentionne dans sa lettre qu'une des filles aurait été tuée en cours de tournage. Quand on voit ce qui se passe dans le film, on se dit qu'elle n'a peut-être pas exagéré, observa-t-il sombrement.

— Le sadisme est une perversion répandue qui peut parfois très mal tourner. Enfin, grâce aux scènes d'extérieur, nous allons pouvoir nous faire une idée assez précise de l'endroit où se trouve le chalet.

Althea se pencha pour retirer la cassette du lecteur. Mais Colt, brusquement, vit rouge. Il la saisit par les épaules et la fit pivoter vers lui.

— Comment peux-tu te comporter de façon aussi froidement clinique et détachée, merde ? Ça te laisse complètement indifférente, cette horreur que l'on vient de voir ? Il n'y a rien chez toi qui est touché, ébranlé ?

— J'exerce un métier où l'on apprend à gérer ses émotions, Nightshade. Laissons les aspects personnels de côté, OK ?

— Comment ça, « laissons les aspects personnels de côté » ? Toi et moi, nous sommes censés bosser ensemble. Et il me paraît tout de même important de savoir à quel genre de personne j'ai affaire ! Il n'est pas question de petit racket et de délits routiers, là, Althea. Nous parlons violences, abus sexuels. Nous parlons *meurtre* !

Colt sentait monter en lui une furie qui se libérait d'elle-même, dans un flot brutal de paroles :

— Nous venons de voir deux femmes soumises à des brutalités qui donnent froid dans le dos. Tout porte à penser que les violences exercées n'ont pas été jouées mais qu'il s'agit de scènes *live*. J'aimerais que tu me dises quel effet ça te fait.

— Ça m'a rendue malade, riposta-t-elle vertement en se dégageant. Et ça m'a mise dans une colère folle. Et si je m'y autorisais, cela me rendrait triste également. Pourtant je ne suis pas là pour faire du sentiment mais pour avancer dans cette fichue enquête ! Alors tout ce que je veux retenir, c'est que nous avons là notre premier élément de preuve tangible et vérifiable.

Arrachant la cassette du lecteur, elle la replaça dans la boîte.

— Et maintenant, sois gentil et conduis-moi au commissariat pour que je puisse remettre cette pièce à conviction à qui de droit. Et ensuite, tu me laisses respirer, c'est tout ce que je te demande.

— Mais certainement, inspecteur, rétorqua-t-il en ouvrant la porte en grand. Respirez tant que vous voudrez. Et de préférence sans moi.

5

Colt avait trois dames dans son jeu. Mais celle qui hantait ses pensées était assise en face de lui et jouait comme une vraie pro du brelan d'as.

— Tiens, voici pour tes vingt-cinq, Nightshade. Et encore vingt-cinq de plus.

Althea jeta les jetons dans la cagnotte. Sweeney examina le jeu qu'il avait dans la main et fit la grimace.

— Désolé, mais c'est trop pour moi. Je passe.

Assise entre Sweeney et un expert médico-légal répondant au nom de Louis, Cilla marqua une hésitation.

— Qu'est-ce que tu me conseilles, Keenan ? demanda-t-elle à l'enfant perché sur ses genoux. J'y vais ou je n'y vais pas ?

Le benjamin de la famille tapa des mains.

— Mise, maman. Tu vas gagner !

Après un long débat intérieur ponctué de grognements et de hochements de tête, Louis se lança également. Son cigare coincé entre les dents, Colt compta ses jetons pendant que Boyd les observait en souriant. Il y eut un second tour de paris. Seuls Althea, Cilla et Colt restaient encore en lice.

— Voici trois belles dames, annonça Colt en déposant son brelan.

Les yeux d'Althea scintillèrent.

— Très joli. Mais elles ne font pas le poids devant mon full.

— Pfff… Et moi ? De quoi ai-je l'air avec mes valets ? se lamenta Cilla.

Elle soupira démonstrativement lorsqu'Althea ramassa la mise.

— Tu m'as fait perdre soixante-quinze cents, Keenan. Une erreur qui va te coûter cher, mon fils ! Allez, ouste ! C'est parti.

Cilla se leva et hissa le petit garçon hilare dans ses bras.

— Au secours ! Papa ! Sauve-moi !

Boyd ébouriffa tendrement les cheveux de l'enfant.

— Désolé, mon grand. Mais je crois que c'est fichu pour toi. Je viendrai te faire un bisou tout à l'heure, lui glissa-t-il à l'oreille.

Toujours dans les bras de sa mère, Keenan fit le tour de la table pour leur souhaiter à tous une bonne nuit puis Cilla cala son fils sur une hanche et annonça qu'elle se retirait du jeu.

Pendant l'heure qui suivit, la pile de jetons placés devant Althea s'éleva progressivement. La soirée poker mensuelle chez les Fletcher était une tradition qu'elle affectionnait. Le jeu l'amusait et l'atmosphère chaleureuse et familiale qui imprégnait chaque recoin de la grande maison lui apportait une détente bienvenue.

Elle procédait avec prudence, calculant les risques, ne pariant que lorsqu'elle était sûre de son jeu. La pile de jetons de Colt se multipliait, elle aussi, nota-t-elle du coin de l'œil. Mais la progression était beaucoup plus irrégulière. Il jouait à l'instinct, sans stratégie particulière, misant gros, parfois, alors qu'il n'avait pas grand-chose en main.

Laissant Sweeney ramasser une maigre cagnotte, elle se leva pour s'étirer.

— Quelqu'un veut une bière ?

Tous les joueurs acquiescèrent. Passant dans la cuisine, elle décapsula une série de bouteilles. Elle était en train de se verser un verre de vin lorsque Colt la rejoignit.

— Je viens te donner un coup de main.

— Je m'en sors très bien toute seule, merci.

Colt secoua la tête. Dieu, que cette fille était susceptible !

— Oh, ça, je n'en doute pas. Mais cela n'entamera pas

forcément ton image de Superwoman si je t'aide à porter trois bouteilles, si ?

Maria avait préparé de quoi nourrir un régiment. Pour se donner une contenance, Colt entreprit de transférer des canapés sur un plat tout en méditant sur une entrée en matière. C'était le moment ou jamais de délivrer son message. L'opportunité de la voir seule ne se renouvellerait sûrement pas ce soir-là.

— A propos de cet après-midi…

— Oui ? répondit-elle d'un ton glacial en ouvrant le réfrigérateur pour en sortir l'incomparable *guacamole* maison de Maria.

— Je suis désolé.

Althea faillit lâcher son saladier.

— Pardon ?

— Et merde. Je suis désolé. Voilà, ça te va ?

Colt qui détestait reconnaître ses torts poursuivit stoïquement :

— Ça m'a fichu en l'air de regarder cette cassette. Je ressentais le besoin de cogner sur quelqu'un. Sur quelque chose. Résultat : j'ai déversé ma bile sur toi.

Althea s'attendait si peu à un tel aveu de la part de Colt qu'elle demeurait clouée sur place, son *guacamole* à la main.

— C'est OK, n'en parlons plus, murmura-t-elle. Je comprends que ce ne soit pas facile pour toi.

Les mains dans les poches, Colt commença à arpenter la pièce.

— Je craignais de voir apparaître Liz à l'écran. Et je craignais aussi, d'une certaine façon, qu'elle n'apparaisse pas. Je ne suis pas habitué à avoir peur comme ça.

Althea se flattait d'avoir une carapace à toute épreuve. Mais les paroles de Colt contournèrent ses résistances, déjouèrent ses mécanismes de défense, slalomèrent entre ses ultimes barrières protectrices et vinrent la toucher droit au cœur. Secouée, elle posa le saladier sur le plan de travail et entreprit d'ouvrir un paquet de chips mexicaines.

— Je sais ce que c'est, Colt. Tu crois que ça ne m'a pas affectée, moi aussi ? Normalement, je devrais être dégagée de tout ça. Mais les images de ce film ne me lâchent pas. Quand je pense à cette gamine de treize ans, livrée entre les mains de ces porcs… Je suis désolée que notre enquête ne progresse qu'à petits pas. Je comprends à quel point cela doit te paraître frustrant.

— Nous avons pas mal avancé quand même. Et principalement grâce à toi.

Colt s'éclaircit la voix et se risqua à poursuivre.

— Il y avait encore autre chose que je voulais te dire. Cet après-midi, je n'avais pas seulement des envies de violence. J'ai aussi ressenti le besoin de te tenir dans mes bras.

Il nota son mouvement de recul.

— Je n'ai pas dit que je voulais te sauter dessus, Thea. Juste te serrer dans mes bras. Il y a une différence.

— C'est vrai.

Althea chercha le regard de Colt et respira plus librement. Ce n'était pas du désir qui brillait dans ses yeux. Juste un besoin de contact, d'affection, de partage.

— Je pense que cela m'aurait fait du bien aussi, admit-elle à mi-voix.

— Il n'est pas encore trop tard.

Prendre l'initiative, dans ces circonstances bien particulières, ne fut pas une chose facile, pour Colt. Il fit néanmoins un pas dans sa direction, hésita. Puis lui ouvrit tout simplement les bras.

Il coûta de même à Althea d'accepter l'étreinte. De s'approcher de lui, de lui entourer la taille. Lorsque sa joue reposa sur son épaule et celle de Colt contre ses cheveux, ils soupirèrent de soulagement l'un et l'autre. La tension était tombée d'un coup. Comme une libération.

Colt aurait été bien en peine de mettre un nom sur ce qui se passa alors entre Thea et lui. La première fois qu'il l'avait serrée ainsi contre lui, ils avaient été emportés, aveuglés, assourdis par la force de l'élan qui les jetait l'un vers l'autre. Mais ce soir, il ne ressentait qu'une chaleur douce et stable qui se répandait en lui comme un nectar. Une volupté calme. Un contentement infini.

Il aurait pu la tenir ainsi la nuit entière.

En temps normal, Althea n'avait pas le contact physique facile. Toujours sur le qui-vive, elle se rétractait d'instinct, surtout lorsqu'il existait une attirance indéniable, comme c'était le cas entre Colt et elle. Mais ce soir, étrangement, elle n'éprouvait pas le besoin d'ériger des barrières. Les battements réguliers du cœur de Colt l'apaisaient, la berçaient même. Un peu plus et elle aurait frotté sa joue contre son pull en laine, fermé les yeux et ronronné comme une chatte.

Elle leva la tête pour lui sourire.

Etait-ce parce qu'elle ne l'avait encore jamais regardé de cette façon ? Il n'aurait su le dire. Mais elle était si scandaleusement belle avec ses cheveux qui luisaient de reflets cuivrés en fusion. Même les yeux de Thea souriaient. Son regard était doré, profond, adouci par une pointe d'humour, vierge de tout sarcasme.

L'attention de Colt se porta sur sa bouche : il vit que ses lèvres pleines, si naturellement rouges s'entrouvraient d'elles-mêmes.

Irrésistible.

Il pencha lentement la tête. Attendit qu'elle se dérobe ou se contracte. Mais rien de tel ne se produisit. Même si l'humour dans ses yeux s'était mué en une émotion plus grave, le regard qu'elle tenait rivé sur lui restait accueillant. S'enhardissant, il effleura ses lèvres des siennes, testant prudemment sa réaction, expérimentant toute une gamme subtile d'émotions neuves, légères et fragiles comme les bulles de savon que soufflent les enfants. Les yeux toujours grands ouverts, ils se regardaient, à la fois hésitants et fascinés, comme si chacun attendait de l'autre qu'il prenne l'initiative de tout arrêter ou de se jeter en avant.

Comme Thea restait détendue et confiante dans ses bras, Colt inclina la tête sur le côté, mordilla doucement l'incarnat d'une lèvre frémissante. Il la sentit trembler alors. Juste une seule fois. Mais ses yeux que le trouble assombrissait demeuraient plongés dans les siens.

Voir. Regarder. Comprendre.

Althea se raccrochait au regard de Colt comme à une ultime bouée de sauvetage. Fermer les yeux, ce serait sombrer sans rémission dans le gouffre d'obscur plaisir qu'elle pressentait tout proche. Alors que regarder, c'était comprendre. Comprendre pourquoi cet homme-là, et nul autre avant lui, détenait le pouvoir de briser ses résistances.

Rien de tel ne s'était jamais produit. Elle avait toujours été si fière de sa lucidité, de son pragmatisme, de sa capacité à garder la tête froide ! Des amoureux, Althea avait eu l'occasion d'en observer autour d'elle. D'analyser leurs petites faiblesses. De disséquer leurs touchants aveuglements. Elle s'était amusée de voir ses amis les plus calmes, les plus structurés succomber soudain corps et âme à cette drôle de pathologie mentale. Et s'était demandé chaque fois si les félicités tant vantées de la maladie amoureuse contrebalançaient *réellement* ses symptômes déprimants…

Mais lorsque le baiser de Colt se fit plus tendre, plus profond, plus persuasif ; lorsque les vibrations qui partaient de ses lèvres se propagèrent jusque dans son cœur, elle commença à entrevoir confusément une réponse à sa question.

— Althea…, viens avec moi, chuchota-t-il contre sa bouche.

Elle comprit à demi-mot ce qu'il lui proposait. Il voulait qu'elle lâche prise, qu'elle se laisse emporter avec lui là où le baiser les emmenait. Qu'elle lui cède comme il lui cédait.

En résumé, il lui demandait de miser gros alors qu'elle ne maîtrisait pas toutes les variantes de ce drôle de jeu de poker.

Colt fut le premier à fermer les yeux. La chaleur douce,

lénifiante dans laquelle baignait leur étreinte se mua en une volupté plus vive, plus exigeante : comme une douleur qui serait pur plaisir. Avec un soupir, elle baissa les paupières à son tour.

— Et ces bières, alors ? s'écria une voix joyeuse en provenance du couloir. Ça vient ? Oups ! Pardon !

Les mains dans les poches, Boyd s'immobilisa à l'entrée de la cuisine. Colt et Althea se séparèrent en sursaut, comme deux voleurs surpris la main dans le portefeuille.

— Désolé d'avoir interrompu votre petite… euh…, discussion, dit Boyd en s'emparant du plateau. Ça doit venir de cette cuisine. Je ne sais pas ce qui se dégage de cette pièce, mais je ne vous dis pas le nombre de fois où je me suis retrouvé avec Cilla dans la même position !

Il quitta la cuisine en sifflotant. Lorsque la porte se referma derrière lui, Althea se passa la main sur le front.

— Je crois que j'avais vaguement oublié où nous étions, admit-elle d'une voix faible.

Colt posa une main sur son épaule. En partie pour la réconforter mais aussi, autant le reconnaître, parce qu'il ne tenait plus très bien sur ses jambes.

— Je rêve, ou Boyd avait l'air affreusement content de lui ?

La mine d'Althea s'assombrit encore.

— Il *jubilait,* tu veux dire ! Il ne va pas arrêter de me chambrer. Et en parler à Cilla, évidemment. Je n'ai pas fini de les entendre. A eux deux, ils vont me faire vivre un enfer.

— A ce point ? Vraiment ?

— Ils sont mariés, Colt ! riposta-t-elle, accablée. Les gens mariés adorent parler de la vie sentimen… je veux dire, des problèmes des autres.

— Mmm… Des problèmes, tu dis ? Intéressant !

Colt se délectait de la voir troublée à ce point. Il était persuadé que peu de gens avaient eu l'occasion de voir l'impassible inspecteur Grayson perdre ainsi son flegme légendaire.

Avec un léger sourire, il prit appui sur le bar.

— Puisqu'ils vont jaser, de toute façon, il ne te reste qu'une chose à faire : en rajouter carrément. Invite-moi à passer la nuit chez toi.

— Tu rêves, Nightshade.

Il haussa les sourcils. Même si elle avait riposté du tac au tac, sa voix n'avait pas eu la fermeté et le tranchant habituels.

— Je rêve, oui, c'est un fait. De toi. Très souvent. Et je n'ai pas envie d'attendre trop longtemps avant de voir le rêve se transformer en réalité.

Ne sachant soudain que faire de ses mains, Althea agrippa son verre de vin et le porta à ses lèvres.

— C'est une menace, Nightshade ?

— Althea…

Il y avait des trésors de patience dans sa voix. Colt s'en étonna lui-même. Il ne se souvenait pas d'avoir jamais été aussi calme.

— Nous savons l'un et l'autre que l'idée même de menace est en contraste absolu avec ce qui vient de se passer entre nous. C'était bon, très bon de t'embrasser, de te tenir dans mes bras. Et si nous avions été seuls quelque part, cela aurait été bien meilleur encore.

Elle voulut reculer d'un pas mais il glissa une main dans ses cheveux pour la retenir.

— Je te désire. Furieusement, même.

Un long frisson parcourut Althea. *Fermer les yeux… Ne plus penser à rien… tomber aveuglément dans le lit de cet homme.* Mais elle se ressaisit très vite. Après être restée maîtresse d'elle-même et de sa vie pendant tant d'années, elle gardait de solides réflexes de prudence :

— En bref, tu veux beaucoup de choses, Colt. Récupérer Liz, arrêter et faire juger ses geôliers. Tout cela, à ta façon, avec ma coopération. Et tu as également décidé que tu me voulais dans ton lit.

Elle est vraiment étonnante, songea Colt. Il l'avait sentie vibrer et frémir dans ses bras. Elle était *nécessairement* ébranlée, elle aussi. Et pourtant, elle abordait le sujet avec la même désinvolture que s'il l'avait interrogée sur les conditions météo prévues pour le lendemain.

— Cela résume assez bien mes positions en effet. Mais toi, Althea, quels sont tes souhaits, tes désirs, tes envies ?

Ses souhaits, ses désirs, ses envies ? En cet instant, hélas, Colt semblait tous les incarner à lui seul.

— La différence entre toi et moi, Nightshade, c'est que la vie m'a appris qu'on n'obtient pas toujours tout ce qu'on désire. Je rentre me coucher maintenant. J'ai une longue journée de travail derrière moi. Retrouve-moi demain matin à mon bureau. Nous aurons les résultats du travail de Meena avec le portraitiste. Avec un peu de chance, ils nous mettront sur la voie.

Colt s'inclina avec l'ombre d'un sourire aux lèvres.

— Bien, mon capitaine.

Il était résigné à la laisser partir. Pour cette fois, en tout cas. Le problème avec les femmes comme Althea, c'est qu'on était constamment tenté de les séduire. Alors qu'on n'avait au fond qu'une envie : qu'elles viennent à vous librement.

— Thea ?

Elle s'immobilisa, la main sur la poignée de la porte et tourna la tête.

— Oui ?

— Ça va nous mener où, tu crois, cette drôle d'aventure ?

Althea sentit un soupir monter en elle. Pas de fatigue mais de désir. Elle le réprima avec son habituel stoïcisme.

— Je crois qu'en ce moment, je préfère encore ne pas le savoir, répondit-elle en toute franchise.

A 9 h 30 le lendemain, Colt rongeait son frein dans le bureau d'Althea. L'attente se prolongeait, interminable. Et il n'y avait rien — strictement rien — dans ce minuscule espace confiné qui fût de nature à le distraire. De guerre lasse, il finit par tuer le temps en feuilletant les dossiers qui s'amoncelaient sur la table de travail. Des rapports, des comptes rendus, des procès-verbaux. Tous rédigés dans le jargon si particulier propre aux écrits de police.

Althea avait d'excellentes qualités rédactionnelles, il devait le reconnaître, même s'il préférait un style simple et direct à toutes ces formules administratives alambiquées. Pensif, Colt referma le dossier. Qui était la *vraie* Althea Grayson ? La femme flic, sèche et ordonnée qui correspondait à l'image qu'elle cherchait à donner d'elle-même ?

Ou l'autre Althea, celle qu'il avait vue tenir un revolver sans trembler, solide comme un roc malgré la peur panique qui se lisait dans son regard ? Celle qu'il avait sentie s'embraser dans son étreinte et répondre avec fougue à ses baisers ? Celle dont il avait vu la compassion adoucir les traits et la colère les figer ?

Colt soupira. Le problème, c'est qu'il la connaissait à la fois beaucoup trop et pas assez.

Liz était et devait rester sa priorité. Et néanmoins, Althea demeurait logée sous sa peau, comme une balle enfoncée dans sa chair. Brûlante, douloureuse, impossible à oublier.

Cette plaie toujours à vif le rendait nerveux. Irritable. Et naturellement sa mauvaise humeur explosa lorsqu'Althea finit par entrer dans le bureau avec un nouveau dossier sous le bras.

— Ça fait presque une heure que je t'attends, merde. Tu crois que je n'ai que ça à faire ?

— Tu as dû patienter un moment ? C'est vraiment regrettable, Colt.

Althea posa la chemise cartonnée sur sa table de travail et fronça les sourcils en constatant que ses papiers avaient été dérangés.

— Tu dois regarder trop souvent la TV, Nightshade. Il n'y a que dans les séries télévisées où on voit des flics qui peuvent s'offrir le luxe de ne se consacrer qu'à une seule affaire à la fois.

— Je ne suis pas flic.

— J'avais remarqué. Et la prochaine fois que tu seras amené à m'attendre, évite de mettre le nez dans mes papiers, tu seras gentil.

Colt vit rouge.

— Ecoute, Althea...

Il jura lorsque la sonnerie du téléphone l'interrompit. Althea décrocha en se laissant tomber sur sa chaise de bureau et prit un stylo.

— Oui, ça y est, j'ai noté. Tous mes remerciements, sergent. J'apprécie que vous ayez pris la peine de faire aussi vite. Oui, certainement. Je ne manquerai pas de venir vous saluer si je passe par chez vous, en effet... Oui, promis. Et encore merci.

Elle coupa la communication.

— La police de Kansas City vient de me procurer les nouvelles coordonnées de la mère de Jade, expliqua-t-elle en composant le numéro qu'elle venait de noter. Elle a déménagé dans le Missouri.

— Jade est avec elle ?

— C'est ce que je vais essayer de savoir. Mme Willowby mère travaille le soir, comme serveuse dans un restaurant. A cette heure-ci, je devrais la trouver chez elle.

Avant que Colt puisse ouvrir la bouche, elle leva la main pour demander le silence.

— Oui, bonjour. Pourrais-je parler à Janice Willowby, s'il vous plaît ?

Une voix féminine ensommeillée lui répondit plutôt sèchement qu'il n'y avait pas de Janice à ce numéro.

— Vous êtes madame Willowby ? Ici l'inspecteur Grayson de la police judiciaire de Denver... Non, madame, votre fille n'a commis aucun délit. Nous avons seulement besoin de son aide pour éclaircir une affaire. Vous avez eu des nouvelles de Janice, ces derniers temps ?

Althea écouta patiemment pendant que la femme lui expliquait qu'elle n'avait pas été en contact avec sa fille depuis une éternité et qu'elle ne s'estimait en aucun cas responsable de ses manigances.

— Non, je vous assure, madame Willowby, aucune poursuite n'est engagée contre Janice et elle n'a rien « manigancé » du tout. Mais nous avons un besoin urgent de lui parler.

Colt, qui suivait la conversation avec attention, vit soudain le regard d'Althea se durcir.

— Comment ça, une récompense ? se récria-t-elle. Dans la mesure où je ne vous demande pas de remettre votre fille entre les mains de la justice, je ne vois pas pourquoi…

Colt posa la main sur l'écouteur.

— Cinq mille, chuchota-t-il. Si elle nous trouve Jade et si Jade nous conduit jusqu'à Liz.

Althea lui jeta un regard noir mais il ne se laissa pas démonter :

— L'argent, c'est moi qui le verse. Cela ne coûtera pas un centime au contribuable. Et chaque minute gagnée est une minute de moins où la vie de Liz est en danger.

Avec un soupir qui disait clairement l'écœurement que lui inspirait ce type de pratique, Althea reprit le combiné :

— Madame Willowby, nous avons ici une personne agissant à titre privé, prête à verser la somme de cinq mille dollars, à la condition expresse que vous puissiez nous mettre en contact avec Janice et que les renseignements que votre fille sera susceptible de fournir favorisent l'heureux dénouement de l'enquête judiciaire en cours… Si vous pouvez obtenir l'argent en liquide ? Je pense que cela doit être négociable, oui. Ah, ça oui, j'imagine que vous allez faire l'impossible pour mettre la main sur votre fille, en effet, commenta-t-elle d'un ton vibrant d'ironie.

Althea donna ses coordonnées et reposa le combiné en fulminant.

— Après ça, on s'étonne que des filles comme Jade fuient le domicile familial et finissent sur le trottoir. Sa propre mère se soucie de son sort comme d'une guigne. Elle ne s'inquiétait que d'une chose : qu'elle puisse avoir des ennuis à cause de sa fille. Si Jade avait commis un délit quelconque, elle l'aurait dénoncée sans hésiter pour une poignée de dollars.

Althea prit une profonde inspiration pour calmer son indignation. Se lamenter sur les mères indignes ne changerait pas la face du monde. Et ils avaient une enquête à mener.

— Meena a travaillé avec le portraitiste et ça s'est plutôt bien passé, enchaîna-t-elle. Elle a trouvé quelques ressemblances intéressantes. Une de ses descriptions correspond à un acteur du film que nous avons visionné hier.

— Lequel ?

— Celui qui avait le string en cuir rouge. Je me suis mise en rapport avec la brigade des mœurs pour qu'ils recensent leurs fichiers. Mais ça risque de prendre un peu de temps.

— Du temps ? Parce que tu crois que j'en ai à perdre ?

Althea rangea son stylo et croisa posément les mains sur le bureau. Elle s'était promis, quoi qu'il arrive, de garder un calme olympien avec Colt Nightshade.

— Tu as une meilleure idée ?

— Non… A moins qu'on ait trouvé des indices dans la voiture volée ? Des empreintes ?

— Rien.

— Le duplex ?

— Juste quelques poils, quelques fibres. Rien qui puisse nous aider à mettre la main sur les coupables, c'est vrai. Mais ce seront des pièces à conviction utiles lorsqu'il s'agira d'établir leur culpabilité en cours de procès. Pour l'instant, le labo ne m'a pas encore envoyé les résultats pour la cassette et la lettre. Mais nous pourrions avoir plus de chance de ce côté-là, questions empreintes.

Colt se croisa les bras sur la poitrine.

— A-t-on consulté les fichiers des personnes disparues ? On pourrait aussi chercher du côté des corps non identifiés à la morgue, non ? Je pensais à la fille qui aurait été tuée en cours de tournage.

Althea secoua la tête.

— Rien de ce côté-là, je me suis déjà renseignée. Mais si la victime était une prostituée, il est peu vraisemblable que sa disparition ait été signalée. J'ai vérifié tous les décès suspects ou les morts non identifiés de ces trois derniers mois. Mais rien ne correspond.

Colt fit la moue et un silence tomba.

— J'ai pensé à une stratégie que l'on pourrait éventuellement mettre en place, déclara Althea après une légère hésitation.

— Dis toujours.

— Nous avons quelques jeunes éléments féminins avec des physiques très juvéniles dans le service. Il y en a une ou deux qui auraient le talent et les capacités nécessaires pour travailler sous couverture. Je peux essayer de les mettre sur le trottoir, vêtues en Lolita, pour voir si on leur propose un job d'actrice.

Colt médita un instant sur ce nouveau projet. Cela risquait de prendre du temps aussi, mais avaient-ils le choix ?

— C'est assez délicat, le rôle que tu leur demanderais de tenir, non ?

— Je sais. J'aurais préféré me charger de ce boulot moi-même mais…

— Non !

La protestation lui avait échappé, cinglante comme un coup de fouet. Pas un muscle du visage d'Althea ne frémit. Elle poursuivit, impassible :

— J'aurais choisi de le faire moi-même, donc, à part que je n'ai pas un physique d'adolescente. Et c'est visiblement l'extrême jeunesse qu'ils recherchent. Je lance le projet, alors ?

— Ça vaut sans doute le coup d'essayer. Tu pourrais me procurer une copie de la cassette ?

Elle sourit.

— Tes soirées en célibataire te paraissent un peu trop ternes, Colt ?

— Très drôle. C'est possible, oui ou non ?

Althea haussa les épaules.

— Je demanderai au labo. En attendant, je vais aller cuisiner le barman du Clancy. Je suis sûre que c'est lui qui a filé le tuyau aux gars de la Seconde Avenue.

— Je t'accompagne.

Elle secoua la tête.

— Pas cette fois-ci, non. Je me suis déjà arrangée pour faire équipe avec Sweeney.

— Je pourrais me joindre à vous quand même.

— Et tu pourrais aussi attendre que je t'appelle…

Elle se leva et prit le blazer marine qu'elle avait posé sur le dos de sa chaise. Sourcils froncés, Colt la rejoignit près de la porte du bureau.

— Tu me promets de m'appeler, alors ?

— Puisque je te le dis.

Colt sentit l'angoisse lui tomber dessus comme une chape de plomb. Il saisit les épaules d'Althea et laissa reposer son front contre le sien.

— J'ai eu un coup de fil de mon amie Marleen — la mère de Liz — ce matin. J'ai peur de lui avoir donné de faux espoirs. Je lui ai dit que les recherches avançaient à grands pas.

Althea lui effleura la joue.

— C'est important de maintenir l'espoir. Tiens bon, Nightshade. Nous avons rassemblé pas mal d'informations en peu de temps.

— Mmm…

Il laissa descendre les mains le long de ses bras et entrelaça ses doigts aux siens.

— Je te laisse partir pour le Clancy avec ton ami Sweeney. Mais tôt ou tard, il faudra que nous réglions la question en suspens entre nous, ma belle.

— Chaque chose en son temps, Nightshade. Nous traiterons nos problèmes personnels quand cette enquête sera bouclée. Mais je te préviens : tu pourrais ne pas apprécier la façon dont notre petite histoire va se dénouer.

Il lui saisit le menton dans la main et effleura ses lèvres d'un baiser. Althea lui jeta un regard noir. Devançant une protestation imminente, il la laissa aller.

— Je suis sûr que cette histoire va se dénouer à notre convenance mutuelle, inspecteur. En attendant, sois prudente.

— Je suis *née* prudente, Nightshade, rétorqua-t-elle en franchissant la porte.

Dix heures plus tard, Althea garait sa voiture dans le sous-sol de son immeuble et se dirigeait vers l'ascenseur. Elle était mûre — plus que mûre — pour un bain chaud, un verre de vin blanc frappé et un bon blues nostalgique.

Dans la cabine qui s'élevait sans bruit, Althea renversa la tête contre la cloison et ferma les yeux. Leo Dorsetti, le barman, ne s'était pas montré des plus coopératifs. Ils avaient tout essayé pourtant : l'argent, les menaces, les promesses. Mais rien n'y avait fait. Pas moyen de lui arracher l'ombre d'une information. Qu'il fût en contact avec le réseau pornographique ne faisait pourtant aucun doute. Mais le sort subi par Wild Bill avait eu un effet dissuasif et Dorsetti paraissait très fermement résolu à garder ce qu'il savait pour lui.

Autrement dit, les menaces ne la mèneraient nulle part. Il ne restait donc plus qu'une seule tactique possible : s'intéresser d'un peu plus près à la biographie du barman et trouver une charge à retenir contre lui. Quelque chose de suffisamment grave pour qu'elle puisse le traîner au commissariat et le coller en garde à vue.

Si elle parvenait à le coincer dans une salle d'interrogatoire, il parlerait sans problème. Elle avait déjà fait craquer des plus coriaces que lui.

Althea fit tinter ses clés dans ses mains en sortant de l'ascenseur. Parvenue sur le pas de sa porte, elle chassa délibérément ses problèmes professionnels de ses pensées. Lorsqu'une affaire tournait à l'obsession, l'erreur n'était jamais très loin.

Elle laisserait donc les problèmes de l'inspecteur Grayson décanter et mûrir pendant que la femme en elle se consacrerait sans arrière-pensée à des plaisirs purement égocentriques.

Althea n'avait pas fait un pas dans l'appartement lorsqu'elle sentit une présence anormale. Elle n'aurait su dire ce qui avait déclenché cette perception mais elle dégaina sans perdre de temps à se poser des questions. Silencieuse et rapide, elle prit les précautions classiques et explora rapidement le hall d'entrée avant de pousser plus avant.

Dans le séjour, rien de spécial — si on excluait le fait que la radio était allumée.

Et qu'une odeur parfaitement inhabituelle flottait dans les lieux.

Narines palpitantes, Althea identifia quelque chose d'épicé. Des fumets de quelque chose, mais quoi ? Un son léger se fit alors entendre dans la cuisine. Les nerfs tendus à se rompre, elle se figea dans la position de défense classique : en appui stable sur des jambes largement écartées, son revolver tenu à deux mains, bras tendus vers l'avant.

Elle crut que les yeux lui sortaient de la tête lorsque Colt apparut à l'entrée de la pièce. Souriant, il s'adossa au chambranle pour s'essuyer les mains sur un torchon.

— Bonsoir, ma chérie. Ta journée s'est bien passée ?

6

Avec une lenteur qui n'augurait rien de bon, Althea abaissa son arme.

Lorsqu'elle parla enfin, elle n'éleva même pas la voix. Mais en quelques mots tranchants comme l'acier, elle lui dit tout le bien qu'elle pensait de son initiative.

Lorsqu'elle eut fini de lui tirer dessus à boulets rouges, Colt ne put que secouer la tête.

— Je crois que je ne me suis encore jamais fait remonter aussi magistralement les bretelles. Mais je te suggère maintenant de reposer ce revolver. Cela dit, je me demande pourquoi je m'inquiète : maniaque comme tu l'es, tu ne supporterais pas de voir mon sang gicler sur tes murs immaculés.

— Cela vaudrait presque la peine de faire un grand ménage.

Elle rangea son arme mais ne le quitta pas des yeux pour autant.

— Vous êtes en état d'arrestation, Colt Nightshade. Vous avez le droit de garder le silence et d'appeler un avocat. Vous pouvez…

Colt eut la sagesse de refréner un éclat de rire. Il leva la main.

— Stop ! Que fais-tu ?

— Je t'informe de tes droits avant de te traîner au commissariat. Tu es entré ici de nuit et par effraction, Nightshade.

Le pire, c'est qu'elle était capable de mettre sa menace à exécution et de le coller au trou en le fichant comme un dangereux criminel !

— Je renonce à l'avocat si tu acceptes d'écouter mes explications.

— J'espère pour toi qu'elles sont valables. Sinon tu peux commencer à faire ta dernière prière. Comment es-tu entré ici ?

— Eh bien, euh… par la porte ?

Elle le foudroya du regard.

— OK, Nightshade. Tu as deux minutes pour appeler ton avocat.

Il était clair que l'humour ne suffirait pas à le sortir de cette ornière. Colt leva les mains en signe de reddition.

— Bon, d'accord. J'avoue tout. J'ai crocheté la serrure. Une excellente serrure, au demeurant. Ou alors, j'ai perdu la main.

Althea compta sur ses doigts.

— Un, tu as crocheté ma serrure. Deux, tu portes une arme cachée. Un ASP 9 mm.

— Vous avez l'œil, inspecteur.

— Trois, tu caches dans ta botte un cran d'arrêt. Et la longueur de la lame excède sensiblement les dimensions autorisées.

— Un bon couteau peut parfois être diablement utile.

Comme elle le foudroyait du regard, Colt jugea plus prudent d'enchaîner :

— J'ai pensé qu'après une journée de travail difficile, tu méritais de trouver un repas chaud et du vin au frais en rentrant. Cela dit, j'étais conscient que ma présence inattendue chez toi susciterait une réaction vigoureuse, pour ne pas dire hostile. Mais j'avais prévu de t'amadouer avec mes *linguine*.

Epuisée et d'humeur noire, Althea prit une profonde inspiration. Si elle fermait les yeux et qu'elle les rouvrait, peut-être cette scène grotesque se serait-elle effacée, après tout ? Elle tenta l'expérience mais lorsqu'elle souleva les paupières, Colt était toujours là, plus outrageusement souriant que jamais.

— Tes quoi ? répéta-t-elle bêtement en se frottant les tempes.

— Mes *linguine alla marinara*. Je te dirais bien que c'était la recette fétiche de ma sainte femme de mère, mais maman n'a jamais su faire cuire un œuf de sa vie. Que dirais-tu d'un verre de vin, au fait ?

— Au point où j'en suis…

Songeant qu'elle pourrait toujours tuer Colt un peu plus tard, Althea le suivit dans la cuisine. Des arômes subtils s'élevaient de la cocotte qui chauffait à feu doux. Elle réalisa qu'elle n'avait rien avalé depuis le matin et qu'elle mourait de faim.

— Tu es plutôt amateur de blanc, je crois ?

Comme s'il avait vécu chez elle toute sa vie, Colt inspecta sa collection de verres d'un œil critique et en choisit deux en cristal.

— C'est un vin italien qui a du corps, mais également une âme. Audacieux, mais élégant, il ne déparera pas ma sauce.

Elle accepta le verre que Colt fit tinter légèrement contre le sien. Dès la première gorgée, elle ferma les yeux de délice. Un pur enchantement.

— Qui diable es-tu, Nightshade ?

— La réponse à toutes tes prières. Et si nous allions déguster ce vin dans le salon ? Je sais que tu meurs d'envie de retirer tes chaussures.

C'était le cas. Par pur esprit de contrariété, cependant, Althea les garda aux pieds. Elle s'assit, le dos droit, sur le bord du canapé.

— Explique, maintenant.

— C'est ce que je viens de faire, non ?

— Colt… Si tu ne peux pas t'offrir les services d'un avocat, je t'en commets un d'office.

— Tu es une femme impitoyable, Althea Grayson.

Avec un soupir de satisfaction, Colt prit place à côté d'elle sur le canapé et s'étira longuement.

— Bien… Je suis entré ici pour plusieurs raisons. Un, je

sais que tu consacres une partie considérable de ton temps à cette enquête.

— C'est mon…

— … boulot ? acheva-t-il pour elle. Peut-être. Mais je vois bien que depuis le début, tu t'investis à deux cents pour cent. Me mettre en cuisine pour toi, c'est une façon de dire merci en donnant quelque chose à mon tour.

C'était aussi un très beau geste. Mais Althea garda cette appréciation pour elle.

— Tu aurais au moins pu me prévenir.

— Je suis venu ici sur une impulsion. Ça t'arrive d'avoir des impulsions ?

— Attention à ce que tu dis, Nightshade !

— Bon. Alors revenons à mes motifs. Deux : cuisiner me détend et j'avais furieusement besoin de me changer les idées. Je doute que Maria aurait accepté de me confier ses fourneaux. Alors j'ai pensé à toi, admit-il en lui prenant une mèche de cheveux pour l'enrouler autour d'un doigt. Je pense à toi souvent, tu sais… Troisième et dernière raison : j'avais tout simplement très envie de passer une soirée en ta compagnie.

Il gagnait dangereusement du terrain, le monstre. Althea toussota.

— Donc, tu as estimé que tu tenais là trois raisons suffisantes pour pénétrer chez moi par effraction et mettre ton nez dans mes affaires personnelles ?

— Mon nez, je l'ai seulement fourré dans tes rangements de cuisine. Aller voir ailleurs aurait été tentant mais je me suis abstenu.

Sourcils froncés, Althea fit tourner longuement le vin italien dans son verre avant de laisser tomber son verdict :

— Je n'aime pas beaucoup tes méthodes, Nightshade. Mais je crois que je vais apprécier tes *linguine*.

*
* *

Elle ne les apprécia pas. Elle les adora. Difficile de rester accrochée à sa mauvaise humeur lorsqu'on était servie, chouchoutée et nourrie comme une princesse. Ce n'était pas la première fois qu'un homme cuisinait pour elle, mais elle ne se souvenait pas d'avoir jamais été à ce point sous le charme. Sur le plan personnel comme sur le plan gastronomique.

Voir Colt Nightshade avec sa tête de baroudeur, vraisemblablement armé jusqu'aux dents, vêtu d'un jean élimé et d'une de ses éternelles chemises en jean, lui servir un dîner de grande classe éclairé aux bougies était déjà un poème en soi. Althea sourit intérieurement. Il lui en faudrait plus, bien sûr, pour succomber pieds et poings liés et lui tomber dans les bras. Elle était trop aguerrie pour se laisser piéger par des techniques de séduction aussi transparentes. Mais les efforts de Colt avaient quelque chose de terriblement… attachant.

Tout en faisant honneur au plat, Althea mit Colt au courant de ses démêlés avec Dorsetti. Elle lui annonça que les résultats du labo leur seraient communiqués dans vingt-quatre heures et que deux fonctionnaires de police habillées en péripatéticiennes déambuleraient sur le trottoir dès le lendemain pour enquêter sous couverture.

Colt n'était pas resté inactif de son côté. Il avait traîné dans les rues, interrogé quelques prostituées et appris qu'une fille répondant au nom de Lacy avait disparu de la circulation depuis plusieurs semaines.

— Elle correspond au profil. Jeune, assez frêle. Un aspect encore enfantin. D'après les filles, elle était brune mais aimait porter une perruque blonde.

— Elle avait un proxénète ?

Colt secoua la tête.

— Non. Elle travaillait en solo. J'ai réussi à obtenir son adresse et j'ai pu parler à son propriétaire. Une merveille de générosité, ce type : lorsqu'il s'est trouvé sans nouvelles de Lacy au bout de quinze jours, il s'est contenté de déblayer ses affaires, de vendre ce qu'il y avait à vendre et de bazarder le reste. Ni vu ni connu.

Althea soupira.

— Ces filles ont parfois une existence très solitaire. Je vais voir si mes collègues de la brigade des mœurs ont Lacy dans leurs fichiers.

Avec un léger hochement de tête, Colt la resservit en vin.

— J'ai également fait le tour des foyers, des asiles, les lieux qui recueillent les sans-abri. Mais sans résultat. J'ai montré la photo de Liz aux jeunes qui se trouvaient là. Mais c'est à peine s'ils ont accepté d'y jeter un œil. La plupart jouaient les durs mais quand on voit leur regard on n'y lit qu'une immense confusion.

— Ces gamins sont obligés de se forger une carapace. Il faut voir de quel genre de familles ils sont issus pour la plupart…

— Pour Liz, c'est différent. Elle sort d'une famille très unie, observa Colt.

— C'est vrai.

Le voyant se rembrunir, Althea estima qu'il avait besoin lui aussi de débrancher un peu. Elle piqua un dernier *linguine* dans le plat et se lécha les lèvres avec délice.

— Tu sais, Nightshade, tu pourrais renoncer à ta carrière d'aventurier et te lancer dans la restauration. Tu ferais fortune.

Il sourit et accepta le changement de sujet.

— Je préfère cuisiner pour mon plaisir.

Althea leva les yeux vers lui puis les baissa aussitôt sur son verre.

— Si ce n'est pas ta sainte femme de mère qui t'a appris à mitonner ce plat italien de rêve, à qui dois-tu ta recette ?

— Quand j'étais enfant, mes parents avaient une cuisinière irlandaise absolument extraordinaire.

— C'est une Irlandaise qui t'a initié aux spécialités italiennes ?

— Mme O'Malley avait un registre culinaire très étendu.

Elle cuisinait comme d'autres peignent ou écrivent : avec passion, inventivité et talent. C'est à elle que je dois mon éducation — ou ce qui m'en tient lieu, du moins. Elle m'a inculqué ce premier principe de base : « Si tu veux être toujours certain de bien te nourrir, ne compte que sur toi-même. » Chaque fois que je faisais une bêtise — autrement dit tout le temps — Mme O'Malley me prenait avec elle, dans la cuisine. Et tout en me sermonnant sur mes manières déplorables, elle me montrait la meilleure technique pour apprêter un rôti ou découper un poulet.

— Ainsi tu as été élevé à grand renfort de gastronomie et de morale ? C'est original comme éducation.

Colt leva son verre.

— Les principes de bonne conduite, je n'ai jamais réussi à les assimiler, admit-il avec un scintillement d'humour dans ses yeux clairs. Mais je suis devenu un cuisinier amateur tout à fait honorable. Quant à Mme O'Malley, ça a été un vrai drame lorsqu'elle a pris sa retraite il y a dix ans. Ma mère a fait une dépression sévère.

Les lèvres d'Althea esquissèrent un sourire.

— Jusqu'au moment où elle a embauché un nouveau cuisinier, c'est ça ?

— Tout à fait. Depuis cette époque, ils ont un chef. Un vrai. Français et libertin.

— Un chef français dans les étendues sauvages du Wyoming !

Colt secoua la tête.

— Moi, je vis dans le Wyoming. Mes parents, eux, résident à Houston. Nous nous aimons tellement à distance, eux et moi... Et toi, Althea ? Ta famille habite également à Denver ?

— Je n'ai pas de famille. Et ton diplôme de droit, au fait ? Pourquoi ne t'en es-tu jamais servi ?

— Qui a dit que je ne m'en servais pas ? répondit Colt lentement.

La réaction d'Althea l'intriguait. Elle avait réagi à sa

question au sujet de sa famille comme s'il lui avait mis un morçeau de charbon brûlant entre les mains. *A préciser, tout ça*, songea-t-il en se promettant de revenir sur le thème à la première occasion.

— Je ne suis pas fait pour passer mes journées dans un bureau poussiéreux, penché sur des bouquins de droit. Et ça ne m'amuse pas forcément de bafouer Dame Justice en rusant avec les textes et en jonglant avec des procédés rhétoriques plus ou moins retors.

— Donc tu as préféré entrer dans l'armée de l'air ?

— C'était une bonne manière d'apprendre à piloter.

Althea secoua la tête.

— Mais tu n'es pas pilote pour autant !

— Cela m'arrive de l'être, rétorqua Colt avec un sourire amusé. Désolé, Thea, mais je n'entre dans aucun moule. Je dispose de suffisamment d'argent pour faire ce qui me plaît quand ça me plaît.

Cette affirmation ne suffit pas à décourager Althea.

— Autrement dit, la vie militaire ne te convenait pas ?

— Disons qu'elle m'a convenu pendant un temps. Puis j'en ai eu assez.

Avec un léger haussement d'épaules, il se renversa contre son dossier.

— Cela dit, j'ai appris quantités de choses avec les pilotes de chasse. Tout comme j'ai appris de Mme O'Malley, de Harvard, ainsi que du vieux dresseur de chevaux indien dont j'ai fait la connaissance à Tulsa, il y a quelques années. Et toute cette diversité de savoirs me sert. Ou me servira un jour.

Althea inclina la tête.

— Et qui t'a enseigné l'art de crocheter les serrures ?

— Tu ne retiendras pas cela contre moi, j'espère ?

Il se pencha pour lui effleurer les cheveux et la resservit en vin blanc.

— J'ai acquis ces techniques à l'armée, en fait. Je faisais partie de ce que l'on pourrait appeler un détachement spécial.

— Des opérations sous couvertures, n'est-ce pas ? C'est pour ça que je n'ai pas eu accès à tes rapports d'activité.

Il eut un geste indifférent de la main.

— Oh, c'est de la vieille histoire, tout ça. Il n'y a plus aucune raison pour que ces dossiers demeurent classés top secret maintenant. Mais tu connais les bureaucrates… Mes missions consistaient généralement à rassembler des informations. A désamorcer des situations explosives. Ou à tout faire éclater, au contraire. Ça dépendait des ordres.

Le regard songeur, Colt prit une gorgée de vin.

— Dans un sens, on pourrait dire que je rendais des services à des gens. A part que les gens en question se trouvaient gouverner notre pays. Ou essayaient du moins, rectifia-t-il, les lèvres plissées en un rictus légèrement amer.

— Tu n'aimes pas beaucoup le système, n'est-ce pas ?

— Disons que j'aime bien ce qui fonctionne. Et que je me suis retrouvé pas mal de fois dans des situations où ça cafouillait méchamment.

Une ombre passa dans les yeux de Colt. Il haussa les épaules.

— Alors, j'ai lâché l'armée, je me suis acheté quelques chevaux, un peu de bétail. Et je fais tourner mon ranch sans dépendre de rien ni de personne. Mais le naturel revenant au galop, comme chacun sait, j'ai recommencé à rendre des services ici et là. La seule différence, c'est que je ne le fais plus que pour des gens que j'apprécie.

Althea scruta ses traits, les sourcils froncés.

— Sacré parcours, Nightshade. Tu ne t'entends jamais dire que tu as été un peu long à grandir et à trouver ta vocation ?

— Ça m'arrive. Et je ne conteste pas qu'il puisse y avoir une part de vérité dans cette affirmation. Mais j'ai fini par trouver un équilibre à ma façon. A toi, maintenant. Quel est ton itinéraire ?

— Oh, l'histoire de ma vie ne ferait pas la fortune d'un scénariste hollywoodien.

Les coudes posés sur la table, Althea paraissait détendue,

presque rêveuse. Elle fit tourner un doigt sur le bord de son verre et le chant du cristal s'éleva doucement.

— Je suis entrée à l'école de police directement à dix-huit ans. Sans hésitations et sans détours.

— Et pourquoi la police ?

Althea prit le temps de méditer sur sa question.

— Oui, pourquoi ? Je crois que c'est parce que, contrairement à toi, j'aime le système. Il n'est pas parfait mais j'ai eu envie de me battre pour qu'il opère, justement. Pour essayer de combler ses failles où tant de vies se perdent.

Colt posa sa main sur la sienne.

— J'ai pu me rendre compte de la façon dont tu concevais ton métier, Althea. Jusqu'à ce que je te connaisse, Boyd était le seul flic pour qui j'avais le moindre respect.

— Dois-je prendre cela pour un compliment ?

— Et comment ! Vous avez beaucoup de choses en commun, toi et lui. Une lucidité, une ténacité mais aussi un réel courage, une constante compassion.

Il sourit et prit ses doigts dans les siens.

— Tu sais, la petite fille que nous avons récupérée *in extremis* sur le toit ? Je suis allée la voir, moi aussi. Elle m'a parlé d'une jolie dame aux cheveux comme de l'or qui lui avait rapporté sa poupée.

Althea rougit.

— J'ai simplement assuré le suivi de cette affaire. C'est mon boulot de…

— Arrête, Althea !

Ravi de sa réaction, Colt porta sa main à ses lèvres.

— N'essaye pas de me faire avaler que tu te conformais à ton sacro-saint règlement en allant apporter une poupée à cette petite. Ce n'est pas parce que tu as le cœur tendre que tu es un moins bon flic pour autant. Je dirais même : au contraire.

Althea secoua la tête. Elle le voyait venir, gros comme une maison. Mais elle ne retira pas sa main pour autant.

— Ce n'est pas parce que j'ai un faible pour les enfants que j'en ai un pour toi, Nightshade.

— C'est vrai. Et pourtant, je sais que je ne te laisse pas tout à fait indifférente.

Sans détacher les yeux des siens, il posa les lèvres au creux de son poignet. Si le pouls d'Althea battait avec régularité, il était malgré tout singulièrement rapide…

— J'irais même jusqu'à dire… pas indifférente du tout, ma belle.

Althea soutint son regard. Le nier serait presque puéril à ce stade.

— C'est possible. Mais ça ne veut pas dire que tu parviendras nécessairement à tes fins. Je ne tombe pas systématiquement dans le lit d'un homme sous prétexte qu'il me trouble physiquement.

— Je suis soulagé de l'entendre. Cela dit, tu vas faire bien plus que tomber dans un lit avec moi.

Comme elle lui jetait un regard décontenancé, il se mit à rire et lui embrassa de nouveau le creux de la main.

— J'adore quand tu fais cette tête, Thea. Tu es vraiment à croquer. Ce que j'essaye de te dire, c'est que lorsque nous nous retrouverons dans un lit ensemble, nous aurons une quantité d'autres choses à y faire que dormir. Donc, je te conseille de prendre du repos en attendant.

Il se leva pour l'attirer contre lui.

— Juste un petit baiser pour la nuit et je te laisse te reposer.

La surprise était évidente dans le regard d'Althea. Colt sourit.

— Tu croyais que je t'avais mitonné un repas aux chandelles dans l'idée de te soutirer une nuit d'amour, n'est-ce pas ? Tu me blesses à douter ainsi de mon désintéressement, protesta-t-il, la main sur le cœur.

Elle se mit à rire.

— Tu sais, Nightshade, par moments, j'aurais presque de l'affection pour toi. Je dis bien presque.

— Sur l'échelle amoureuse, seuls quelques degrés séparent une « presque affection » d'une folle passion, murmura-t-il en glissant les bras autour de sa taille. Si j'avais pris la peine de te confectionner un dessert, tu serais déjà pantelante de désir à mes pieds.

Amusée, elle haussa les sourcils.

— C'est regrettable pour toi que tu te sois arrêté au fromage. Tout le monde sait qu'une seule portion de *tiramisu* suffit à déchaîner chez moi une sensualité proprement sauvage.

— Je note, Grayson, je note.

Il lui déposa un baiser léger sur les lèvres et sentit un frisson électrique lui traverser les reins.

— A la réflexion… Il n'y a pas une pâtisserie ouverte tard le soir où l'on trouverait de bons desserts italiens ?

— Aucune. C'est fichu pour aujourd'hui, riposta Althea en riant. Merci pour le dîner, Colt. Ce fut une merveille.

— Tout le plaisir était pour moi.

Il savait qu'il était temps pour lui de partir mais une force indéfinissable l'empêchait de détacher les yeux du visage d'Althea. Il la fixait intensément, comme pour essayer de voir au-delà de la peau marmoréenne, de l'ossature délicate. Il pressentait là comme un mystère, une douleur secrète. Quelque chose de profond, d'intérieur sur lequel il ne parvenait à mettre le doigt.

— Je vois quelque chose dans tes yeux…

— Quoi ? murmura-t-elle d'une voix altérée.

Il se mit à parler lentement, en détachant les syllabes.

— Je ne sais pas… j'ai parfois le sentiment que tu portes un secret très lourd. Et chaque fois je me demande : d'où sort-elle, qu'a-t-elle vécu de si particulier ? de si difficile ? Et où allons-nous, tous les deux, comme ça ?

Althea avait soudain le plus grand mal à respirer.

— Où nous allons, je n'en sais rien. Mais *toi*, je te signale que tu t'apprêtais à rentrer.

— Dans une minute. Cela n'a même plus de sens de te

dire que tu es belle, murmura-t-il comme pour lui-même. C'est un compliment trop superficiel pour toucher quelqu'un comme toi. D'ailleurs, c'est autre chose, autre chose en toi qui me fascine et me retient. J'y reviens sans cesse sans parvenir à définir de quoi il s'agit précisément.

Il plongea son regard dans le sien.

— Donne-moi la clé de ton mystère, Althea. Dis-moi ce que je pressens en toi.

— Rien. Il n'y a rien de particulier. Tu cherches un fond obscur là où il n'y en a pas.

— Si, le fond obscur est là, insista-t-il en lui prenant le menton. Et moi, j'ai un problème.

— Lequel ?

— Celui-là, chuchota-t-il en s'emparant de ses lèvres.

Ce ne fut pas un baiser pressant. Pas un baiser exigeant. En quoi il différait de leurs baisers précédents, Althea n'aurait su le dire. Mais quelque chose de noué en elle se desserra et s'ouvrit. Elle bascula et ce fut la chute — lente, tourbillonnante, irréversible. Comme un plongeur immergé dans un univers fluide, elle se sentait sans poids, sans défenses, baignant dans un océan d'émotions pures.

Il n'y a aucune issue, aucun moyen de s'enfuir, comprit-elle. Elle entendit le gémissement de désespoir qui montait de sa gorge. Colt avait creusé une brèche, détruit des barrières qu'elle ne parviendrait peut-être jamais plus à reconstruire.

Elle pouvait toujours se dire qu'il était impossible — logiquement impossible — de tomber amoureuse d'un homme qu'elle connaissait à peine. Mais son cœur, déjà, se riait de ses raisonnements.

Colt sentit le changement se produire. Althea lui donnait accès à une partie d'elle-même qu'elle ne lui avait encore jamais ouverte auparavant. Il y avait du désir, bien sûr. Mais pas seulement.

Il fut parcouru d'un frémissement qui le secoua des pieds à la tête. Et comprit que ce baiser était en train de bouleverser la donne, de les précipiter en droite ligne vers des horizons jamais explorés jusqu'à présent. Ebranlé, il mesura toute l'étendue du phénomène : une femme — celle-ci et nulle autre — pouvait en l'espace de quelques minutes lui vider l'esprit, lui lacérer le cœur et le laisser sur le carreau.

— Je perds pied, là, admit-il en s'arrachant à son étreinte.

— C'est trop pour moi, chuchota-t-elle faiblement en écho.

Sous ses doigts, Colt sentit la tension s'installer de nouveau dans les épaules d'Althea.

— C'est la première fois que je ressens quelque chose d'aussi fort, déclara-t-il lentement. Et ce n'est pas du baratin.

Elle se détourna en frissonnant.

— J'aurais préféré que ça en soit… Sérieusement, Colt, il faudra songer à nous ressaisir. Ceci nous mène beaucoup plus loin que nous ne l'avions prévu initialement.

— Aller loin n'est pas un problème en soi, si ? Ce n'est pas forcément très intéressant de piétiner en surface.

D'une main tremblante, Althea repoussa les cheveux qui lui tombaient sur le front.

— Nous ne pouvons pas nous permettre de tout mélanger, Colt. Soit nous nous appliquons à garder nos distances, soit tu te fais aider par l'un de mes collègues. Je ne vois pas d'autre solution.

Colt fronça les sourcils avec impatience.

— La collaboration entre nous s'est parfaitement bien passée jusqu'à présent. Ne te sers pas de cette pitoyable excuse pour fuir en courant.

— C'est la seule excuse dont je dispose, figure-toi, riposta-t-elle, les mains crispées sur le dossier d'une chaise. D'ailleurs, ce n'est pas une excuse mais une raison. Qu'est-ce que tu veux que je te dise ? Que j'ai peur ? Eh bien, oui, OK, j'ai peur. *Toi*, tu me fais peur. Et cette histoire me fait peur. Et je doute que tu veuilles d'une équipière susceptible de se laisser déstabiliser par ses émotions à tout moment. Dans ce métier, il faut être au top, et tu le sais. Chaque seconde compte.

Colt secoua résolument la tête. Il refusait de la laisser se retrancher derrière ces arguments pseudo-raisonnables. Pas maintenant.

— Et si je te dis que je préfère une coéquipière douée de sentiments humains qu'un robot qui s'exécute mécaniquement ? N'essaye pas de me faire croire qu'au moindre problème surgissant dans ta vie privée, tu perds tes capacités à exercer ton métier correctement, Thea ! J'ai confiance en ton instinct professionnel.

— Et si je n'avais plus envie de faire équipe avec toi ? riposta-t-elle, sur la défensive.

— Si tu n'as plus envie, tant pis pour toi. Tu t'es engagée et il est hors de question que tu me lâches maintenant. Je suis prêt à faire un effort, s'il le faut, pour mettre notre histoire entre parenthèses et attendre le dénouement de l'enquête. Mais je t'interdis de laisser tomber Liz par pure lâcheté émotionnelle !

Althea soupira avec impatience.

— C'est à Liz que je pense justement. Dans son intérêt, nous devons être prudents dans nos actes et dans nos décisions.

— Et qui es-tu pour décider de ce qui est bon pour Liz ou non ? explosa Colt.

Il savait qu'il se montrait injuste mais c'était plus fort que lui. Pour la première fois de sa vie, il était à deux doigts de tomber amoureux — vraiment amoureux — d'une femme. Et elle lui annonçait sèchement qu'elle ne voulait plus entendre parler de lui sur aucun plan ?

— As-tu idée, au moins, de ce qu'une gamine comme Liz peut éprouver en ce moment ? poursuivit-il, hors de lui. Tu es tellement obsédée par tes règles et tes procédures que tu en oublies de raisonner comme un être humain. Tu es prête à risquer ta vie, ça oui. Mais si, par malheur, tu sens poindre la moindre émotion, hop ! les barricades se remettent en place. Tout est si bien rangé, dans ta vie et dans ta tête, Althea. Il y a une gamine qui vit l'horreur en ce moment, une gamine innocente. Mais pour toi, c'est juste un « cas », un dossier à classer dans ton bureau bien propret.

— *Toi ?* Toi tu oses me dire des choses pareilles ?

Althea écarta la chaise d'un mouvement si brusque qu'elle tomba avec fracas sur le carrelage.

— Que sais-tu de ce que j'éprouve, Colt Nightshade ? De ce qui se passe en moi ? Tu penses connaître les filles comme Liz, peut-être ? Et les gamines de son âge que tu as rencontrées dans les foyers ?

Ce n'étaient pas des larmes qui brillaient dans les yeux d'Althea mais une rage mêlée d'une telle souffrance que Colt balbutia bêtement :

— Je sais que de nombreux adolescents ont besoin d'aide et qu'ils ne la trouvent pas toujours là où il le faudrait.

— Ah, le joli cliché ! lança-t-elle en allant et venant dans la pièce comme une furie. C'est tellement facile pour les gens comme toi de prononcer ces charmantes platitudes ! Tellement facile aussi de faire un chèque, de distribuer quelques sourires ici et là en se donnant bonne conscience. Etre seul, *vraiment* seul, tu n'imagines même pas ce que c'est. Tu ne connais pas la peur, celle d'être broyée par la machine infernale, la machine administrative et judiciaire où l'on jette les enfants qui n'ont personne d'autre qu'eux-mêmes. *Moi*, j'ai passé des années ballottée dans ses rouages ! Alors ne me fais surtout plus jamais la leçon sur ce que je suis censée ou non pouvoir sentir et comprendre !

Althea prit une brève inspiration avant de repartir de plus belle :

— Je sais ce que c'est que d'endurer l'intenable, je sais ce que c'est que d'avoir à fuguer, parce qu'il n'y a plus le choix — même si on n'a nulle part où aller, nul soutien à attendre, nulle main à tenir pour guider ses pas. Je sais ce que c'est que d'être rattrapée de force, remise dans les rails. Je connais l'impuissance, je connais l'enfermement, je connais les coups et l'abus sous toutes ses formes. Alors quand il s'agit de comprendre, je peux comprendre, Nightshade. Je comprends aussi que Liz a une famille qui l'aime et que nous allons la leur restituer. Quoi qu'il arrive, nous la ramènerons et nous ne la laisserons pas entrer, elle, dans le cycle infernal. Mais ne me fais plus jamais l'affront de me dire qu'elle n'est qu'un cas parmi d'autres. Car il n'y a pas, et il n'y a jamais eu pour moi de *cas* parmi d'autres. Jamais.

Althea s'interrompit pour passer une main tremblante dans ses cheveux. Sa colère était retombée d'un coup, ne laissant plus derrière elle que honte, fatigue et désolation.

— J'aimerais que tu t'en ailles, maintenant, murmura-t-elle.

Colt jura tout bas.

— Assieds-toi.

Comme elle ne réagissait pas, il la poussa dans un fauteuil. Elle tremblait — en partie par sa faute — et il se sentait comme la dernière des brutes.

— Je suis désolé.

Il voulut lui caresser les cheveux, hésita, retira sa main.

— Je suis en train de battre tous mes records, aujourd'hui. Je crois que c'est la première fois de ma vie que je présente des excuses deux fois le même jour à la même personne... Tu veux que je t'apporte un verre d'eau ?

— Je veux juste que tu t'en ailles, Nightshade.

— Je ne peux pas te laisser comme ça.

S'asseyant sur le repose-pieds devant elle, il chercha son regard.

— Althea...

Les yeux clos, la jeune femme se renversa contre son dossier.

— Nightshade... je ne suis pas d'humeur à te raconter l'histoire de ma vie maintenant. Si c'est ça que tu attends, tu perds ton temps. Et le mien.

— Si ce n'est pas maintenant, ce sera une autre fois.

Colt se risqua à lui prendre la main. Elle ne tremblait plus mais il la sentit froide et inerte entre ses doigts.

— Essayons au moins de faire la part des choses, d'accord ?

proposa-t-il prudemment. Trouver Liz est notre priorité. Elle court un énorme danger et elle a besoin d'aide. Je pourrais la retrouver seul mais cela prendrait trop de temps. J'ai besoin de toi, Althea. A cause de ton insigne de flic qui facilite bien des choses. Mais aussi à cause de ton énergie, de ta compétence, de ton talent.

Althea ne souleva pas les paupières.

— Nous la tirerons de là, murmura-t-elle d'une voix lasse. Si ce n'est pas demain, ce sera après-demain. Mais nous ne l'abandonnerons pas à son sort.

— Bien. Second problème : je crois que… et comme il s'agit pour moi d'un domaine tout à fait inconnu, j'insiste sur le fait que nous sommes dans le registre de l'opinion et non de la certitude…

Elle ouvrit alors les yeux et il eut la surprise de voir scintiller une lueur d'humour dans son regard.

— J'ai l'impression d'entendre parler l'avocat que tu refuses d'être, Nightshade.

Il fit la grimace, changea de position.

— Est-ce bien raisonnable d'insulter un homme qui se prépare à annoncer qu'il pourrait bien être tombé irrémédiablement amoureux de toi ?

Althea tressaillit violemment. Une réaction qui ne surprit pas Colt outre mesure. S'il avait sorti son revolver pour le braquer sur elle, pas un muscle de son visage n'aurait bougé. Mais il suffisait de prononcer le mot « amour » devant cette femme pour qu'elle fasse un bond de dix centimètres dans son fauteuil.

— Ne panique pas, surtout, recommanda-t-il d'un ton rassurant en voyant Althea lutter pour recouvrer sa voix. J'ai bien dit : je *pourrais* être tombé amoureux. Cela nous laisse quand même une marge. Un champ de manœuvre confortable.

— Un champ de mines, oui ! Ecoute, Colt : la logique la plus élémentaire nous commande de rester concentrés sur le but concret que nous nous sommes fixé et de reporter ce... ce débat à une date ultérieure.

— Qui de nous deux s'exprime comme un avocat, maintenant ?

Colt secoua la tête et ne put s'empêcher de rire. De lui. D'elle. De leurs angoisses respectives.

— L'amour t'effraye, ma belle ? Songe un peu à ce que je peux ressentir, moi ! J'ai évoqué l'hypothèse amoureuse parce que j'ai du mal à mettre un nom sur les symptômes bizarres qui m'assaillent. Mais je n'ai pas encore affirmé mon diagnostic. Si ça se trouve, il s'agit d'un banal début de grippe.

— C'est une possibilité, en effet, acquiesça Althea avec un petit rire nerveux. Repose-toi, bois des tisanes et prions pour que ça passe tout seul.

— J'essayerai une petite cure, promit-il en se penchant vers elle. Mais si je découvre qu'aucun virus n'est en cause et que c'est bien d'amour qu'il s'agit, j'ai la ferme intention de m'organiser en conséquence. Cela dit, je veux bien attendre que notre problème numéro un soit réglé avant de commencer à aborder les sujets inévitablement liés à la condition amoureuse, tels que le mariage, la famille, un garage pour deux voitures...

Pour la première fois depuis qu'il connaissait Althea, il la vit se décomposer littéralement. Ses yeux écarquillés étaient immenses, sa bouche légèrement entrouverte trahissait un état de quasi-hébétude.

Colt ne put s'empêcher de rire.

— Eh bien... Je ne pensais tout de même pas te plonger dans le coma rien qu'en mentionnant quelques possibilités abstraites au passage.

Althea cligna des paupières, déglutit.

— Je... je crois que tu perds la tête.

— Oui, moi aussi, admit-il en se demandant pourquoi ce constat le réjouissait à ce point. Mais pour le moment, nous

nous contentons d'unir nos forces pour nous attaquer à cette racaille. Ça marche ?

— Si je dis oui, tu me jures solennellement de ne plus prononcer un mot au sujet de… de ta grippe ?

Il laissa échapper un léger rire.

— Si je te le promets, tu me croiras sur parole ?

— Non, répondit Althea en se redressant pour lui rendre son sourire. Mais je parie que je serai de taille à te rembarrer bien proprement si tu abordes encore le sujet.

— Pari tenu ?

— Pari tenu.

Ils se serrèrent solennellement la main. Puis Colt plongea son regard dans le sien.

— Et maintenant si nous…

Le téléphone sonna. Colt se tut, ravalant une proposition dont Althea soupçonnait qu'elle n'aurait rien eu de professionnel. Elle lui fit un pied de nez et alla décrocher dans la cuisine. Lorsqu'elle revint quelques minutes plus tard, Colt nota que le masque du guerrier était de nouveau en place.

— Bonne nouvelle, Nightshade. Notre ami Leo, le barman, vient de se faire pincer alors qu'il écoulait de la cocaïne derrière son comptoir. Ils l'ont embarqué et il m'attend en salle d'interrogatoire.

— Je te suis.

— Tu me suis si tu veux, mais à distance, Nightshade, spécifia-t-elle en enfilant sa veste. Si Boyd est d'accord, tu pourras nous observer à travers une vitre. Mais tu n'iras pas plus loin.

Il se rembrunit.

— Et si je te promets de ne rien dire ?

— Toi ? Laisse-moi rire, riposta-t-elle en récupérant son sac sur une console. C'est à prendre ou à laisser, cher partenaire.

Pestant contre elle sans retenue, il fit claquer la porte.

— Je prends.

7

La contrariété initiale de Colt d'avoir été relégué derrière un miroir sans tain disparut peu à peu tandis qu'il regardait procéder Althea. Patiente, inlassable, ne négligeant aucun détail, elle menait son interrogatoire avec un style bien à elle. Que son approche fût méticuleuse ne surprit pas Colt outre mesure. Mais il ne s'attendait pas, en revanche, à autant de ténacité, d'obstination implacable.

Jamais elle ne laissa Leo dévier de son sujet. Ne réagit à ses sarcasmes. Même lorsque le barman l'insultait ou la menaçait, elle n'élevait pas la voix. Elle conduisait ses interrogatoires comme elle jouait au poker : avec ordre et méthode, sans paraître se prendre au jeu. Mais Colt commençait à bien la connaître. Il savait qu'un tempérament de feu bouillonnait sous cette indifférence de surface.

— La nuit promet d'être longue, commenta la voix de Boyd derrière lui.

Surpris, Colt se retourna. Son ami vint le rejoindre avec deux tasses de café à la main.

— C'est Dorsetti, surtout, qui a l'air de trouver le temps long, marmonna-t-il en prenant une des tasses des mains de Boyd.

Il but une gorgée du breuvage maison et fit la grimace.

— Toujours aussi imbuvable, ton mélange. Mais qu'est-ce que tu fais ici, au fait ? C'est normal pour un commissaire d'abandonner femme et enfants pour venir assister à un interrogatoire de routine ?

Boyd haussa les épaules.

— Tout dépend des enjeux… Il a l'air nerveux, l'ami Dorsetti, vu la façon dont il allume cigarette sur cigarette. Elle a réussi à en tirer quelque chose ?

— Pour le moment, il ne veut rien savoir, marmonna Colt, résistant à la tentation de frapper au carreau pour exiger de descendre à son tour dans l'arène et poser deux ou trois questions au barman récalcitrant.

— Il se fatiguera avant elle.

— Je sais. Elle ne le lâchera pas.

Ils se turent lorsque Dorsetti lança à Althea une insulte particulièrement grossière. La seule réaction de la jeune femme fut de lui demander s'il souhaitait réitérer cette affirmation afin qu'elle soit consignée par écrit et versée à son dossier.

— Elle me fait penser à un chat guettant une souris, commenta Colt, fasciné. C'est presque terrifiant, une patience pareille. On sent qu'elle pourrait continuer comme ça la nuit entière, inlassable, parfaitement immobile et néanmoins prête à bondir au premier signe de faiblesse.

— En l'espace de quelques jours à peine, tu as appris beaucoup de choses sur Althea, observa Boyd pensivement.

— Oh, je commence tout juste à percer la surface. Elle est d'une complexité inouïe, tu ne trouves pas ? C'est la première fois qu'une femme m'intrigue à ce point. De fait, je suis presque aussi pressé de dévoiler les strates de sa personnalité une à une que son corps nu sous ses vêtements. Etonnant, non ?

Sourcils froncés, Boyd scruta le fond de sa tasse de café. Surprendre son ami d'enfance et son ex-coéquipière enlacés dans sa cuisine l'avait amusé, certes. Mais les choses ne s'arrêteraient pas là, à en juger par les propos de Colt. Et compte tenu des talents de séducteur de ce vieux coureur, il avait tout lieu de s'inquiéter pour Althea.

Boyd s'éclaircit la voix.

— Thea, c'est quelqu'un que je tiens en haute estime, Colt. Elle a un sang-froid du tonnerre de Dieu. Je l'ai toujours vue faire face, quelle que soit la situation.

Colt acquiesça vigoureusement.

— Elle est étonnante.

— Tout à fait. Mais cela ne veut pas dire qu'elle n'ait pas ses zones de fragilité pour autant. Si quelqu'un devait lui faire du mal, je pourrais réagir assez… violemment.

Colt parut plus amusé que surpris par sa réaction.

— C'est une mise en garde ? Tu m'as tenu sensiblement le même discours, il y a une dizaine d'années, lorsque j'avais des vues sur ta sœur Nat.

— Je me sens à peu près dans les mêmes dispositions, en effet. Je considère Thea comme un membre de ma famille à part entière. Je ne fais aucune différence entre elle et Nat.

— Et tu t'es mis dans l'idée que je pourrais la faire souffrir ?

Boyd soupira bruyamment. Il n'aimait pas — mais alors vraiment pas — le tour que prenait cette conversation.

— Je n'ai pas dit ça. Mais je sais que si jamais cela devait arriver, je te mettrais un coup de pied dans le derrière qui t'enverrait valser jusque dans l'Arizona. Je ne le ferais pas de bon cœur mais il y a des moments dans la vie où on n'a pas le choix.

Colt soupira à son tour.

— Qui a gagné la dernière fois que nous nous sommes battus, Fletch ?

Boyd se surprit à sourire.

— Je crois que nous nous sommes mis OK mutuellement.

— Mmm… oui. Je me souviens maintenant. C'était à cause d'une fille, bien évidemment.

— Cheryl Anne Madigan, acquiesça Boyd avec un soupir nostalgique.

Colt fit un effort de mémoire.

— Une petite blonde, je crois ?

— Tu veux rire ? Une grande brune. Avec des yeux plus bleus que le ciel d'ici après la pluie.

— Ah oui, ça y est, je me rappelle Cheryl Anne. Dieu que c'est loin tout ça. Cela dit, pour en revenir à tes inquiétudes au sujet d'Althea, j'ai une nouvelle qui va sans doute te rassurer : telles que les choses se présentent en ce moment, c'est plutôt elle qui serait en position de *me* faire souffrir que l'inverse. Ce qui ne m'était encore jamais arrivé avec aucune femme. Effrayant, non ?

— Mmm... pas très rassurant, en effet. A ta place, je me ferais du souci, camarade.

Colt prit une gorgée de café amer pour se donner du courage.

— Il y a sans doute de quoi. Je crois que je l'aime, Boyd.

Son ami faillit s'étrangler. Il reposa brutalement sa tasse, évita les éclaboussures de justesse et se tapota l'oreille.

— Tu veux bien répéter ça, Colt ? Je ne suis pas certain d'avoir bien entendu.

— Arrête, Boyd. Tu n'es pas encore dur de la feuille, que je sache, maugréa Colt, furieux.

On pouvait toujours compter sur les amis pour vous humilier dans les moments émotionnellement difficiles ! Les coudes sur les genoux, il se prit la tête entre les mains.

— Tu sais qu'Althea a réagi plus ou moins de la même façon que toi lorsque je lui ai dit que j'étais peut-être en train de tomber amoureux d'elle ?

— Parce que tu le lui as déjà annoncé, en plus ? Incroyable. Et qu'est-ce qu'elle t'a répondu ?

— Que j'étais tombé sur la tête. Ou quelque chose d'approchant.

Boyd fit une drôle de grimace, comme s'il luttait pour ne pas afficher un sourire hilare.

— Elle ne t'a pas ri au nez. C'est déjà ça.

— Oh, elle n'avait pas l'air d'avoir envie de rire, non. Elle est devenue toute pâle et m'a regardé avec des yeux exorbités.

Fraternel, Boyd lui tapota l'épaule.

— C'est bon signe, tu sais. Il en faut beaucoup pour décontenancer Althea.

— J'ai pensé que c'était aussi bien que je lui dise carrément la vérité, précisa Colt en souriant à Althea à travers le miroir sans tain. Autant commencer à préparer le terrain.

— Préparer le terrain ? répéta Boyd avec un sourire en coin.

— En fait je ne vois qu'une solution qui me paraisse vraiment satisfaisante : le mariage.

Cette fois, Boyd éclata carrément de rire.

— Te marier avec Thea ? C'est la meilleure, celle-là. Attends que je l'annonce à Cilla.

Colt lui lança un regard assassin.

— Je te remercie pour ton soutien moral, Fletch. Sincèrement.

Boyd secoua la tête.

— Mon soutien, tu l'as, mon vieux. Inconditionnellement. Mais si on m'avait prédit qu'un jour je prononcerais le mot mariage en association avec les noms de Colt Nightshade et d'Althea Grayson, j'aurais refusé de le croire. Cela dit, je suis avec toi, Colt. A cent pour cent. D'ailleurs, inutile d'aller chercher plus loin : tu viens de trouver ton témoin.

Dans la salle d'interrogatoire, Althea se préparait mentalement à la victoire. Les résistances de Dorsetti s'effritaient peu à peu à mesure que les heures passaient.

— Vous savez, Leo, un minimum d'esprit de coopération vous mènerait tellement plus loin.

— Très loin, ouais. Droit dans la fosse commune, comme Wild Bill.

Althea hocha la tête.

— C'est sans doute le sort qui vous attend, oui. Sauf si vous parlez. Auquel cas vous auriez droit à des mesures de protection.

Leo serra les poings.

— Vous me voyez, moi, avec un flic sur le dos vingt-quatre heures sur vingt-quatre ? De toute façon, ça ne suffirait pas. Ils finiraient par m'avoir quand même.

Avec un haussement d'épaules indifférent, Althea fit mine de s'intéresser au dossier ouvert sous ses yeux.

— Sans doute, oui. Mais si vous ne coopérez pas, vous sortez d'ici sans personne pour vous couvrir, Leo. Et là, je ne donne pas cher de votre peau.

— Je prends le risque.

— Comme vous voudrez. C'est vrai qu'on ne vous inquiétera pas trop avec cette histoire de stupéfiants. Vous devriez vous en tirer avec une peine symbolique. Mais les rumeurs courent vite, Leo. On sait déjà que vous avez été repéré. Et lorsque vous rentrerez chez vous ce soir, vont-ils attendre de savoir si vous avez parlé ou préféreront-ils tirer d'abord avant de se poser la question ?

— Je n'ai pas lâché un mot. Je ne suis au courant de rien.

Althea rit doucement.

— Dommage. Votre ignorance pourrait se retourner contre vous, Dorsetti. Parce que nous avons pas mal avancé dans notre enquête. Et les intéressés risquent de se demander quelle part vous avez jouée dans certaines de nos découvertes. Comme celle-ci, par exemple…

Poussant le dossier dans sa direction, elle lui montra les deux portraits-robots.

— Imaginez qu'ils se mettent en tête que c'est vous qui nous avez fourni ces descriptions ?

Le front de Leo se couvrit de sueur.

— Je n'ai encore jamais vu ces types. Je suis innocent, je vous le jure.

— Tant mieux, Leo, tant mieux… Mais je pourrais être amenée à mentionner ma longue conversation avec vous. Et si d'aucuns en déduisaient que vous n'avez pas su tenir votre langue…

Le barman cracha un juron.

— Vous n'avez pas le droit. Fichez-moi la paix avec votre chantage de merde !

— Allons, allons, Leo. Vous aimeriez que je sois un peu plus gentille avec vous, c'est ça ? Mais pour que je devienne votre amie, il faudrait changer d'attitude. Tel que vous vous comportez en ce moment, vous ne m'intéressez pas tellement. Si vous avez envie de finir sous forme de tache de sang sur le trottoir, ce n'est pas mon problème. En revanche, si vous faisiez un effort pour m'aider, j'aurais à cœur de vous assurer une existence paisible. Peut-être pas à Denver mais ailleurs. Vous êtes encore jeune, Leo, et un changement de vie, un changement de nom, ça peut parfois être l'occasion de prendre un meilleur départ…

Elle vit une lueur calculatrice briller dans le regard du barman.

— Parce que vous me feriez bénéficier du programme de protection des témoins ?

— Pourquoi pas ? Mais c'est le genre de mesure qui coûte cher au contribuable, ça, Leo. Alors il faudrait lui en donner pour son argent.

Le voyant hésiter encore, Althea soupira.

— Et si vous vous décidiez à choisir votre camp, l'ami ? Vous vous souvenez comment Bill est mort, n'est-ce pas ? Tout ce qu'il a fait, c'est accepter de rencontrer un type. Lorsqu'il s'est fait descendre, il était peut-être simplement en train de commenter un match de foot ou les résultats du tiercé. Mais on ne lui a pas accordé le bénéfice du doute. On s'est contenté de le refroidir bien proprement.

Leo se lécha les lèvres et tira la dernière cigarette de son paquet. Son regard tomba sur les croquis du portraitiste et il marmonna :

— Ces deux types, là… Tout compte fait, il se pourrait que je les aie déjà vus quelque part.

Althea bondit comme un chat.

— Parfait, Leo, on y va. Racontez-moi très précisément où et comment vous avez rencontré celui-là…

Lorsque Althea sortit enfin de la salle d'interrogatoire, deux heures venaient de sonner au clocher de l'église toute proche. Elle avait longuement questionné Leo avant d'appeler un officier de police qui avait pris la déclaration du barman par écrit. Malgré l'heure tardive, Althea se sentait regonflée à bloc lorsqu'elle pénétra dans son bureau. Leo, en vérité, n'avait pas pu lui révéler grand-chose, hormis quelques conjectures, quelques rumeurs. Mais elle avait quand même obtenu deux noms. Et quelques petits éléments supplémentaires qui, mis bout à bout, feraient nécessairement progresser l'enquête.

Retirant sa veste, elle s'installa à sa table de travail et alluma son ordinateur. Lorsque Colt entra quelques minutes plus tard, il la trouva devant son écran. Il lui tendit une tasse.

— Merci, murmura-t-elle distraitement.

Elle prit une gorgée et fit la grimace.

— C'est quoi, ce jus de chaussette ?

— De la camomille. Tu as déjà bu suffisamment de café comme ça.

— Nightshade, sois charitable. Ne gâche pas notre harmonieuse collaboration en commençant à jouer les nounous avec moi, d'accord ?

— Vous êtes tendue comme un ressort, inspecteur.

— Je connais mes limites. Et c'est bien toi qui me rappelles sans arrêt que nous n'avons pas de temps à perdre, non ?

Colt se plaça derrière elle sans répondre et entreprit de lui masser les épaules.

— Tu as été magistrale avec le barman. Si j'avais eu le malheur de devenir avocat, je n'aurais pas aimé te voir tomber à bras raccourcis sur l'un de mes clients.

— Arrête de me lécher les bottes, Nightshade ! Cela dit, je crois que j'ai tiré le maximum de Dorsetti, en effet. Même si le maximum en question n'a rien de spectaculaire.

Althea ferma un instant les yeux. Se faire masser par Colt était une merveille. Il semblait sentir d'instinct le type de pression qui lui convenait.

— L'ami Leo ne jouait qu'un rôle très marginal, acquiesça Colt. Il rendait des petits services, touchait une commission ici et là. Rien de très important.

— Il n'a jamais vu le troisième type, celui qui semble être à la tête du réseau pornographique. Mais il a pu identifier les deux que Meena a décrits. Ah, voici notre grand cameraman afro-américain, déclara-t-elle en désignant la page à l'écran. Matthew Dean Scott, alias Dean Miller, alias Dean-la-Brute.

— Joli surnom.

— Il était footballeur semi-professionnel il y a une dizaine d'années. Très redouté sur le terrain : il lui est même arrivé de briser la jambe de l'arrière-centre de l'équipe adverse.

— Un malheureux accident, commenta Colt sans interrompre son massage. Ce sont des choses qui arrivent.

— *Après* le match ?

— Hum... L'ami Dean a eu la défaite amère, apparemment ? Qu'avons-nous d'autre à son sujet ?

Althea s'abandonna avec un soupir aux mains compétentes qui lui pétrissaient la nuque.

— Quelques années plus tard, il s'est fait virer de son club après avoir été surpris avec une femme dans sa chambre la veille d'un match, lut-elle à l'écran.

— La chair est faible...

— Très faible, même. On a trouvé la jeune femme en question attachée au lit et hurlant de panique à pleins poumons. Fini le football, pour l'ami Scott. Mais il a continué à faire parler de lui : coups et blessures, voies de fait, comportements lubriques. Il y en a comme ça une série ininterrompue. Mais tout s'arrête brutalement il y a quatre ans. Après cela, plus rien.

— Mmm... Et tu penses comme moi qu'il a tourné la page pour devenir un citoyen honorable ?

— Bien sûr. Tout comme je crois que les hommes achètent des revues où l'on voit de belles filles nues pour la qualité littéraire des articles.

— Tu as une vue terriblement pessimiste de la nature masculine, Althea Grayson, murmura Colt en se penchant pour poser un baiser dans ses cheveux. Et notre deuxième lascar ? Que sait-on à son sujet ?

Elle pianota sur son clavier.

— Ah voilà ! Notre second candidat : Harry Kline, acteur de seconde zone à New York. Son casier judiciaire mentionne diverses condamnations : délinquance routière, possession de stupéfiants, scandales sur la voie publique, actes de violence. Il y a huit ans, notre Harry s'est spécialisé dans le cinéma porno. Et, fait assez exceptionnel dans ce secteur, il a été renvoyé plusieurs fois en cours de tournage pour cause de violences exercées sur ses partenaires. Du coup, il est parti tenter sa chance dans l'Ouest et s'est trouvé quelques embauches, toujours dans le porno, en Californie. Là, nous avons une nouvelle arrestation. Pour viol, cette fois. Kline a abusé — hors caméra — d'une de ses partenaires à l'écran. Compte tenu du métier de la victime, Kline s'en est sorti sans même une condamnation. Mais il s'est trouvé rayé définitivement de la profession. Pour ce qui est du circuit officiel, en tout cas. Ça, c'était il y a cinq ans. Et depuis, plus rien.

Colt hocha la tête.

— Encore un dont on pourrait penser qu'il a fini par se racheter une conduite…

— Ou qu'il a découvert un bon créneau pour vivre en toute impunité ses instincts violents. Leo raconte qu'il a rencontré Kline pour la première fois il y a deux ou trois ans. Kline voulait des filles jeunes disposées à tourner du *hard* pour le circuit parallèle. Au nom du principe de libre entreprise, Leo s'est mis en quête de volontaires et a empoché sa commission. Il avait un numéro où joindre Kline. J'ai essayé d'appeler mais il n'est plus en service. En passant par la compagnie téléphonique demain, je devrais pouvoir obtenir un nom et une adresse.

— Leo n'a rien pu te dire au sujet du troisième larron ? Celui dont Meena disait qu'il restait assis dans son coin ?

— Non. Le seul que Leo ait rencontré à part Kline, c'était Scott. Ce dernier passait parfois au Clancy pour boire quelques bières et se vanter de ses prouesses à la caméra.

Il racontait à qui voulait l'entendre qu'il se faisait autant d'argent qu'il le voulait.

Les mains de Colt se crispèrent sur ses épaules.

— Et autant de filles aussi, précisa-t-il d'une voix tendue. Son camarade et lui n'avaient que l'embarras du choix, c'est ça ? « Ils se servaient librement dans le tas », c'est bien la formule que Leo a employée ?

D'instinct, elle leva une main pour la poser sur celle de Colt.

— Ne rentre pas dans ces considérations, murmura-t-elle. Ça ne te rend pas service et à Liz non plus. Nous avons fait d'énormes progrès, Colt. C'est tout ce qu'il faut voir.

Lâchant ses épaules, il se mit à aller et à venir dans le petit bureau.

— Tout ce que je vois en ce moment, c'est que si l'un de ces porcs a osé toucher Liz, je l'abattrai comme un chien.

Il tourna vers elle un regard vide d'expression avant d'ajouter à mi-voix :

— Tu ne pourras pas m'en empêcher, Thea.

Elle se leva pour prendre ses mains crispées dans les siennes.

— Oh si, je t'en empêcherai. Parce que tu pourras les massacrer tant que tu voudras, cela ne changera rien à ce qui est arrivé à Liz. Mais nous n'en sommes pas là. Ce n'est pas le moment de péter un câble et de te mettre à faire n'importe quoi, Nightshade. Je commençais juste à prendre plaisir à collaborer avec toi.

La voix d'Althea opéra des miracles. S'arrachant à ses fantasmes meurtriers, Colt revint à la réalité. La femme inoubliable qui se tenait devant lui avait les joues pâles, les yeux cernés. Et, néanmoins, une énergie communicative rayonnait d'elle. Dans son regard, il lut un message de compassion et d'espoir qui balaya sa fureur meurtrière.

— Je peux te prendre dans mes bras un instant ?

Elle marqua un temps d'hésitation qui le fit sourire.

— Tu t'inquiètes pour ta réputation, inspecteur ? N'oublie pas qu'il est 3 heures du matin, mon ange. Je ne crois pas que tu risques la visite d'un collègue. Et j'ai vraiment besoin de te tenir un instant contre moi.

Sur une impulsion, elle s'avança et lui ouvrit les bras. La tête logée au creux de son cou, elle ferma les yeux et admit qu'ainsi enlacés, leurs deux corps s'accordaient à la perfection.

— Ça va mieux ?

— Beaucoup mieux, chuchota-t-il, les lèvres dans ses cheveux. Et Lacy ? La fille qui a disparu ? Leo la connaissait ?

Spontanément, elle entreprit de masser les muscles noués du dos de Colt, tout comme il lui avait lui-même pétri les épaules et la nuque.

— Non. Il n'avait jamais entendu parler d'elle. Et lorsque j'ai évoqué l'hypothèse du meurtre, j'ai vu qu'il était sincèrement choqué. Sa surprise n'était pas feinte, Colt. C'est ce qui me conduit à penser qu'il m'a dit tout ce qu'il savait.

— Et le chalet dans les montagnes ?

— Tout ce qu'il a pu me dire, c'est qu'il se trouve dans les environs de Boulder, pas très loin d'un lac.

Colt soupira en la berçant contre lui.

— Tout ça reste quand même très flou. J'ai l'impression qu'on piétine et que le temps nous file entre les doigts.

— Nous sommes en train de rassembler les pièces du puzzle une à une, Colt. Et une image commence à prendre forme. Mais tu es épuisé, c'est pour ça que tu ne vois plus le dessin d'ensemble.

Le buste légèrement renversé vers l'arrière, elle le regarda dans les yeux.

— Va dormir, maintenant. Nous continuerons demain matin à tête reposée.

— J'aurais préféré dormir avec toi.

Plus amusée qu'exaspérée, elle secoua la tête.

— Tu n'arrêtes donc jamais ?

— Je n'ai pas dit que je m'attendais à une invitation, murmura-t-il en lui prenant le visage entre les mains. J'ai envie d'avoir du temps à passer avec toi, Althea. Un océan de temps pour te serrer dans mes bras, te faire l'amour, parler d'avenir.

Aussitôt sur ses gardes, elle s'échappa du cercle de ses bras.

— Ne commence pas, Nightshade…

Il se mit à rire.

— Je n'ai jamais vu personne — à part peut-être moi — avoir peur du mariage à ce point. Du coup, j'hésite sur la meilleure politique à suivre : vaut-il mieux t'enlever, te passer la bague au doigt de force et tenter d'apaiser tes craintes ensuite ? Ou serait-il plus recommandé de procéder tout en douceur, en t'amadouant si subtilement que tu finirais par prononcer le « oui » fatidique sans même t'en apercevoir ?

Althea sentit quelque chose se nouer dans sa gorge. Une boule d'angoisse, à l'évidence. Feignant l'indifférence, elle prit une gorgée de camomille.

— Rentre chez toi, Nightshade. Je prendrai un taxi.

— Certainement pas, non. Je te ramène. Je t'aurais bien enlevée dès ce soir, mais j'ai une dette envers toi.

— Tu n'as pas de…

Il ne la laissa pas finir. Sa protestation se mua en gémissement de plaisir et de défaite lorsque les lèvres de Colt cueillirent les siennes. La bouche d'homme qui fouillait la sienne avec impatience exprimait un désir qui confinait à la souffrance. Mais pas seulement. Mêlés à l'urgence, il y avait aussi comme une pointe de douceur, un soupçon de tendresse, le baume d'une affection réelle.

— Colt, non…

Alors même qu'elle murmurait son refus contre ses lèvres, elle comprit que son corps — ou peut-être était-ce son cœur ? — avait déjà perdu le combat. Elle noua les doigts derrière sa nuque, l'attira plus près, s'autorisa un moment de pure folie.

Ce fut Colt qui mit fin à leur étreinte. Pour elle. Mais aussi pour lui.

— J'ai une dette envers toi, répéta-t-il en plongeant son

regard dans le sien. Si ce n'était pas le cas, je crois que je n'aurais pas pu te laisser partir ce soir.

Il lui tendit son manteau.

— Tiens. Mets ça, je te raccompagne. Et tant pis pour moi si je reste éveillé toute la nuit à me demander comment cela se serait passé si j'avais simplement laissé la nature suivre son cours.

Althea enfila le manteau et se dirigea vers la porte. La main sur la poignée, elle se retourna pour lui adresser par-dessus l'épaule un sourire à damner un saint.

— Je vais te dire comment cela aurait été, Nightshade : tout simplement inoubliable. Et lorsque je serai prête — si un jour je le suis — je te ferai une démonstration mémorable.

Estomaqué par le seul pouvoir de ce sourire, Colt la regarda s'éloigner de cette démarche si souple, si extraordinairement sensuelle, qui n'appartenait qu'à elle. Bon sang, c'était avec cette femme-là qu'il voulait faire sa vie et nulle autre ! Ils étaient faits pour passer, non pas une seule, mais une *éternité* de nuits inoubliables ensemble. Et s'il y avait une évidence qu'il comptait démontrer *lui*, c'était bien celle-là.

Après quatre heures de sommeil, deux grandes tasses de café noir et un croissant avalés sur le zinc, Althea était prête à attaquer une nouvelle journée de travail. A 9 heures du matin, elle pénétrait dans son bureau. A 9 h 15, elle venait de noter le nom et l'adresse correspondants au numéro de téléphone confié par Leo lorsque Colt arriva à son tour.

— Déjà à pied d'œuvre, inspecteur ?

— Tu en doutais ? Tu te souviens que je t'ai parlé d'un numéro où Leo pouvait joindre Kline ? L'abonnement a été résilié il y a tout juste quarante-huit heures. J'imagine que nous allons trouver l'appartement vide mais ça vaut peut-être la peine d'aller jeter un coup d'œil. Je peux passer au tribunal récupérer un mandat de perquisition dans une heure.

Colt se percha sur son bureau.

— C'est ce que j'aime chez toi, inspecteur. Jamais de temps morts, jamais de gestes inutiles. Du cent pour cent efficace du matin au soir… Tu as bien dormi, au fait ?

Elle lui jeta un regard en coin et sourit.

— Bien sûr. Comme une masse. Et toi ?

— Idem. Et je me suis réveillé ce matin avec un nouvel angle d'attaque en tête. Tu penses pouvoir te libérer à midi ?

— Me libérer dans quel but, Nightshade ?

— J'ai parlé à Boyd de mon idée et…

Il fronça les sourcils lorsque le téléphone se mit à hurler.

— Il sonne combien de fois par jour, ce truc-là ?

Avec un haussement d'épaules, Althea décrocha, déclina son identité et leva soudain la tête en sursaut.

— Jade, vous dites ? Une petite seconde…

Tournant les yeux vers Colt, elle posa la main sur le combiné.

— Ligne deux, lui souffla-t-elle. Et surtout, ne dis pas un mot !

Laissant Colt bondir dans le couloir à la recherche d'un autre poste, elle reprit sa conversation.

— Oui, c'est exact. Je souhaitais vous poser quelques questions. J'apprécie que vous ayez pris la peine de me joindre, Jade. Vous pouvez me dire d'où vous m'appelez ?

A l'autre bout du fil, la voix de la jeune prostituée tremblait de nervosité.

— Je préfère pas. En fait, c'est seulement parce que je ne veux pas d'emmerdes que je vous passe ce coup de fil. J'ai trouvé du boulot. Pas sur le trottoir, hein ? Un vrai job. Mais si les flics viennent me chercher des crosses, c'est fichu, ils me vireront.

— Vous n'êtes pas recherchée par la police, Jade. J'ai juste pris contact avec votre mère parce que vous pouvez m'apporter des éléments précieux pour mon enquête.

Althea fit pivoter sa chaise de bureau de manière à observer Colt qui suivait la conversation dans le bureau vide en face du sien.

— Vous vous souvenez de Liz, Jade ? Vous avez fait parvenir un courrier à ses parents.

— Euh… oui. Oui, je me souviens.

— Je sais qu'il vous a fallu beaucoup de courage, à la fois pour écrire cette lettre et pour vous sortir de la situation où vous vous trouviez. Les parents de Liz vous sont très reconnaissants de ce que vous avez fait pour leur fille.

— Elle n'aurait jamais dû se retrouver là, cette gamine. Ça m'a fait mal au cœur de la voir entre les mains de ces types.

A l'autre bout du fil, Jade marqua une pause. Althea l'entendit allumer une cigarette

— Ecoutez, j'aurais aimé faire plus pour elle mais je ne vois pas comment j'aurais pu la tirer de là à moi toute seule. On a juste réussi à se parler une fois en douce. Elle m'a glissé un papier avec l'adresse de ses parents et m'a demandé de leur écrire.

— Vous pouvez aider Liz à s'en sortir maintenant, Jade. Mais pour cela, il faut me dire où ils la tiennent enfermée.

— Eh bien… Ils avaient un appartement sur la Seconde Avenue.

— Il est vide.

— Alors ils ont dû l'embarquer à la montagne. Ils nous ont emmenées une fois ou deux là-haut, mais c'était un endroit complètement paumé. Un chalet hyper classe, mais très isolé. Je ne pourrais pas vraiment vous expliquer comment y aller.

— Vous vous souvenez du trajet que vous avez emprunté en quittant Denver ?

— Eh ben, euh… On a pris la A 36, en direction de Boulder. On a roulé, roulé, puis on s'est retrouvés sur une petite route étroite avec plein de virages.

— Vous êtes montés le matin ? L'après-midi ? Le soir ?

A l'autre bout du fil, Jade réfléchit un instant.

— La première fois, c'était le matin. Ça, je m'en souviens.

— Et en quittant Boulder, vous aviez le soleil devant ou derrière vous ?

— Ah, ça y est, je pige la question ! Euh… je crois qu'on l'avait derrière.

Althea continua à l'interroger ainsi sans négliger aucun détail en lui demandant de décrire les gens avec qui elle avait été en contact. Si la précision n'était pas la qualité majeure de Jade, la jeune femme se montra en revanche particulièrement coopérative.

— Le troisième homme ? Celui qui se tenait toujours à l'écart ? C'est vrai qu'on ne le voyait jamais. Il me faisait penser à une araignée, ce type. A une bestiole qui guette dans le noir et dont on ne sait jamais si elle va vous attaquer ou non…

— C'est pour ça que vous avez décidé d'arrêter, Jade ?

— Pas vraiment. J'ai arrêté parce que j'étais d'accord pour me faire filmer mais pas pour prendre des coups. Et ils m'ont fait tourner quelques scènes vraiment limites. Des fois, on aurait dit que ces gens ne jouaient pas la comédie mais que ça les excitait de nous cogner. Le jour où je me suis retrouvée avec une lèvre éclatée, j'en ai parlé à Wild Bill et il m'a dit de ne pas y retourner. Il ne voulait plus leur envoyer aucune fille, d'ailleurs. Il m'a expliqué qu'il allait essayer de se rancarder un peu sur ces types et que s'il y avait un gros souci, il en parlerait à son amie flic. Je savais que c'était vous, son contact dans la police. C'est pour ça que j'ai appelé lorsque j'ai eu votre message. Bill pense qu'on peut vous faire confiance.

Althea se passa la main sur le front. Le moment semblait venu d'informer Jade de la triste fin de Bill. Mais à quoi bon ? La vie de cette fille avait déjà été suffisamment marquée par le malheur et l'abandon. Inutile de rajouter un poids supplémentaire alors qu'elle semblait décidée à se battre pour s'en sortir.

— Jade, vous avez mentionné dans votre lettre qu'une fille avait peut-être été tuée ?

— Ouais, c'est vrai, mais…

La voix de la jeune femme trembla puis faiblit.

— Ecoutez, je ne veux pas revenir à Denver pour témoigner. J'ai laissé tout ça derrière moi.

— Je ne peux rien vous promettre mais je vais faire l'impossible pour vous maintenir en dehors de tout ça. Qu'est-ce qui vous a fait penser qu'ils aient pu aller jusqu'au meurtre ?

— C'est juste une supposition, en fait. Mais j'avais une copine, Lacy, qui était prête à bosser de nouveau pour eux. Elle disait que ça ne la gênait pas plus que ça de se faire tabasser, que l'argent, ça compensait. Un jour, elle est remontée mais elle n'est pas revenue le soir. Ni le lendemain. Et ce qui est bizarre, c'est qu'elle n'a pas touché à ses affaires. Si elle avait eu l'intention de partir, elle aurait au moins embarqué sa collection d'animaux de verre. Elle l'adorait. Je me suis dit que ces espèces de dingues, là-haut, l'avaient peut-être cognée si fort qu'elle en était morte. Ou qu'ils l'avaient gardée prisonnière, comme Liz. Ça m'a fichu une telle trouille que j'ai fait ma valise. Je ne me sentais plus tranquille du tout, à Denver.

Althea hocha la tête.

— Vous pouvez me donner votre numéro de téléphone au cas où j'aurais encore besoin de vous joindre ?

De nouveau, la voix de Jade trahit un certain malaise :

— J'aimerais mieux pas… Je vous ai dit tout ce que je savais, OK ? Maintenant, je voudrais oublier tout ça. Faire un truc *clean* et laisser le passé derrière moi.

Althea n'insista pas. Ce serait l'affaire de quelques secondes d'obtenir le numéro d'où Jade avait appelé.

— Jade ? Vous me promettez de me repasser un petit coup de fil si quelque chose vous revient à l'esprit dont vous auriez oublié de me parler ? Même si cela ne vous paraît pas important ?

— OK. C'est promis. J'espère que vous réussirez à récupérer la gamine saine et sauve. Et dites bonjour de ma part à Wild Bill.

Avant qu'Althea puisse répliquer, Jade coupa la communication. Levant les yeux, elle vit Colt debout dans l'encadrement de la porte. Il avait de nouveau ce même regard vide, inquiétant, qu'elle avait surpris chez lui la veille.

— Jade est un témoin important, commenta-t-il, les mâchoires crispées. On ne peut pas prendre le risque de la laisser disparaître de nouveau dans la nature. Il faut l'arrêter et la faire venir ici.

— Je pourrais procéder comme ça, effectivement, acquiesça Althea en composant le numéro de la compagnie de téléphone.

Colt voulut répondre mais elle leva la main pour demander le silence. Il alla se pencher sur son épaule pendant qu'elle griffonnait le numéro que lui communiquait l'opérateur.

— Il commence par 212 ? Parfait, s'exclama-t-il d'une voix vibrante d'impatience contenue. La police judiciaire de New York peut aller la cueillir chez elle tout de suite.

— Non, répliqua-t-elle simplement.

— Mais pourquoi pas, merde ?! s'emporta Colt en lui saisissant le bras. Si tu as pu lui arracher toutes ces informations au téléphone, tu n'auras aucun mal à en tirer le double en salle d'interrogatoire.

Choquée, Althea se dégagea avec brusquerie.

— Pourquoi je refuse qu'on la traîne ici de force ? Eh bien, justement parce qu'elle m'a parlé spontanément au téléphone. Il n'y a eu ni menaces, ni exigences, ni manœuvres de sa part. J'ai posé des questions et elle a répondu. Je ne trahis pas la confiance des gens comme Bill ou comme Jade, Nightshade. Si j'ai besoin d'elle pour confondre ces trois brutes, je reviendrai à la charge. Mais seulement s'il n'y a pas moyen de faire autrement. Et en aucun cas, je n'agirai sans son consentement. C'est clair ?

Colt se passa les deux mains sur le visage et secoua la tête.

— Très clair. Et tu as entièrement raison. Désolé. Tu veux aller chercher le mandat de perquisition alors ?

— Oui. Tu m'accompagnes ?

— Quelle question. On devrait tout juste avoir le temps de faire un saut là-bas avant de décoller.

Althea s'immobilisa près de la porte.

— Tu as bien dit « décoller » ?

— Tout à fait, inspecteur. Nous allons faire un petit voyage ensemble, toi et moi.

8

— Je crois que nous avons tous perdu la raison.

Althea agrippa le rebord de son siège lorsque le petit avion particulier quitta le sol de Denver pour s'élever dans le ciel bleu pâle d'un tiède après-midi d'automne. A l'aise aux commandes, Colt lui jeta un regard amusé.

— Hé là, la femme sans peur et sans reproche, tu as quelque chose contre les aéroplanes ?

Ils traversèrent une zone de turbulence et le Cessna fut secoué de violents soubresauts. Althea toussota.

— J'aime beaucoup les avions, au contraire, répondit-elle avec hauteur. Mais exclusivement les modèles avec hôtesses de l'air.

— Une fois que nous nous serons stabilisés en altitude, tu pourras te détacher. Il y a un compartiment réfrigéré à l'arrière. Tu devrais trouver de quoi te restaurer.

Ce n'était pas ce qu'elle avait voulu dire. Mais Althea se tut stoïquement. Elle jeta un regard résigné sur le paysage qui semblait s'incliner à des angles inquiétants à mesure que le petit Cessna prenait de l'altitude.

— Je me demande pourquoi j'ai accepté de monter à bord de ce cercueil volant, dit-elle en soupirant. Et tout ça pour revenir bredouilles dans quelques heures…

Colt secoua la tête.

— Plus ça va, plus j'ai l'impression que ça va marcher, au contraire. Nous avons pu localiser approximativement le chalet. Et j'ai examiné et réexaminé les vues d'extérieur de leur fichue cassette porno jusqu'à ce que les yeux m'en sortent de la tête. Je reconnaîtrai la maison si nous la survolons. Ainsi que certains points de repères dans les environs. De toute façon, on ne perd rien à essayer.

— Sauf la vie, peut-être, marmonna Althea lorsque l'avion recommença à vibrer et à trembler.

Colt fit un virage sur l'aile et fixa son cap.

— Quelque chose me dit qu'il faut faire vite, Althea. Ces gens-là se savent traqués. Sinon, ils n'auraient pas quitté l'appartement de la Seconde Avenue en catastrophe. D'autre part, il y a la cassette vidéo qui n'est jamais parvenue à destination. Ils doivent bien commencer à imaginer que la police a mis la main dessus. Et s'ils essayent de prendre contact avec Leo, ils vont s'apercevoir qu'il est introuvable.

— Exact. On peut donc être certains qu'ils ne reviendront pas sur Denver. S'ils pensent que ça sent un peu trop le roussi, ils risquent même de quitter le chalet.

L'expression de Colt s'assombrit.

— C'est justement ce qui m'inquiète. Que feront-ils de Liz s'ils décident de se séparer et de se disperser dans la nature ?

Althea lui effleura le bras. Cette question ainsi que le feu vert donné par Boyd l'avaient décidée, malgré ses réticences, à accompagner Colt dans cette folle expédition.

— Cela dit, j'ai bon espoir de les trouver encore au chalet, poursuivit Colt, sourcils froncés. Ils ont dû partir du principe que Leo, traumatisé par la disparition de Wild Bill, est resté muet comme la tombe. Et ils ne savent rien de la lettre de Jade. A priori, ils doivent se sentir relativement en sécurité dans leur nid d'aigle.

— Peut-être, Nightshade, peut-être. Mais je persiste à penser que c'est follement optimiste de ta part d'espérer repérer un chalet isolé dans ces immensités.

— Qui ne tente rien n'a rien, Grayson.

Le Cessna avait atteint son altitude de croisière. Colt tourna les yeux vers sa passagère.

— Ça y est. Le pire est passé. Ça va mieux ?

— Plus ou moins.

Althea contempla les pics enneigés au nord, les étendues de forêt à l'ouest, la route au fond de la vallée. Une soudaine inquiétude lui fit tourner la tête.

— Au fait, Nightshade… Tu as ton brevet de pilote, au moins ?

A une première réaction étonnée, il fit succéder un immense éclat de rire.

— Tu sais que je suis fou de toi, inspecteur ? Tu préférerais un mariage en grande pompe ou une cérémonie plus intime ?

— Tu n'es pas fou de moi, tu es fou tout court, grommela Althea en se promettant de vérifier l'existence dudit brevet dès qu'ils seraient de retour à Denver. Et tu m'avais promis de ne plus me parler de tes aberrations mentales et autres obsessions.

— J'ai menti, admit-il joyeusement. Je crois que j'ai un petit problème de ce côté-là, Althea. Mais je suis sûr qu'une épouse comme toi pourrait me guérir en un rien de temps.

— Consulte un psychiatre, OK ? Et d'urgence.

— Thea, nous allons former un couple extraordinaire, tous les deux. J'ai hâte de te présenter à ma famille.

— Tu veux rire ? Il est hors de question que je rencontre quelque Nightshade que ce soit ! Tu suffis déjà amplement à mon malheur.

La présenter à sa famille ! Il ne manquait vraiment plus que cela. Althea se demanda pourquoi elle ressentait des sensations si particulières — comme un papillonnement au niveau de la poitrine. Une nouvelle zone de turbulences, sans doute.

— Je ne peux pas vraiment te donner tort, concéda Colt. Ils ne sont pas faciles à vivre. Ma mère a la manie de vouloir tout régenter mais je te fais confiance : tu sauras très vite comment la prendre. Quant à mon père, c'est un maniaque aussi, donc vous devriez vous comprendre à demi-mot, tous les deux. Il est très porté sur la loi et l'ordre, l'amiral.

— L'amiral ? ne put-elle s'empêcher de répéter alors qu'elle s'était juré de rester muette comme la tombe tant qu'il serait question de mariage et de présentations à la famille Nightshade.

— Mon père n'a jamais juré que par la marine. Lorsque je suis entré dans l'armée de l'air, il a mis deux ans à s'en remettre. C'est d'ailleurs probablement la seule raison pour laquelle je me suis lancé dans cette carrière. J'ai également une tante qui... Mais il vaut mieux que je te laisse les découvrir par toi-même.

— Nightshade... J'ai dit arrête !

A son grand dam, Althea dut reconnaître que son ton manquait de conviction.

Pour couper court, elle détacha sa ceinture et alla explorer l'arrière de l'appareil. Munie d'une bouteille d'eau minérale et d'un sachet de noix de cajou, elle jeta un coup d'œil dans le compartiment réfrigéré. Elle eut la surprise d'y trouver une boîte de caviar ainsi qu'une bouteille de champagne.

— Il est à qui, ce coucou, au fait ? s'enquit-elle en regagnant sa place.

— A un ami de Boyd. Un gars qui se sert de son avion comme d'un outil de séduction : il promet des baptêmes de l'air aux jolies filles et les charme en jouant du manche à balai. Il paraît que la technique est imparable.

Althea fit la moue.

— Ah, je vois. C'est Frank. Ça fait des années qu'il essaye de me convaincre de décoller avec lui pour atteindre le ciel de diverses manières.

— Mmm... Le septième surtout ? Mais Frank n'est pas ton type ?

— Pas vraiment, non. Il n'est pas très subtil dans ses approches.

— Mmm... je tâcherai d'être stratégique et raffiné, dorénavant. Tu me passes quelques noix de cajou ?

Althea lui tendit le sachet.

— C'est Boulder que nous survolons ?

— Tout à fait. Nous allons maintenant nous diriger vers le nord-ouest et nous décrirons quelques cercles pour essayer de reconnaître un peu le secteur. Il paraît que Boyd a un chalet dans le coin, lui aussi ?

— Oui. Comme beaucoup de monde à Denver. Les gens aiment bien s'échapper le week-end pour s'infliger de longues marches rébarbatives dans la neige et dans le froid.

Colt se mit à rire.

— Ce n'est pas ton truc, on dirait ?

— La neige, pour moi, c'est une étendue blanche, sinistre et monotone qui ne présente qu'un seul intérêt : le ski. En sachant qu'il n'y a qu'une chose que j'aime vraiment dans le ski, c'est déchausser le soir pour aller boire un vin chaud devant un bon feu de cheminée.

— C'est ce qui s'appelle être un amateur enthousiaste des sports de plein air, ironisa Colt.

Althea lui rendit son sourire.

— Boyd te dira, lui, que son chalet offre une vue extraordinaire. Mais je préfère y aller en fin de saison, lorsque le risque de chutes de neige se fait rare. L'idée de rester coincée quelque part parce que les routes sont bloquées me donne des sueurs froides.

— La situation peut avoir son charme, non ?

Althea secoua la tête avec un léger frisson.

— Pas pour moi. La nature, je l'aime énormément. Mais sous forme de documentaire à la télévision.

Colt parut amusé par sa remarque.

— Et moi qui croyais que les filles de la ville ne rêvaient que de retraites idylliques dans des campagnes reculées.

— Il faut croire qu'il y a des exceptions…

Brusquement, l'avion eut un violent soubresaut. Le sachet de noix de cajou vola dans le cockpit. Althea se cramponna.

— Que se passe-t-il ?

Sourcils froncés, Colt luttait pour faire remonter le nez du Cessna.

— Je n'en sais rien.

— Comment ça, tu n'en sais rien ? Tu es censé savoir.

— Chut ! dit-il, inclinant la tête sur le côté pour écouter le bruit du moteur. Nous perdons de la pression, annonça-t-il avec le plus grand calme.

Un calme qui lui avait maintes fois sauvé la vie dans des jungles déchirées par les guérillas, au cœur des déserts arides ou lorsque le ciel s'animait du tir des canons antiaériens.

Dès l'instant où Althea comprit que la situation était grave, elle recouvra instantanément son sang-froid.

— Bon. Qu'est-ce qu'on fait ?

— On se pose, dit-il entre ses dents serrées.

Jetant un coup d'œil autour d'elle, Althea examina d'un œil fataliste le décor de forêts et de roche tourmentée.

— Où ?

— D'après la carte, il devrait y avoir un vallon à quelques degrés à l'est.

Jonglant avec les commandes, Colt orienta le Cessna dans cette direction.

— Essaye de trouver le vallon, ordonna-t-il en déclenchant la radio de bord. La tour de Boulder ? Ici Baker Able John trois.

— C'est là ! annonça Althea en désignant une minuscule étendue d'herbe enserrée entre deux épaulements rocheux d'allure dissuasive.

Colt hocha la tête et continua à informer la tour de contrôle.

— Accroche-toi, maintenant, recommanda-t-il en lui jetant un regard en coin. Ça risque de secouer un peu.

Althea serra les dents, refusant de détourner les yeux de la terre ferme qui semblait se précipiter à leur rencontre à une vitesse alarmante.

— Tu es censé être excellent, Nightshade.

— Tu vas pouvoir te faire très rapidement une opinion.

Evitant les courants ascendants, il réduisit les gaz tout en dirigeant l'avion vers l'étroite ouverture rocheuse qui donnait accès au vallon. Comme s'il enfilait une aiguille géante. Althea retint son souffle lorsqu'ils glissèrent entre les deux parois rocheuses. Quelques minutes plus tard, les roues heurtaient avec force le sol inégal. L'avion parut rebondir, vaciller, mais il finit par s'immobiliser par miracle. Indemne. Ainsi que ses deux passagers.

Colt tourna la tête dans sa direction.

— Ça va ?

— Comme tu vois.

Il lui prit le visage entre les mains et amena son front contre le sien.

— Inspecteur, vous avez été grandiose. Pas un cri, pas de réaction de panique. Rien. Marions-nous sans attendre.

— La ferme, Nightshade, OK ? protesta-t-elle d'une voix mal assurée en le repoussant avec force.

Pour une femme habituée à des états de grande stabilité émotionnelle, quoi de plus déconcertant que d'avoir envie de rire et de hurler en même temps ?

— Tu veux bien me faire sortir *immédiatement* de ta boîte de conserve, s'il te plaît ? J'aimerais sentir la terre ferme sous mes pieds.

Colt s'exécuta avec un large sourire et l'aida à descendre.

— Pendant que tu renoues avec le sol, je vais indiquer nos positions exactes à la tour.

— Fais ce que tu as à faire, Nightshade. C'est toi le pilote.

Laissant Colt grimper de nouveau à bord du Cessna, elle prit une profonde inspiration et tenta de faire un pas, puis deux. Parfait. Ses jambes lui obéissaient encore. Elle avait surmonté son premier atterrissage forcé. Sans évanouissement ni infarctus. Pas même une petite crise de nerfs. *Bien joué, Grayson*, se félicita-t-elle.

Althea examina les lieux. Il fallait reconnaître que Colt avait choisi l'endroit idéal pour une halte. Le vallon en lui-même était un petit havre de verdure paisible et il offrait une vue magnifique sur les hauts sommets enneigés. L'air était pur et tonique et le soleil d'automne brillait dans un ciel sans nuage. Avec un peu de chance, les secours arriveraient rapidement. S'ils étaient dépannés dans l'heure, le retard serait rattrapable.

Se sentant en harmonie avec le monde, Althea se détendit les jambes en faisant quelques pas dans l'herbe. Lorsque Colt descendit la rejoindre, elle poussa même la bonne grâce jusqu'à lui sourire.

— Alors ? Ils arrivent quand ?

— Qui ?

— Nos sauveteurs, bien sûr. Les héros désintéressés et courageux qui viennent, au péril de leur vie, sauver les touristes imprudents.

— Ah, les secours, tu veux dire ? Il ne faut pas y compter, Althea.

Déposant une caisse à outils sur le sol à côté de lui, Colt remonta dans l'avion pour en sortir une petite échelle de bois.

— Pardon ? murmura Althea lorsqu'elle eut recouvré sa voix. Tu veux dire que personne ne va venir nous sortir de là ? La radio de bord a cessé de fonctionner ?

— Elle marche parfaitement, déclara Colt avec désinvolture en grimpant à l'échelle pour découvrir le moteur de l'aéroplane. Je leur ai dit que j'allais essayer de réparer et que je les tenais au courant.

— Tu leur as dit que…

La réaction d'Althea fut tellement fulgurante qu'elle ne la vit même pas venir elle-même. Le premier coup atteignit Colt dans les reins et le fit basculer de l'échelle.

— Comment as-tu pu me faire une chose pareille ? hurla-t-elle, folle de rage, en essayant de le frapper encore.

Mais Colt, cette fois, était sur ses gardes et il réussit à esquiver.

— Tu es complètement cinglé, Nightshade, ou quoi ?

Nous ne sommes pas au bord d'une autoroute avec un pneu crevé, merde !

— Exact. Je crois plutôt que le problème vient du carburateur.

— Le carburateur ! Le carburateur nous laisse en rade et toi tu dis aux secours de ne pas se déplacer ? Je vais te tuer, Nightshade, je te jure que je vais te tuer !

Lorsqu'Althea se rua sur lui, Colt définit sa stratégie *in extremis* et laissa l'élan de la jeune femme les jeter l'un et l'autre sur le sol. Il ne lui fallut pas longtemps pour s'apercevoir que l'inspecteur Grayson savait se battre. Il prit un direct dans la mâchoire qui menaça de lui emporter quelques molaires. Refermant ses jambes en étau sur elle, il réussit à immobiliser le bas de son corps. Puis, à l'issue d'une lutte brève mais intense, il la fit rouler sur le dos et la maintint clouée par les épaules.

— Tu veux bien te calmer, s'il te plaît ?

— Jamais. Je vais te faire avaler ton certificat de naissance, Nightshade.

En désespoir de cause, il se résigna à s'allonger sur elle, se servant de tout son poids pour l'immobiliser au sol.

— C'était la solution la plus logique, Althea, lui glissa-t-il à l'oreille.

— Tu me prends pour une idiote ?

— Laisse-moi au moins t'expliquer. Si après cela, tu ne partages toujours pas mon avis, on pourra reprendre un combat en trois rounds. D'accord ?

Comme elle ne répondait pas, Colt réprima un soupir.

— Althea ? Je veux ta parole : pas un seul coup de poing avant que j'aie fini de parler. Tu promets ?

Il y eut un silence. Colt attendit en regrettant de ne pas voir l'expression de son visage. Au bout de quelques secondes, la voix d'Althea s'éleva dans un murmure :

— C'est bon, je promets.

Non sans précaution, Colt se redressa. Il était à mi-chemin

de la position assise lorsqu'elle lui assena un coup de genou mémorable. Droit dans l'entrejambe.

Le souffle coupé, il tomba sur le côté et demeura roulé en position fœtale, sans même un reste de forces pour l'insulter.

Althea se redressa et rejeta ses cheveux en arrière.

— Note qu'il ne s'agissait pas d'un coup de poing, Nightshade. J'ai tenu parole. Maintenant, tu peux m'exposer ton point de vue : je suis tout ouïe.

Il se contenta de lever faiblement la main et attendit que le pic de douleur soit passé.

— Je crains que tu n'aies définitivement compromis tout espoir de descendance pour nous, mon aimée, commenta-t-il en se mettant tant bien que mal à genoux. Je ne m'attendais pas à ce coup en traître.

— Se battre en traître est le seul moyen de gagner. Parle, maintenant.

Comme ses forces revenaient peu à peu, il lui jeta un regard meurtrier.

— Celui-là, tu me le payeras, ma belle… Maintenant, si tu veux bien regarder autour de toi, tu pourras constater qu'il est matériellement impossible qu'un autre avion vienne se poser ici. Ils pourraient évidemment envoyer un hélicoptère et faire descendre une échelle. Mais cela ne nous avancerait pas à grand-chose. Alors que j'ai tout ce qu'il faut ici pour effectuer moi-même les réparations.

Logique, songea Althea. A une nuance près, cependant :

— Tu ne m'as pas consultée lorsque tu as pris ta décision. Tu n'es pas seul au monde, Nightshade.

— Apparemment, je me suis trompé sur ton compte.

Il se détourna pour marcher — en boitant — jusqu'à l'avion et poursuivit ses explications d'une voix parfaitement neutre et égale :

— Je n'ai pas imaginé un instant qu'une fonctionnaire aussi tatillonne que toi puisse vouloir gaspiller l'argent public ainsi que le temps de ses collègues pour opérer un sauvetage inutile. D'autre part, j'ai choisi d'office la solution la plus rapide. Qui sait si Liz ne se trouve pas juste de l'autre côté de cette paroi rocheuse ?

Fouillant bruyamment dans la caisse à outils, Colt en sortit une série de clés.

— Et je vais te dire une chose, Grayson : je ne repars pas d'ici sans elle.

Althea se mordilla la lèvre. Naturellement, il avait fallu qu'il sorte cet argument. Et comme par hasard, il avait raison sur le fond. Elle se détourna pour scruter le vert profond de la forêt toute proche. Pour couronner le tout, l'angoisse bien réelle dans le regard bleu-vert de Colt touchait un point faible chez elle.

Ravaler sa fierté ne fut pas chose facile. Mais elle prit une grande inspiration et retourna se planter au pied de l'échelle.

— Je suis désolée. Je n'aurais pas dû réagir comme je l'ai fait. C'est le contrecoup de l'atterrissage forcé, je crois.

La réaction de Colt se résuma à un grognement inexpressif. Pas tout à fait néandertalien, mais presque.

— Tu as encore mal ?

Tournant la tête par-dessus l'épaule, il la contempla d'un air souffrant.

— Seulement quand je respire.

Elle sourit et lui tapota la jambe.

— Tâche de penser à autre chose. Tu veux que je te passe tes outils ou un truc comme ça ?

Il plissa les yeux d'un air dédaigneux.

— Tu connais la différence entre un tournevis et une clé de 12 ?

— A quoi bon ? J'ai un excellent mécanicien à qui je laisse le soin de s'occuper de ma voiture.

— Et si tu tombes en panne sur l'autoroute ?

Repoussant d'une main ses cheveux en arrière, Althea lui adressa un sourire suave.

— A ton avis ? Qu'est-ce qui se passe ?

Les mâchoires plus que jamais crispées, Colt retourna à son carburateur.

— Si j'osais émettre ce genre de supposition, tu me tomberais dessus à bras raccourcis en me traitant de gros macho.

Réprimant un sourire, elle rétorqua d'un air innocent :

— Tu trouves que c'est anti-féministe, toi, d'appeler une dépanneuse ? Je crois qu'il y a du café instantané dans l'avion. Je vais t'en préparer une tasse.

— Il vaudrait mieux économiser la batterie. On se contentera d'une boisson fraîche.

— Va pour la boisson fraîche.

Lorsqu'elle revint vingt minutes plus tard, Colt jurait comme un charretier, vouant Frank et sa descendance à une éternité de damnation.

— Même pas fichu d'entretenir son matériel correctement, cet emplâtre ! Ce n'est pas possible d'être inconscient à ce point !

— En un mot comme en cent, Nightshade : tu penses réussir à le réparer, ce coucou, oui ou non ?

Jurant de plus belle, il dut mettre toute sa force pour dévisser un boulon récalcitrant.

— Oui, je vais le remettre en état de marche. Mais ça risque d'être un peu plus long que je ne l'avais prévu initialement.

Colt jeta un regard en coin à Althea, se préparant à encaisser — au mieux — un commentaire acide. Mais elle ne dit rien.

— C'est quoi ce que tu as dans les mains ? demanda-t-il après un temps de silence.

Elle s'avança pour soumettre le pain et le fromage à son inspection.

— Je crois qu'on appelle ça un « sandwich », Nightshade. Il n'est pas de l'espèce la plus glorieuse mais j'ai pensé que tu devais avoir un creux.

— Je meurs de faim, oui. Mais j'ai un petit problème

technique, précisa-t-il en montrant ses mains couvertes de cambouis.

— Penche-toi.

Lorsqu'il obéit, elle porta le pain à sa bouche. Ils s'observèrent pendant qu'il prenait une bouchée.

— J'ai même trouvé une bière, annonça-t-elle. On va partager.

— Maintenant, c'est une certitude : je sais que je t'aime pour la vie, lui assura Colt lorsqu'elle ouvrit la cannette pour lui en faire boire une gorgée.

Elle secoua la tête.

— Mange au lieu de dire des bêtises. As-tu idée du temps qu'il faut compter avant que nous puissions décoller d'ici ?

— J'ai idée, oui.

Colt veilla à finir sa moitié de bière avant de se risquer à fournir plus de précisions.

— Je pense que dans une heure — peut-être deux — la réparation devrait être achevée.

Althea pâlit légèrement sous le choc.

— Deux heures ? Mais il fera pratiquement nuit d'ici là. Tu as l'intention de manœuvrer dans le noir complet pour nous sortir d'ici ?

— Non. Le terrain est trop accidenté. Ce serait plus sûr d'attendre demain matin, admit-il, sur ses gardes.

Comme aucune attaque ne survenait, il se pencha de nouveau sur le moteur.

— Demain matin, répéta Althea d'une voix blanche. Et qu'allons-nous faire en attendant ?

— Monter une tente, pour commencer. J'ai vu qu'il y en avait une dans l'avion. C'est un séducteur très au point, l'ami Frank : d'abord le baptême de l'air puis la nuit à deux dans un petit coin de nature. Romantique, non ?

L'expression d'Althea se fit lugubre.

— Dois-je comprendre que nous allons passer la nuit dehors ?

— Nous pourrions dormir dans l'avion, mais ce serait moins confortable. Nous aurons plus chaud si nous allumons un feu à côté de la tente.

Replongeant dans son moteur, Colt se mit à siffloter. Il avait annoncé à Althea qu'il se vengerait du coup reçu. Difficile de trouver plus belle occasion de lui rendre la monnaie de sa pièce.

— Tu saurais allumer un feu de camp, Thea ?

— Un feu de quoi ?

— Ne me dis pas que tu n'as jamais été scout ?

Elle souffla comme une chatte en colère.

— Cesse de poser des questions stupides, Nightshade.

— Mmm... Commence déjà par aller ramasser du petit bois. Je te donnerai des instructions ensuite.

— Colt Nightshade, tu sais où tu peux te le mettre, ton petit bois ?

Il lui jeta un regard serein.

— Comme tu voudras. Mais le froid va tomber très vite en même temps que la nuit. Non seulement un feu nous tiendrait chaud, mais il éloignerait... certains dangers.

— Certains dangers ?

Althea laissa courir un regard inquiet sur les bois alentour. Colt haussa les épaules avec désinvolture.

— Oh, juste les bêtes de la forêt, quoi. Les daims, les cerfs. Les chats sauvages.

Elle porta nerveusement la main à son holster.

— Il n'y a pas de chats sauvages, par ici.

Colt leva la tête, comme s'il réfléchissait très sérieusement à la question.

— C'est peut-être encore un peu tôt pour eux, en effet. Mais avec l'approche de l'hiver, ils ont tendance à s'aventurer de plus en plus bas. Cela dit, si tu préfères attendre, je peux me charger du feu moi-même. Le seul problème, c'est qu'il fera déjà nuit.

Althea lui jeta un regard noir. Il la faisait marcher, c'était évident. Mais l'ombre qui s'épaississait alentour ne lui disait rien qui vaille.

— Bon, ça va. Je vais aller le chercher, ton bois, maugréa-t-elle.

Non sans avoir vérifié que son arme était en état de marche, elle s'éloigna en direction des arbres.

Colt sourit dans son moteur.

Se conformant aux instructions que Colt lui lançait de loin, Althea rassembla des pierres qu'elle disposa en cercle. Elle réussit même, après quelques essais infructueux, à allumer un feu acceptable. Mais ses misères ne s'arrêtèrent pas là. Sous prétexte qu'il n'avait toujours pas terminé ses fichues réparations, elle fut investie d'une mission encore plus rébarbative : monter la tente. « Simple comme bonjour, lui certifia Colt. C'est tout juste si elle ne se monte pas toute seule. »

Après vingt minutes passées à jurer, à pester et à se battre avec des arceaux et des sardines, Althea examina son œuvre d'un œil sombre : ils pourraient certes dormir à deux dans cet espace plus que réduit. Mais à condition de passer la nuit littéralement scotchés l'un contre l'autre. *Charmante perspective…*, songea-t-elle.

Elle méditait sombrement sur les conséquences d'une telle proximité lorsqu'un son rassurant se fit entendre dans son dos : Colt venait de lancer le moteur du Cessna. Et il tournait comme un coucou suisse.

— C'est bon. Il est comme neuf, cria Colt.

Quelques minutes plus tard, il s'avançait vers elle en s'essuyant les mains sur un chiffon.

— Tu as réussi à monter la tente ? Parfait. J'ai vu qu'il y avait deux couvertures dans l'avion. Nous allons être comme des rois. Il n'y a rien qui vide la tête comme une nuit de camping sauvage en montagne.

Althea glissa les mains dans ses poches.

— Je vais être obligée de te croire sur parole, Nightshade.

— Ne me dis pas que c'est la première fois que tu dors sous une tente !

Elle haussa les épaules.

— Si tu ne veux pas que je le dise, je peux garder le silence.

— Mais que fais-tu de tes vacances ?

Elle haussa dédaigneusement les sourcils.

— Je descends à l'hôtel. Avec service d'étage, eau chaude à volonté et le choix entre une trentaine de chaînes de télévision.

— Tu ne sais pas ce que tu perds.

L'œil sombre, Althea s'assit en tailleur devant le feu.

— C'est un manque qui va être réparé ce soir même, de toute évidence… Et en attendant de vivre cette expérience inoubliable, il me faudrait quelque chose à boire d'urgence, conclut-elle avec un léger frisson.

Ils pique-niquèrent au champagne en dégustant des toasts. En plus du caviar, ils avaient même déniché une boîte de foie gras dans les réserves secrètes de Frank-le-Séducteur.

Pour le moment, rien à redire, songea Althea. Elle avait connu pire en matière de repas improvisés.

— Ça change de ce que je consomme devant un feu de camp d'ordinaire, commenta Colt en rajoutant quelques branches. Je n'ai même pas eu besoin de chasser pour ramener un lapin.

Elle frissonna d'horreur.

— Evite de me couper l'appétit, s'il te plaît.

Le champagne faisait cependant son effet et une agréable sensation de détente la gagnait peu à peu. La chaleur du feu était douce, la danse des flammes hypnotique. Au-dessus d'eux, le ciel d'un noir profond était piqueté d'étoiles. Un joli croissant de lune faisait courir un frisson d'argent sur la crête sombre des arbres. Au loin, les sommets blancs semblaient flotter, irréels et majestueux, dans l'obscurité alentour.

Elle avait même cessé de sursauter chaque fois qu'une chouette hululait.

Colt alluma un cigare et sourit dans la nuit.

— C'est la première fois que je campe dans la région.

— Et moi donc, murmura-t-elle en prenant un bâton pour attiser le feu. J'aime la ville, en fait.

— Pourquoi ?

— Parce que ça bouge, ça grouille, ça bruit, ça vit. Il se passe toujours quelque chose, en ville. Et puis je me sens utile dans un contexte urbain.

— C'est important pour toi d'être utile ?

— Essentiel, même.

Un silence s'installa durant lequel Colt scruta intensément son visage. La lumière du feu adoucissait les traits d'Althea, leur conférant une beauté plus humaine, plus émouvante.

— Ça a été dur, l'enfance, pour toi, dit-il en prenant sa main dans la sienne.

— C'est du passé. Je n'en parle pas, Colt. Jamais.

Il hocha la tête. Attendre ne lui faisait pas peur. Ils avaient la vie devant eux pour aborder le sujet. Il porta rêveusement ses doigts à ses lèvres mais elle se dégagea avec une brusquerie inattendue. Bondissant sur ses pieds, elle dégaina son revolver dans le même mouvement. En un éclair, Colt se plaça devant elle, prêt à la couvrir.

— Tu as entendu, toi aussi ? chuchota-t-elle. Là-bas… quelque chose a bougé, sous les arbres.

La tête penchée, il tendit l'oreille. Pendant quelques instants, il ne perçut que le grand silence de la nuit. Puis il capta un bruissement, le craquement d'une brindille, le souffle du vent dans les ramures. Au loin, un coyote lança un cri plaintif.

Colt jugea plus prudent de ne pas sourire.

— C'est bon, tu peux te rasseoir. Ce sont juste des animaux.

— De quel genre ? s'enquit-elle, son 9 mm toujours pointé en direction des arbres.

— Petit format : lapins, mulots, hérissons. Tu peux reposer ton arme, Al Capone. Il n'y a rien dans le secteur qui mérite qu'on lui troue la peau.

— Et les chats sauvages ?

Sur le point de répondre que c'était sans risque aucun de ce côté-là, il se ravisa juste à temps.

— Le feu les tient à distance.

— On pourrait peut-être rajouter un peu de bois, non ?

Colt secoua la tête en souriant.

— Le feu va très bien comme ça. Tu sais que c'est la première fois que je te vois aussi nerveuse ?

Althea frissonna. Elle préférait cent fois affronter un junkie en crise dans une allée obscure que de se trouver face à une créature velue équipée de griffes et de crocs.

— Et si tu essayais de me faire confiance ? murmura-t-il doucement en lui entourant les épaules. Je connais la nature, je la pratique depuis longtemps. Il n'y a que toi et moi, ici. Et la montagne autour.

— J'avais remarqué, oui, admit-elle d'une voix lugubre sans pour autant chercher à se dégager.

— Tu veux que je te dise encore une fois à quel point je t'aime ?

Althea frissonna de nouveau. Mais pas de peur, cette fois. Les lèvres de Colt venaient de glisser sur sa tempe.

— Ça ira, merci. Garde ton délire pour toi, Nightshade.

— A défaut de te parler d'amour, je peux te proposer quelques techniques maison pour te faire oublier où tu es, chuchota-t-il d'une voix lourde de promesses en traçant une ligne de baisers dans son cou.

— Pour obtenir pareil résultat, il faudrait que tu te surpasses, camarade.

La nuance de défi dans sa voix le fit sourire.

— J'ai jusqu'au lever du jour pour faire mes preuves. Ça me laisse le temps de varier les tentatives.

Althea hésita. Mais pourquoi les priver d'un assouvissement auquel ils aspiraient l'un et l'autre ? N'avait-elle pas appris avec le temps à ne plus jamais laisser la peur ternir ses joies, ses désirs, ses envies ? A vivre le plaisir en laissant les terreurs du passé de côté ?

Nouant les bras autour de son cou, elle le regarda droit dans les yeux.

— OK, Nightshade. Je relève le pari. On va voir qui de nous deux réussit à faire oublier quoi à l'autre.

Colt ne dit rien. Sa main glissa dans ses cheveux. Il y eut un long moment de silence vibrant où ils demeurèrent parfaitement immobiles. Ils se fixaient avec, dans le regard, un mélange à parts égales de désir, et de bravade.

Puis il plongea à l'assaut de sa bouche.

Les lèvres d'Althea étaient impérieuses comme la faim, sauvages comme la nuit alentour. Il l'embrassa sans retenue, sans manœuvres et sans artifices, conscient qu'il pouvait prendre et dévorer à pleines dents sans jamais pour autant connaître la satiété. Il posséda sa bouche comme il voulait la posséder tout entière, rencontrant en elle une force égale à la sienne, une demande aussi farouche, une fougue tout aussi éperdue.

Althea gémit. Déjà, le sol se dérobait sous ses pieds et elle se sentait tanguer comme en état d'ébriété. Comme la première fois, lorsque Colt l'avait attirée presque sauvagement dans ses bras, elle succombait à l'ivresse, buvant à ses lèvres un élixir grisant qui se répandait dans ses veines et brouillait sa raison.

Dans un éclair de lucidité terrifiante, elle se demanda comment elle avait espéré vivre cette expérience et en ressortir indemne. Puis ses sens reprirent le dessus et elle cessa de s'inquiéter des conséquences de ses actes.

Pour la première fois, Althea acceptait de perdre la sécurité, le contrôle. Des portes qu'elle avait toujours maintenues closes s'ouvraient, laissant entrer le tourbillon impérieux du plaisir et de la vie. Et si elle devait y sombrer sans plus jamais remonter à la surface, tant pis. L'heure n'était plus à la prudence et aux regrets.

En amour comme dans la vie, la passivité n'avait jamais été son style. Elle s'attaqua au manteau de Colt, pressée de sentir la solidité de ses muscles sous ses doigts. Il ne lui était pas indispensable qu'il soit plus fort qu'elle. Mais s'il l'était, elle pourrait accepter sa propre vulnérabilité de femme. Et le pouvoir que lui conférait cette vulnérabilité même…

Campé debout dans la nuit noire, Colt avait déjà oublié les montagnes, les forêts et même le glorieux champ d'étoiles au-dessus de leurs têtes. Non seulement Althea s'était prise au jeu, mais elle semblait avoir juré d'éveiller en lui ses instincts les plus primitifs. Elle se montrait volcanique, exigeante, insatiable. Ni ses lèvres ni ses mains ne connaissaient un instant de répit. Murmurant quelques mots incohérents, il la tira plus qu'il ne la porta dans la tente. Et songea que malgré les milliers d'années de « civilisation » qu'il avait derrière lui, il ne se comportait guère différemment de l'homme des cavernes jetant sa compagne sur le sol de sa grotte ! Il lui arracha son manteau avec une délicatesse tout aussi néandertalienne et dégagea son holster. D'un geste large, il rejeta ce symbole de maîtrise et de violence.

La maîtrise, il l'avait déjà perdue. Quant à la violence, elle était là, primitive. Mais au service exclusif de l'amour qu'il ressentait.

Il la voulait nue. Il la voulait pantelante. Il la voulait hurlante de plaisir sous lui.

Et à en juger par la façon dont elle tirait sur ses vêtements, Althea ne désirait pas autre chose. A la lueur orangée du feu, il discernait ses traits tendus, son regard brûlant. Sous son chandail, elle portait un caraco de dentelle. Le sous-vêtement était si féminin, si délicat qu'en temps normal, il aurait joué avec les brides, taquiné du bout de la langue les pointes roses et grenues, à demi révélées par le tissu finement ajouré. Mais dans l'état d'excitation exacerbée où ils se trouvaient l'un et l'autre, il se contenta de le déchirer à deux mains pour libérer ses seins et les offrir à la convoitise de ses lèvres.

Elle réagit avec force, arc-boutant son corps magnifique, gémissant de plaisir tandis qu'il aspirait, léchait, embrassait, humait avec délice les deux globes de chair affriolante. Elle était si réactive, si sensible au moindre effleurement que chaque baiser, chaque caresse devenait pur festin.

Althea entendit le son rauque qui montait de sa propre gorge et dans un sursaut de panique, enfonça les ongles dans les épaules nues de Colt. Elle était terrifiée qu'il la mène aussi loin. Et pourtant, loin de le freiner, elle le poussait, l'éperonnait, aspirant de tout son être à cette sauvagerie qui se déchaînait entre eux. Elle se raccrochait à lui, ondulait en gémissant, l'invitait des hanches, des lèvres et de la voix.

Enfin, Colt la libéra de son pantalon qu'il fit glisser le long de ses jambes. Son slip en dentelle subit le même sort que le caraco. Ses mains, ses lèvres étaient partout. Un premier orgasme la souleva et ce fut comme une implosion, un morcellement de tout son être. Elle se raccrocha à la couverture, la tête pleine d'étoiles, le corps assailli de sensations tout aussi innombrables que les points de lumière scintillant dans le ciel.

Lorsque Colt se plaça sur elle, tous ses muscles tremblaient. Il trouva les yeux d'Althea ouverts et fixés sur les siens. Il vint en elle d'un seul mouvement et ce fut comme si leurs regards s'interpénétraient au moment où elle l'accueillit en elle.

Les yeux d'Althea chavirèrent.

Elle bougea imperceptiblement — juste une légère contraction des muscles qui déclencha une légère pression de sa part en retour. Puis, très vite, il accéléra ses poussées tandis que le mouvement des hanches d'Althea se faisait plus pressant. Ils se chevauchèrent tour à tour, cavaliers effrénés, enfants ivres de plaisir, quêteurs fous de jouissance.

Le cri rauque, prolongé d'Althea précéda le sien de quelques secondes. Brutalement vidé de ses forces, il s'effondra sur son corps brûlant encore agité de spasmes. Les lèvres toujours jointes aux siennes, logé au cœur intime de sa chair, il n'envisageait plus de la lâcher. Pas même d'un centimètre.

— Alors ? Qui a gagné ? demanda-t-il dès qu'il eut la force de prononcer deux mots.

Althea rassembla tout juste assez d'énergie pour rire doucement.

— On va dire que nous sommes à égalité.

— Mmm… le verdict me paraît raisonnable. Dans une minute, je vais t'embrasser, mais il faut d'abord que je retrouve un minimum de souffle.

Les yeux clos, Althea savourait la proximité de leurs corps étroitement enlacés.

— Respire, Nightshade, respire. Je peux t'accorder quelques secondes de délai.

D'elles-mêmes, ses mains recommencèrent à se mouvoir sur son dos. Ses doigts se figèrent sur le nœud d'une cicatrice.

— Qu'est-ce que c'est ?

— Souvenir de « Tempête du Désert ». Juste une balle perdue.

Althea avait soudain du mal à imaginer que des plages entières de la vie de Colt lui fussent encore inconnues.

— Tempête du Désert ? Je croyais que tu avais déjà démissionné de l'armée, à l'époque ?

— C'est un fait. Mais j'avais accepté une petite mission… Tu sais bien que je rends des services, expliqua Colt en soulevant la tête. Tu as des épaules magnifiques, je te l'avais déjà dit ?

— Pas encore, non. Je ne voudrais pas jouer les trouble-fête, mais tu ne crois pas que nous allons mourir gelés sur place ? demandat-elle avec un léger frisson en sentant l'air de la nuit glisser sur sa peau fiévreuse.

— Aucun danger, mon amour. Il suffit de rester actif. On appelle ça une « technique de survie », inspecteur. C'est très sérieux, comme concept.

Elle sourit.

— Bien sûr. Je dois reconnaître, Nightshade, que j'ai un petit faible pour tes méthodes.

— Vraiment ? demanda-t-il, moqueur.

— Vraiment… Quand faudra-t-il rajouter du bois sur le feu ?

— Oh, nous avons encore un peu de marge.

Elle se souleva sur un coude.

— Dans ce cas, nous ne devrions pas perdre trop de temps, chuchota-t-elle en se penchant sur ses lèvres.

— Ce ne serait pas très raisonnable de se laisser aller à l'inaction, en effet.

Déjà, il se sentait durcir en elle. Mais il demeura immobile, en attente, prêt à la laisser prendre les rênes. Leurs regards se trouvèrent et il fut traversé d'un élan d'amour si fort qu'il ressentit une douleur physique, comme si son cœur était menacé d'explosion.

Il la serra contre lui à la broyer.

— Je sais que ça a tout du cliché éculé, Thea, mais ça n'a jamais été comme ça avec quelqu'un d'autre, admit-il dans un souffle. Jamais.

Plus encore que les mots qu'il prononçait, ce fut le trouble suscité en elle qui effraya Althea.

— Tu parles trop, Nightshade.

— Thea…

Mais elle secoua la tête et bougea doucement les hanches pour le prendre plus profondément en elle, réveillant en lui un feu qui très vite consuma toute parole.

9

Colt se réveilla le premier dans le petit matin glacé. Il prit conscience du sol dur qui lui labourait le dos, mais surtout du corps de femme mince, souple et doux roulé sur lui. Il sourit, amusé qu'Althea soit venue se pelotonner sur lui dans son sommeil, cherchant inconsciemment un confort que n'offrait pas le mince tapis de sol de la tente.

Déjà, à la claire lumière du jour, Liz revenait en force assaillir ses pensées. Mais il s'accorda malgré tout quelques secondes pour savourer ce moment d'intimité avec Althea. Remontant la couverture sur ses épaules dénudées, il laissa glisser les doigts dans ses cheveux.

Elle changea de position, ouvrit les yeux et riva aussitôt son regard au sien.

— Excellents réflexes, inspecteur.

Althea cligna des paupières.

— Je suppose que c'est déjà le matin ? demanda-t-elle d'une voix alourdie par le sommeil.

— Brillante déduction, jeune fille. Alors ? Reposée ?

Elle fit la grimace.

— J'ai les reins brisés et le dos en compote, mais j'imagine que je peux compter sur toi pour me pousser dans un fauteuil roulant. Et toi ? Tu as pu dormir ?

— Comme une souche. Je suis habitué à vivre à la dure, *moi*.

Althea haussa un sourcil et se laissa rouler à côté de lui.

— Et *moi*, j'ai besoin de café le matin, rétorqua-t-elle en frissonnant dans l'air glacé.

Elle pêcha son chandail au fond de la tente au milieu d'un tas innommable de vêtements en vrac. Mais avant qu'elle puisse l'enfiler, Colt la prit par la taille et l'attira contre lui.

— Hé, tu n'oublierais pas quelque chose, par hasard ?

Dès les premières secondes du baiser, Althea s'abandonna dans son étreinte. Comment pouvait-elle fondre d'emblée contre ce corps d'homme aux contours déjà étonnamment familiers ? Au cours de la nuit, ils avaient fait l'amour à plusieurs reprises. Et chaque fois dans l'urgence, avec la frénésie née d'un désir qui ne se lassait pas de renaître de ses cendres. Il n'y avait plus rien d'effréné, cependant, dans le baiser qu'ils échangeaient ce matin. L'élan qui les poussait l'un vers l'autre était plus paisible, plus serein, comme si le feu qui avait fait rage entre eux durant la nuit laissait une coulée d'inextinguible tendresse dans son sillage.

— Tu sais que c'est un vrai plaisir de se réveiller à ton côté, Althea Grayson ?

Elle résista à la tentation vertigineuse de se serrer plus fort contre lui, de se noyer de nouveau dans leurs baisers, d'oublier le reste du monde.

— Tu n'es pas désagréable non plus dans ton genre, commenta-t-elle d'un ton délibérément léger en effleurant sa joue râpeuse.

Notant qu'elle se détachait de lui avec une certaine brusquerie, Colt réprima un sourire. Il commençait à la connaître suffisamment pour savoir qu'Althea se fuyait elle-même plus encore qu'elle ne le fuyait lui…

— Quand nous serons mariés, je propose que nous prenions un lit en 160, lâcha-t-il avec désinvolture. Les ébats conjugaux dignes de ce nom exigent un minimum d'espace.

Althea fit passer son chandail sur sa tête et le considéra d'un œil torve.

— Qui de nous deux est censé faire le café, Nightshade ?

Il hocha pensivement la tête.

— La répartition des tâches domestiques devra être définie,

en effet. C'est important pour l'équilibre d'un couple, en tout cas, c'est ce qu'on m'a dit.

Elle leva les yeux au ciel et entreprit d'enfiler son pantalon.

— Je te signale que tu me dois des sous-vêtements, Nightshade.

— Ce sera un pur plaisir pour moi d'en choisir à ton intention.

A quatre pattes et pestant tant et plus, Althea se mit en quête de ses chaussettes. Colt en trouva une et la fit osciller sur la pointe de son doigt.

— Et pourquoi ne pas nous marier le 31 décembre ? Ce serait une façon romantique de débuter l'année, non ?

Althea lui arracha la chaussette en le foudroyant du regard.

— Bon, ça va. Je vais aller le faire, ton café de malheur ! marmonna-t-elle en opérant une sortie fracassante.

Colt eut un large sourire. Mine de rien, sa campagne prénuptiale était en train de porter ses fruits. Althea ne le savait peut-être pas encore, mais elle s'amadouait à vue d'œil !

Faire repartir le feu ne fut pas une mince affaire. Lorsqu'au bout de trois tentatives infructueuses, quelques maigres flammes s'élevèrent enfin, Althea décida qu'elle en avait sa claque de la vie au grand air. Le paysage était superbe, d'accord. Mais le froid du matin vous glaçait jusqu'aux os, il n'y avait rien à manger hormis une maigre poignée de cacahuètes et le bar-hôtel-restaurant le plus proche devait se situer à des années-lumière de ce fichu vallon perdu.

— Ah, quel spectacle enchanteur, commenta Colt en émergeant de la tente. Les montagnes, le ciel bleu, un feu de camp et une squaw magnifique penchée dessus.

— La ferme, Nightshade.

Il s'avança vers elle en souriant.

— Tu es grognon avant d'avoir bu ton café le matin, ma chérie ?

Elle repoussa la main caressante qu'il tendait vers ses cheveux.

— Tiens. Ton petit déj, grommela-t-elle en lui faisant passer la boîte de mélange salé pour apéritif. Tu peux te servir toi-même en café.

Colt s'accroupit et remplit deux tasses.

— Belle journée, commenta-t-il. Vent faible, bonne visibilité.

— Ouais, génial. Je crois que je donnerais ma vie pour une brosse à dents.

Colt goûta le café instantané préparé à l'eau tiède et fit la grimace.

— Ne t'inquiète pas, nous serons bientôt de retour à la civilisation. Tu pourras te brosser les dents, prendre un bain moussant et passer chez le coiffeur.

Au mot « coiffeur », Althea se rembrunit. Reposant son café d'un mouvement brusque, elle ouvrit son sac à main et en sortit une brosse. Elle s'assit en tailleur, le dos tourné vers lui et entreprit de démêler sa chevelure.

Colt s'assit derrière elle et l'attira entre ses jambes.

— Laisse-moi faire ça. Si tu continues à tirer aussi sauvagement, tu vas finir scalpée, ma squaw.

Une lutte brève les opposa dont il sortit triomphant, la brosse à la main.

— Tu devrais les traiter avec plus de considération, murmura-t-il. Je n'ai jamais vu des cheveux comme les tiens. Quand on les regarde de près, on se rend compte qu'il y a une infinité de nuances et non pas une seule couleur.

— Un cheveu est un cheveu, riposta-t-elle.

Mais Colt venait de toucher un point sensible. Elle ferma les yeux pendant qu'il caressait, jouait avec les mèches aux reflets de cuivre, de blé et d'or. Un léger soupir de bien-être glissa sur ses lèvres. Ils avaient beau être perdus à des kilomètres de tout endroit civilisé, elle éprouvait soudain un sentiment de luxe extraordinaire.

— Regarde, murmura Colt à son oreille. Juste à ta droite, à l'orée du bois.

Tournant la tête, elle vit un daim dressé entre les arbres.

Non, pas un daim, rectifia-t-elle en examinant l'animal avec plus d'attention. La bête était massive et plus haute qu'un cheval. La tête levée, elle humait l'air, inclinant ses bois à l'amplitude impressionnante.

— C'est un… euh…

— Wapiti, chuchota Colt. Un élan d'Amérique. Un très beau spécimen mâle.

Le cœur d'Althea battit plus vite lorsque le wapiti capta leur odeur et tourna sa lourde tête couronnée dans leur direction. Avec une expression empreinte de sagesse, il contempla les humains venus outrepasser les limites de son territoire.

Brusquement, elle sentit sa gorge se nouer. Un tremblement intérieur la saisit, né d'un émerveillement aussi soudain qu'ineffable. La scène se prolongeait, muette et comme suspendue dans le temps. Le chant d'une alouette s'éleva, déchirant de beauté.

Lentement, l'élan se détourna et disparut entre les arbres.

— Notre menu ne le tentait pas, commenta Althea doucement. Ni le mauvais café ni les cacahuètes.

Elle n'aurait su dire pourquoi elle était bouleversée à ce point mais elle se sentait réconciliée avec le monde. Et même avec ce coin de nature à l'état brut. Blottie contre Colt, au chaud dans ses bras, elle ressentait un bonheur aussi poignant qu'inexplicable.

Il frotta sa joue contre ses cheveux.

— Je comprends qu'il ait dédaigné notre petit déjeuner, l'ami wapiti. C'est un peu déprimant, comme pitance, de bon matin.

Sur une impulsion, elle se retourna et noua les bras autour de son cou.

— Et ça ? C'est déprimant aussi ? chuchota-t-elle contre ses lèvres.

— Ça ? Ça répare tout.

Elle le repoussa en riant lorsqu'il frotta son menton râpeux contre la peau sensible de son cou.

— Je crois qu'il est temps de lever le camp, déclara-t-elle en se penchant pour enfiler son holster. Entre parenthèses, tu ne me dois pas seulement des sous-vêtements. Prévois également de m'offrir dans les meilleurs délais un petit déjeuner digne de ce nom.

— Entendu, princesse. Mets ça sur mon ardoise.

Vingt minutes plus tard, ils étaient à bord du Cessna et fixaient leurs ceintures. Colt vérifia ses jauges pendant qu'Althea sortait son poudrier. Il lui jeta un regard en coin.

— Tu crois vraiment que le maquillage s'impose dans un contexte comme celui-ci ?

Althea croqua le bonbon à la menthe qu'elle avait déniché dans son sac et répondit avec hauteur :

— Ce n'est pas parce que je suis privée de brosse à dents et de douche que je dois *aussi* renoncer à toute dignité.

— J'aime bien tes joues pâles. Elles te donnent l'air fragile.

Elle lui jeta un regard noir et rajouta délibérément du blush.

— Contente-toi de piloter, Nightshade. C'est tout ce qu'on te demande.

— Alors, c'est parti, inspecteur.

Colt ne jugea pas utile de préciser qu'il devrait effectuer un décollage au jugé dans des conditions plus que périlleuses. Pendant qu'elle se tressait les cheveux, il effleura la médaille de saint Christophe qu'il portait sur sa poitrine et joua prudemment avec la manette des gaz. Lorsque l'avion finit par quitter le sol tant bien que mal, il réprima un grand « ouf ». Il trouva les courants ascendants, inclina une aile, releva le nez du Cessna et mit plein gaz. Passant à quelques mètres à peine d'une des crêtes rocheuses, ils filèrent au-dessus de la cime des arbres.

— Pas trop nulle, la manœuvre, Nightshade.

Le visage impassible, Althea continua à se maquiller. La main qui tenait le tube de mascara ne tremblait pas. Mais il vit dans ses yeux qu'elle avait pris l'exacte mesure du danger qu'ils venaient d'encourir.

Il siffla entre ses dents.

— Boyd avait raison, Thea. Tu es une coéquipière extraordinaire. La femme aux nerfs d'acier.

— Sois gentil et tâche de maintenir ton engin à peu près stable le temps que je me maquille les cils, tu veux bien ?

Althea inclina son miroir de poche et s'adressa un sourire.

— Et maintenant ? demanda-t-elle. Quelle est notre prochaine étape ?

— On fait comme on avait prévu. On survole le coin et on cherche un chalet avec une allée d'accès privée qui s'élève en pente raide.

— Tiens, c'est original, ironisa-t-elle. Ça doit être rare, un chalet en pleine montagne desservi par une allée en pente.

— Tais-toi, Grayson. Nous savons qu'il s'agit d'une construction qui s'élève sur deux étages, avec un balcon couvert qui forme une espèce de véranda courant sur trois côtés. Et qu'il y a trois fenêtres en façade, donnant sur l'ouest. D'après ce que nous a dit Dorsetti, il y aurait un lac à proximité. Les murs en rondins, d'autre part, sont blanchis à la chaux. Ça ne devrait pas être trop difficile à repérer.

Althea hocha la tête. Mais il y avait un détail que Colt semblait oublier…

— Rien ne prouve que nous trouverons Liz sur place, murmura-t-elle.

Les mâchoires de Colt se crispèrent.

— C'est ce que nous allons découvrir.

Il lui tendit une paire de jumelles et elle commença ses repérages. De nombreux chalets étaient disséminés sur les pentes et dans les vallons. Mais aucun ne correspondait à la description établie par Colt. La plupart, d'ailleurs, semblaient inoccupés. Mais elle repéra, ici et là, des cheminées fumantes. Elle vit un homme en chemise rouge de bûcheron fendre du bois. Plus loin, une famille d'élans broutait l'herbe gelée d'une prairie à demi enneigée. Elle aperçut même la queue blanche d'une biche bondissant dans les sous-bois.

— Rien, rien, rien, conclut-elle, découragée. A moins que… Attends !

Il lui avait semblé entrevoir une construction de couleur claire, juste au-dessus des eaux gelées d'un petit lac.

— Refais un cercle, tu veux ?

Les yeux collés aux jumelles, elle scruta avec attention les escarpements couverts de névés.

— Ça y est ! On les tient, Colt. Je reconnais le chalet. Tout correspond. Il y a un gros 4x4 devant et je vois de la fumée qui s'élève de la cheminée ! Ils sont là !

Pendant que Colt modifiait son cap, Althea décrocha le micro de la radio de bord.

— Donne-moi les positions exactes du chalet, OK ? Je vais les communiquer à la tour et faire monter une voiture de flics pour les tenir à l'œil en attendant que le juge me remette un mandat de perquisition.

— Toi, tu fais ce que tu as à faire. Mais moi je n'attends pas d'avoir un bout de papier pour agir.

Elle lui jeta un regard méfiant.

— Comment cela ?

— J'atterris. Et je fonce.

— Non.

Colt dirigea l'avion vers la prairie gelée où elle avait vu la famille d'élans s'ébattre un peu plus tôt.

— Je ne te demande pas de me suivre, Althea. Mais si Liz est encore en vie, il y a neuf chances sur dix pour qu'elle soit enfermée là, tout près, à portée de main. Et je ne peux pas la laisser comme ça. Pas une minute de plus.

— Et comment comptes-tu procéder, au juste ? s'emporta Althea, trop énervée pour se rendre compte que l'avion plongeait en direction du sol. Tu défonces la porte et tu te précipites à l'intérieur, revolver au poing ? Ça n'arrive que dans les films, ça, Nightshade. Non seulement c'est illégal, mais ça met la vie de l'otage en danger.

— Tu as une meilleure idée ?

Colt serra les dents. L'atterrissage promettait d'être épique. Dès que les roues seraient au sol, ils allaient déraper. Comment, jusqu'où et à quel prix, là était la question…

— Tu pratiques le ski, Thea, je crois ?

— Pardon ?

— Si tu aimes le sport, prépare-toi. Car tu vas connaître les joies de la glisse. Mais en avion.

Tournant la tête en sursaut, elle vit l'herbe blanchie par le gel se précipiter à leur rencontre. Elle eut juste le temps de pousser un juron. Puis la violence de l'impact la réduisit au silence.

Ils heurtèrent le sol avec fracas et commencèrent à glisser. La neige volait de chaque côté du Cessna, éclaboussant les hublots. Silencieuse et quasi résignée, Althea vit la barrière des arbres se rapprocher inexorablement. Au dernier moment, l'avion décrivit deux cercles, tressauta et s'immobilisa.

— Espèce de fou furieux !

Cette fois, Althea s'abstint stoïquement de lui casser la figure. Non pas qu'elle fût encline à l'épargner, cet irresponsable sanguinaire ! Mais le cockpit offrait une marge de manœuvre trop réduite. Et tant qu'à assassiner Colt, autant le faire dans des conditions favorables.

— Tu pourrais me féliciter d'être un pilote hors pair, non ?

— Et toi tu pourrais te décider à grandir ! hurla-t-elle. Tu te prends pour un héros de bande dessinée ou quoi ? Liz est entre les mains de kidnappeurs dangereux ; peut-être même de meurtriers. Est-ce que tu te rends compte, au moins, que la vie de cette enfant est en jeu ? On ne peut pas se permettre de faire n'importe quoi n'importe comment, merde !

Les yeux de Colt étincelèrent. Détachant sa ceinture d'un mouvement brusque, il lui saisit les poignets et les serra à les broyer. Elle dut se faire violence pour ne pas crier.

— Je sais ce que je fais, Althea. Je ne suis pas tout à fait inexpérimenté, contrairement à ce que tu as l'air de penser. Quant à Liz, ce n'est pas n'importe qui pour moi. Cette gamine, je l'ai tenue dans mes bras quand elle avait quelques jours à peine. Et je ne la laisserai pas livrée en pâture à ces pédophiles sadiques vingt-quatre heures de plus sous prétexte qu'il y a des règles à respecter. La procédure, je m'en tape. C'est clair ?

— Colt…

— Laisse tomber la leçon de morale ! vociféra-t-il en lui lâchant les mains. Je t'ai déjà dit que je ne te demandais pas ton aide.

— Bon, puisque c'est comme ça, laisse-moi au moins réfléchir une minute.

— Réfléchis tant que tu veux, Thea. Moi je passe à l'action et je la sors de là. *Maintenant.*

Il voulut se lever mais elle le retint en lui enfonçant le poing dans la poitrine.

— Tu es sourd ou quoi ? Je t'ai dit d'attendre une minute !

Les yeux clos, elle rejeta la tête en arrière et élabora rapidement un plan de bataille.

— Les routes qui mènent au chalet ? Elles sont toutes dégagées ?

— Oui, répondit-il avec impatience. Quel rapport ?

— Cela m'aurait arrangée de pouvoir être coincée dans la neige. Mais une simple panne de voiture fera aussi bien l'affaire.

— De quoi parles-tu ?

— Je parle de compromis, Nightshade. Tu n'aimes pas ma façon de travailler et je n'apprécie pas la tienne. Donc je trouve une formule intermédiaire. En bref, j'appelle la police locale et je leur demande de prévenir Boyd pour qu'il s'occupe du mandat.

— Je t'ai déjà dit que…

— Je sais ce que tu m'as dit. Mais je sais aussi que ce serait de la folie de faire une descente dans ce chalet en tirant aveuglément dans le tas. Non seulement ils se serviraient de Liz comme d'un bouclier mais le défaut de procédure pourrait se retourner contre nous à l'heure du procès. Et ces types, je veux les voir en prison et pas coulant des jours heureux aux Bahamas. Alors maintenant, écoute-moi bien et évite de m'interrompre…

Colt n'était pas tranquille. Pas tranquille du tout, même. Mais il eut beau multiplier les objections pendant le trajet à pied jusqu'au chalet, Althea les rejeta une à une.

Il tenta un ultime argument :

— Et qu'est-ce qui te fait penser qu'ils vont accepter de te laisser entrer ?

Elle inclina la tête et coula un regard langoureux dans sa direction.

— Tu douterais par hasard de mes capacités à plaire, Nightshade ? Tu connais les hommes : comment réagissent-ils lorsqu'une pauvre jeune femme effarée se présente à leur porte en les suppliant de lui venir en aide ?

— Et s'ils te proposent de te conduire jusqu'à ta voiture ?

— J'accepterai avec reconnaissance et je les retiendrai aussi longtemps que possible. Ce qui te laissera le temps d'agir.

Agir était ce à quoi il aspirait. Mais quand même…

— Je préfère aller frapper chez eux avec toi.

— C'est ça, bien sûr. Tu crois qu'ils vont nous accueillir les bras ouverts et nous proposer une tasse de thé ?

Althea s'immobilisa. Ils n'étaient plus qu'à environ deux cents mètres du chalet.

— Il vaut mieux nous séparer maintenant, Colt.

Il hocha la tête. Elle avait raison. Il pouvait et il devait lui faire confiance : Althea était un flic hors pair.

— Sois prudente, inspecteur, murmura-t-il en lui posant les mains sur les épaules.

Il eut comme un pincement au cœur lorsqu'elle lui offrit spontanément les lèvres.

— Même chose pour toi, Nightshade.

Déjà, elle s'éloignait à grands pas. Il hésita à la rappeler, à lui dire qu'il l'aimait. Mais il se ravisa, coupant à travers bois pour contourner le chalet par l'arrière. Ce n'était pas le moment de la déstabiliser en lui faisant des déclarations intempestives. Il aurait tout le temps de lui parler d'amour une fois qu'ils auraient récupéré Liz.

Ecartant toute autre considération de ses pensées, il se concentra sur son but immédiat. Les nerfs tendus à se rompre, il se mut sans bruit sur la neige, attentif à ne pas faire craquer la croûte durcie sous ses pas.

Althea accéléra son allure. Elle voulait arriver essoufflée et, si possible, la larme à l'œil. Parvenue à proximité du chalet, elle se mit à courir et peignit une expression d'intense soulagement sur ses traits. Ce fut tout juste si elle ne s'effondra pas contre la porte, cognant contre le battant et criant à l'aide.

Elle n'eut aucune peine à reconnaître Kline lorsqu'il vint lui ouvrir. Vêtu d'un survêtement gris informe, il avait une cigarette à demi consumée au coin des lèvres et les relents du whisky bu la veille flottaient encore sur son haleine.

— Oh, mon Dieu, vous ne pouvez pas imaginer comme je suis contente de vous voir, s'écria Althea en s'affaissant contre le chambranle. Je commençais à me demander si j'allais trouver âme qui vive dans le coin.

L'expression de Kline oscillait entre lubricité et méfiance.

— Qu'est-ce que vous me voulez ? demanda-t-il sèchement.

Le souffle court, Althea porta la main à sa poitrine.

— Ma voiture… Figurez-vous que je suis tombée en panne — à au moins deux kilomètres d'ici. J'ai l'impression que ça fait des heures que je marche. Je dois rejoindre un couple d'amis qui ont leur résidence secondaire dans le coin. Mais je commence à me demander si je ne me suis pas trompée de route.

— Il n'y a qu'un seul chalet par ici : le nôtre.

Elle secoua la tête d'un air consterné.

— Et voilà, je m'en doutais. Je me suis perdue une fois

de plus ! Et moi qui étais partie tôt d'Englewood ce matin pour être sûre de bien profiter de ma première journée de vacances. C'est réussi ! Dites-moi, cela vous ennuie si j'entre passer un coup de fil ? Juste le temps de prévenir mes amis et de leur demander de venir me chercher ?

Kline marqua une légère hésitation mais il finit par s'effacer.

— Bon, allez-y. Entrez.

— Merci. Vous êtes vraiment très chic, s'exclama-t-elle en pénétrant dans la salle de séjour.

La pièce lui apparut telle qu'elle l'avait vue dans la cassette vidéo.

— Un feu de cheminée ! Ah, quelle merveille ! Vous n'imaginez pas à quel point je suis glacée.

Tout en se frottant les mains devant les flammes, elle tourna la tête pour adresser un sourire enthousiaste à Kline.

— Je ne sais comment vous remercier, vraiment. Je crois que, sans vous, je serais morte de froid.

Il retira la cigarette qui lui pendait au coin des lèvres.

— Pour une fois que nous avons l'occasion de rendre service à une jolie femme de passage. Il n'y a pas beaucoup de circulation par ici.

— A qui le dites-vous ! répliqua-t-elle en regardant par la fenêtre. Vous devez sans doute vous sentir un peu isolé. Mais l'environnement est magnifique. Et ce chalet…

Althea jeta un regard appréciateur autour d'elle. Les lieux étaient aménagés avec un goût indiscutable.

— Superbe, vraiment superbe. Pelotonné près du feu avec un bon verre de vin chaud, on ne doit pas trouver le temps long, même si une tempête de neige se déchaîne au-dehors.

Kline se rapprocha d'un pas.

— J'aime me pelotonner près du feu avec autre chose qu'un verre de vin, vous savez.

Althea battit des cils et baissa pudiquement les yeux.

— Comme vous êtes romantique, monsieur… euh ?

— Kline. Mais vous pouvez m'appeler Harry.

— Moi, c'est Rose, dit-elle, donnant à dessein son second prénom au cas où ils auraient entendu parler du contact de Wild Bill dans la police.

Elle lui tendit la main.

— Enchantée, Harry. Je crois que vous m'avez sauvé la vie.

— Hé là, qu'est-ce qui se passe ici ? cria une voix d'homme au-dessus de leurs têtes.

Levant les yeux vers la galerie, Althea vit un homme assez jeune, de haute taille avec une masse de cheveux blonds en désordre. Elle identifia aussitôt le second acteur masculin de la cassette vidéo.

— Nous avons une visite surprise, Donner, expliqua Kline. Rose est tombée en panne près d'ici.

Donner qui tombait manifestement du lit se frotta les yeux.

— Eh bien… Vous êtes matinale, dites donc, dit-il en l'examinant avec un intérêt manifeste.

Althea gratifia Donner d'un sourire radieux.

— Seulement parce que j'étais pressée de commencer mes vacances !

Le second acteur descendit les rejoindre en bombant avantageusement le torse.

— Et si tu offrais une tasse de café à cette charmante personne, Kline ?

— C'est Dean qui est de corvée de petit déjeuner ce matin.

— Va lui dire de prévoir une tasse de plus, dit Donner en adressant un clin d'œil à Althea.

Elle tourna les yeux vers Kline.

— Oh, Harry, vous me *combleriez* si vous alliez me chercher une goutte de café. Je suis tellement transie que je rêve d'absorber quelque chose de chaud.

— Bon, j'y vais.

Kline s'éloigna, non sans avoir jeté un regard d'avertissement féroce à Donner. Si la situation n'avait pas été aussi grave, Althea aurait éclaté de rire. Ils se comportaient comme deux chiens se disputant un os.

— J'étais justement en train de complimenter Harry sur votre chalet, déclara-t-elle avec un large sourire en posant son sac à main sur la table. Vous vivez ici toute l'année ?

Donner vint se placer tout contre elle lorsqu'elle se percha sur l'accoudoir d'un fauteuil.

— Oh non. Nous l'utilisons comme résidence secondaire. Si le chalet vous plaît, pourquoi ne pas rester passer vos vacances avec nous ?

Elle rit de bon cœur et n'éleva pas d'objection lorsqu'il lui effleura les cheveux.

— C'est que mes amis m'attendent ! Remarquez que j'ai deux semaines complètes…

Laissant sa phrase en suspens, elle rit de nouveau. D'un rire plus rauque, plus suggestif que le premier.

— Mais racontez-moi, enchaîna-t-elle en minaudant. Que faites-vous pour vous distraire, par ici, en pleine montagne ?

— Si je vous le disais, vous seriez surprise, répondit Donner en posant la main sur sa cuisse.

— Bas les pattes, Donner ! intervint Kline qui entrait avec une tasse de café bien noir. Voici pour vous, Rose.

— Oh, merci, Harry ! s'écria-t-elle. Vous me gâtez, vraiment.

— Enlevez donc votre manteau, suggéra Donner.

— Dans un instant, lorsque je serai complètement réchauffée, promit-elle en frissonnant démonstrativement.

Elle avait pris la précaution d'ôter son holster et de glisser son 9 mm sous sa ceinture. Mais même si son arme était a priori peu visible, elle préférait ne prendre aucun risque.

— Vous êtes frères, tous les deux ? demanda-t-elle pour relancer la conversation.

Kline contempla Donner et pouffa.

— Sûrement pas, non. On pourrait dire que nous sommes associés.

— Ah, vous travaillez ensemble ! Dans quelle branche ?

— La communication, expliqua Donner en dévoilant des dents étincelantes.

Althea battit des cils.

— La communication, c'est fascinant. Vous êtes équipés comme des pros, d'ailleurs. Peut-être que l'on pourrait se retrouver un soir pour regarder une cassette…

Percevant du coin de l'œil un mouvement sur la galerie, elle s'interrompit pour lever les yeux. Son cœur fit un bond dans sa poitrine : *Liz… Pâle, amaigrie, mais vivante.* C'était déjà un immense point d'interrogation de levé. Les cheveux de l'adolescente tombaient en longues mèches tristes sur ses yeux et une immense fatigue se lisait dans son regard. Se remémorant la fille rieuse et épanouie sur la photo, Althea sentit la colère lui crisper les mâchoires.

— Bonjour ! s'exclama-t-elle, en veillant à garder une expression impersonnelle.

Levant la tête à son tour, Kline fronça les sourcils.

— Retourne dans ta chambre, toi ! Immédiatement !

Liz s'humecta les lèvres. Elle était vêtue d'un jean déchiré et d'un pull-over d'un bleu passé aux manches effilochées.

— Je veux mon petit déjeuner.

Althea nota que la voix de Liz était faible mais pas atone.

— Tu déjeuneras quand ça sera prêt.

Kline jeta un regard en coin à Althea et s'assura qu'elle continuait à sourire avec la plus parfaite indifférence.

— Retourne dans ta chambre et attends que je t'appelle. C'est compris ?

Liz hésita, le temps de lui jeter un regard ouvertement hostile. Son attitude réchauffa le cœur d'Althea. Même si on sentait Liz très éprouvée, elle n'avait pas encore perdu toute combativité. En se retirant dans sa chambre, elle fit même claquer ostensiblement sa porte.

— Ah, ces gamines, marmonna Kline en allumant une cigarette.

— Elles ne sont pas faciles à vivre à cet âge-là, acquiesça Althea d'un ton compatissant. C'est votre sœur ?

Kline toussota en avalant sa fumée et finit par sourire.

— Oui, c'est ma sœur. Vous vouliez utiliser le téléphone, je crois ?

— Oh, oui, volontiers. J'ai peur que mes amis s'inquiètent.

— Allez-y, faites comme chez vous

Althea décrocha et fronça les sourcils.

— C'est bizarre. Il n'y a pas de tonalité.

Kline jura et sortit un petit outil de sa poche.

— Je suis obligé de le bloquer pendant la nuit à cause de la… à cause de ma petite sœur. Elle passait ses journées pendue au téléphone et j'ai failli avoir un infarctus lorsque nous avons reçu la dernière facture.

Althea sourit.

— On se demande toujours ce que ces filles peuvent bien avoir à se raconter, renchérit-elle distraitement en composant le numéro de la police locale.

L'agent qu'elle eut au bout du fil était au courant si bien qu'elle n'eut qu'à s'exclamer gaiement.

— Allô, Fanny ? C'est moi, Rose. Tu ne devineras jamais ce qui m'est arrivé. Non seulement je me suis perdue mais en plus ma voiture m'a lâchée en route. Si je n'avais pas eu la chance de tomber sur des messieurs vraiment formidables, je me demande vraiment ce que je serais devenue…

Pendant qu'Althea papotait au téléphone avec un agent de la police de Boulder, Colt escaladait l'arrière du chalet. Armé d'une paire de jumelles, il avait pu suivre la scène qui se déroulait au rez-de-chaussée et s'assurer qu'Althea n'était pas menacée.

Mieux encore : il avait repéré la présence de Liz au premier étage. Une Liz presque efflanquée, aux épaules affaissées et aux traits tirés par la fatigue. Mais une Liz vivante. Une Liz enfin à portée de main.

Tendu mais euphorique, Colt s'accrocha au tuyau de descente et s'éleva jusqu'à hauteur du premier étage. La priorité consistait à sortir Liz de là pour la mettre hors de danger. Personnellement, il aurait préféré emprunter la voie directe et régler d'abord ses comptes avec les deux pervers qui faisaient les coqs devant Althea un étage plus bas. Mais la sécurité de Liz passait avant le reste. Ensuite, il reviendrait à la charge.

Il s'accrocha au rebord de la fenêtre, se hissa à la force des bras et opéra un rétablissement. Il vit Liz roulée en chien de fusil sur un lit aux draps froissés. Elle lui tournait le dos et paraissait menue, seule et vulnérable. Colt dut se faire violence pour ne pas se jeter à travers la vitre et bondir à l'intérieur.

Mais c'était le moment ou jamais de garder la tête froide. S'il agissait de manière trop brusque, il risquait de l'effrayer. Et si elle criait, leur plan tombait à l'eau. Tout doucement, il frappa au carreau.

Liz changea de position dans son lit mais ne se retourna pas. Il frappa une seconde fois — un peu plus fort — et elle se redressa pour jeter un regard las vers la fenêtre. D'abord éblouie par le soleil levant, elle cligna des yeux puis se leva d'un bond. Colt se hâta de porter un doigt à ses lèvres, l'enjoignant de garder le silence. Liz se précipita jusqu'à la croisée, ses joues pâles ruisselantes de larmes.

— Colt !

Elle secoua vainement la poignée et finit par poser la joue contre la vitre.

— Je veux rentrer à la maison, Colt. S'il te plaît. S'il te plaît.

Il avait de la peine à l'entendre à travers l'épaisseur du verre.

— Ouvre la fenêtre, ma puce, lui dit-il en prenant soin d'articuler chaque syllabe.

— Elle est condamnée, hoqueta-t-elle en se frottant les yeux avec les poings. Je suis enfermée.

— Bon. On va s'arranger autrement. Il faut que tu me trouves un oreiller… un o-reil-ler, ordonna-t-il en lui indiquant par gestes ce qu'elle devait faire.

Il vit une pâle lueur d'espoir briller dans son regard. Elle se précipita pour faire ce qu'il lui avait demandé.

— Voilà. Tu vas maintenir l'oreiller appuyé contre la vitre. Et maintenant tourne la tête. Tourne la tête, ma puce.

D'un coup de coude, il brisa le carreau. Lorsqu'il eut dégagé un espace suffisant, il se glissa sans bruit à l'intérieur. Liz lui tomba dans les bras sans même lui laisser le temps de se redresser. Elle sanglotait comme un bébé en se cramponnant désespérément à son cou. Le cœur serré, il la souleva de terre et la berça contre lui, la tenant comme une enfant de deux ans.

— Tout va bien maintenant, Liz. Le cauchemar est terminé. Je vais te ramener chez toi.

— Je… je n'aurais pas dû quitter la maison, balbutia-t-elle entre deux sanglots. C'est ma faute. Je regrette, je regrette.

— Tu vas essayer de ne plus y penser, Liz, d'accord ? Tout va rentrer dans l'ordre, mon lapin.

Elle paraissait si pâle et amaigrie. Si profondément épuisée. Mais ce n'était pas le moment de poser les questions qui lui brûlaient les lèvres.

— Il va falloir que tu prennes encore un peu sur toi, Liz. Juste le temps de te sortir d'ici, OK ? Tu as un manteau ? Des chaussures ?

Elle secoua la tête.

— Ils m'ont pris toutes mes affaires pour m'empêcher de me sauver. J'ai essayé, Colt, pourtant. Je te jure que j'ai essayé.

— Je sais, calme-toi, mon bébé. Tu n'aurais pas pu t'échapper d'ici toute seule.

La sentant au bord de la crise d'hystérie, il pressa le visage de Liz contre son épaule.

— Ne pense plus à rien, maintenant. Essaye juste de faire ce que je te demande, d'accord ?

— D'accord. On peut s'en aller d'ici ? Tout de suite ?

— Tout de suite. Mais je vais commencer par t'enrouler dans une couverture.

Une fois qu'il eut arraché celle du lit, il en enveloppa Liz tant bien que mal et retourna à la fenêtre.

— Nous allons être obligés de sauter maintenant. Toi tu n'auras rien d'autre à faire que de te raccrocher à moi. Reste le plus détendue possible et tu verras que tout se passera bien.

Il lui couvrit le visage pour la protéger du froid et du verre brisé.

— Si tu sens monter une envie de crier, tu cries dans ta tête, promis ? Il ne faut surtout pas qu'ils t'entendent.

Elle secoua la tête.

— Je ne crierai pas. Je veux voir maman.

— Bientôt, ma puce, bientôt, murmura Colt d'un ton apaisant.

Parvenu sur le rebord, il émit une muette prière et sauta.

Il savait comment tomber. Du haut d'un immeuble, d'un escalier ou même d'un avion. S'il n'avait pas eu Liz dans ses bras, c'eût été un jeu d'enfant pour lui de se laisser choir d'un premier étage. Mais avec l'adolescente accrochée à son cou, il dut se retourner pour atterrir sur le dos et la protéger ainsi de l'impact.

Le choc lui coupa le souffle et une violente douleur lui lacéra l'épaule. Mais il se releva aussitôt avec Liz toujours blottie comme un poids mort contre sa poitrine. Serrant l'enfant contre lui, il courut jusqu'à la route.

Il était à peine à mi-distance lorsqu'il entendit le premier coup de feu en provenance du chalet.

10

Pour laisser à Colt le temps d'agir, Althea fit durer sa conversation téléphonique, décrivant longuement les circonstances de sa panne à son amie « Fanny ». L'agent au bout du fil l'informa que les renforts étaient en route et que deux voitures de police atteindraient le chalet dans une dizaine de minutes. Elle espérait de tout cœur que Colt avait réussi à évacuer Liz. Mais même s'il avait échoué pour une raison ou une autre, ils devraient être en mesure de la libérer rapidement dans tous les cas de figure. Ni Kline ni Donner ne montraient le moindre signe de méfiance.

— Merci, Fanny, tu es un ange ! J'ai hâte de vous revoir, Bob et toi… Ah oui, l'adresse, bien sûr ! Juste une petite seconde, je vais demander à Harry. Il est si gentil !

Posant la main sur le combiné, elle gratifia Kline du plus amical des sourires.

— Vous pouvez me donner les indications pour accéder au chalet ? Bob va venir me chercher et jeter un coup d'œil à ma voiture.

Kline fournit les explications voulues puis se tourna vers Dean Scott qui sortait de la cuisine.

— J'espère que tu as prévu large pour le petit déjeuner. Nous avons une invitée affamée. Rose a déjà parcouru plusieurs kilomètres à pied dans le froid.

— Une invitée ? Pas de problème. Il y en aura largement assez pour cinq.

Dean-la-Brute porta son attention sur « l'invitée » et plissa soudain les yeux d'un air menaçant.

— Bon sang ! Mais c'est quoi, ce bordel ?

— Essaye de surveiller ton vocabulaire en présence d'une dame, protesta Donner d'un air vertueux.

— Une dame ? Je t'en ficherai des dames comme ça, moi. C'est un flic ! Je l'ai vue avec Wild Bill.

Dean se rua sur elle sans attendre, mais Althea avait eu le temps d'anticiper l'attaque. Au premier regard de Dean, elle avait compris qu'il avait percé sa couverture. Sortant son arme, elle se concentra sur les cent trente kilos de muscles et de chair qui s'apprêtaient à l'aplatir. Son premier coup partit en l'air tandis qu'il la propulsait contre une petite table ancienne, envoyant voler une élégante collection de flacons de verre. Des éclats couleur d'améthyste et d'aigue-marine volèrent dans la pièce. Althea, elle, vit trente-six chandelles. A travers ce brouillard visuel, se dessina une vision d'apocalypse : son assaillant se jetait de nouveau sur elle avec la vitesse d'un cheval au galop.

Un ultime réflexe la fit rouler sur le côté. Dean Scott était massif mais elle avait l'avantage de la rapidité. Se redressant à genoux, elle visa en tenant son arme à deux mains et tira. La balle, cette fois, atteignit son but. Du coin de l'œil, elle nota qu'une tache de sang s'élargissait sur le T-shirt blanc de Dean.

Elle bondit sur ses pieds et prit rapidement la mesure de la situation. D'un côté, Donner se ruait vers la porte. Kline, lui, s'escrimait sur un tiroir. Elle vit scintiller le métal d'une arme et hurla :

— Ne bougez plus !

Donner se figea net et leva les bras. Mais Kline sortit le revolver et le brandit dans sa direction.

— Reposez ce joujou, Harry, ou vous allez vous vider de votre sang sur la moquette comme votre ami Scott. Et je vous préviens que je suis sortie première du concours de tir de la police.

Jurant copieusement, Kline obéit.

— Parfait. Et maintenant, couché à plat ventre par terre, la tête sur les mains… Oui, oui, vous aussi Roméo, confirma-t-elle à Donner qui hésitait.

Pendant que les deux acteurs s'exécutaient, Althea se pencha pour récupérer l'arme de Kline.

— Vous savez que c'est très imprudent, les garçons, d'inviter des inconnues chez vous ?

Althea ironisait pour donner le change mais elle tenait à peine sur ses jambes. A présent que l'adrénaline retombait, la douleur montait en force. Ross s'était jeté sur elle de tout son poids et elle avait l'impression d'avoir été broyée sous un rouleau compresseur. Sa tête, quant à elle, menaçait d'exploser.

Le hurlement rassurant d'une sirène se fit entendre au loin.

— Apparemment, ma bonne amie Fanny envoie les renforts. Maintenant, au cas où vous ne l'auriez pas encore compris, vous êtes en état d'arrestation, messieurs.

Lorsque Colt entra en trombe dans le chalet avec un revolver dans une main et son cran d'arrêt de l'autre, Althea annonçait calmement à ses prisonniers qu'ils avaient le droit de garder le silence et que toute parole prononcée pourrait désormais se retourner contre eux. Elle fit un rapide calcul et estima que trois minutes avaient dû s'écouler depuis son premier coup de feu. Colt n'avait pas perdu de temps pour arriver à la rescousse.

Elle l'accueillit d'un bref regard indifférent puis termina sa procédure.

— Tiens ces deux imbéciles à l'œil, Nightshade, tu veux bien ? dit-elle en reprenant le combiné qui pendouillait toujours dans le vide. Agent Mooney ? Oui, ici l'inspecteur Grayson. Il nous faudra une ambulance. Un des suspects est blessé à la poitrine… Oui, merci. Vous nous avez été d'une grande aide.

Elle raccrocha et se tourna vers Colt.

— Et Liz ?

— Elle est en sécurité. Je l'ai laissée au bord de la route, enveloppée dans une couverture. Elle attend les flics... Lorsque j'ai entendu tirer, j'ai pensé qu'ils s'en étaient pris à toi.

Du menton, elle désigna l'homme qui saignait à terre.

— Scott m'a reconnue. Apparemment, il m'avait déjà vue en conversation avec Wild Bill. Essaye de trouver une serviette, veux-tu ? Il faudrait penser à arrêter l'hémorragie.

— C'est toi que nous allons soigner, oui ! riposta Colt avec une fureur si soudaine que les deux hommes à terre tressaillirent. Tu es blessée à la tête !

— Ah oui ?

Elle porta la main à sa tempe et fit la grimace en ramenant deux doigts ensanglantés.

— Bon, on verra ça plus tard, marmonna-t-elle. Commençons par...

— Lequel des trois t'a fait ça ? l'interrompit Colt en examinant les suspects d'un regard meurtrier.

— Celui qui s'est pris une balle en pleine poitrine et qui est en train de se vider de son sang sous nos yeux. Et maintenant trouve-moi vite un bandage ou quelque chose, Colt, car il ne va pas tenir comme ça jusqu'au procès.

Pleinement consciente des intentions de Colt, elle se plaça entre lui et le blessé.

— Arrête ça, OK ? Je ne suis pas une délicate créature sans défense et les héros chevaleresques m'ennuient à mourir. Compris ?

Colt prit une profonde inspiration. Trop de pulsions contradictoires faisaient rage en lui. Et rien de ce qu'il pourrait dire ou faire ne rendrait à Liz son enfance. Aucun acte de violence de sa part n'annulerait les coups qu'Althea venait de subir.

— Compris, inspecteur.

Il se détourna et se mit en quête d'une serviette. Il ne voyait guère d'autre moyen de se rendre utile. Thea avait le contrôle de la situation.

En vérité, c'était bien simple : Althea Grayson n'avait besoin de rien ni de personne. Elle maîtrisait tout.

*
* *

Colt ne recouvra son calme que lorsqu'il reprit les commandes de l'avion. Et encore… S'il affichait une attitude à peu près sereine, c'était uniquement pour rassurer Liz. La petite s'était raccrochée à lui et avait refusé de le lâcher pour repartir avec la police. Si bien qu'il l'avait installée dans le siège du copilote tandis qu'Althea occupait le strapontin derrière eux.

Engoncée dans la parka qu'il avait ôtée pour la draper sur ses épaules, Liz ne montrait aucune joie d'être sortie des griffes de ses ravisseurs. Les larmes avaient commencé à glisser sur ses joues pâles juste après le décollage. Et elles n'avaient pas cessé de couler depuis. Jamais Colt n'aurait imaginé qu'il soit possible de verser une quantité de pleurs pareille. Des sanglots secouaient ses épaules frêles mais elle n'émettait aucun son. Il en était malade de la voir dans cet état.

— C'est fini maintenant, mon lapin, murmura-t-il en posant la main sur la sienne. Personne ne te fera plus de mal. Tu es en sécurité avec nous.

Mais Liz secoua la tête et les larmes repartirent de plus belle.

Finalement, Althea se leva sans rien dire et détacha Liz. Puis elle prit sa place sur le siège du copilote et l'installa sur ses genoux. Elle l'enveloppa de ses bras et lui offrit la consolation d'une étreinte, comme si elle entourait son chagrin d'un manteau protecteur.

— Laisse venir, Liz, chuchota-t-elle. Ne te retiens pas.

Aussitôt, les sanglots de l'adolescente éclatèrent bruyamment dans le cockpit. Althea attira Liz plus étroitement contre elle et la berça comme une enfant. Le cœur lourd, Colt tendit la main pour lui caresser les cheveux mais la seule réaction de Liz fut de se recroqueviller encore un peu plus contre Althea.

Se résignant à l'impuissance, il se concentra sur ses commandes et s'acquitta de la seule tâche qui reposait encore sur ses épaules : les ramener tous trois à bon port.

*
* *

Non sans mal, Althea parvint à convaincre Liz de se faire examiner à l'hôpital. L'enfant ne voulait qu'une chose : rentrer chez elle, se blottir dans les bras de sa mère et oublier ce qui lui était arrivé.

— Mais tes parents sont déjà en route pour Denver, Liz. Je sais que c'est dur et je sais que ça fait peur. Mais c'est important pour toi que tu voies un médecin maintenant.

— Je ne veux pas qu'il me touche.

— Je comprends.

Elle ne comprenait que trop bien même.

— Mais ce « il » est en vérité une « elle », Liz. Et tout se passera bien, je te le promets.

— Ce ne sera pas long, lui assura Colt.

Il luttait pour garder une expression rassurante et détendue. Mais s'il avait pu hurler ou casser quelque chose, c'eût été une délivrance.

Liz jeta un regard anxieux vers la salle de consultation.

— Tu aimerais que je vienne avec toi ? proposa Althea.

Lorsque l'adolescente accepta d'un timide signe de tête, elle l'attira contre elle.

— Dis, Colt, tu crois que tu pourrais nous trouver une boisson fraîche et peut-être une barre de céréales ou de chocolat pour quand Liz sortira ? Je grignoterais bien un petit truc, pas toi ?

— Euh, oui... peut-être, chuchota Liz d'une voix tremblante.

— Nous n'en avons pas pour longtemps, annonça Althea en l'entraînant vers la porte.

Traînant son sentiment d'inutilité derrière lui, Colt les laissa entrer dans la salle de consultation et partit à la recherche d'un distributeur automatique. Dans la petite cabine adjacente à la salle d'examen, Althea aida Liz à retirer ses vêtements et à enfiler une blouse d'hôpital. Elle ne fit pas de commentaires en voyant les bleus qui marquaient le corps frêle de l'enfant. Ils auraient besoin de prendre sa déposition tôt ou tard. Mais les questions pouvaient attendre.

— Voici le Dr Mailer, annonça-t-elle lorsqu'une jeune femme en blouse verte s'avança pour les accueillir.

— Bonjour, Liz.

Greta Mailer ne chercha pas à lui serrer la main ni à la toucher d'aucune manière. Spécialisée dans la prise en charge post-traumatique, elle savait à quel point les victimes de viol redoutaient parfois le contact.

— Je vais être amenée à effectuer un certain nombre de tests et d'examens. N'hésite pas à m'interrompre si quelque chose t'inquiète. Et si ça devient pénible pour toi et que tu as besoin d'une pause, tu me le dis. Promis ?

Liz hocha la tête et s'allongea sur la table d'examen, en continuant à se cramponner à la main d'Althea. Greta Mailer procéda avec beaucoup de douceur et de patience. Mais surtout avec un infini respect dont Althea lui sut gré. Liz garda les yeux rivés au plafond et se soumit dans le plus grand mutisme. Le cœur serré, Althea sentit qu'elle se réfugiait dans son monde intérieur, se dissociant de son corps et de ce qu'il endurait. Un réflexe élémentaire de protection que l'adolescente avait dû intégrer peu à peu au cours de ces longues semaines de cauchemar.

— Voilà, c'est fini, je ne t'embête plus, déclara le Dr Mailer en retirant ses gants. Tu as été très courageuse, Liz. Lorsque tes parents seront là, nous parlerons tous les quatre, si tu veux bien. En attendant, je vais voir si je peux te trouver un plateau-repas.

Althea attendit que la gynécologue ait quitté la pièce pour aider Liz à s'asseoir.

— Tu as été super, tu sais. Tu veux que j'aille voir si Colt nous a dégoté une horrible gourmandise à grignoter avant que le Dr Mailer ne revienne avec de la viande, des légumes et plein de trucs bons pour la santé ?

Liz secoua la tête et serra ses doigts entre les siens.

— Je ne veux pas rester seule.

Althea sortit une brosse de son sac et entreprit de lui démêler les cheveux.

— Vous savez, quand je vous ai vue dans le chalet… j'ai cru que vous étiez une de ces femmes qui venaient de temps en temps pour se faire filmer. J'ai pensé que ça allait recommencer, qu'ils allaient encore m'obliger à… à faire leurs…

Liz ferma les yeux sans parvenir à achever sa phrase. Une larme coula de sous ses paupières closes.

— Je suis désolée, Liz. J'aurais voulu pouvoir t'adresser un signe pour que tu comprennes que j'étais là pour t'aider. Mais c'était impossible. Je ne devais pas éveiller leurs soupçons, tu comprends ?

L'adolescente hocha la tête.

— Quand j'ai vu Colt à la fenêtre, j'ai d'abord cru que c'était un rêve. Je me faisais tout le temps des scénarios dans ma tête où quelqu'un venait me sauver, mais les jours passaient et… personne ne semblait s'inquiéter de ce que je devenais. J'ai cru que papa et maman ne… ne… voulaient plus de moi, qu'ils m'avaient laissée tomber.

Althea prit son menton tremblant entre ses doigts.

— Tes parents n'ont jamais — pas un instant — cessé de te chercher. Ils ont remué ciel et terre, tu peux me croire. Et comme l'enquête de la police n'avançait pas assez vite à leur goût, ils ont fait appel à Colt. Il t'aime très fort lui aussi, tu sais. Tu ne peux pas imaginer le nombre de règles qu'il m'a obligée à transgresser pour qu'on se dépêche de venir te chercher !

Liz tenta de sourire mais échoua. De nouveau sa lèvre inférieure se mit à trembler.

— Mais quand mes parents apprendront ce qui s'est passé, qu'est-ce qu'ils vont penser ? Je me demande s'ils voudront encore de moi lorsqu'ils comprendront que… que…

Althea prit ses deux mains entre les siennes.

— Ils vont être très secoués et ce sera dur, très dur pour eux. Parce que tu es leur fille, parce que tout ce qui te fait mal les affecte aussi. Mais ils continueront à t'aimer d'autant plus. De cela tu peux être certaine.

— Tout ce que j'arrive encore à faire, c'est pleurer, admit Liz piteusement.

— Si tu as besoin de pleurer, tu pleures. Les larmes aident à guérir, Liz. Elles nettoient tout ce qu'on sent de sale à l'intérieur.

L'adolescente s'essuya les joues du revers de la main.

— J'ai l'impression que *tout* est sale, maintenant. Mais c'est ma faute. Si je ne m'étais pas enfuie de chez moi…

— La fugue, ça a été ton choix, d'accord. Mais pas le reste. Certainement pas. Les adultes qui ont abusé de toi sont seuls coupables de ce qu'ils t'ont fait subir. Et tu n'as strictement aucun reproche à te faire. Cela, retiens-le bien, Liz : *tu n'es pas responsable*. En aucune manière.

Détournant la tête, l'adolescente étouffa un sanglot.

— Vous ne pouvez pas comprendre quel effet ça fait. C'est… c'est tellement humiliant, tellement affreux…

Avec une infinie douceur, Althea lui reprit le menton et la força à soutenir son regard.

— Tu te trompes, Liz. Je peux comprendre. Plus que n'importe qui d'autre. Je sais très exactement ce que tu ressens.

L'adolescente ouvrit de grands yeux.

— Vous ? Parce que vous aussi, vous…

— Oui, moi aussi. Je devais avoir à peu près ton âge. C'était comme si une partie de moi m'avait été arrachée à jamais. J'avais l'impression que plus jamais je ne me sentirais propre, plus jamais je ne me sentirais entière. Que je ne pourrais plus être moi-même. Et j'étais comme toi : pendant un temps, je ne pouvais rien faire d'autre que pleurer.

Liz prit le mouchoir en papier que lui tendait Althea et s'essuya les yeux.

— Pendant qu'ils me faisaient leurs… leurs trucs, je me disais que ce n'était pas moi, pas vraiment moi… Colt n'arrête pas de me dire que c'est fini, que je ne devrais plus y penser, mais je ne sais pas si je pourrai redevenir quelqu'un de normal, retourner au collège, m'amuser avec mes amis.

Luttant elle-même contre les larmes, Althea reprit Liz dans ses bras.

— Je sais que ça fait mal, Liz. Et ça va être difficile, surtout au début. Mais la vie reprend ses droits. Et tu n'es pas seule. Tu as ta famille, tes amis. Tu as Colt. Et si tu as besoin de me parler, je serai toujours là, je te le promets.

Liz renifla et posa sa joue contre sa poitrine.

— Comment avez-vous fait, vous ? Après ?

— D'abord, j'ai survécu. Puis j'ai réappris à vivre, à rire, à prendre du bon temps avec mes amis. Et ce sera pareil pour toi.

Colt se tenait à l'entrée de la salle de consultation avec une pile de sodas et de confiseries dans les bras. Il lui était déjà arrivé de se sentir inutile, mais jamais à ce point. Il était littéralement écrasé par son sentiment d'impuissance.

Il n'y avait aucune place pour lui dans la conversation qu'il venait de surprendre. Aucun moyen pour lui de pallier la souffrance de cette femme, de cette jeune fille qu'il aimait. Il ne lui restait plus que sa rage inutile, son besoin de détruire. Serrant les poings, il posa ses provisions sur la table de la salle d'attente. S'il ne pouvait ni les consoler ni réparer le mal qui leur avait été fait, quel sens donner à sa présence auprès d'elles ?

Colt se frotta le visage avec les mains et tenta vainement de mettre de l'ordre dans ses pensées. Relevant la tête, il vit Frank et Marleen sortir en courant de la cabine d'ascenseur.

C'était au moins une fonction qu'il pouvait encore assumer. Peignant une expression rassurante sur ses traits, il s'avança à la rencontre des parents de Liz.

*
* *

Dans la salle de consultation, Althea finissait de démêler les cheveux de Liz.

— Tu veux te rhabiller, maintenant ?

L'adolescente frissonna.

— Ah non, merci ! Je ne pourrai plus jamais remettre ces vêtements.

— Tu as raison. Je vais essayer de te trouver...

Elle se tut en entendant un bruit de pas précipités derrière elle. Un couple aux yeux rougis se figea à l'entrée de la pièce. La femme était pâle, l'homme hagard.

— Oh, Liz... ma petite chérie...

La femme s'élança et atteignit la table d'examen la première, son mari sur les talons.

— Maman, chuchota Liz en sanglotant. Maman...

Althea se retira discrètement, laissant parents et enfant à leurs retrouvailles. Elle trouva Colt debout près de la porte.

— Tu ferais mieux de rester ici avec eux. Je vais faire un crochet pour avertir le Dr Mailer que les parents de Liz sont arrivés.

— Et ensuite ?

— Ensuite ? Quelle question ! Je vais rédiger mon rapport.

Toujours dans le respect scrupuleux des règles, Althea passa au commissariat et s'acquitta des tâches bureaucratiques de rigueur. Une fois son dossier mis à jour, elle rentra tout droit chez elle et s'accorda enfin le bain moussant dont elle rêvait depuis la veille. Puis vidée et à bout de forces, elle tomba sur son lit et dormit d'une traite jusqu'au moment où des coups violents frappés à sa porte l'arrachèrent brutalement à son sommeil.

Titubante de fatigue, Althea trouva son peignoir à tâtons et se dirigea vers la porte comme une somnambule. Elle regarda par le judas, fronça les sourcils. Tirant le verrou d'un mouvement brusque, elle ouvrit à Colt.

— Que signifie ce tapage ? Donne-moi une seule bonne raison pour ne pas te coller une amende, Nightshade.

Il lui tendit un grand carton plat.

— Je t'apporte de quoi te restaurer. Telle que je te connais, j'imagine que tu n'as rien avalé depuis les cacahuètes de ce matin.

Une délicieuse odeur de tomate, d'origan et de fromage fondu lui chatouilla les narines, signant instantanément sa défaite.

— Bon, ça va. Je renonce à porter plainte. J'imagine que tu as l'intention d'entrer avec la pizza ?

— Au départ, c'était l'idée, oui.

— Alors ne reste pas planté dans le couloir, lança-t-elle en guise d'invitation.

Althea alla chercher des assiettes dans la cuisine et le rejoignit dans le séjour.

— Comment va Liz ? Elle tient le coup ?

— Elle me paraît déjà un tout petit peu moins effondrée. Frank et Marleen sont formidables avec elle. Ce sont des gens solides, heureusement.

— Ils auront besoin de l'être au cours des mois qui viennent. J'espère qu'ils réalisent qu'il faudra mettre une thérapie familiale en route en plus d'une thérapie personnelle pour Liz ?

— Ils ont déjà abordé le sujet avec le Dr Mailer. Elle a promis de les aider à trouver un bon psychothérapeute à Albuquerque.

Déterminé à choisir ses mots avec soin, Colt prit son temps pour couper la pizza.

— Avant tout, je voudrais te dire un grand merci, Thea. Et, s'il te plaît, ne m'envoie pas promener en rétorquant que tu « fais simplement ton boulot ».

— Bon, alors je ne rétorquerai rien.

— Parfait. Mais commençons par le commencement : tu as quelque chose à boire pour accompagner cette pizza ?

— Je dois avoir un fond de bourgogne qui traîne.

— Ne bouge pas, je m'en occupe.

Althea le laissa faire et se consacra à sa pizza. Lorsqu'il revint avec une bouteille et deux verres, elle attaquait sa seconde part.

— J'étais trop fatiguée pour me rendre compte que je mourais de faim, admit-elle en faisant de la place sur la table basse.

— Tant mieux. Comme ça, j'ai moins de remords de t'avoir arrachée à ton sommeil. La seconde chose pour laquelle je tiens à te remercier, enchaîna-t-il en leur versant à boire, c'est la façon dont tu t'es comportée avec Liz. Moi, comme un idiot, je pensais que notre rôle se bornait à la tirer de là. Arriver en héros, jouer du pistolet, tenir les méchants en respect. Et hop ! ni vu ni connu.

Cherchant le regard de Colt, Althea fut frappée par les changements survenus en lui depuis la veille. Son expression reflétait un mélange d'inquiétude et de tristesse. Mais pas seulement. Il y avait autre chose aussi… comme une nouvelle sagesse.

— Arracher Liz aux mains de ses ravisseurs ne lui a pas rendu le sourire. Lui répéter que tout allait bien, que le cauchemar était terminé n'a pas suffi non plus. C'était de toi qu'elle avait besoin.

— D'une femme, surtout.

Colt hocha la tête.

— Je ne voudrais pas abuser de ton temps et de ta patience mais Liz et ses parents ne repartiront pas avant deux jours. Et elle t'a déjà réclamée à plusieurs reprises.

Althea posa sa main sur la sienne.

— Ce n'est pas un sacrifice d'aller la voir. J'avais l'intention de garder le contact. Je me suis attachée, tu sais.

— Moi aussi, je me suis attaché, Thea.

Retournant leurs mains jointes, il porta celle d'Althea à ses lèvres.

— Je suis amoureux. Et sérieusement, ma belle.

Elle ouvrit la bouche pour protester mais il posa un doigt sur ses lèvres.

— Non, ne dis rien. J'aimerais vraiment que tu m'écoutes jusqu'au bout, cette fois. Il m'est arrivé d'utiliser certains termes équivalents comme « je suis fou de toi » ou « tu comptes énormément », mais je n'ai encore jamais dit « je t'aime » à une femme avant toi. Ne va donc pas t'imaginer que ce soit facile pour moi.

Elle le croyait. Plus effrayant encore : elle avait *envie* de le croire. *Prudence, Grayson!* pensa-t-elle.

— Soyons réalistes, Colt : non seulement nous ne nous connaissons que depuis quelques jours, mais les quelques jours en question ont été particulièrement riches en péripéties diverses. Ce serait peut-être plus sage de mettre la pédale douce, non ?

Colt secoua la tête.

— J'ai été obligé d'accepter le fait que je ne pouvais rien changer à ce qui est arrivé à Liz. Et ça a été très dur. Je ne peux rien changer non plus à ce que je ressens pour toi. Et ça, ça m'est facile.

Althea se mit à jouer nerveusement avec la manche de son peignoir.

— Je ne sais pas au juste ce que tu veux de moi, Colt. Mais je doute d'être en mesure de te donner ce que tu attends.

— A cause de ce qui t'est arrivé quand tu étais encore adolescente ? Je t'ai entendue parler avec Liz lorsque vous étiez en salle de consultation.

Le visage d'Althea se ferma.

— Ces paroles étaient destinées à rester entre Liz et moi. Tu n'as pas à te mêler de mon passé, Nightshade. Il ne te concerne pas.

Colt avait anticipé cette réaction.

— Nous savons l'un et l'autre que ce n'est pas tout à fait exact. Mais je peux attendre, répondit-il calmement en prenant son verre de vin. Tu sais que Scott est toujours entre la vie et la mort ? Il a à peu près une chance sur deux de s'en sortir, d'après ses médecins.

Déstabilisée par le brusque changement de sujet, Althea lui jeta un regard méfiant.

— Oui, j'ai appelé l'hôpital avant d'aller m'effondrer dans mon lit. Boyd se charge des premiers interrogatoires de Kline et de Donner.

Colt sourit.

— Je pense qu'on peut lui faire confiance, même si tu brûles sans doute d'impatience de les cuisiner à ton tour. Tu sais que j'ai cru faire un arrêt cardiaque quand j'ai entendu tirer dans le chalet ? J'abandonne Liz sur le bord du chemin, enveloppée dans sa couverture, je remonte comme un fou, je me rue à l'intérieur, prêt à faire un carnage. Et je te trouve, le visage en sang mais calme comme un lac, dressée telle une Diane chasseresse avec les trois ravisseurs gisant à tes pieds. Je crois que je ne me suis jamais senti aussi superflu.

— Tu as été à la hauteur de bout en bout, Nightshade… Et je dirais même plus, admit-elle avec un petit soupir de défaite : j'étais sacrément soulagée de te voir arriver à la rescousse.

Cessant de lutter contre elle-même, Althea se pencha pour l'embrasser.

— C'est toi qui as gagné.

— *Nous* avons gagné, rectifia-t-il, heureux de la sentir si détendue. Je t'ai apporté un cadeau.

— Mmm… super idée, murmura-t-elle contre ses lèvres en allant quêter un second baiser. Montre.

Colt se pencha pour sortir un vulgaire sac en plastique de la poche de son manteau et le jeta sur ses genoux. Althea siffla entre ses dents.

— Magnifique, l'emballage, Nightshade. Tu t'es surpassé.

Riant tout bas, elle glissa la main dans le sac et en sortit deux pièces de lingerie délicate.

— Tu vois… je paye mes dettes, commenta Colt en se

rapprochant. Peut-être accepterais-tu de les essayer devant moi ?

— Et peut-être accepterais-tu d'abord de partager mon lit, Colt Nightshade ? chuchota-t-elle en attirant son visage contre le sien.

Il se leva d'un bond et la mit sur ses pieds.

— Je désespérais de t'entendre me le proposer.

— Ouah ! qu'est-ce qui te prend ? demanda-t-elle en riant lorsqu'il la souleva de terre pour la porter jusque dans le couloir.

— Je m'entraîne à franchir des seuils. Au cas où…

En pénétrant dans la chambre, Colt décida de lui ménager une seconde surprise. Dans le grand lit défait, les draps blancs étaient à peine froissés par la sieste d'Althea. Il la coucha avec précaution sur le dos et couvrit son visage de baisers légers comme un duvet d'oiseau.

D'une main déjà fébrile, Althea s'attaqua aux boutons de la chemise de Colt. Après la nuit passée dans la tente, elle savait à quoi s'attendre : un brasier, une tempête, une déferlante. Avec un gémissement de satisfaction, elle trouva la chaleur de la peau de Colt sous le coton qu'elle écarta d'une main impatiente.

Il continua à l'embrasser tout en douceur, glissant ses lèvres dans son cou, mordillant délicatement le lobe de son oreille pendant qu'elle le débarrassait de ses vêtements. Déjà, elle sentait monter la même énergie effrénée que la veille, le même besoin dévorant, viscéral de se perdre dans un tourbillon de passion éperdue.

Mais Colt, lui, gardait un rythme paisible, comme si le désir ne le prenait pas aux tripes, comme s'il avait la vie entière devant lui.

Les yeux clos, anticipant déjà le vertige de la possession, elle se souleva à sa rencontre en cherchant ses lèvres.

— J'ai envie de toi, chuchota-t-elle.

Ce simple aveu faillit venir à bout du contrôle d'acier que

Colt avait décidé de garder sur lui-même. Mais ce serait trop facile de prendre ce qu'elle lui offrait ; trop dommage de passer à côté de ce qu'elle gardait pour elle.

— Je sais, murmura-t-il. Je sens le goût du désir sur tes lèvres.

Penchant lentement la tête, il l'embrassa avec un tel mélange d'intensité et de tendresse qu'elle se mit à gémir doucement. Il sourit en sentant que la main qu'elle tenait crispée sur son épaule s'alanguissait peu à peu.

— Et je te veux aussi, dit-il en se soulevant sur un coude pour la regarder. Toi, tout entière.

Puis il inclina la tête pour poser doucement les lèvres sur le bandage qu'elle avait au front.

— Colt…

— Chut ! Je veux juste regarder.

Et il prit tout son temps pour le faire. Du bout du doigt, il traça le contour de sa bouche, la ligne d'une joue.

— Tu es tellement belle dans la lumière du couchant. Je n'avais encore jamais vu tes yeux comme ça. Ils sont comme de l'or liquide moucheté d'ambre. Tu as la beauté éthérée d'une vierge florentine. Et néanmoins, tu es vivante, palpable. Je peux te toucher, te caresser, te sentir trembler sous ma main.

Elle s'accrocha à son cou et tenta de l'attirer à elle.

— Colt, viens… Je n'ai pas besoin de paroles.

— Bien sûr que si, tu as besoin de mots. Je n'ai peut-être pas encore su trouver les bons, mais les mots comptent. Autant que le reste.

Alors qu'il pressait les lèvres au creux de son poignet, Colt découvrit avec consternation les légères ecchymoses correspondant à la marque de ses doigts.

Choqué, il se plaça à cheval sur elle et examina la peau bleuie.

— C'est moi qui t'ai fait ça.

— Aucune importance, murmura-t-elle d'une voix que le désir faisait vibrer. Tu étais énervé. Fais-moi l'amour, Colt.

— Cela m'effraye de savoir que je suis capable de te faire du mal. Et la pensée que cela pourrait se reproduire me terrifie carrément.

Avec une infinie douceur, il lui embrassa de nouveau les poignets et sentit son pouls s'emballer sous ses lèvres.

— Tu es tellement forte, tellement courageuse qu'on a tendance à oublier ta fragilité, Althea. Alors que tu as une peau délicate comme de la soie. Et tu es si menue… si parfaitement belle aussi.

Il lui souleva la tête et ses cheveux retombèrent sous elle comme une coulée d'or pur. La maintenant ainsi, il lui prodigua un long baiser tendre et rêveur qui ôta à Althea ce qui lui restait d'énergie active. Elle se raccrocha à son cou en gémissant. Ses muscles se relâchaient un à un ; elle n'était plus que suave abandon.

Comment Colt s'y prenait, Althea n'aurait su le dire. Elle avait perdu jusqu'à la faculté de penser. Alors qu'elle s'était préparée à une joute aveugle, impérieuse, il la noyait dans un lait de tendresse. Comment se défendre contre ses méthodes alors qu'elle flottait, impuissante, dans un état semi-liquide ?

Elle n'était plus que sensations et découvertes, comme si chaque baiser de Colt faisait jaillir une nouvelle gamme de perceptions. Il y eut un léger murmure de soie lorsqu'il écarta les pans de son peignoir pour promener la pointe d'une langue joueuse jusqu'au creux entre ses seins.

Sous ses lèvres, sous ses paumes, Colt sentit le moment précis où ses dernières défenses tombèrent. Alors les mains d'Althea s'animèrent à leur tour et elle commença à le caresser comme il la caressait, avec la même lenteur rêveuse. Il résista à la tentation d'accélérer son rythme et continua à laisser ses doigts courir sur sa peau, la sentant fondre de calme plaisir tandis que son regard sous ses paupières alanguies luisait d'une ineffable tendresse.

Et le moment finit par venir où ils flottèrent en apesanteur l'un et l'autre.

Cependant, par imperceptibles paliers, la tension du désir montait. Des gémissements s'élevaient dans les dernières lueurs du couchant. Puis, ce furent des secrets murmurés au crépuscule. La nuit tomba et le plaisir s'intensifia, sans qu'aucune hâte encore ne se dessine. Comme s'ils mettaient tout leur art l'un et l'autre à étirer ce moment de désir suspendu jusqu'à ses plus extrêmes limites.

Il touchait, elle tremblait ; il goûtait, elle frémissait.

Lorsque, enfin, il se glissa en elle, Althea sourit et le serra très fort contre elle. Ils modulèrent leur rythme, l'harmonisèrent jusqu'à obtenir une musique — *leur* musique. Ils s'élevèrent ensemble en une progression continue, partagée, magnifique.

Et redescendirent sur terre en vol libre.

Longtemps, Althea demeura immobile sans parler. En lui faisant l'amour comme il venait de le faire, Colt lui avait donné quelque chose qu'elle avait fini par lui rendre. Et ce quelque chose-là, elle n'était plus en mesure de le reprendre.

Comment pouvait-elle espérer se protéger à présent qu'elle était tombée amoureuse ?

Pour la première fois.

Tout en essayant de se dire qu'il s'agissait vraisemblablement d'une passade, Althea frémit à la pensée qu'elle puisse cesser de ressentir ce sentiment exaltant qui lui gonflait la poitrine. Elle avait toujours considéré qu'elle se suffisait à elle-même, pourtant. Que sa vie était exactement telle qu'elle la souhaitait.

Alors pourquoi la perspective d'une existence sans Colt paraissait-elle soudain si effrayante ?

Cela dit, le choix ne se posait pas réellement. Tôt ou tard, il finirait par partir. Et elle survivrait à son départ comme elle avait survécu à tout le reste.

— Ça y est, la penseuse ? chuchota Colt contre son oreille. Te voilà déjà repartie dans des réflexions profondes ?

Avec un large sourire, Colt roula sur le dos. Il y avait une éternité qu'il ne s'était pas senti aussi satisfait de lui.

— Dis-moi à quoi tu penses, Thea. Spontanément. La première chose qui te vient à l'esprit.

— Je me demandais quand tu allais rentrer dans le Wyoming, s'entendit-elle murmurer.

— Je savais que je tenais une place prépondérante dans tes pensées.

— Attention, Nightshade…

— Bon, d'accord, j'arrête. Pour répondre à ta question, je ne sais pas encore. Il me reste quelques détails à régler avant de partir.

— Comme quoi, par exemple ?

— Toi, pour commencer. Nous ne sommes pas encore tombés d'accord sur la date du mariage.

— Colt…

Il sourit. Peut-être se faisait-il des illusions mais il avait l'impression que le mot « mariage » ne la faisait plus du tout bondir comme au début.

— Personnellement, je vote toujours pour le 31 décembre. Mais nous verrons cela plus tard. L'autre raison pour laquelle je pense prolonger mon séjour à Denver, c'est que je n'ai pas encore achevé la mission que je me suis fixée.

Sourcils froncés, Althea souleva la tête.

— Comment cela ? Tu as trouvé Liz.

— Oui, mais pas notre quatrième homme. Nous avons coffré les sous-fifres. Pas le grand chef, l'homme araignée, le voyeur invisible.

— C'est le rôle de la police de remonter la filière.

— Quand je commence, je vais généralement jusqu'au bout. Dans tous les domaines. Et j'aimerais rester ton coéquipier jusqu'à la fin de cette enquête, Althea.

— Et si je disais non ?

Colt enroula une mèche rousse autour de son index.

— Je m'efforcerais de te convaincre. Tu sais que je peux être très persuasif ?

— Oui, j'ai remarqué, maugréa-t-elle.

Mais elle n'était pas fâchée que leur collaboration se poursuive encore quelque temps…

— Bon. Je t'accorde trois jours. Ça te va ?

Colt laissa glisser une main caressante de sa taille à ses hanches.

— Ça dépend. Les trois nuits sont-elles également comprises dans le contrat ?

Elle sourit.

— Je peux peut-être envisager de faire un lot groupé. A condition que tu t'arranges pour m'offrir des nuits enchantées, Nightshade.

— Je m'y emploierai corps et âme, chuchota-t-il en se penchant sur ses lèvres. Et ceci est une promesse.

11

Un cri coincé au fond de la gorge, Althea se redressa en sursaut. Folle de rage et de terreur, elle se débattait en aveugle, repoussant les bras qui cherchaient à la retenir dans le noir. Elle sentait ses mains sur elle. Des mains avides et dures ; des mains qui faisaient souffrir. Prenant une profonde inspiration, elle se prépara à hurler à pleins poumons. Si seulement, si *seulement* elle parvenait à lui échapper cette fois-ci.

— Althea !

Colt la secoua par les épaules. Comme elle ne réagissait toujours pas, il parla d'un ton calme, attentif à ne pas crier, même si son cœur battait à grands coups furieux dans sa poitrine.

— Réveille-toi, Althea. Tu fais un cauchemar. C'est moi, Colt. Je ne te veux pas de mal.

Colt… Se raccrochant à la voix familière, elle lutta pour s'arracher à l'emprise du rêve, se hisser hors de ses profondeurs suffocantes.

— Colt… ? chuchota-t-elle en se cramponnant de toutes ses forces à son cou.

— Je suis là, ma chérie. Tu peux y aller, serre-moi fort.

— Oh, mon Dieu !

Le corps encore secoué de sanglots, elle enfouit son visage contre son épaule.

— Ne pleure plus, mon amour. C'est fini. Ce n'était qu'un rêve.

Mais si le cauchemar s'était effectivement dissipé, l'angoisse, elle, refusait de refluer. Submergée par la peur, elle s'agrippait à Colt, avec l'impression terrifiante qu'elle ne pourrait plus jamais lâcher prise.

— Ça… ça ira mieux dans un moment, balbutia-t-elle entre deux sanglots.

Dans quelques instants, les tremblements cesseraient, les larmes se tariraient, la terreur s'évanouirait comme elle était venue.

— Je suis désolée, chuchota-t-elle, le corps secoué de frissons.

Colt osait à peine la serrer contre lui tant elle lui paraissait fragile, vulnérable.

— Tu veux que j'allume ?

— Non, non. Surtout pas. Je voudrais juste un verre d'eau.

— Ne bouge pas, j'y vais.

En repoussant les cheveux qui lui tombaient sur le front, il sentit l'humidité des larmes sur ses joues. Que cette femme forte entre toutes puisse pleurer comme une petite fille lui fit l'effet d'un coup de poignard en pleine poitrine.

— J'en ai pour une seconde, chuchota-t-il en posant un baiser au creux de sa paume.

Restée seule dans le lit, Althea ramena frileusement les genoux contre sa poitrine et s'efforça de respirer calmement. Mais impossible de reprendre le contrôle d'elle-même.

— Désolée, Nightshade, fit-elle lorsqu'il revint avec le verre d'eau. J'ai dû t'arracher brutalement à ton sommeil.

— On peut voir les choses sous cet angle, oui, rétorqua-t-il en l'aidant à boire.

Lorsqu'elle eut avalé quelques gorgées, il s'assit à côté d'elle.

— Raconte-moi, Thea.

Elle haussa les épaules.

— Que veux-tu que je te raconte ? C'est juste un excès de stress combiné à une overdose de pizza.

Avec douceur et fermeté, il lui prit le visage entre les mains. Elle était d'une pâleur de cendre.

— La façon dont tu as hurlé était terrifiante, Thea. Et tu trembles toujours comme une feuille.

— J'ai fait un cauchemar. Ça arrive à tout le monde.

— Et ce cauchemar revient souvent ?

Elle passa une main lasse dans ses cheveux.

— Jamais. Ou en tout cas, plus depuis des années. Je ne sais pas ce qui l'a provoqué.

La réponse à cette question, il était quasiment certain de la connaître. Et il soupçonnait Althea de le savoir aussi bien que lui.

— Tu n'as pas un pyjama ou une chemise de nuit quelque part ? Tu trembles de froid.

— Je vais aller en chercher une.

— Non, ne bouge pas.

Le bref soupir exaspéré d'Althea le rassura quelque peu sur son état.

— OK, Nightshade, si tu tiens absolument à jouer les nounous, regarde en haut de la commode à gauche.

Il tâtonna dans la semi-obscurité et prit le premier vêtement qui lui tomba sous la main. La vue d'Althea dans un T-shirt pour homme de taille XXL le fit sourire.

— Tu es la championne de la lingerie fine, Grayson.

Elle haussa les épaules.

— Ça remplit sa fonction, non ?

Il lui arrangea ses oreillers dans le dos, tapota les draps et réussit à lui faire froncer les sourcils.

— Tu sais que je déteste être bichonnée, Nightshade.

— Tu survivras à l'épreuve, fit-il en s'installant à côté d'elle.

Il était fermement décidé à la faire parler, cette fois. Pour elle comme pour lui. Prenant la main d'Althea dans la sienne, il attendit que son regard croise le sien.

— Le cauchemar… c'est au sujet du viol que tu as subi, n'est-ce pas ?

Les doigts d'Althea se crispèrent sous les siens.

— Laisse tomber, Colt. C'était il y a très longtemps. Cela n'a plus rien à voir avec ma réalité d'aujourd'hui.

— Si ça te réveille la nuit, c'est que c'est encore d'actualité. La conversation que tu as eue avec Liz a réactivé des souvenirs pénibles.

— Sans doute, oui. Et alors ?

— Fais-moi confiance, Althea, dit-il calmement en prenant ses deux mains dans les siennes. Laisse-moi partager un peu de ton histoire.

— Ça fait mal d'en parler, se surprit-elle à répondre.

Elle ferma les yeux. C'était la première fois qu'elle se voyait sur le point de sortir de son silence.

— Enfin… la plupart du temps, je n'y pense pas. Mais quand ça resurgit, c'est comme si ça me déchirait de l'intérieur.

— Je veux comprendre, dit-il en portant une main à ses lèvres.

Elle abandonna sa tête contre l'oreiller.

— Mon père buvait. Pas systématiquement, mais quand il commençait, il ne s'arrêtait plus. Une fois soûl, il devenait violent. Et cognait tout ce qui lui tombait sous la main. Je crois que ça a été mon premier souvenir, dans la vie : les grandes mains de mon père qui me frappaient. Pour le reste, je ne peux pas dire que je sache grand-chose de lui. Un jour, il est tombé sur un type encore plus agressif, encore plus allumé que lui. Et il ne s'en est pas relevé. J'avais six ans, à l'époque.

Althea ouvrit les yeux. Les garder fermés, c'était encore, d'une certaine façon, se cacher, refuser de regarder la vérité en face.

— Sa disparition a dû affecter ma mère car, après son décès, elle a pris la relève et elle est tombée dans la boisson à son tour. Elle buvait en moins grosses quantités, mais avec plus de constance.

Colt était sidéré que les deux personnes qu'elle décrivait aient pu engendrer quelqu'un d'aussi beau, d'aussi authentique que la femme qu'il avait à côté de lui.

— Tu n'avais pas d'autre famille ?

— Si. Des grands-parents du côté de ma mère. Mais je ne les ai jamais rencontrés. A partir du moment où elle s'est enfuie avec mon père, ils n'ont plus rien voulu savoir d'elle. Ni de moi non plus, apparemment.

Colt ne répondit pas. Il cherchait à comprendre mais c'était tout simplement au-dessus de ses forces. Qu'on puisse avoir une famille et se comporter de cette façon dépassait son entendement.

— Et qu'est-ce que tu as fait ?

— Parce que tu crois qu'à six ans, on décide de son propre sort ? Tant qu'on est mineur, on reste à la merci des adultes.

Elle marqua une pause avant de reprendre.

— Un jour, lorsque j'ai eu huit ans, ma mère a « oublié » de rentrer un soir, après une sortie bien arrosée. Au bout de quelques jours, les voisins ont prévenu les services sociaux et j'ai été placée en famille d'accueil.

Althea s'interrompit pour boire une gorgée d'eau. Et nota que sa main ne tremblait presque plus.

— Mon histoire est longue et banale, Colt.

— Je veux l'entendre.

Elle soupira. Il y avait eu la terreur, la solitude, l'impuissance. Mais à quoi bon les évoquer ? Les faits parlaient d'eux-mêmes.

— La famille qui m'hébergeait était plutôt correcte avec moi. Je commençais à m'habituer à eux lorsqu'ils ont retrouvé ma mère. Ils lui ont tapé sur les doigts, lui ont recommandé de surveiller sa consommation d'alcool et m'ont confiée de nouveau à sa charge. Mais comme tout le laissait prévoir, elle a replongé au bout de quelques jours. Et le cycle infernal a recommencé. A force d'être trimbalée à gauche et à droite, j'ai commencé à ruer dans les brancards. Chaque fois que je fuguais de quelque part, on me casait dans une nouvelle famille. Les enfants récalcitrants, on ne les laissait jamais très longtemps dans un même endroit. Et j'étais devenue une vraie teigne.

— Il y avait de quoi.

— En tout cas, j'étais prise dans le système, naviguant entre l'assistante sociale et le conseiller éducatif, en passant par les travailleurs sociaux et le juge pour enfants. Tous débordés et croulant sous les dossiers en cours. Lorsque j'ai eu douze ans, ma mère s'est mise à la colle avec un type et elle est partie pour de bon. Pour le Mexique, je crois. Quant à moi, j'avais la rage, je ne supportais plus d'être placée et déplacée, charriée d'école en école, de famille en famille. Alors je m'enfuyais. Systématiquement. Du coup, j'ai eu droit au label « délinquante juvénile » et on m'a collée dans une sorte de maison de correction pour filles. Ce n'était pas une prison, mais ça y ressemblait de très près. En arrivant là-bas, j'ai eu la peur de ma vie et j'ai adopté un comportement modèle. J'étais tellement exemplaire qu'ils ont tenté un nouveau placement.

Althea finit son verre d'un trait et le reposa sur la table de chevet.

— Je savais que c'était ma dernière chance de me faire accepter dans une famille. Si ça ne marchait pas cette fois-ci, j'étais bonne pour attendre ma majorité dans mon espèce de foyer-caserne où on nous faisait marcher au pas. Autant dire que j'étais disposée à consentir pas mal d'efforts pour me rendre vivable. Au début, j'ai vraiment cru que, pour une fois, j'étais bien tombée. Les gens qui m'accueillaient étaient naïfs, mais adorables. C'étaient des idéalistes, militant pour toutes sortes de causes généreuses. Il m'arrivait de rire de leurs grandes illusions mais je les aimais bien, dans l'ensemble. Ils se montraient toujours très équitables envers moi.

Althea marqua une pause et Colt respecta son silence, la laissant rassembler son courage pour passer à la phase de son histoire qu'elle n'avait jamais racontée à personne.

— Tout aurait pu être parfait s'il n'y avait pas eu leur

fils — un enfant unique. C'était la prunelle de leurs yeux, un beau garçon de dix-sept ans, tiré à quatre épingles, d'une politesse sans faille, lisse comme un miroir, toujours apprécié, complimenté, cité en exemple.

— Trop lisse et trop poli pour être honnête ?

— Ce garçon était une parfaite ordure. Mais je n'ai jamais vu personne posséder un art aussi accompli du camouflage. Il trompait tout le monde. Je m'y serais laissée prendre aussi si je n'avais pas senti son regard sur moi lorsque ses parents ne le voyaient pas… ça me donnait des frissons, la façon dont il posait les yeux sur moi.

La respiration d'Althea s'accéléra mais sa voix demeurait ferme :

— J'avais l'impression d'être un morceau de viande qu'il s'apprêtait à passer sur le gril. Mais ses parents ne voyaient rien de tout cela. Andrew n'avait jamais posé le moindre problème, jamais fait une bêtise de sa vie, ne les avait jamais contrariés de quelque façon que ce soit. Un soir, alors qu'ils étaient sortis, il est rentré très tôt d'un de ses rendez-vous. Il était allé au cinéma avec une fille et…

Lorsqu'elle couvrit son visage de ses mains, Colt l'enveloppa dans ses bras.

— Arrête, Thea. Ça suffit comme ça. Inutile de te faire violence.

Mais elle se dégagea en secouant la tête. A présent que le processus était enclenché, elle avait *besoin* d'aller jusqu'au bout de son récit.

— Il était très énervé. Je suppose que son charme n'avait pas opéré et qu'il n'avait pas pu obtenir ce qu'il voulait de la fille qu'il avait invitée. Toujours est-il qu'il a poussé la porte de ma chambre. Je lui ai dit de sortir mais il m'a ri au nez en me rappelant qu'il était chez lui et qu'il avait tous les droits, contrairement à moi qui n'étais qu'un objet de charité. Ce en quoi il avait raison.

— Comment ça, un objet de charité ? C'est la théorie la plus stupide que j'aie jamais entendue !

Elle haussa les épaules.

— Objet de charité ou non, je n'en menais pas large. Il s'est débraguetté devant moi. J'ai voulu m'élancer jusqu'à la porte mais il m'a rejetée en arrière sur le lit. Ma tête a heurté le mur avec une telle violence que je suis restée sonnée un moment. Lorsque j'ai repris connaissance, il m'a fait remarquer que les filles comme moi, on les payait pour écarter les cuisses mais que j'avais de la chance qu'un type comme lui veuille bien me procurer un moment de vrai plaisir. Lorsqu'il est venu sur le lit, je l'ai giflé et insulté. Mais il a réussi à me maîtriser. J'ai hurlé tout le temps qu'a duré le viol. A la fin, je ne criais plus ; je pleurais. Il s'est relevé, a reboutonné son pantalon. Et il m'a prévenue qui si je disais quoi que ce soit, il nierait tout en bloc. Et qui croirait-on, à mon avis ? Quelqu'un comme lui ou une délinquante juvénile comme moi ? Il pouvait compter sur le soutien de cinq de ses copains, prêts à affirmer que j'avais été consentante pour qu'ils me passent sur le corps. Ses parents me mettraient à la porte et je me retrouverais de nouveau dans ma maison de correction.

Althea détourna la tête.

— Du coup, j'ai tenu ma langue, comme une idiote. Et il m'a violée encore deux fois, ce mois-là. Avec tant de violence que j'ai fini par trouver le courage de m'enfuir. Naturellement, ils m'ont retrouvée et replacée dans mon foyer. Je me suis tenue à carreau là-bas jusqu'à dix-huit ans. Mais en sortant de là, je me suis juré que plus personne, jamais, n'aurait le pouvoir de me traiter comme si je n'étais rien.

Intimidé, Colt se risqua à cueillir une larme sur sa joue.

— Tu as pris ta vie en main, Althea. Magnifiquement, même.

Elle s'essuya les yeux avec impatience.

— Je n'aime pas parler du passé, Colt.

— Mais il existe.

— C'est vrai. Pendant des années, j'ai voulu le gommer, l'effacer. Mais le nier ne faisait que renforcer son pouvoir sur moi. A présent, je considère qu'il fait aussi partie de moi et qu'il m'a aidée à devenir ce que je suis. Moyennant quoi, je n'ai sombré ni dans la haine des hommes ni dans des comportements autodestructeurs. Et mon expérience m'aide à comprendre et à accompagner d'autres victimes.

Colt hésita. Il était déchiré entre le besoin de la toucher et la crainte de ne pas trouver les bons mots, les bons gestes.

— Tu vois, Colt : je suis toujours la même personne depuis tout à l'heure, murmura-t-elle en détournant les yeux. Et pourtant ton regard sur moi sera nécessairement différent.

— Mon regard sur toi n'a pas changé, Althea.

Il commença à lui ouvrir les bras puis se ravisa pour arpenter furieusement la chambre.

— Si seulement je savais quoi faire pour toi Tu veux une tasse de thé ?

— La tisane miracle de Nightshade ? Non, merci.

— Qu'est-ce que tu veux, alors ?

Elle soutint son regard.

— Et si tu me disais plutôt ce que tu veux, toi ?

Les poings enfoncés dans les poches, il se planta devant la fenêtre.

— Ce que je veux ? Revenir à tes quinze ans pour casser la figure à ce pervers. Je veux le voir te demander pardon à genoux pour l'innommable qu'il t'a fait subir. Puis je veux repartir encore un peu plus loin en arrière et casser les deux jambes de ton père. Et peut-être même botter les fesses de ta mère pendant que j'y suis.

— Le passé est le passé, rétorqua-t-elle sèchement. On ne change pas ce qui a été.

— Je veux aussi te tenir dans mes bras mais j'ai une peur bleue de te toucher.

Althea ferma les yeux.

— Je ne veux ni de ton thé ni de ta compassion. Alors si c'est tout ce que tu as à m'offrir, tu ferais mieux de partir tout de suite.

— C'est ce que tu souhaites ? Que je m'en aille ?

— Ce que j'aimerais, c'est être traitée comme un être humain ordinaire et non pas ménagée comme une invalide sous prétexte que j'ai survécu à mon passé !

Colt était sur le point de riposter sur le même ton lorsqu'il se rendit compte à quel point ses préoccupations étaient centrées sur lui-même. Sur *sa* rage, sur *son* sentiment d'impuissance, sur *sa* souffrance. Il retourna s'asseoir à côté d'elle sur le lit, glissa les bras autour de ses épaules et l'attira contre lui.

— Je reste, OK ?

Elle soupira et se blottit plus étroitement contre lui.

— OK.

Le soleil se levait lorsqu'Althea émergea péniblement d'un sommeil de plomb. Avant même d'ouvrir les yeux, elle sut que Colt avait quitté le lit. Le cœur lourd, elle bascula sur le dos et se demanda comment elle avait pu espérer le trouver là à son réveil. Quel homme supporterait d'être l'amant d'une femme au passé aussi chargé ? Dieu sait d'ailleurs pourquoi elle lui avait assené ainsi toute son histoire. Même à Boyd, à qui elle confiait tout, elle n'avait jamais parlé que des familles d'accueil et de la maison de correction. Jamais du reste.

Certains secrets trop lourds méritaient d'être gardés à jamais sous silence. Et si elle n'avait pas su se taire, cela ne pouvait signifier qu'une chose.

Avec un profond soupir, Althea se redressa et posa la tête sur ses genoux.

Elle était bel et bien amoureuse de Colt. C'était absurde, d'accord, surtout après un laps de temps aussi bref. Mais elle se devait de regarder la réalité en face. Quant à ses théories, elles se vérifiaient une à une : l'amour rendait effectivement stupide, vulnérable et malheureux.

Il doit bien exister un remède, songea-t-elle, révoltée. *Un sérum, un antidote !*

Elle en était là de ses sombres pensées lorsqu'elle entendit marcher dans le couloir. Elle écarquilla les yeux de surprise lorsque Colt entra avec un plateau entre les mains.

L'étonnement dans le regard d'Althea ne transparut que pendant une fraction de seconde. Mais sa réaction prit Colt aux tripes : elle ne s'attendait pas à le revoir après les confidences qu'elle lui avait faites durant la nuit…

Qu'à cela ne tienne. Il se faisait fort de lui montrer qu'il n'avait aucune intention de prendre le large. Même si elle multipliait les tentatives pour l'éloigner.

— Bien dormi, inspecteur ?

— Pas trop mal… En quel honneur, ce service trois étoiles ? demanda-t-elle lorsqu'il eut posé le plateau à ses pieds.

Il s'installa en tailleur sur le lit.

— Je te devais un petit déjeuner, aux dernières nouvelles.

— Tu ne laisses pas traîner tes dettes, Nightshade.

Le regard d'Althea alla de Colt au plateau et vice versa. L'amour lui donnait toujours le sentiment d'être stupide et vulnérable. Mais elle se sentait déjà nettement moins malheureuse.

— Chapeau à ta cuisinière irlandaise. Sur le plan culinaire, elle a parfaitement réussi ton éducation.

— Je suis sûr que nos talents se complètent, fit-il en beurrant un toast. Quand nous serons mari et femme, je propose que tu prennes le linge en charge. Je m'occuperai des repas.

Althea réprima stoïquement un sursaut de panique.

— Tu devrais aller consulter au sujet de cette vie fantasmatique obsédante qu'est la tienne, Colt.

— Ah oui ? Tiens, j'avais oublié de te dire, au fait : ma mère meurt d'impatience de te rencontrer.

Il sourit lorsque la fourchette d'Althea tomba avec fracas dans son assiette.

— Tu sais que tu es terriblement sexy dans ce T-shirt d'homme, mon amour ? commenta-t-il en récupérant le couvert. Mes parents connaissent Liz. Je les ai appelés pour les rassurer à son sujet et j'en ai profité pour leur parler de toi. Ma mère rêve d'un mariage en juin à cause des roses et tout le tralala. Mais je lui ai dit que je ne voulais pas attendre jusque-là.

— Tu as perdu la tête, Nightshade.

— Peut-être. Mais je suis logé dans la tienne. Et je me suis fait une petite place dans ton cœur aussi.

Il avait sans doute raison sur ce point. Mais cela ne changeait rien au fond du problème : il était hors de question qu'elle épouse qui que ce soit.

— Ecoute, Colt, j'ai beaucoup d'affection pour toi, mais…

— Mmm… Voilà un euphémisme ou je ne m'y connais pas, dit-il en lui tapotant la main.

Elle ferma les yeux de désespoir.

— Tais-toi et mange, Nightshade.

Colt se plia obligeamment à cette exigence. Althea avait accepté qu'il la réconforte après ses confidences difficiles. C'était déjà énorme. Qu'elle le veuille ou non, elle apprenait à lui faire confiance. Et il se faisait fort de lui montrer qu'elle pouvait compter sur lui.

Il lui jeta un regard interrogateur.

— Alors, ce petit déjeuner ?

— Excellent, admit-elle.

Colt se pencha pour lui effleurer les lèvres.

— Je sais que tu as une masse de travail qui t'attend. Mais il n'y a rien de tel que des ébats entre les draps juste après le petit déjeuner pour commencer une journée en pleine forme. Qu'en dis-tu ?

Elle secoua la tête en riant.

— Une autre fois, Nightshade. C'est tentant mais ça va être un peu trop serré, question *timing*.

Elle ne s'en blottit pas moins contre lui pour l'embrasser. Il reposa le plateau et la souleva du lit.

— Hep, Nightshade, pas si vite ! Je t'ai dit que je n'avais pas le temps de…

— Je sais, je sais. Mais tout est question d'organisation, rétorqua-t-il en se dirigeant vers la salle de bains. Si nous remplaçons les ébats entre les draps par des ébats sous la douche, tu devrais pouvoir arriver à l'heure au commissariat, non ?

Avec un petit rire heureux, elle lui mordilla l'épaule.

— Dans ce cas, rien à dire. J'ai toujours été une fervente adepte de la gestion équilibrée du temps.

Une montagne de travail attendait Althea au bureau. Stoïque, elle commença à s'attaquer à la pile tout en organisant ses rendez-vous pour la journée. Elle avait à peine une demi-heure de labeur derrière elle lorsque Cilla passa la tête par l'entrebâillement de la porte.

— Vous auriez une minute à m'accorder, inspecteur ?

— Seulement parce que vous êtes l'épouse du commissaire. Je vous consacre quatre-vingt-dix secondes, montre en main.

Avec un léger sourire, Cilla cala une hanche contre la table de travail surchargée.

— La rumeur court que tu as découvert les joies du camping, Thea ?

— Ne m'en parle pas. Je pense que quiconque pratique cette activité de son plein gré est en besoin d'assistance psychiatrique immédiate. Mais c'est une expérience à tenter.

Cilla secoua la tête.

— C'est encore mieux avec trois enfants en bas âge… En tout cas, bravo pour votre coup de filet, à Colt et à toi. Vous avez déjà les trois sbires et il ne vous manque plus que le cerveau, paraît-il ?

— Le cerveau ne perd rien pour attendre.

— Je te fais confiance. Mais je ne suis pas venue pour parler de vos histoires de poulet. C'est la dinde qui m'amène.

— Pardon ?

— La dinde de Thanksgiving, bien sûr. Je veux être sûre que cette année, tu te joindras à nous. Et je ne tolérerai aucune excuse, cette fois. Pour Boyd et moi, tu fais partie de la famille. Et Deb et Gage seront là. Avec la petite Adrianna. Je sais que tu meurs d'envie de voir ce bébé. Tu es complètement gaga avec les enfants, avoue-le.

Mal à l'aise, Althea jeta un coup d'œil en direction de la salle de garde à vue.

— Tu veux bien mettre une sourdine, Cilla ? J'ai une réputation à tenir, ici. Cela dit, je serais ravie de revoir ta sœur et son mystérieux mari. Vous pourriez passer prendre le thé à la maison.

— Je ne veux rien savoir, Thea. Cette année, tu seras là pour Thanksgiving. J'ai besoin d'avoir toute ma famille autour de moi. Et si tu refuses, j'en référerai à ton commissaire.

— Ça tombe bien, le voici, s'éleva la voix de Boyd en provenance du couloir. Et je n'arrive pas seul.

— Nat ! s'écria Cilla en se jetant au cou de sa belle-sœur. Je croyais que tu étais à New York.

— New York est mon camp de base, oui. Mais j'avais une affaire ou deux à régler par ici. Et comme j'ai rendez-vous près du commissariat dans un quart d'heure, j'ai pensé dire un petit bonjour à mon grand frère. Sans me douter que je vous trouverais tous réunis ! Tu sais que tu es rayonnante, Cilla ?

— Et toi, tu es renversante, comme toujours.

Nat était effectivement d'une beauté saisissante. Grande, mince et blonde, elle ferait tourner les têtes des hommes toute sa vie. Nat embrassa Althea avec effusion.

— C'est toujours un vrai plaisir de te voir, Thea. Même si ça me déprime que tu travailles cloîtrée dans ce sinistre petit bureau sans ouverture.

— Parce que tu crois que ton commissaire de frère me laisse une seule seconde de temps libre pour regarder par la fenêtre ?

Colt arriva sur ces entrefaites et poussa une exclamation amusée.

— Qu'est-ce qui se passe ici ? Une conférence, au sommet ? Thea, il faudra songer à agrandir ton…

Laissant sa phrase en suspens, il ouvrit de grands yeux.

— Je rêve ou quoi ? *Nat ?*

Avec un grand éclat de rire, il prit la jeune femme dans ses bras et la fit virevolter dans le bureau minuscule.

— Ça fait au moins sept ans, non ?

— Pas loin, répondit Natalie en riant. Et tu n'as pas changé ! On se retrouve tout à l'heure après mon rendez-vous pour boire un coup et parler du bon vieux temps ?

— Super idée. Je…

Colt s'interrompit net lorsque son regard tomba sur Althea. Perchée sur un coin de son bureau, elle les observait d'un air de curiosité détachée. Il se frotta le crâne.

— Eh bien, euh… une autre fois, peut-être, se ravisa-t-il en se demandant comment il était censé gérer pareille situation.

Nat se tourna vers Althea, puis dirigea de nouveau son regard vers lui. Elle hocha gravement la tête.

— Mmm… je vois. Colt et moi, nous nous connaissons depuis des lustres, précisa-t-elle à l'intention d'Althea. J'étais folle de lui lorsque j'étais gamine. Mais il n'a jamais voulu tirer avantage de l'admiration inconditionnelle que je lui portais.

Althea sourit.

— Il a eu tort.

— C'est qu'il est mignon comme un cœur, non ? enchaîna Nat en lui décochant un clin d'œil entendu.

Conscient que les deux jeunes femmes s'amusaient de lui, Colt enfonça les poings dans ses poches et leur jeta un regard sévère.

— Je pense que nous devrions laisser Thea tranquille, tous autant que nous sommes, elle a du travail par-dessus la tête.

— Oh, j'ai quand même quelques minutes à consacrer à une amie, riposta Althea avec le plus grand sérieux. Qu'est-ce qui t'amène par ici, Nat ?

— Les affaires, comme d'habitude. Et plus précisément, l'immobilier, en l'occurrence. J'ai une réunion de crise avec mon conseil d'administration.

— Qu'est-ce qui se passe, encore ? s'enquit Boyd.

Les yeux de Nat étincelèrent.

— Un problème avec le gérant de l'immeuble. Imagine-toi qu'il a augmenté tous les loyers sans nous en avertir et qu'il a empoché allègrement la différence. Et j'ai horreur qu'on se moque de moi.

Boyd lui effleura le bout du nez d'un doigt taquin.

— Tu es terriblement orgueilleuse, petite sœur. Tu détestes te tromper dans tes jugements.

Nat releva le menton.

— Ce type avait un CV en or et paraissait tout à fait honorable. Mais le problème avec les gérants d'immeuble, c'est qu'ils bénéficient d'une marge d'autonomie considérable. Figurez-vous que j'en ai eu un, une fois, qui avait carrément monté une salle de jeux dans un appartement vide. Il s'y était pris de façon très astucieuse, d'ailleurs, en inventant un faux locataire, avec un faux dossier et de fausses références. Comme la salle de jeux lui rapportait une somme coquette tous les mois, le loyer du locataire inexistant rentrait régulièrement. Sa combine était tout à fait au point.

Althea claqua des doigts.

— Bon sang, mais c'est bien sûr ! s'écria-t-elle en bondissant sur ses pieds.

Colt, lui, était déjà près de la porte. Arrachant son manteau du dos de sa chaise, Althea se tourna vers Boyd.

— Vérifie le casier judiciaire de…

— Nieman, c'est ça ? compléta Boyd en se précipitant hors de la pièce à son tour. Tu as besoin de renforts ?

— Je te tiens au courant.

Restées seules, Nat et Cilla échangèrent un regard.

— Encore des histoires de flic, commenta Cilla avec fatalisme.

Elles haussèrent les épaules et sortirent bras dessus bras dessous du commissariat.

12

— Nuls ! Nous sommes nuls ! pesta Colt. Je ne comprends pas pourquoi nous n'avons pas pensé à lui plus tôt.

Il fit claquer la portière du 4x4 et démarra en trombe sans même prendre la peine de retirer la contravention coincée sous son essuie-glace.

— Attention, nous n'avons aucune preuve, fit remarquer Althea. Si ça se trouve, ce pauvre Nieman est innocent comme un agneau.

— Tu dis ça, mais au fond tu sais comme moi que c'est lui le coupable. C'est tellement évident que je me demande comment ça ne nous a pas sauté aux yeux avant.

— Il est vrai que les pièces du puzzle s'emboîtent à la perfection, admit-elle après réflexion. Aucun locataire n'était sûr à cent pour cent d'avoir jamais vu le mystérieux Davis.

— Et qui avait la capacité d'imiter des références ? De constituer un dossier truqué ? Qui pouvait aller et venir à tout moment dans l'immeuble sans se faire remarquer ?

— Nieman. Encore et toujours Nieman.

— Je t'avais dit que ce type-là était une vraie fouine, lâcha Colt entre ses dents serrées.

Althea hocha la tête.

— On se calme, Nightshade. Officiellement, nous venons pour un simple complément d'enquête. Et nous procédons avec tout le doigté qui s'impose.

— Le doigté, c'est ton rayon, Thea. Tu donneras le ton et je suivrai le mouvement.

Le 4x4 s'immobilisa devant un feu de circulation au rouge. Colt pianota du bout des doigts sur le volant.

— Euh… Pour ce qui est de Nat… Je tiens quand même à t'expliquer…

Elle fronça les sourcils.

— M'expliquer quoi ?

— Que nous ne sommes pas… que nous n'avons jamais… Enfin, tu me comprends, acheva-t-il piteusement.

Althea réprima un sourire.

— Mmm… Et pourquoi n'avez-vous jamais été amants ? Nat est pourtant belle, drôle et intelligente.

— Mais c'était aussi la sœur de Boyd. Au début, j'ai eu un petit coup de cœur pour elle. Mais très vite, j'en suis venu à me considérer plutôt comme un grand frère et un confident.

Elle l'examina avec curiosité.

— Pourquoi ce besoin de t'excuser, Colt ? Même s'il y avait eu quelque chose entre Nat et toi, ce ne serait pas un problème. Le passé est le passé. Je le sais mieux que quiconque.

Colt passa une vitesse et posa la main sur la sienne.

— Tu es une femme extraordinaire, Thea.

— Je ne te le fais pas dire… Tiens, gare-toi là, Nightshade. C'est une zone réservée aux opérations de chargement et de déchargement des marchandises. Mais tu n'en es plus à une contravention près.

Le 4x4 s'immobilisa devant le 25, de la Seconde Avenue.

— Prête ?

— Prête. Mais pour une approche subtile, Colt. Nous n'avons rien de concret à lui reprocher. Et si c'est lui, je n'ai pas envie qu'il nous file entre les doigts. Je veux le faire tomber. Pour Liz, pour Wild Bill.

Et pour elle-même aussi, d'une certaine manière. Pour boucler la boucle. En finir une fois pour toutes avec certains vieux cauchemars.

Après un dernier regard d'avertissement à Colt, elle frappa chez le gérant.

— Qu'est-ce que c'est ? dit la voix contrariée de Nieman.

— Inspecteur Grayson de la police judiciaire de Denver, monsieur Nieman. Nous avons encore quelques questions à vous poser.

Il entrebâilla la porte et leur jeta un regard circonspect.

— Je suis occupé en ce moment. Ça peut peut-être attendre demain ?

— Non, je regrette, monsieur Nieman. Mais nous n'abuserons pas de votre temps. Nous avons juste quelques points à vous faire préciser, à la lumière de certains éléments nouveaux, révélés par notre enquête.

Nieman ouvrit en maugréant et les laissa entrer à contrecœur. La première chose que vit Althea fut les cartons qui s'amoncelaient sur la moquette. Leur présence trahissait Nieman plus sûrement que s'il avait laissé l'arme du crime encore fumante sur la table.

— Vous tombez mal, comme vous pouvez le voir.

— En effet, oui. Vous quittez Denver, monsieur Nieman ?

D'un air indigné, le gérant tira sur son nœud de cravate.

— Vous ne pensez tout de même pas que je pourrais continuer à occuper mes fonctions ici après un scandale pareil ? La police, les reporters, les locataires qui me harcèlent : je n'ai pas une seconde de tranquillité depuis que cette histoire a commencé.

— Je ne doute pas que cette affaire ait été très éprouvante pour vous, commenta Colt poliment.

— Tenez, trouvez un endroit où vous asseoir si vous tenez absolument à conduire cet entretien aujourd'hui. Mais je n'ai que très peu de temps à vous consacrer. Je préfère tout mettre en cartons moi-même, vous comprenez ? Les déménageurs sont des gens redoutables. Aucune délicatesse.

— Vous semblez vous y connaître en matière de déménagements, monsieur Nieman, intervint Althea. Vous changez fréquemment de résidence ?

— Naturellement. J'aime voyager. Et avec mon expérience et mes compétences, je peux trouver du travail n'importe où.

— Les propriétaires de cet immeuble…

— Johnston & Croy, Inc.

— C'est cela, oui, confirma Althea en consultant son carnet.

— Une société tout à fait respectable, déclara Nieman dignement.

— Ils ne vous tiennent pas rigueur de ce qui s'est passé ?

Nieman haussa les épaules.

— Je peux difficilement être tenu pour responsable des agissements de mes locataires.

Althea décida qu'il était temps de prendre un risque calculé.

— Vous n'êtes jamais entré dans le duplex de M. Davis, dites-vous ?

— Je n'avais aucune raison de m'y rendre.

Avec un léger froncement de sourcils, elle tourna les pages de son carnet.

— Et si je vous disais qu'on a trouvé vos empreintes là-haut, comment expliqueriez-vous cela ?

Nieman changea de position dans son fauteuil, croisa puis décroisa les jambes.

— Maintenant que vous le dites… je me souviens d'un incident avec le détecteur de fumée dans le duplex. J'ai frappé et comme personne ne m'a ouvert, je me suis servi de mon passe pour m'assurer qu'il n'y avait aucun début d'incendie. Mais il s'agissait d'une fausse alerte, par chance. J'avoue que cela m'était sorti de la tête.

— Il y a peut-être autre chose qui vous est sorti de la tête, déclara Althea poliment. Vous avez oublié de nous parler d'un chalet situé à l'ouest de Boulder. Vous gérez cette propriété également ?

— Je ne comprends absolument pas de quoi vous voulez parler. Je ne gère pas d'autre immeuble que celui-ci.

— Il s'agit d'un lieu de villégiature, alors ? J'ai cru

comprendre que vous alliez régulièrement vous détendre à la montagne en compagnie de M. Kline, M. Donner et M. Scott.

Quelques gouttes de sueur perlèrent sur la lèvre supérieure de Nieman. Il se leva.

— Je n'ai jamais entendu parler de ces personnes. Et maintenant si vous voulez bien m'excuser…

Sans bouger de son fauteuil, Althea lui sourit aimablement.

— M. Scott n'est pas encore en état de recevoir de visites mais je suis convaincue que la vue de M. Donner et de M. Kline vous rafraîchirait la mémoire. Si vous voulez bien venir avec nous au…

— Je refuse de vous accompagner où que ce soit, la coupa Nieman nerveusement. J'ai répondu à vos questions avec beaucoup de patience mais, si vous continuez à me harceler, je serai contraint d'en référer à mon avocat.

Althea désigna le téléphone d'un geste gracieux de la main.

— Faites, monsieur Nieman, faites. Il nous retrouvera au commissariat. Dans l'intervalle, j'aimerais que vous essayiez de vous rappeler où vous vous trouviez le soir du 25 octobre. Un alibi vous serait utile.

— Un alibi ? Pourquoi un alibi ?

— Pour un meurtre.

Nieman sortit sa pochette et s'essuya le visage.

— Je crois rêver ! Nous nageons en pleine absurdité ! On n'accuse pas comme ça les gens sans raison !

— Oh, mais je ne vous accuse pas, monsieur Nieman. Je vous demande simplement ce que vous faisiez le 25 octobre entre 21 heures et 23 heures. Vous pourrez prévenir votre avocat que vous serez interrogé au sujet d'une jeune femme surnommée Lacy. Nous serons également amenés à vous poser quelques questions concernant l'enlèvement d'Elisabeth Cook, dont nous avons recueilli la déposition. Liz est une adolescente très intelligente, très observatrice, n'est-ce pas, Nightshade ?

— Peu de choses lui échappent, en effet, acquiesça Colt,

amusé. Le procureur a du pain sur la planche. Les descriptions que Liz a fournies sont très précises.

Colt était épaté par la technique d'Althea. Elle procédait par touches, accumulant les sous-entendus, sapant petit à petit les défenses de Nieman.

— Il est vrai que Donner et Kline ont été très coopératifs aussi, à leur manière, ajouta-t-elle gravement.

Le visage de Nieman avait pris une teinte livide.

— Ils mentent. Je suis un homme respectable. Vous ne pouvez pas prouver quoi que ce soit en vous basant sur les affirmations de deux acteurs de seconde zone.

— Tiens... Je ne me souviens pas avoir mentionné que M. Kline et M. Donner étaient acteurs. Si, Nightshade ?

Colt réprima un sourire. Il l'aurait volontiers embrassée.

— Non. Nous n'avons apporté aucune précision à leur sujet.

Althea hocha la tête.

— Vous semblez avoir un véritable don de voyance, Nieman. Pourquoi ne poursuivrions-nous pas cette conversation au commissariat ? Vous avez peut-être encore d'autres visions comme celle-ci à nous faire partager ?

Les yeux de Nieman étincelèrent d'un mélange de peur et de rage.

— Je n'irai pas.

Althea se leva.

— Appelez votre avocat si vous le désirez, mais vous êtes convoqué pour un interrogatoire. Et pas plus tard que maintenant.

— Jamais je n'accepterai de me laisser commander par une femme, hurla Nieman, les yeux luisant de haine, en se jetant sur elle.

Althea n'attendait que ça. Elle se prépara à le maîtriser mais Colt s'interposa et réussit à le repousser d'une seule main. Nieman s'effondra comme une poupée de son sur le canapé.

— Violence à agent dans l'exercice de ses fonctions. Parfait. Voilà qui devrait nous permettre de l'embarquer, déclara-t-il avec satisfaction. Et ça nous laissera le temps d'obtenir un mandat de perquisition.

Althea sortit une paire de menottes de son sac et s'employa diligemment à immobiliser les poignets de Nieman. Colt la regarda faire avec intérêt.

— Dites-moi, inspecteur, je n'ai pas souvenir qu'on ait trouvé des empreintes de ce monsieur dans le duplex, si ?

Elle rejeta ses cheveux en arrière.

— Je n'ai jamais affirmé que c'était le cas. Je me suis exprimée au conditionnel, je crois, si mes souvenirs sont bons ?

— Tout à fait. Je révise mon opinion sur la façon dont tu travailles, Thea. Je trouve tes méthodes excellentes.

Elle lui sourit.

— Merci. Et maintenant, je serais curieuse de savoir ce que recèlent tous ces cartons soigneusement emballés.

Ils trouvèrent plus de preuves qu'il n'en fallait pour arrêter Nieman. Des cassettes vidéo, des photos et même un journal intime écrit de sa main où il recensait avec une précision maniaque ses activités, ses pensées, la haine viscérale qu'il vouait aux femmes. Le meurtre de Lacy était relaté en détail. On apprenait également que le corps avait été enfoui derrière le chalet.

— C'est presque décevant, observa Colt quelques heures plus tard en suivant Althea dans son bureau. Ce type est si profondément rebutant que je n'avais même plus envie de le tuer.

— C'est un grand malade, surtout. Si ça peut te consoler, je crois qu'il était sincère lorsqu'il affirmait n'avoir jamais touché Liz lui-même. Le profil psychiatrique me paraît clair : impuissance, misogynie exacerbée et voyeurisme.

Colt se passa la main dans les cheveux.

— N'empêche que ce type avait la veine commerciale, mine de rien. Il s'est fait un joli paquet d'argent avec son idée de mettre ses fantasmes très particuliers en scène et de les fixer sur pellicule. Ça lui permettait de s'offrir des antiquités et des cravates de soie.

— Là où il va passer les vingt prochaines années de sa vie, il n'aura besoin ni des unes ni des autres, murmura Althea en allumant son ordinateur.

Colt lui posa les mains sur les épaules.

— Tu as été extraordinaire, Thea.

— En général, je me débrouille plutôt bien, en effet.

Professionnellement parlant, en tout cas. Mais Althea avait encore un gros problème à régler : décider de ce qu'elle voulait faire d'elle-même et de Colt. Et pour cela, il lui fallait un temps de réflexion.

— Ecoute, Colt, j'ai encore des tonnes de paperasserie à faire…

— Tu as envie que je te laisse un peu d'air, c'est ça ? On pourrait se retrouver ce soir chez les Fletcher ?

Althea lui sourit avec reconnaissance.

— Ce serait parfait.

Colt se pencha pour poser un baiser dans ses cheveux.

— Je t'aime, Thea.

Je sais ce que c'est. Je t'aime aussi, songea-t-elle.

Mais seulement lorsqu'il eut quitté la pièce en refermant la porte derrière lui.

Fidèle à sa promesse, Althea alla voir Liz à son hôtel. Elle trouva Marleen avec les deux bras passés autour du cou de sa fille.

— Je n'arrive plus à la lâcher, admit l'amie de Colt avec un sourire tremblant. Je crois que nous ne pourrons jamais vous remercier assez pour ce que vous avez fait, inspecteur Grayson. C'est tellement immense que je ne trouve pas les mots pour exprimer ma gratitude.

Sur le point de répondre qu'elle n'avait fait que son métier, Althea se ravisa en jetant un coup d'œil à Liz.

— Vous voir réunis, tous les trois, est déjà une récompense en soi, dit-elle en serrant chaleureusement la main de Marleen.

Liz jeta un regard hésitant à sa mère.

— Je pourrais parler quelques secondes seule avec Althea, maman ?

Marleen ferma un instant les yeux et serra sa fille très fort dans ses bras avant de se diriger vers la porte.

— OK Je descends dans le hall attendre ton père. Il ne devrait pas tarder à arriver avec sa glace.

— Nous allons entamer une thérapie familiale, annonça Liz dès qu'elles furent seules. Et je vais faire partie d'un groupe de soutien aux victimes de viol. J'ai... j'ai un peu la trouille.

— C'est normal d'avoir peur. Mais ça va t'aider, tu sais. Vraiment t'aider.

Liz hocha la tête.

— Même papa a pleuré. Il ne savait plus quoi dire, plus quoi faire. C'est la première fois que je le voyais comme ça. Moi, je croyais qu'il s'en fichait de mes histoires, qu'il n'y avait que son travail qui comptait pour lui. Ça m'a fait drôle qu'il réagisse comme ça. Je trouvais que mes parents étaient injustes avec moi et qu'ils ne comprenaient rien à rien. Mais j'ai été vraiment stupide de fuguer pour des bêtises. Et maintenant, ce ne sera plus jamais comme avant.

— Pas comme avant, non. Mais si vous faites tous les trois un effort pour mieux vous comprendre et vous respecter, ce sera encore mieux.

— J'espère. Je me sens encore tellement... bizarre. Comme si je n'étais qu'une enveloppe avec du vide à l'intérieur.

Althea lui prit la main.

— Le vide va se remplir petit à petit, Liz. Il faudra juste faire attention à ne pas devenir indifférente. Les épreuves que tu as traversées peuvent te rendre forte. Prends garde simplement qu'elles ne te durcissent pas.

Les yeux remplis de larmes, Liz tendit la main vers la boîte de mouchoirs posée sur la table basse.

— Colt est venu nous voir tout à l'heure pour nous annoncer que le voyeur avait été arrêté. Et il m'a dit que chaque fois que ça irait mal, il faudrait que je pense à vous.

— A moi ? s'étonna Althea.

— Parce qu'il vous est arrivé quelque chose d'horrible et que ce malheur, vous l'avez utilisé pour devenir quelqu'un de magnifique. A l'intérieur comme à l'extérieur. Pour lui, vous n'avez pas seulement survécu, vous avez triomphé.

Liz lui adressa un sourire tremblant.

— Je crois que Colt vous aime beaucoup.

— Je l'aime beaucoup aussi.

Et aimer n'était pas nécessairement une marque de faiblesse. Cette évidence frappa soudain Althea à la manière d'une révélation. Il était juste d'aimer Colt car elle l'admirait et le respectait. Parce qu'il savait très exactement qui elle était et qu'il l'aimait inconditionnellement, avec son passé, son histoire, ses particularités et même ses petites manies.

— Colt, c'est vraiment le type le plus génial que je connaisse, renchérit Liz. C'est quelqu'un qui ne te laisse jamais tomber, quoi qu'il arrive.

— C'est vrai.

Liz lui jeta un regard soudain timide.

— Est-ce que ça vous dérangerait si, de temps en temps, je vous passais un coup de fil ? Pas souvent. Juste quand ça va très, très mal ?

Althea alla s'asseoir à côté d'elle et lui ouvrit les bras.

— Quand ça va mal, mais aussi quand ça va bien ! Je serai toujours heureuse de t'entendre, Liz.

Un quart d'heure plus tard, Althea laissa la famille Cook à ses retrouvailles. En traversant le hall d'entrée de l'hôtel, elle eut la surprise de tomber sur Colt. Son cœur battit plus vite.

— Tiens... Qu'est-ce que tu fais là, Nightshade ? Marleen m'a dit que tu étais déjà passé tout à l'heure.

— J'ai accompagné Frank lorsqu'il est parti chercher de la glace pour toute la famille. Il avait besoin de parler.

Elle lui caressa la joue avec tendresse.

— Tu es un ami sur qui on peut compter, Colt.

— C'est la définition même de l'amitié, non ? Tu veux que je te dépose quelque part ?

Althea hésita. Mais étrangement, elle n'éprouvait plus le besoin de s'isoler pour réfléchir.

— J'ai ma voiture mais je marcherais bien un peu pour me détendre. Ça te dirait ?

Il lui passa un bras autour des épaules.

— Tout à fait. Ça t'ennuierait de faire une petite pause shopping ? J'ai besoin de tes conseils éclairés pour acheter un cadeau d'anniversaire à ma mère.

Elle se cabra par réflexe.

— Je ne la connais pas.

— Aucune importance. Tu vas la rencontrer très prochainement, je te le promets.

Il lui entoura la taille et tourna à l'angle de la rue, se dirigeant vers les boutiques du centre-ville.

— Tu es une adepte des listes de mariage, toi ? demanda-t-il en s'immobilisant devant la vitrine d'un magasin de porcelaine.

Avec un haussement d'épaules, Althea passa son chemin, l'obligeant à allonger le pas pour la suivre.

— Et le trousseau ? Ça se fait toujours ? poursuivit-il en lui enlaçant tendrement la taille.

— Aucune idée. Et je m'en moque.

— Je reconnais que le T-shirt d'homme d'hier soir avait son charme. Mais un truc un peu plus… déshabillé ferait mieux mon affaire.

Avec un soupir exaspéré, Althea désigna un pull tunique bleu sur un mannequin.

— Tu crois qu'il plairait à ta mère ? C'est du cachemire, apparemment.

— Ce pull, tu dis ? Génial. On entre l'acheter.

Les poings sur les hanches, Althea pivota vers lui.

— Tu vois, c'est ça qui m'inquiète chez toi, Colt. Tu ne réfléchis jamais, tu fonces. N'importe où, n'importe comment.

Il lui tira affectueusement les cheveux.

— Je fonce parce que je sais reconnaître au premier coup d'œil ce qui est bon pour moi. Allez, viens.

Sans l'ombre d'une hésitation, il l'entraîna dans la boutique et réclama le pull en cachemire à la vendeuse.

— Tu n'as même pas demandé le prix, lui chuchota Althea.

— C'est vrai. Je sens que tu vas avoir une bonne influence sur moi. J'ai tendance à passer un peu trop vite sur certains détails.

— C'est l'euphémisme du siècle, maugréa-t-elle en examinant des jupes sur un portant pendant qu'il réglait à la caisse.

Colt était inconsidéré, irréfléchi, impulsif et sans méthode. Comment avait-elle pu penser un instant qu'ils seraient susceptibles de s'accorder ? Tournant la tête, elle le regarda s'entretenir avec la vendeuse... et comprit qu'elle et Colt, étonnamment, s'accordaient à la perfection. Il lui convenait très précisément tel qu'il était, avec ses cheveux trop longs, ses yeux qui n'étaient ni tout à fait bleus ni tout à fait verts, sa fougue et sa constance.

Sa fiabilité. Sa compréhension totale et inconditionnelle.

— Il y a un problème ? demanda Colt en notant qu'elle le regardait.

— Aucun, Nightshade. Aucun.

— Parfait... Dites-moi, madame, vous ne vendez pas des robes de mariée, par hasard ?

Le regard de la vendeuse s'éclaira.

— Pas le modèle blanc classique, non, mais si vous n'êtes pas trop à cheval sur la tradition, nous avons quelques robes qui conviendraient à merveille pour une mariée.

— Il nous faudrait quelque chose de gai. Ce serait pour un 31 décembre.

— Je ne t'épouserai pas à la Saint-Sylvestre, Nightshade.

— Comme tu voudras. Choisis une autre date.

— Thanksgiving.

Elle eut le plaisir de voir la bouche de Colt s'ouvrir de stupéfaction.

— Pardon ?

— J'ai dit : Thanksgiving. Juste avant la dinde. C'est à prendre ou à laisser.

Puis Althea sortit à grands pas de la boutique sous le regard sidéré de la vendeuse. Colt bondit dehors à sa suite. Il la rattrapa trois vitrines plus loin et lui saisit le bras.

— Tu as bien dit que tu acceptais de m'épouser le jour de Thanksgiving ?

— J'ai horreur de me répéter, Nightshade. Et maintenant si tu as terminé ton shopping, j'ai du travail qui m'attend, *moi.*

Colt fourra le paquet pour sa mère sous son bras et la secoua sans ménagement par les épaules.

— Qu'est-ce qui t'a fait changer d'avis ?

— La subtilité de tes manœuvres d'approche, sans doute, rétorqua-t-elle, pince-sans-rire. Tu peux arrêter de me violenter, s'il te plaît ?

Il secoua la tête comme pour remettre de l'ordre dans ses pensées.

— Tu vas te marier avec moi ? Pour ce Thanksgiving qui vient ? Autrement dit dans quelques semaines ?

— Tu regrettes déjà ta proposition ? commença-t-elle à lancer. Si tu préfères renoncer…

Mais Colt la musela si efficacement qu'elle ne put achever sa phrase. Ce fut un baiser si fougueux, si débordant d'enthousiasme qu'un petit groupe de passants s'immobilisa pour les regarder.

— Sais-tu ce que tu risques à embrasser un officier de police sur la voie publique ? demanda-t-elle en riant lorsqu'elle put parler de nouveau.

— Une sentence à vie, c'est ça ?

— Exactement.

— Tu ne m'as toujours pas dit pourquoi tu voulais m'épouser le jour de Thanksgiving ?

— Parce qu'ainsi, j'aurai une famille pour le célébrer, admit-elle en toute simplicité. Chaque année, Cilla me harcèle pour que je vienne le fêter avec eux, mais je n'ai jamais eu le cœur d'accepter jusqu'ici.

— Et qu'est-ce qui t'a décidée à m'épouser ?

— C'est un interrogatoire ou une demande en mariage ? J'ai fini par céder parce que tu m'as eue à l'usure. Tu me faisais de la peine à insister comme ça. Et accessoirement, je t'aime et je me suis plus ou moins habituée à toi, alors…

— Une seconde… Tu peux répéter ça ?

— Je disais que je m'étais plus ou moins habituée à toi.

— Non, avant.

— Avant, je t'expliquais que tu me faisais de la peine.

Colt secoua la tête.

— Et entre les deux ?

— Mmm… Tu veux parler du « je t'aime » ?

Il sourit.

— Dis-le encore.

— Je t'aime, Colt, murmura-t-elle en rougissant comme une collégienne. C'est un peu dur à sortir comme ça, tout seul, sans rien autour.

— Tu t'habitueras, tu verras.

— Je crois que tu pourrais bien avoir raison.

Avec un grand rire, il la saisit dans ses bras et la fit virevolter sur le trottoir.

— Tu as tout intérêt à t'habituer, Althea Grayson, car j'exige que tu me le répètes au minimum deux fois par jour jusqu'à notre cinquantième anniversaire de mariage !

Epilogue

— Je ne sais pas trop si…

Althea laissa sa phrase en suspend. Le miroir en pied de la chambre de Cilla lui renvoyait le reflet d'une jeune femme au visage pâle et encadré d'une cascade de cheveux roux. Elle portait un tailleur blanc ivoire bordé de dentelle et une veste cintrée ornée de boutons de perles. Elle avait de la classe, pas de doute.

Mais des yeux trop grands, écarquillés, comme apeurés.

— Je crois que ça ne va pas aller, reprit-elle.

— Tu es magnifique, la rassura Deborah. Absolument parfaite.

— Je ne parlais pas du tailleur, soupira Althea en posant une main sur son estomac nauséeux. Je parlais du mariage.

— Ah non ! Tu ne vas pas commencer ! s'exclama Deborah en tirant sur le revers de la veste ivoire. Quand tu t'agites comme ça, tu déranges tes vêtements.

— Bien sûr que je ne m'agite, il y a de quoi, protesta Althea.

Histoire d'occuper ses mains, elle vérifia que ses pendentifs en perles tenaient bien. Elle eut chaud au cœur en se remémorant le moment où la mère de Colt les lui avait offerts : elle les lui avait tendus en balbutiant qu'il s'agissait d'un bijou de famille qu'elle-même tenait de sa grand-mère, puis elle avait versé quelques larmes d'émotion et déposé un baiser sur sa joue en lui souhaitant la bienvenue dans leur famille.

Une famille… Althea se sentit traversée par un vent de panique en songeant qu'elle allait désormais avoir une famille, elle qui ne savait rien de la vie de famille.

— Je suis sur le point de m'engager avec un homme que je connais depuis seulement quelques semaines, reprit-elle en s'adressant à la jeune femme dans le miroir.

— Mais tu l'aimes, non ? demanda Deborah.

— Et après ? Ça n'a rien à voir.

Deborah éclata de rire et prit dans les siennes les mains d'Althea.

— Ça a tout à voir, répondit-elle. Quand j'ai épousé Gage, je ne le connaissais pas depuis longtemps. Mais je l'aimais et je le savais. Toi tu aimes Colt et tu le sais. Je l'ai vu à la manière dont tu le regardes.

— Ah, ces légistes, se plaignit Althea en s'adressant à Cilla. Ils arrivent toujours à retourner vos arguments contre vous.

— Elle est formidable, n'est-ce pas ? fit Cilla avec un petit rire joyeux.

Elle prit sa sœur par les épaules et la serra contre elle avec des yeux brillants de fierté.

— C'est la meilleure procureure de tout l'est des Etats-Unis, ajouta-t-elle.

— Pas difficile d'être bon quand on a raison, répliqua Deborah avec un grand sourire. Et si nous nous occupions un peu de notre dame d'honneur…

Elle inclina la tête et balaya Cilla d'un regard appréciateur.

— Tu es superbe, Cilla.

— Toi aussi, fit Cilla en caressant les cheveux noirs de sa sœur. Le mariage et la maternité t'ont épanouie, on dirait.

— Quand vous aurez fini votre quart-d'heure de compliments réciproques, toutes les deux, ça serait gentil de vous intéresser à moi…, intervint Althea.

Elle se laissa tomber sur le lit et ferma les yeux.

— Et si je m'enfuyais par-derrière ? gémit-elle.

— Colt te rattraperait, affirma Cilla.

— Pas si j'ai suffisamment d'avance. Si je…

Un coup frappé à la porte l'interrompit.

— Si c'est Nightshade, je ne veux pas lui parler, fit précipitamment Althea.

— Bien sûr que non, approuva Deborah. Il ne doit pas te voir avant le début de la cérémonie, ça porte malheur.

Elle alla ouvrir et son visage s'illumina en découvrant Gage qui lui souriait, avec Adrianna, leur petite dernière, dans les bras.

— Désolé de vous interrompre dans vos préparatifs, dit-il. Mais en bas, ils s'impatientent.

— Si les enfants ont osé toucher au gâteau, je…

— Boyd est intervenu à temps pour le sauver, fit Gage en riant.

Il passa son bras libre autour de la taille de sa femme.

— Mais Colt est en train de creuser un chemin sur le tapis du salon.

— Il est nerveux, intervint Althea. Il y a de quoi. Il nous a fourré dans un sale guêpier. Bon sang, j'aimerais bien être une petite mouche pour filer discrètement.

Gage sourit et adressa un clin œil à Deborah.

— Mais non, protesta-t-il. Le mariage a ses avantages.

La petite se mit à gigoter et il se pencha vers elle pour la cajoler.

— Laisse-la moi, fit Deborah en la lui prenant d'autorité. Va plutôt aider Boyd à faire patienter le marié. Nous sommes presque prêtes.

— Pas tout à fait ! protesta Althea en recommençant à se triturer nerveusement les mains.

Cilla prit Gage par le bras et le poussa dans le couloir, puis elle referma la porte derrière lui et se tourna vers Althea en affichant un air résolu.

— Tu es lâche, fit-elle doucement.

— Eh, une minute… protesta Althea.

— Tu as peur de descendre quelques marches et de t'engager auprès de l'homme que tu aimes, coupa Cilla. C'est pitoyable…

Tout en berçant l'enfant qui s'était mise à pleurnicher, Deborah entra dans le jeu.

— Ne sois pas si dure avec elle, Cilla. Après tout, si elle a changé d'avis…

— Elle n'a pas changé d'avis. Elle a peur, c'est tout. Pourtant, Colt fait le maximum pour la rassurer. Il va même revendre son ranch pour acheter dans le coin.

Althea se leva d'un bond.

— Tu es injuste ! se défendit-elle. Je ne lui avais rien demandé.

— C'est vrai, ça, renchérit Deborah. Tu es injuste, Cilla. Tu pourrais manifester un peu plus de compréhension. Il s'agit d'une décision importante qui engage son avenir.

— Dans ce cas, elle ferait mieux de la prendre, cette décision, au lieu de se terrer dans cette chambre comme une vierge apeurée qui tremble à l'idée d'être conduite sur l'autel du sacrifice.

Piquée au vif, Althea redressa fièrement le menton.

— Je ne me cache pas. Deb, tu peux y aller et leur dire de lancer leur foutue musique. Je vais descendre.

— Très bien Thea. Si tu es sûre de toi.

Elle lui tapota gentiment le bras, adressa un clin d'œil à sa sœur, puis sortit.

— Eh bien, allons-y aussi ! s'exclama Anthea en lui emboîtant le pas.

— J'arrive, fit Cilla en la dépassant dans le couloir pour filer dans l'escalier.

Quand Althea comprit que les deux sœurs l'avaient piégée avec la bonne vieille technique des interrogatoires, celle du bon et du mauvais flic, il était trop tard, elle se trouvait déjà à mi-chemin dans l'escalier, exposée au regard des invités qui levaient les yeux vers elle.

Son ventre se noua tandis qu'elle survolait la scène du regard. Il y avait des fleurs partout, une véritable cascade de couleurs et de senteurs. Les haut-parleurs diffusaient dans la pièce une musique romantique à souhait, absolument parfaite pour la circonstance. La mère de Colt s'accrochait au bras de son mari et souriait à travers ses yeux voilés de larmes, tandis que Natalie, rougissante, se tamponnait les yeux. Deborah, l'œil sec, mais trouble, serrait contre elle Adrianna pour se donner une contenance. Boyd avait pris la main de Cilla et déposait un baiser sur sa joue humide.

Althea s'arrêta net… Toutes ces larmes n'auguraient rien de bon. Si les gens pleuraient aux mariages, ils avaient sûrement une bonne raison.

Puis son regard se tourna vers la cheminée. Et elle ne vit plus que Colt.

Et lui ne vit plus qu'elle.

Les jambes d'Althea cessèrent de trembler. Elle traversa la pièce pour le rejoindre, guidée par son cœur, avec dans la main une unique rose blanche.

— Ravi de vous voir, lieutenant, murmura-t-il en lui prenant la main.

— Ravie de vous voir, monsieur Nightshade, répondit-elle.

Le feu qui brûlait derrière eux la réchauffa, mais pas autant que la présence de Colt. Elle sourit quand il porta ses doigts à ses lèvres pour y déposer un baiser.

— Joyeux *Thanskgiving*, dit-il.

— A toi aussi, répondit-elle en approchant sa bouche de leurs mains jointes.

Elle ne savait pas ce qu'était une famille, mais elle ne demandait qu'à apprendre. Avec lui.

— Je t'aime très fort, murmura-t-elle.

— Moi aussi je t'aime fort. Tu te sens prête ?

— Je me sens prête.

Et devant le feu qui crépitait, ils se tournèrent l'un vers l'autre. Et vers la vie à deux qui les attendait.

RACHEL LEE

Une inconnue dans la tempête

BLACK ROSE

HARLEQUIN

Titre original : HER HERO IN HIDING

Traduction française de CHRISTINE MAZAUD

Ce roman a déjà été publié en mars 2011

83-85, boulevard Vincent-Auriol, 75646 PARIS CEDEX 13.
Service Lectrices — Tél. : 01 45 82 47 47
www.harlequin.fr

1

Clint Ardmore quittait Laramie quand une violente tempête de neige s'abattit sur la campagne alentour. Bien qu'il soit à peine 16 heures, la nuit tomba d'un seul coup, et de gros flocons vinrent fouetter son pare-brise, emportés par le vent.

Cette fois, l'hiver est vraiment là, songea-t-il en allumant ses phares.

Plissant les yeux, il se concentra sur sa conduite. La route qui menait au ranch était glissante. Si la température continuait à baisser, la chaussée se transformerait en une vraie patinoire.

— Brrr…

Un frisson le traversa. Pourtant, il adorait l'hiver. Il aimait la neige et la vie particulièrement solitaire qu'il menait à cette période de l'année. Par ces froids polaires, même les démarcheurs les plus téméraires n'osaient s'aventurer chez lui. Quant à ses voisins les plus proches, il ne les verrait plus : ils avaient sûrement quitté ses pâturages et rentré le bétail. Son ranch allait redevenir un ermitage qu'il ne quitterait que par absolue nécessité.

Il en était là de ses pensées quand une silhouette grise et floue surgit de l'obscurité.

— Bon Dieu !

Sans même réfléchir, il pila et se gara sur le bas-côté, les pneus s'accrochant à la neige.

Qui pouvait bien se promener dehors par un temps pareil ? Un ivrogne, sans doute, qui avait dû se perdre au milieu de nulle part. N'empêche, ivrogne ou pas, il était hors de question qu'il laisse cette personne errer sous la neige. Ce serait criminel. Son ranch, l'habitation la plus proche, se trouvait quand même à une quinzaine de kilomètres. Impossible de s'y rendre à pied sous de telles conditions météo.

Agacé mais altruiste malgré tout, il descendit de son pick-up et claqua la portière. Le vent avait forci, laissant augurer une nuit sibérienne. Les malheureux sans-abri allaient souffrir.

Tout en jurant dans sa barbe, il se dirigea vers la silhouette qui avançait péniblement, courbée en deux. La neige, que le vent faisait tourbillonner, tombait si dru qu'on se serait cru en plein brouillard.

— C'est bien ma veine…

Dire qu'il allait être obligé de retourner en ville sous la tempête pour ramener cet imbécile chez lui !

Scrutant la silhouette, il s'aperçut soudain que l'imbécile en question était une femme. Et qu'elle portait en tout et pour tout un T-shirt et un pantalon.

La neige avait beau étouffer les sons, l'inconnue releva la tête en l'entendant approcher. Petite et menue, les cheveux en bataille, elle avait un œil au beurre noir — ce qui aurait été banal sur le visage d'un boxeur mais l'était nettement moins sur le sien —, et du sang coulait sur sa joue.

En la voyant écarquiller les yeux à sa vue, il se rappela qu'il n'avait pas un physique très rassurant. Avec son mètre quatre-vingt-cinq, sa carrure d'athlète — due à ses années passées dans l'armée —, et son visage taillé à la serpe, il se savait impressionnant. Les présidents sculptés à même la roche du Mont Rushmore étaient moins terrifiants que lui.

Tant pis !

— Attendez, mademoiselle !

Elle trébucha, se redressa et se mit à courir. Du moins essaya-t-elle, car ses jambes semblèrent ne pas vouloir coopérer. Elle fit encore un pas, puis tomba la tête la première dans la neige.

Sans hésiter, il la rejoignit et s'agenouilla à son côté.

— Je vais vous aider.

Elle eut un mouvement de recul.

— Allez-vous-en ! Laissez-moi tranquille…

Des larmes roulaient sur ses joues.

Comprenant qu'elle avait peur, il reprit la parole de sa voix la plus douce, celle qu'il utilisait pour parler à ses chevaux.

— Je ne vous veux pas de mal…

— Laissez-moi !

En d'autres circonstances, il l'aurait volontiers abandonnée à son sort. Mais là, avec la neige qui tombait dru, son œil au beurre noir et son visage ravagé… Qui sait, peut-être souffrait-elle d'une commotion cérébrale.

Pas question qu'il la laisse là. D'ailleurs, sans doute ne l'aurait-il pas fait même par la plus belle journée d'été.

— Calmez-vous, reprit-il posément. Je ne vous ferai pas de mal, je vous le jure. Mais vous ne pouvez pas rester là. Vous allez attraper la mort.

Il lui tendit la main afin de l'aider à se relever. A sa grande surprise, elle rugit comme une lionne en colère et se mit à lui donner des coups de poing et de pied. Sans se laisser démonter, il passa les bras autour d'elle et la souleva en ayant soin de plaquer son dos contre son torse de façon à minimiser les risques de coups — une règle élémentaire dans ce genre de situations.

— Chuuut… Je vais vous conduire chez un médecin.

A ces mots, elle se débattit de plus belle, mais sans plus de succès. Il la maintenait fermement.

— Non ! Il… il va me retrouver !

Aucun doute possible, elle était terrorisée.

— Très bien. Dans ce cas, je vous emmène chez moi le temps que vous vous réchauffiez. D'accord ?

La ramener chez lui. Bon sang, qu'est-ce qu'il lui prenait de lui faire cette proposition ?

— Lâchez-moi ! Chez vous ou ailleurs, il me retrouvera !

— Je vous promets que vous serez en sécurité dans mon ranch. Personne ne vous y retrouvera.

Elle se débattit encore un peu, mais ses mouvements étaient limités. En désespoir de cause, elle cessa finalement de lutter.

La prenant dans ses bras, il se dirigea vers son pick-up. Il s'en approchait quand un véhicule inconnu apparut au détour du virage. Le conducteur ralentit à leur hauteur, leur jeta un vague regard, puis accéléra.

Clint fronça les sourcils avant de repousser l'idée qui venait de lui traverser l'esprit. Si le conducteur avait réellement suivi cette femme, il l'aurait rattrapée depuis longtemps, vu son état de fatigue. Non, il s'agissait sans doute d'un touriste égaré, surpris par le mauvais temps.

— Je ne veux pas voir de médecin, murmura-t-elle.

— D'accord, pas de médecin. Un bon feu et quelque chose à manger, ça vous va ?

Un instant, elle le fixa de ses grands yeux bleus, puis dit cette phrase étrange :

— Vous n'êtes pas lui…

Et elle s'évanouit.

Quand elle reprit connaissance, Kay était allongée sur un canapé, sous plusieurs couvertures, et un bon feu crépitait dans la cheminée. Elle avait presque chaud, un constat pour le moins étonnant compte tenu du temps qu'elle avait passé sous la neige.

Elle remua légèrement et s'immobilisa aussitôt en sentant la douleur investir le moindre centimètre carré de son corps. Elle avait mal partout, du sommet de la tête jusqu'au bout des orteils. Sa joue l'élançait, aussi brûlante que le feu qui s'élevait devant elle. Même son pouls qu'elle sentait cogner contre ses tempes résonnait douloureusement dans son crâne.

Brusquement, tout se mit à tourner autour d'elle. Elle ferma les yeux, le cœur au bord des lèvres.

Elle tentait de reprendre le contrôle d'elle-même quand des pas se firent entendre à l'entrée du salon. Rouvrant les yeux, elle vit un homme immense, au visage dur, comme taillé à la serpe, s'approcher.

Seigneur, qui était-ce ?

Se renfonçant dans le canapé à défaut de pouvoir s'enfuir en courant, elle le regarda s'approcher avec affolement. Son cœur battait à coups sourds dans sa poitrine.

« Sauve-toi, lui souffla une petite voix. File. Et vite ! »

— N'ayez pas peur, lui dit l'inconnu en s'agenouillant à son côté. Je ne vais pas vous faire de mal.

Comme elle se recroquevillait un peu plus, il ajouta :

— Ne bougez pas. Vous avez reçu un méchant coup à la tête. Pendant que vous dormiez, j'ai nettoyé la plaie.

— Il faut que je parte…

Sa voix, très faible, était à peine audible.

— Vous ne craignez rien ici, la rassura-t-il gentiment.

— Il va me retrouver, je le sais. Il ne faut pas qu'il me retrouve.

— Allons, calmez-vous, mademoiselle. Personne ne vous retrouvera.

Elle eut un geste de colère dû à la peur et grimaça en sentant son épaule l'élancer douloureusement.

— Lui, si ! Il me retrouve toujours !

— Vous avez vu le temps qu'il fait dehors ? Soyez sûre que personne ne viendra ici ce soir, pas même le médecin. Il me l'a dit lui-même.

Elle s'affola un peu plus.

— Vous avez appelé un médecin ? Je ne veux pas voir de médecin, je veux partir !

— Pour aller où ? Avec cette tempête, il est impossible d'aller nulle part. Si vous pouviez tenir debout, vous en jugeriez par vous-même, ajouta-t-il en montrant la fenêtre.

Mue par un sentiment d'urgence, elle repoussa les couvertures des deux pieds. Son mouvement lui arracha un cri de douleur. S'immobilisant, elle ferma les yeux et attendit que les sensations s'atténuent.

L'homme continuait à lui parler de sa voix tranquille et douce — une douceur qui contrastait avec la dureté de son visage. Peu à peu, elle sentit sa peur refluer. Cet homme n'était pas lui. Il l'avait recueillie sur le bord de la route, ramenée chez lui, réchauffée, soignée... Elle avait eu beau se débattre et le frapper, pas un instant il n'avait perdu son sang-froid. Il s'était montré poli et compréhensif.

Rouvrant les yeux, elle l'observa avec attention — et un petit reste de méfiance. Malgré son physique inquiétant, il avait l'air gentil. Une lueur d'inquiétude brillait même dans son regard.

— Il me retrouve toujours, répéta-t-elle, avec moins d'agressivité toutefois.

— Je vous promets qu'il ne vous retrouvera pas ici. Vous ne risquez rien, ce soir.

Les larmes lui montèrent aux yeux, et elle enfouit son visage dans ses mains. Elle avait vraiment envie de le croire — besoin de le croire.

— Merci, murmura-t-elle en se laissant retomber contre son oreiller.

Il sourit — un drôle de sourire à peine esquissé.

— J'ai préparé du bouillon. Vous avez faim ?

— Je ne sais pas. Pour l'instant, j'ai plutôt la nausée.

— Je vais vous apporter des crackers. Ça passera mieux. Ensuite, vous essaierez de boire un peu de bouillon, lui conseilla-t-il. Je reviens tout de suite.

Elle le regarda se lever. Ou plutôt se déplier. Décidément, il était immense. On aurait dit une des statues géantes taillées dans la roche des Black Hills. Oui, il avait vraiment un physique peu banal...

Mais ce n'était pas le sujet, se morigéna-t-elle quand il eut disparu dans la cuisine. Et encore moins le moment. Peut-être aurait-elle plutôt dû penser à la situation dans laquelle elle se trouvait.

Elle balaya du regard le salon. Dans la cheminée en vieille

pierre brûlait un bon feu. Des meubles de bois peint décoraient la pièce, typiques d'un chalet de montagne. L'ambiance était chaleureuse, agréable, et rien ici n'évoquait son bourreau, ni ce qu'elle avait vécu pendant… Pendant combien de temps, au fait ? Elle ne se rappelait même plus combien de temps elle avait passé en enfer.

Seigneur, tout se mélangeait dans sa tête…

Epuisée, elle referma les paupières et prit une profonde inspiration pour se détendre. Peut-être avait-elle vraiment échappé à son tortionnaire…

— Des crackers ?

Rouvrant les yeux, elle vit son hôte qui revenait, une assiette de biscuits apéritifs à la main. Elle s'aperçut avec surprise que, nausée ou pas, elle avait faim. Se redressant lentement, avec précaution, elle s'assit sur le canapé et prit l'assiette qu'il lui tendait. Qu'il n'essaie pas de la toucher, même pour l'aider à s'installer, la rassura. C'était bon signe.

Elle posa l'assiette sur ses genoux et prit un biscuit.

— Au fait, je me présente : Clint Ardmore.

— Kay Young, répondit-elle, la voix toujours aussi ténue. Je pourrais avoir un peu d'eau, s'il vous plaît ?

— Comment ai-je pu oublier l'eau ?

Il se leva de la table basse sur laquelle il s'était assis.

— Vous préférez de l'eau plate ou de l'eau gazeuse ? J'ai aussi de la limonade, si vous voulez.

— De l'eau gazeuse, ce sera très bien.

De nouveau, il disparut dans la cuisine, avant de revenir avec un grand verre rempli à ras bord.

— Je ne vous ai pas mis de glaçon. J'ai pensé que vous aviez plutôt besoin de vous réchauffer. De toute façon, elle est fraîche.

— Merci, c'est parfait.

Elle but un peu d'eau à petites gorgées.

— Ça va mieux ? Et la nausée ? s'enquit Clint en la voyant prendre un autre biscuit.

— Elle passe.

Elle but un peu d'eau, mangea un troisième cracker sous le regard attentif de son hôte. Finalement, il ne l'effrayait plus. Comment avait-elle pu avoir peur d'un homme qui semblait sincèrement inquiet à son égard ? D'un homme qui, au lieu d'exiger son nom, avait eu la courtoisie de se présenter le premier ?

— Vous avez un joli cocard, remarqua-t-il après un silence.

Il semblait vraiment ennuyé de la voir comme ça.

— Il m'a frappée, répondit-elle.

Tabassée aurait été plus juste. Et à plusieurs reprises, en plus. Mais elle ne s'étendit pas sur le sujet.

— Ça, je m'en serais douté. Je vais appeler le shérif.

— Non !

Prise de panique, elle se mit à trembler si fort qu'il dut lui prendre son verre afin qu'elle ne le renverse pas.

— Je vous en prie, ne faites pas ça, le supplia-t-elle. S'il me retrouve, il me tuera.

— Allons, calmez-vous… D'accord, je n'appellerai pas le shérif. De toute façon, personne ne bougera par ce temps. On avisera demain.

Demain. Pour la première fois depuis le début de son cauchemar, elle osait entrevoir un lendemain.

Elle baissa les yeux.

— Je suis désolée…

— Ne vous excusez pas. J'imagine l'enfer que vous avez vécu. Mais ne vous inquiétez pas, vous ne risquez rien ici.

Bizarrement, elle était tentée de lui faire confiance — du moins, pour l'instant. Sa peur s'atténuait peu à peu, tandis que son appétit revenait.

Elle reprit un cracker et leva les yeux en entendant Clint lui poser une question.

— Comment vous sentez-vous, maintenant ?

— Le moindre mouvement me fait terriblement mal. Et j'ai la tête qui tourne.

— Vos vertiges sont probablement dus à une commotion cérébrale. Vous risquez d'avoir la tête qui tourne pendant un moment encore.

La fin de sa phrase ne lui parvint pas. Les sourcils froncés, elle considérait la manche de son sweat-shirt. Un sweat vert beaucoup trop grand pour elle.

Ce n'était pas le sien.

Un frisson la secoua.

— Mes vêtements… Qu'est-ce qui est arrivé à mes vêtements ? bredouilla-t-elle tandis que la pièce tournait de plus belle autour d'elle.

Clint plissa le front.

— Vous ne vous en souvenez pas ?

— Me souvenir de quoi ?

— Quand je vous ai ramenée ici, vos vêtements étaient trempés. Je vous ai aidée à vous changer et à enfiler un de mes sweat-shirts. Vous étiez d'accord.

— Non… Je veux dire, je n'en ai aucun souvenir…

Ses nerfs, que la peur et la douleur avaient déjà mis à rude épreuve, craquèrent brusquement, et elle fondit en larmes.

Devant elle, Clint poussa un juron.

— Que ça vous plaise ou non, demain, vous verrez un médecin, décréta-t-il. Si vraiment vous ne voulez pas aller à son cabinet, je lui demanderai de passer. Mais il faut que vous voyiez quelqu'un. J'ai bien peur que les coups que vous avez reçus soient à l'origine de votre perte de mémoire.

— Mais il risque de me retrouver. Et s'il me retrouve, il me tuera…

— Personne ne vous retrouvera, la coupa-t-il d'un ton sans appel. J'en fais mon affaire.

— Nom d'un chien… Maudite bonne femme…

Clint fourrageait dans sa cuisine en râlant. Enervé, il sortit une casserole d'un placard et la déposa sans ménagement sur la cuisinière.

Calme-toi, s'exhorta-t-il en s'appuyant des deux mains sur le comptoir.

Qu'allait-il préparer pour le dîner ? Il n'en avait aucune idée. Ce qu'il savait, en revanche, c'est qu'il y avait une femme dans son salon, blessée, terrorisée, et qui pleurait toutes les larmes de son corps. Non seulement elle avait été maltraitée, mais en plus, elle avait des trous de mémoire. Cerise sur le gâteau : elle refusait qu'il l'emmène chez le médecin, chose de toute façon impossible vu les conditions météorologiques…

Bon sang, lui qui ne rêvait que de tranquillité et de solitude, il était servi ! Il avait un livre à écrire, une échéance à respecter. L'expérience qu'il avait eue de l'existence et de sa dure réalité l'avait dégoûté du monde réel. Et voilà que, ironie du sort, ce monde frappait à sa porte et l'envahissait avec son cortège de problèmes.

Qu'allait-il faire ?

Je la garde un jour. Deux tout au plus.

Il la persuaderait de voir un médecin et de parler au shérif, puis la remettrait sur pied vite fait bien fait afin qu'elle retourne d'où elle venait, là où étaient sa famille, ses amis — bref, les gens qui pourraient lui venir en aide plus efficacement que lui, vieil ermite bourru.

Abandonnant l'idée de se mijoter un bon petit plat, il se rabattit sur un chocolat chaud bien noir et bien épais accompagné des petits pains à la cannelle qu'il avait achetés à Laramie. Il prépara deux tasses et deux gâteaux au cas où Kay manifesterait l'envie de manger.

Comment pouvait-on maltraiter et terrifier une femme de la sorte ? Il fallait vraiment être un monstre. S'il avait eu l'occasion de côtoyer des types de ce genre à l'armée, jamais il n'avait pu admettre leur comportement. Ils se donnaient à fond dans leur travail et, une fois rentrés chez eux, traitaient femme et enfants comme des ennemis à abattre. Oui, il en connaissait, et il n'en était pas fier. Au moins, lui, était-il conscient que l'entraînement qu'il avait suivi et son métier en général l'avaient rendu inapte à toute vie sociale.

Ses pensées revinrent à la femme réfugiée dans son salon. Il n'avait pas le choix ; il était obligé de s'occuper d'elle. Car, pour l'instant en tout cas, elle dépendait entièrement de lui.

Dès qu'il l'avait aperçue, toutes les valeurs qu'on lui avait inculquées — l'honneur, le devoir, l'obligation de porter secours aux faibles et aux opprimés — étaient remontées du fin fond de sa conscience telle une bulle qui vient éclater à la surface d'une eau tranquille. C'était le moment de mettre ces nobles valeurs en application... même s'il s'en serait volontiers passé.

Avec un autre juron — une mauvaise habitude dont il n'avait jamais réussi à se défaire —, il posa les deux tasses de chocolat chaud et les petits pains sur un plateau et se dirigea vers le salon.

Allongée sur le canapé, livide, Kay avait fermé les yeux. On aurait dit qu'elle était morte. Peut-être son cœur s'était-il arrêté de battre... Il ne connaissait que trop bien les risques liés aux commotions cérébrales.

— Kay ?

Il posa le plateau sur la table basse.

— Kay ?

Pas de réponse.

Il hésita à la toucher. Cela ne poserait pas de problème si elle était inconsciente. Mais si elle n'était qu'endormie et se réveillait en sentant la main d'un inconnu sur elle, il était clair qu'elle paniquerait.

— Kay ! appela-t-il un peu plus fort.

En la voyant battre des paupières, il retint un ouf de soulagement.

— Kay, répéta-t-il doucement.

Lentement, très lentement, elle ouvrit les yeux.

— Hmm... oui ? murmura-t-elle.

— J'ai préparé du chocolat chaud et des petits pains. Il reste aussi du bouillon, si vous préférez.

— Je… oui…

Prenant appui sur ses mains, elle voulut se redresser, mais son geste dut lui demander trop d'efforts, car elle se laissa retomber sur l'oreiller.

— J'ai la tête qui tourne…

— Attendez un peu, ça va passer.

Elle ferma les yeux quelques secondes, puis les rouvrit et le fixa, le regard déjà plus vif.

— Alors ? Vous voulez du chocolat et un petit pain, ou vous préférez du bouillon ?

Elle hésita.

— Je crois que je préfère le chocolat.

Poussant le plateau, il s'assit sur la table basse, prit une tasse fumante et la lui tendit. Elle la serra dans ses mains. Il se demanda si, par ce geste, elle cherchait simplement à se réchauffer ou si elle avait peur de renverser la boisson.

Quand elle commença à boire, il vit son visage reprendre peu à peu des couleurs. Elle semblait aller mieux.

— C'est bon, déclara-t-elle finalement.

Rassuré, il poussa un petit soupir et prit sa tasse à son tour.

— Bien. Maintenant, vous allez me dire ce qui vous est arrivé.

— Mon… mon petit ami…

Il sentit une bouffée de colère l'envahir.

— Ne me dites pas que c'est votre petit ami qui vous a mise dans cet état ?

— Si. Enfin… mon ex-petit ami.

Elle ferma les yeux, ses mains se mirent à trembler. Il lui reprit sa tasse avant qu'elle la lâche.

— Excusez-moi… C'est comme si j'avais de la bouillie à la place du cerveau…

— Ne vous inquiétez pas, ce n'est pas grave. Les chocs à la tête font souvent ça, la rassura-t-il gentiment.

A quoi bon l'inquiéter puisqu'il ne pouvait rien faire ?

— Ah… Merci.

— Ne me remerciez pas. Je n'ai rien fait.

Il vit ses lèvres frémir. Ah non, elle n'allait pas se remettre à pleurer ! Nom de Dieu, il ne supportait pas de voir une femme en larmes !

— Si. Vous m'avez sauvé la vie… Oui, vous m'avez sauvée, répéta-t-elle d'une voix tremblante.

A cet instant, il comprit que les ennuis ne faisaient que commencer.

2

Au contact de la tasse chaude, Kay sentait ses doigts la picoter. C'était désagréable, mais bon signe. Son sang recommençait à circuler normalement.

Assis en face d'elle sur la table basse, son sauveur la regardait boire. Il gardait ses distances, ce qui lui convenait parfaitement.

— Au fait, où sommes-nous ? s'enquit-elle en regardant autour d'elle.

— Dans mon ranch. A une quarantaine de kilomètres de Laramie, dans le Wyoming.

Elle ouvrit des yeux ronds.

— Dans le Wyoming ? Mais… j'habite au Texas !

Seigneur, comment avait-elle pu aller si loin ? Kevin l'avait-il emmenée jusqu'ici ?

Elle ne l'aurait pas juré, mais il lui sembla que Clint serrait les mâchoires. S'il n'était pas du genre à afficher ses sentiments, il n'était pas inexpressif, loin de là.

— Ça fait une bonne trotte, commenta-t-il simplement. Vous voulez bien me raconter ce qui s'est passé ?

— Je… Non… Pas maintenant.

Son cœur, jusque-là ralenti, se mit soudain à cogner sourdement dans sa poitrine. Revivre ce cauchemar était au-dessus de ses forces. En parler suffirait à faire revenir les images, et elle n'était pas encore assez forte pour le supporter.

— Je ne peux pas…

— Comme vous voudrez, fit-il en haussant les épaules. De toute façon, ça peut attendre.

Elle baissa les yeux, consciente d'être injuste avec lui qui l'avait recueillie sans condition, alors qu'elle errait en pleine tempête de neige. Il méritait bien quelques explications.

— Je me suis enfuie, avoua-t-elle d'une petite voix. Il s'est arrêté sur une aire d'autoroute pour aller aux toilettes. C'est là que je me suis sauvée. Il pensait que j'étais inconsciente… J'ai couru, couru… comme une dératée.

Elle ferma les yeux.

— Vous avez parcouru une sacrée distance. Il me semble que l'aire de repos la plus proche de l'endroit où je vous ai trouvée se situe à environ quinze kilomètres.

— J'ai l'habitude de courir. J'ai déjà participé à des marathons…

Le silence retomba, seulement rompu par le crépitement du feu dans la cheminée et le bruit du vent dans les arbres.

Soudain, Clint laissa échapper quelques jurons à mi-voix. Elle le considéra avec appréhension. Il semblait très en colère.

Contre elle ?

Bien sûr. N'était-elle pas un fardeau pour lui ? Malheureusement, elle ne pouvait pas partir. Non seulement elle était encore trop faible, mais elle n'avait nulle part où aller. Honteuse, elle aurait voulu disparaître sous terre.

— Je suis désolée, murmura-t-elle.

Il ne répondit pas, mais dans ses yeux brillait une compassion qui la rasséréna. Non, ce n'était pas contre elle qu'il en avait. Contrairement à Kevin, il cherchait à l'aider, pas à la détruire.

— Alors, comme ça, vous venez du Texas. J'y ai vécu, il y a des années. A Killeen, plus exactement. Vous connaissez ?

— Killeen ? C'est de là que je viens.

— Décidément, le monde est petit.

— Ou très grand…

Ses paroles restèrent suspendues dans l'air. Qu'avait-elle voulu dire au juste ? Elle n'en savait rien, si ce n'est que le monde lui semblait plus menaçant aujourd'hui qu'avant qu'elle rencontre Kevin. Le diable était entré dans son petit monde et l'avait entraînée en enfer. Jamais elle n'aurait pensé qu'un démon pervers viendrait un jour troubler sa vie. Comme elle s'était trompée !

— Oui, en un sens, admit Clint.

Il hocha la tête comme s'il comprenait plus ou moins ce qu'elle voulait dire. Peut-être comprenait-il, d'ailleurs…

Elle prit une petite inspiration.

— J'ai essayé de le quitter. Il m'a poursuivie. J'ai déménagé trois fois et, chaque fois, il m'a retrouvée. Maintenant…

Sa voix se brisa, et elle se tut, les yeux rivés à ses mains.

— Vous êtes loin de lui, à présent, remarqua Clint.

Elle poussa un profond soupir.

— Oui. Mais pour combien de temps ?

De nouveau, le silence retomba. Dehors, le vent continuait à souffler avec violence et s'acharnait contre les vitres, emportant avec lui de gros flocons de neige.

— Vous venez de me dire que vous aviez déménagé trois fois, reprit Clint. Dans trois villes différentes ?

— Dans trois Etats différents.

— Le salaud !

A ce brusque éclat, elle lui jeta un coup d'œil craintif, puis voyant que cela s'arrêtait là, laissa retomber sa tête sur l'oreiller. Cesserait-elle jamais d'avoir peur ?

— Ce n'est pas bon, remarqua-t-il.

Elle frissonna.

— Je sais. De nos jours, on ne peut plus vivre caché très longtemps. Avec internet, Twitter, et tout ça…

— C'est ce qu'il paraît. Encore que les injonctions peuvent être écrites sur du papier toilette.

— Il ne peut y avoir d'injonction quand vous changez d'Etat. Le juge vous demande une preuve du harcèlement dont vous êtes victime. Du coup, la dernière fois, je n'ai même pas essayé.

Il hocha la tête.

— Et le plus souvent, quand l'injonction n'est pas respectée, on est déjà dans les problèmes jusqu'au cou. Ça ne sert à rien.

— Oui, je l'ai appris à mes dépens. C'est pour ça que personne ne doit savoir où je me cache…

Elle se mordilla la lèvre et ajouta d'un air sombre :

— De toute façon, où que j'aille, il me trouvera. Il me retrouve toujours.

Clint l'observait, le visage fermé. Il semblait réfléchir.

Elle tenta de lire dans ses pensées, sans succès. Mieux valait se méfier. Certes, cela faisait trop peu de temps qu'elle était là pour connaître sa véritable personnalité, mais c'était un homme. Et de sa relation avec Kevin, elle avait appris que tout homme, aussi gentil qu'il paraisse, pouvait se révéler un monstre. Une leçon qu'elle n'oublierait pas de sitôt.

Une chose était sûre : quand Clint Ardmore se sentirait suffisamment en confiance pour se laisser aller à être lui-même, elle serait déjà loin. Du moins l'espérait-elle.

— Très bien, lâcha-t-il enfin. Je ne vais pas prévenir le shérif, en tout cas pas ce soir. On en reparlera quand vous vous sentirez mieux.

En dépit de la concession qu'il lui faisait, sa réticence l'ennuya.

— Merci, dit-elle néanmoins.

— En ce qui concerne votre plaie à la tête… Je ne suis pas médecin, mais j'ai quelques notions de secourisme. Je vais vous surveiller cette nuit. Il ne faut pas que vous dormiez trop longtemps ou trop profondément : je vais donc vous réveiller à intervalles réguliers. Et si je dois vous secouer pour m'assurer que vous allez bien, eh bien, je vous secouerai.

A ces mots, elle sentit sa gorge se nouer. Elle ne voulait pas qu'il la touche. Personne ne devait la toucher.

Elle se mit à bredouiller.

— Je ne… Vous… Enfin, ne le faites… que si c'est vraiment indispensable…

— Ne vous inquiétez pas. Ce sera seulement si vous ne

réagissez pas quand je jouerai du tambour juste à côté de votre oreille, expliqua-t-il avec un regard malicieux. Ça vous convient comme ça ?

— Ça ira.

Il eut un petit rire.

— Si vous vous réveillez en sursaut, n'hésitez pas à sortir vos griffes. Vous vous êtes bien débattue, la dernière fois, et pourtant, vous étiez aussi faible qu'un chaton qui vient de naître. Une chance que j'en sois sorti sans une égratignure !

Il croyait la rassurer ? Drôle de technique !

— Je ne me rappelle pas vous avoir agressé, rétorqua-t-elle en se renfrognant.

— Ça ne m'étonne pas. Vous n'étiez plus de ce monde, ou presque. Entre vos blessures et l'hypothermie… Malgré tout, vous vous êtes défendue comme une lionne.

L'admiration qui perçait dans sa voix la surprit. Avait-il réellement apprécié qu'elle se batte ? Pourquoi ?

Bah, peu importait. Ce qui comptait, c'était qu'elle ne se soit pas laissée faire. Et, à vrai dire, elle en était assez fière.

— Quoi qu'il en soit, reprit-il, le blizzard devrait suffire à vous protéger pour la nuit. Je vais quand même m'assurer que tout est bien fermé à double tour. En général, ce n'est pas une chose dont je m'inquiète, mais dans ces circonstances…

Comme il laissait sa phrase en suspens, elle tenta de sourire.

— Merci. Je me sentirai plus en sécurité. Et merci aussi pour votre hospitalité.

Il parut brusquement mal à l'aise et eut un geste vague de la main.

— Je n'aurais pas laissé un chat dehors, cette nuit, marmonna-t-il. Ç'aurait été inhumain.

Pourquoi lui disait-il ça ? Elle aurait bien aimé pouvoir lire dans ses pensées. Manque de chance, son visage était impénétrable.

Finalement, non, cela ne l'intéressait pas de savoir ce qu'il pensait. Demain à cette heure, elle serait partie. Le blizzard aurait sûrement fini de souffler et la neige de les ensevelir…

— Oh non ! s'exclama-t-elle soudain.

Horrifiée, elle plaqua la main sur sa bouche.

— Qu'est-ce qu'il y a ? demanda Clint.

— Je ne sais pas comment je vais faire pour partir…

— Je vous conduirai à l'arrêt de bus dès que la route aura été déblayée.

— Non, vous ne comprenez pas ! s'exclama-t-elle, la panique montant en elle. Il m'a pris mon sac, je n'ai plus ni carte d'identité, ni carte de crédit, ni argent… Zut, zut, zut ! Je suis piégée !

Un non tonitruant l'arrêta net, et elle regarda Clint, les yeux écarquillés.

— Comment ça, non ?

— Non, vous n'êtes pas piégée. Cessez de tout monter en épingle. Je vais vous aider. Faites-moi confiance, vous serez de nouveau sur pied et loin d'ici plus vite que vous ne croyez, lui promit-il.

Il était clair qu'il ne tenait pas à la voir s'éterniser chez lui. Raison de plus pour croire en sa promesse. Peut-être était-ce un drôle d'espoir auquel se raccrocher, mais un espoir quand même.

Et puis, n'avait-elle pas toujours trouvé un biais pour s'en sortir ? Auparavant, il fallait juste qu'elle reprenne des forces — et ses esprits, car elle avait encore du mal à réfléchir.

Comme Clint lui tendait l'assiette de petits pains, elle en prit un et savoura une première bouchée. Il lui remplit sa tasse de chocolat chaud.

Elle commençait à transpirer. Du pied, elle repoussa ses couvertures, laissant voir l'immense survêtement vert qu'il l'avait aidée à passer alors qu'elle était à moitié inconsciente.

— J'ai les orteils en feu.

— Pas étonnant puisqu'ils ont failli geler, remarqua-t-il en regardant ses pieds. Ils sont tout roses maintenant.

Pas une seconde elle n'avait pensé aux dangers qu'elle encourait à s'enfuir, vêtue simplement d'un T-shirt, d'un jean et de tennis, par ce froid hivernal. Sans même savoir où aller. Quelle folie ! Si elle avait réfléchi un tant soit peu, elle aurait trouvé une idée plus intelligente — par exemple, se cacher un moment sur l'aire de repos et attendre qu'une bonne âme accepte de l'emmener. Mais non, elle était partie, comme ça…

— Ce n'était pas une très bonne idée de me sauver par ce temps.

— Compte tenu de ce que vous m'avez raconté, je ne vois pas ce que vous auriez pu faire d'autre.

— En effet…

Elle lui jeta un coup d'œil.

— Je ne serais pas allée beaucoup plus loin, si vous ne m'aviez pas trouvée, n'est-ce pas ?

— Je ne sais pas. Avec de la volonté, on accomplit parfois des miracles. Mais, heureusement pour vous, on ne le saura jamais.

Jamais ? Pas cette fois, en effet. Mais les prochaines ?

Kevin la hantait, nuit et jour. Dans ses cauchemars, au lieu d'apparaître en homme, il se présentait sous les traits d'un monstre. Un monstre qui n'abandonnait jamais, qui revenait toujours, quoi qu'elle puisse faire.

Elle eut un frisson.

— Je ne comprends pas…

— Quoi ?

— Je ne comprends pas pourquoi il me poursuit. Pourquoi ne me laisse-t-il pas tranquille ? Je pars aussi loin que possible, et il me court après. Il ne veut pas me lâcher… Je ne comprends pas.

Clint secoua la tête.

— Je ne suis pas psy, mais je serais tenté de penser que c'est un malade. Déjà, pour vous avoir frappée, il ne doit pas être bien dans sa tête…

— Il est très obstiné et très exigeant. Il pique parfois des colères terribles. Au début, je pardonnais, mais…

Elle eut un mouvement de recul. Clint s'était penché vers elle, l'air menaçant, un peu comme un serpent qui va piquer.

— Ne faites jamais ça, gronda-t-il en l'obligeant à affronter son regard. Jamais, vous m'entendez ? Il n'y a pas de pardon pour quelqu'un qui frappe. Jamais. Les salauds comme lui recommencent toujours, une fois qu'ils ont dépassé les bornes. Vu ?

Elle battit des paupières, effrayée par la violence qui perçait dans sa voix. Puis il se redressa et reprit sa tasse comme si de rien n'était.

— Oui, je pense que vous avez raison…

Ses yeux gris lancèrent des flammes.

— Je sais que j'ai raison. Vous pourrez faire ce que vous voudrez, ils recommenceront toujours. C'est en eux, c'est leur façon d'exercer leur pouvoir. Pour régner, ils imposent la terreur.

Prenant conscience qu'elle l'écoutait, lèvres entrouvertes, elle ferma la bouche. De toute évidence, la discussion débordait le simple cadre de Kevin et de leurs relations.

— Vous en voulez encore ? demanda-t-il soudain en se levant, sa tasse de chocolat à la main.

— Non, merci. Ça ira.

Il disparut rapidement dans la cuisine, à croire qu'il avait besoin de les fuir, elle et leur conversation. Comment le lui reprocher ? Elle-même ne se sentait pas très à l'aise.

Surmontant la douleur due à ses ecchymoses, elle se radossa à son oreiller et laissa son regard se poser sur les flammes qui dansaient dans la cheminée. Son sauveur commençait sérieusement à l'intriguer. Pourquoi ? Il n'y avait aucune raison. Il semblait perturbé, ce qui n'était pas vraiment rassurant ; son physique n'avait rien d'attirant ; quant à sa violence contenue, elle lui faisait plutôt peur, en dépit de la gentillesse qu'il lui avait manifestée.

De toute façon, elle n'allait pas rester longtemps ici. Dès que la tempête se serait calmée, elle partirait et le laisserait tranquille. A coup sûr, elle n'entendrait plus jamais parler de lui. Alors, pourquoi se fatiguer à savoir qui il était vraiment ?

Elle renifla en sentant les larmes lui monter aux yeux. Ses paupières la brûlaient.

Elle ne voulait pas être un boulet pour Clint, mais comment allait-elle faire pour se sortir de ce pétrin ? La seule et unique fois où elle avait déposé plainte contre Kevin dans l'espoir qu'on le mette en prison, il n'y était pas resté deux ans. Apparemment, donner un coup de pied à son chien était plus sévèrement puni que battre sa compagne.

Prouver que l'on avait été maltraitée relevait du parcours du combattant. De fait, la deuxième fois où elle était allée se plaindre à la police, Kevin avait raconté qu'il n'était pas en ville ce jour-là ! Comme il vivait dans un autre Etat — et qu'il n'était pas idiot —, il s'était bien gardé de payer son essence, ses restaurants ou son hôtel avec sa carte de crédit. Résultat, le procureur l'avait déboutée pour manque de preuves. Et ce salaud de Kevin avait été lavé de tout soupçon. Pas vu, pas pris. Et puis, il y avait tant d'autres affaires tellement plus graves à régler…

Le vent qui s'abattait contre les vitres fit grincer les fenêtres derrière les rideaux. Le cœur battant, Kay balaya le salon du regard. Kevin devait bien se douter qu'elle avait arrêté de courir, maintenant. Il se demandait probablement si quelqu'un ne l'avait pas prise dans sa voiture. Un poids lourd par exemple. Ou…

En fait, il n'avait pas dû se poser la question très longtemps. Les routes étaient désertes, la tempête ayant été annoncée à grand renfort d'alertes à la radio et à la télévision, et ils étaient seuls sur l'aire d'autoroute. Quand il était sorti des toilettes, elle l'avait entendu l'appeler alors qu'elle se cachait dans un buisson, à l'autre extrémité de l'aire. Puis il avait démarré en trombe.

Certes, il ignorait de quel côté elle s'était sauvée, mais il ne fallait pas être grand clerc pour savoir qu'elle n'avait pas emprunté l'autoroute !

Et s'il était resté dans les parages ? S'il la cherchait dans le coin ?

La première chose à faire, en tout cas, c'était de ne pas prononcer son nom, ni au poste de police, ni ailleurs. De nos jours, tout se savait grâce à internet. Donc, il saurait.

Seigneur, qu'allait-elle devenir ?

Tel un nuage lourd et menaçant, la question se mit à planer au-dessus d'elle sans qu'elle puisse y apporter de réponse. Mieux valait l'oublier, en tout cas pour la nuit. Demain serait un autre jour, et elle pourrait y songer à ce moment-là. Avec un peu de chance, la douleur qui la paralysait aurait diminué, les petits maillets qui lui martelaient le crâne se seraient lassés de cogner, et elle aurait les idées plus claires.

Parce que, pour l'instant, elle n'était vraiment pas au mieux de sa forme.

Une voix forte la fit sursauter. Rouvrant les yeux, elle vit le visage de Clint au-dessus d'elle. Il était revenu sans qu'elle s'en rende compte.

— Qu'est-ce qu'il y a ? demanda-t-elle, étonnée.

— Vous dormez depuis une bonne demi-heure.

— Je ne m'en suis même pas rendu compte.

Elle étouffa un bâillement.

— Je sais que vous êtes morte de fatigue, reprit-il, une lueur compatissante dans le regard. Mais il est important que je vous réveille à intervalles réguliers. La nuit va être un peu difficile.

Elle secoua la tête.

— Ce n'est pas grave.

Elle se redressa lentement avec une grimace de douleur. Malgré ses précautions, sa tête se mit à tourner, et elle se laissa retomber sur l'oreiller, le cœur au bord des lèvres.

— Vous voulez quelque chose ? demanda Clint.

— Oui, la salle de bains. Je ne me sens pas bien. J'ai peur de…

Elle ferma les yeux et ravala un haut-le-cœur. La peur qui s'insinuait en elle la rendait malade.

— Attendez, je vais vous aider. Gardez les yeux fermés.

Elle qui s'attendait à ce qu'il lui prenne le bras et l'aide à marcher sentit soudain deux bras musclés la soulever. Il la porta comme un bébé jusqu'à la salle de bains.

Ce qu'elle n'apprécia pas du tout.

Elle détestait quand les hommes faisaient étalage de leurs forces. Et elle détestait qu'on pointe le doigt sur ses faiblesses — même si c'était vrai. Oui, elle était faible et impuissante. Mais qu'y pouvait-elle alors que tout autour d'elle s'acharnait à la terrasser ?

Arrivé dans la salle de bains, Clint la posa à terre et, sans ôter son bras de sa taille, s'assura qu'elle tenait debout.

— Attendez une minute avant d'ouvrir les yeux, lui conseilla-t-il.

Docile, elle garda les yeux fermés un instant, puis les ouvrit. Rien ne bougea ; tout resta stable. Avec une pointe de curiosité, elle regarda autour d'elle en évitant toutefois son reflet dans le miroir. La salle de bains était petite, mais contenait tout ce qu'il fallait.

— C'est la pièce la plus dangereuse de la maison, l'avertit Clint. Déplacez-vous lentement, ne vous retournez pas, ne relevez pas la tête et tenez-vous à quelque chose chaque fois que vous bougez. Si vous avez un vertige, appelez-moi. Je reste derrière la porte.

— Merci.

Tandis qu'il refermait la porte derrière lui, elle s'appuya au lavabo et s'aspergea le visage d'eau fraîche. Cela lui fit du bien. La nausée refluait.

Quand elle eut fini ses ablutions, elle voulut rejoindre la porte, mais ses jambes flageolèrent sous elle.

— Clint ?

Il entra tout de suite.

— Je vais vous porter, c'est plus sûr. Après ce que vous avez subi, c'est normal que vous ne teniez pas bien sur vos jambes. Sans compter que vous risquez de vous prendre les pieds dans votre pantalon.

Ses paroles la rassurèrent, et elle ne discuta pas quand il la reprit dans ses bras. Donc, ce n'était pas pour lui montrer ses muscles qu'il l'avait soulevée tout à l'heure. Il était réellement conscient de ce qu'elle vivait.

Dans le salon, il la reposa sur le canapé avec délicatesse, comme un objet précieux.

— Comment va votre tête ?

Elle grimaça.

— J'ai l'impression que quelqu'un prend mon crâne pour une grosse caisse.

— Désolé, je ne peux pas vous donner d'aspirine. Je sais que ça vous soulagerait, mais dans votre état, ça pourrait être dangereux. Et je n'ai rien d'autre.

Elle haussa les épaules.

— Bah, la douleur n'est-elle pas la preuve qu'on est vivant ?

Une expression étrange passa sur le visage d'ordinaire impassible de Clint, puis disparut avant qu'elle ait eu le temps de la décrypter. Décidément, cet homme était indéchiffrable. Avec Kevin, elle anticipait les crises. Ce qui ne lui servait pas à grand-chose, finalement, puisqu'elle ne réussissait jamais à les éviter.

— Qu'est-ce qui vous ferait envie ? s'enquit Clint. De la soupe ? Quelque chose à boire ?

— De l'eau gazeuse, s'il vous plaît. Je meurs de soif.

— Je reviens tout de suite.

Et il disparut.

Reposant la tête sur l'oreiller, elle écouta les rafales de vent qui soufflaient dehors. Si les murs en rondins semblaient une protection très efficace, on ne pouvait en dire autant des fenêtres. Le vent qui tentait de s'engouffrer par les interstices avec force sifflements faisait vibrer les vitres comme des feuilles.

Dans son malheur, elle avait de la chance. Car elle devinait que Kevin n'oserait pas s'aventurer dehors par une telle tempête, même pas pour la retrouver.

Seulement, la tempête ne durerait pas. Et que ferait-elle quand le vent aurait cessé de souffler, quand les routes auraient été déblayées ? Sans papiers d'identité, ni argent, où irait-elle ?

La panique monta en elle, aggravant son mal de tête. Alors que son sang se remettait à cogner sourdement contre ses tempes, elle sentit soudain l'air lui manquer. Elle prit une profonde inspiration et s'obligea à expirer lentement afin de se calmer. S'affoler ne servirait à rien. Certes, les fois précédentes, elle n'était pas aussi démunie. Mais Kevin avait eu beau la piéger en lui volant ses affaires, elle trouverait quand même le moyen de s'en sortir. Après tout, elle avait déjà fait preuve d'inventivité pour lui échapper…

— Buvez, ça vous fera du bien.

Tournant la tête, elle vit Clint qui lui tendait un verre d'eau pétillante. Le verre tangua légèrement avant de se stabiliser. Décidément, le moindre mouvement était cause de vertige…

— Merci.

Elle prit le verre et s'immobilisa. Pour boire, il fallait qu'elle se redresse. Clint dut le comprendre en même temps qu'elle, car il lui prit le verre des mains, le posa sur la table basse et l'aida à s'asseoir.

— Je dois être fatigué, moi aussi, remarqua-t-il en remontant l'oreiller dans son dos. J'en oublie le B-A. OK.

— Vous pensez toujours à tout quand vous n'êtes pas fatigué ?

— Presque.

Son ton sec la dissuada d'insister. Elle se demanda en quoi sa question avait pu le déranger. Son verre à la main, elle le regarda faire le tour de la table basse et s'asseoir en face d'elle. Il prit le livre ouvert sur la table et se plongea dans sa lecture. Apparemment, il n'était pas d'humeur à bavarder.

Parfait. Elle non plus.

Les minutes passèrent. Assise sur le canapé, Kay laissait son esprit vagabonder. Mais peu à peu, ses pensées en revinrent au sujet de son obsession, et l'effrayèrent. A tel point que, tout à coup, l'idée d'être seule avec elles l'épouvanta.

Mais comment discuter avec quelqu'un qui vous fait clairement comprendre qu'il veut que vous le laissiez tranquille ? Autant parler à un mur.

Ayant appris à se méfier des hommes, elle garda le silence. Inutile d'irriter son hôte. Avec sa stature impressionnante, il pouvait se révéler encore plus dangereux que Kevin. Encore que ce qu'il avait fait pour elle jusqu'à présent tendait à prouver le contraire.

Elle poussa un petit soupir. Inquiet — peut-être ? — de l'entendre souffler, il rompit le silence.

— Ça ne va pas ?

— Si, si… Ce sont mes pensées qui me dérangent.

— Je comprends ça.

Elle lui jeta un coup d'œil à la dérobée. Il semblait sincère.

— Je vous dois des excuses, déclara-t-il en reposant son livre. Ça fait un certain temps que j'ai choisi de vivre en solitaire. Et, à force d'être coupé du monde, j'ai perdu toutes mes bonnes manières.

— Je ne vous demande pas de faire assaut d'amabilités. Depuis le début, vous vous montrez vraiment très bon envers moi alors que rien ne vous y oblige.

Elle marqua une pause.

— C'est plutôt moi qui suis désolée de troubler votre tranquillité. Et maintenant, je vous empêche de lire… Le problème, c'est que des pensées sinistres me poursuivent. Je ne sais vraiment pas comment je vais m'en sortir…

— Compte tenu de ce que vous m'avez raconté, je comprends votre inquiétude.

Comme il se taisait, elle crut qu'il mettait un terme à leur conversation, et reporta son regard sur les flammes. Mais contrairement à ce qu'elle pensait, il reprit la parole.

— Il va falloir que vous envisagiez de rester ici deux jours au moins.

Intriguée, elle tourna les yeux vers lui. L'invitation, bien que venant de lui, semblait loin de lui plaire.

— Vous venez de me dire que vous aviez choisi de vivre seul. Je ne veux pas m'imposer.

— Il vous faut encore un peu de temps pour vous remettre de vos blessures. Avant que vous partiez, je veux être sûr que vous ne craignez plus rien et que vous avez un plan pour… après. Vous n'allez pas vous lancer tête la première dehors dès que le dernier flocon aura fondu ! Ici, je peux vous assurer le confort de la sécurité.

Le confort de la sécurité. Il avait prononcé ces mots avec tellement d'assurance qu'elle se demanda qui il pouvait bien être. Ou qui il était avant de devenir ce drôle d'ermite. Même les flics les plus compatissants ne lui en avaient jamais proposé autant. Ils l'avaient abreuvée de conseils, dont celui de partir le plus loin possible de Kevin, et mise en garde contre tous les dangers possibles — rien qu'elle ne sache déjà. Mais aucun ne lui avait proposé une garde rapprochée.

Elle se rembrunit.

— Kevin est une bombe à retardement. Personne ne sait quand elle va exploser. Avec lui, tout le monde est en danger.

Il fronça les sourcils.

— Les bombes, je connais. Et je connais pire que votre ami. Croyez-moi, avec moi vous ne craignez rien.

— La police n'a rien pu faire…

— Vous ne pouviez pas demander aux flics de vous surveiller vingt-quatre heures sur vingt-quatre, remarqua-t-il. Et puis, ils n'ont pas mon entraînement.

La question qu'elle se posait depuis un moment jaillit de ses lèvres avant qu'elle ait pu la retenir.

— Qui êtes-vous, au juste ?

Il se radossa à son fauteuil et fixa la fenêtre, comme si les faisceaux de ses yeux pouvaient transpercer les murs. Elle ne put retenir un frisson.

— J'ai travaillé pendant longtemps dans l'armée, aux Opérations spéciales. J'étais doué. Très doué, même.

Elle ne sut que répondre. Devait-elle le féliciter ? Béer d'admiration devant lui ?

Non. Son visage exprimait tout autre chose que l'envie d'être complimenté.

— Il ne faut pas que ce type vous retrouve, déclara-t-il soudain. Je ne veux pas que vous reviviez ça.

Elle le considéra avec des yeux ronds. Lui aussi semblait surpris par cet aveu qui venait de lui échapper. Mais ses traits retrouvèrent presque aussitôt leur dureté habituelle.

— Malheureusement, il arrive qu'on n'ait pas le choix…

3

Vaincue par la fatigue et ses blessures, Kay s'endormit rapidement. Pendant toute la nuit, Clint la réveilla à intervalles réguliers afin de l'empêcher de sombrer dans l'inconscience. Chaque fois, elle replongea immédiatement dans le sommeil.

Quand, des heures plus tard, des odeurs d'œuf au bacon la réveillèrent, elle comprit que le jour s'était levé. Ses papilles se mirent à saliver tant cela sentait bon. Elle avait une faim de loup.

Se redressant avec précaution, elle constata que la pièce ne tournait plus. Apparemment, les vertiges, c'était fini. En revanche, sa tête lui faisait toujours mal, ainsi que sa joue et son œil. Son corps couvert d'ecchymoses était encore endolori, mais, Dieu merci, la douleur était plus supportable que la veille.

Elle se leva et avança à pas lents en tenant les jambes de son pantalon relevées afin de ne pas se prendre les pieds dedans. Une fois dans la salle de bains, elle se rafraîchit un peu. Hmm, c'était si bon…

Lorsqu'elle revint dans le salon, elle ouvrit l'un des rideaux pour regarder dehors. Il neigeait encore. Ce maudit blizzard ne finirait donc jamais ?

Il était tôt, de sorte qu'elle ne vit pas grand-chose. Poussés par un vent toujours aussi violent, les flocons semblaient danser dans l'air. La terrasse disparaissait sous une bonne épaisseur de neige et, au-delà de la rambarde, tout se fondait dans un magma de gris et de blanc. Quand la tempête se serait calmée, pousser la porte pour sortir ne serait pas une mince affaire.

— Bonjour.

Surprise, elle sursauta et dut s'agripper au rebord de la fenêtre afin de garder l'équilibre. Ses jambes n'étaient pas encore bien solides.

Clint se tenait sur le seuil et souriait — un sourire qu'elle trouva un peu crispé.

— Vous avez pu vous lever, c'est bien. Vous avez faim ?

— Le bacon sent tellement bon que…

— Vous en voulez ? Avec ou sans œufs ?

— Avec. Et du pain grillé aussi, si c'est possible.

— Pas de problème.

Il disparut dans la cuisine.

— Du café ? l'entendit-elle crier par-dessus le bruit des poêles.

— Oui, s'il vous plaît. Sans lait.

Ses jambes, agitées de tremblements, menaçaient de se dérober sous elle. Péniblement, elle se dirigea vers le canapé et s'y laissa tomber. Elle n'était pas encore bien vaillante, mais au moins pouvait-elle maintenant s'asseoir le dos droit.

Son verre d'eau gazeuse était resté sur la table basse. Assoiffée, elle le prit et but son contenu d'un trait. Même sans bulles, l'eau lui fit du bien.

Clint apparut avec une tasse de café. Il la posa devant elle, avant de repartir aussitôt vers la cuisine. Il avait ajouté quelques bûches sur le feu qui montait haut dans la cheminée. Il faisait bon, et les flammes éclairaient la pièce de leur chaude lueur. Kay avait l'impression d'être dans une grotte, une grotte douillette et sûre, dont la roche épaisse la protégeait des prédateurs.

Sauf que, elle l'avait appris à ses dépens, la notion de sécurité était illusoire. Un jour ou l'autre, on se retrouvait de nouveau exposé et généralement plus vite qu'on ne l'avait imaginé…

L'apparition de Clint avec le plateau du petit déjeuner

l'interrompit dans ses pensées. Traversant la pièce, il alla poser son chargement sur la table placée contre le mur. Kay rassembla ses forces, se leva, puis se dirigea vers lui à petits pas. Sans la quitter du regard, il tira une chaise de sous la table. A raison, car à peine l'eut-elle rejoint qu'elle se sentit chanceler sur ses jambes.

— Il était temps, remarqua-t-il en l'aidant à s'asseoir sur la chaise.

— La distance n'était pourtant pas bien longue.

Seigneur, jamais elle ne s'était sentie aussi faible… Il est vrai qu'elle jeûnait depuis plusieurs jours quand Clint l'avait recueillie. Si elle ignorait pourquoi Kevin l'avait enlevée et ce qu'il comptait faire d'elle, une chose était sûre : il n'avait pas prévu de la nourrir. Pas une fois il ne lui avait donné à manger.

Quelle différence avec Clint, songea-t-elle en jetant un regard ébahi à la montagne de nourriture amoncelée sur la table. De toute évidence, pour lui, le petit déjeuner était le repas le plus important de la journée.

— Combien de toasts avez-vous fait ? Et regardez tout ce bacon… Et ces œufs brouillés ! Il y a de quoi nourrir un régiment !

— Je suis sûr que vous allez y faire honneur. A mon avis, vous avez plus faim que vous ne le pensez.

— Hmm…

Il avait raison, elle était affamée.

Ils remplirent leurs assiettes et commencèrent à manger en silence. Kay avait les mains qui tremblaient. Bien qu'elle meure de faim, elle avait du mal à mâcher et à avaler.

— Et maintenant, vous voulez bien me raconter ce qui s'est passé ? s'enquit soudain Clint.

— Non.

La réponse avait fusé, sans appel. Par chance, il ne parut pas s'en formaliser.

— Mangez d'abord. C'est plus important.

Tout en mangeant, elle réfléchit aux raisons qui la poussaient à refuser de lui parler d'elle. Certes, ce qu'elle avait vécu n'était pas très glorieux, mais quel mal y avait-il à lui raconter son histoire ? D'autant qu'elle n'était pas obligée de tout lui dire.

Le silence s'éternisait. Le ventre à présent bien rempli, elle se sentait mieux, plus forte. Mais mieux elle allait, plus elle était pressée de partir. Lorsqu'elle restait trop longtemps quelque part, le danger la rattrapait immanquablement. Et, malgré les promesses de Clint, elle ne pouvait pas croire que Kevin cesserait de la harceler.

N'avait-il pas toujours retrouvé sa trace ?

— Qu'est-ce que vous faites, dans la vie ? s'enquit Clint.

— Ce que je peux. Des petits boulots. Serveuse, en général. C'est un job facile à décrocher lorsqu'on arrive dans une ville inconnue.

— Ça vous plaît ?

— Eh bien… quand on travaille dans un bon restaurant, on gagne sa vie correctement.

— Vous avez de l'argent de côté ?

— Je pense que je n'en ai plus.

Elle baissa la tête vers ses œufs brouillés qu'elle piqua du bout de sa fourchette.

— Vous devriez appeler votre banque pour les prévenir qu'on vous a volé votre carte de crédit, lui conseilla-t-il.

Elle releva brusquement la tête.

— Surtout pas ! Si je me manifeste, la banque voudra savoir où je me trouve. Elle me demandera une adresse où me faire parvenir ma nouvelle carte, un numéro de téléphone. Elle aura besoin que je signe des papiers… Kevin connaît tous les trucs. Il sait comment suivre ma trace.

Clint hocha la tête.

— Vous avez sans doute raison. Excusez-moi, je suis un vieux réac' qui oublie qu'avec les moyens de communication modernes, à condition de savoir où chercher, on peut tout trouver, ou presque.

— C'est un peu ça. Il y a vingt ans, la Poste a cessé de fournir les adresses des gens qui déménageaient pour éviter que des personnes malintentionnées les poursuivent. Ça s'est révélé efficace, à l'époque. Mais aujourd'hui, avec une poignée de dollars, vous pouvez obtenir les coordonnées de n'importe qui dans le pays. Et, avec de l'argent supplémentaire, vous obtenez encore plus de renseignements.

Elle ajouta, désabusée :

— Je ne sais pas comment Kevin s'y prend, mais les trois dernières fois, il m'a retrouvée tout de suite. Comment voulez-vous que je lui échappe ?

— En fait, il est possible de se cacher, à condition d'accepter quelques concessions… Mais on en parlera plus tard.

Sans lui en dire plus, il se leva et commença à débarrasser la table. Elle lui proposa de l'aider à laver la vaisselle, mais il refusa.

Vingt minutes plus tard, il la rejoignait dans le salon.

— Vous voulez peut-être prendre une douche ? demanda-t-il. Je peux vous prêter un autre survêtement.

Elle ne se sentait pas encore assez solide sur ses jambes pour s'aventurer seule dans la salle de bains. Et elle ne pouvait pas lui demander de l'aider.

— Tout à l'heure, peut-être.

— Comme vous voudrez. Un café ?

Il lui tendit une tasse fumante, puis s'installa dans un fauteuil et but son café à petites gorgées. En entendant le vent souffler, il tourna la tête vers la fenêtre.

— Ça n'a pas l'air de vouloir s'arrêter, commenta-t-il.

Tant mieux, songea-t-elle. Cela lui donnait quelques heures de plus pour voir venir et élaborer un plan.

Non, tout compte fait, ce n'était pas bien. Clint lui avait dit qu'il aimait vivre retiré du monde, et voilà qu'elle s'imposait chez lui, même si ce n'était pas sa faute. Le hic, c'est qu'il ne pouvait décemment pas la mettre à la porte. Il allait sûrement la prendre en grippe…

— Je suis désolée, murmura-t-elle.

— De quoi ?

— De m'imposer de la sorte.

— Je vous en prie !

Elle se renfonça dans son oreiller. Voilà qu'elle commençait à l'énerver — à énerver un homme dont elle ne savait rien et dont elle dépendait complètement. Un homme qui pouvait faire d'elle absolument tout ce qu'il voulait…

Elle lui jeta un coup d'œil. Assis dans son fauteuil, il n'avait pas l'air énervé mais lassé, ce qui changeait de son impassibilité habituelle.

— Ni vous ni moi n'aimons cette situation. J'apprécie ma solitude, et vous, vous préféreriez sûrement savoir votre ex-petit ami hors d'état de nuire. Malheureusement, on n'a pas toujours le choix dans la vie. Pour l'heure, il n'y a rien d'autre à faire que de vous permettre de récupérer en sécurité. Ma sacro-sainte solitude passe après.

— Il n'empêche que je suis gênée, remarqua-t-elle, sans trop savoir si c'était parce qu'elle l'agaçait ou à cause du pétrin dans lequel elle était plongée.

— Cessez de vous excuser. Vous n'êtes pour rien dans cette situation. Je sais que je ne suis pas un hôte particulièrement aimable, mais si vous pensez que votre présence m'ennuie ou que ça m'empoisonne de devoir vous aider, vous avez tout faux.

— Très bien.

Elle aurait voulu en rester là, mais visiblement, il en avait décidé autrement.

— Vous avez des droits, et j'ai des devoirs, laissa-t-il tomber.

Sa remarque la surprit.

— Quels droits ?

— Vous avez le droit d'exister sans être terrorisée. Vous avez le droit d'attendre des autres qu'ils vous aident à vous sortir des griffes de ce type. Vous avez le droit d'obtenir de l'aide, ce qui ne semble pas avoir été le cas jusqu'à présent.

— Vous aussi, vous avez des droits, répliqua-t-elle.

— Oui, mais je suis assez grand pour m'occuper de moi.

— Personne ne vous demande de vous occuper de moi.

— Justement si. Maintenant que je vous ai recueillie, je suis responsable de vous.

Elle secoua la tête et s'arrêta net en sentant son cou l'élancer.

— Vous ne me connaissez pas. Vous ne me devez rien.

— Je ne vous connais peut-être pas, mais vous êtes un être humain, et cela suffit à vous octroyer des droits, déclara-t-il en haussant les épaules. Quant à moi, j'estime, en tant qu'être humain également, avoir le devoir de tout mettre en œuvre pour vous aider.

Elle le considéra avec étonnement. Personne ne lui avait jamais tenu ce genre de discours.

Il se pencha et, après avoir posé sa tasse sur la table, planta ses coudes sur ses genoux.

— Vous voulez savoir pourquoi je préfère être seul ?

Elle s'en doutait, mais n'eut pas le temps de répondre.

— Parce que, de nos jours, personne ne prend plus ses responsabilités. Les gens préfèrent regarder ailleurs ou choisir la voie la plus facile plutôt que s'enquiquiner à venir en aide à ceux qui en ont besoin.

— Tout le monde n'est pas comme ça, protesta-t-elle.

— La majorité, si. Pour être franc, je préfère ne pas fréquenter mes semblables. Les gens refusent toute responsabilité. Or, notre responsabilité ne s'arrête pas au bout de nos souliers ni à notre porte.

Elle se mordilla la lèvre.

— C'est un sujet qui vous tient à cœur, on dirait.

— En effet. J'y ai beaucoup réfléchi.

Elle aurait bien aimé lui demander pourquoi, mais n'osa pas. Il y avait chez cet homme un côté sombre, une face cachée, une blessure secrète. Même son regard semblait hanté, parfois. Mieux valait qu'elle ne creuse pas davantage.

Reprenant sa tasse, il se renfonça dans son fauteuil et but une gorgée de café.

— Vous avez de la famille ? s'enquit-il soudain.

— Moi ?

— Oui, vous. De qui voulez-vous que je parle ? Nous ne sommes que deux, ici.

— Pardon. Euh… Vous voulez connaître toute l'histoire ? C'est banal à pleurer.

Elle haussa les épaules, et eut une grimace de douleur. L'espace d'un instant, elle avait oublié que Kevin l'avait frappée là également. A dire vrai, il avait cogné partout.

— La plupart des existences sont banales à pleurer, commenta Clint. Dites-moi ce que vous voulez bien me dire.

Elle baissa les yeux sur ses mains qu'elle tordait sans s'en rendre compte, et s'obligea à les poser à plat sur ses cuisses.

— Ma mère se droguait ; elle est morte d'une overdose quand j'avais quatre ans. Comme personne ne savait qui était mon père, ma grand-mère m'a prise chez elle. Elle est morte alors que je venais d'avoir treize ans. Après ça, je suis allée de famille d'accueil en famille d'accueil. Six, en tout. J'étais assez infernale…

— Vous êtes allée au lycée ?

— Oui. J'aurais voulu m'inscrire à la fac, mais l'université coûte cher et je n'avais pas les moyens de payer mes études en plus d'un logement. J'ai commencé à travailler en espérant pouvoir mettre de l'argent de côté. Et puis, Kevin…

N'osant plus affronter son regard, elle baissa de nouveau les yeux sur ses mains.

— Parlez-moi de Kevin. Depuis le début.

Elle hésita. Pourquoi voulait-il tout savoir ? Sa relation avec Kevin ne le regardait pas. D'accord, il l'avait sauvée d'une mort probable dans le froid et la neige, mais cela ne lui donnait aucun droit.

Enfin, si, peut-être…

— Kevin était gentil, au début, commença-t-elle. Tout allait bien entre nous, si ce n'est que j'ai vite compris que je devais marcher sur des œufs avec lui à cause de ses sautes d'humeur. J'ai aussi compris qu'il ne gardait jamais un travail plus d'un mois ou deux compte tenu de son fichu caractère. A la fin, d'ailleurs, je ne lui disais même plus de chercher du boulot puisque je savais que ça ne durerait pas.

Elle poussa un soupir.

— Un jour, j'ai fait une chose stupide : j'ai ouvert un compte d'épargne dans le but d'économiser assez pour aller à la fac plus tard. Quand je déposais mon salaire à la banque, j'en mettais une partie sur mon compte courant et l'autre sur ce compte d'épargne.

— Mais vous ne lui avez rien dit.

— Non.

Clint soupira à son tour.

— Ç'aurait dû vous mettre la puce à l'oreille.

— Je sais. Mais à ce moment-là, je n'ai pas réfléchi aux raisons qui me poussaient à agir en cachette. Quand j'y repense maintenant, je me dis que c'était idiot.

— Pas du tout. Si vous saviez le nombre de gens qui font ce qu'ils pensent être le mieux, puis se disent que c'était idiot… Ce n'est jamais idiot. C'est ce qu'on peut faire de mieux à un moment donné.

— Je me sens quand même stupide.

— La suite, je la devine. Kevin a découvert que vous aviez ouvert un compte d'épargne.

Elle hocha la tête.

— Il m'a frappée. C'était la première fois. Ensuite, il m'a dit qu'il était désolé, il a juré qu'il ne recommencerait plus. Et il a pris l'argent.

Elle évita son regard.

— Oui, je sais, j'ai été bête…

— Arrêtez de dire ça. C'est fou ce que ces salauds peuvent

être manipulateurs. Donc, il a dépassé les bornes. J'imagine qu'ensuite, ça n'a fait que s'aggraver ?

— Oui, ça a empiré progressivement. Jusqu'à ce qu'il me casse un bras et me frappe tellement fort que je n'ai pas pu aller travailler le lendemain. J'étais en piteux état. Quand mon patron est venu me voir, il a tout de suite compris. Il m'a emmenée à l'hôpital et a appelé la police.

— Ah, enfin ! Une personne responsable entre en scène ! C'est étonnant.

Malgré elle, elle sourit.

— Mon patron était un type bien.

— C'est ce que je vois. Kevin a fait de la prison ?

— Oui.

— Et il est ressorti au bout de combien de temps ?

— Moins de deux ans.

Clint secoua la tête d'un air dégoûté.

— La suite de l'histoire est facile à deviner…

Quand il posa les yeux sur elle, son regard était glacial, à faire peur. Pourtant, elle ne cilla pas. Trop de fatigue, sans doute, ou trop d'épouvante.

— Croyez-moi, Kay, aussi longtemps que vous serez sous mon toit, cet homme ne touchera pas à un cheveu de votre tête.

Elle frémit intérieurement. Parce qu'elle le croyait. Et aussi parce qu'elle redoutait le genre de protection qu'il était capable de lui fournir, avec son passé dans les Opérations spéciales.

— Je ne veux pas que vous ayez des ennuis à cause de moi, dit-elle, embarrassée.

Il eut un sourire énigmatique.

— Ne vous inquiétez pas pour ça. Je n'en aurai pas.

Elle sombra de nouveau dans le sommeil. Lorsqu'elle rouvrit les yeux, elle regarda autour d'elle, confuse. Elle reconnaissait la cheminée, le salon, Clint assis dans son fauteuil en train de lire. Mais…

— Quelle heure est-il ? Quel jour sommes-nous ? demanda-t-elle en se redressant brusquement.

Il leva les yeux de son livre.

— On est vendredi 12 décembre. Il est 13 heures.

Elle se laissa retomber sur son oreiller.

— Cinq jours…

— Depuis votre enlèvement ?

— Oui.

Elle se sentait désorientée.

— Je sais que vous me l'avez dit, mais dans quel Etat sommes-nous ?

— Dans le Wyoming. A côté de Laramie, plus exactement.

Elle referma les paupières et les serra fort.

— Seigneur, j'ai l'impression que tout se mélange…

— Ne vous inquiétez pas, c'est normal. A propos, comment va votre tête ?

— Mieux.

— Bien. Je pense que c'est pour ça que vous commencez à vous poser des questions.

— Je ne savais pas qu'il m'avait gardée si longtemps…

— Vraiment ?

— Je n'ai pas vu les jours passer. La plupart du temps, j'étais enfermée dans le coffre, sans rien à manger. C'est tout juste s'il m'a donné à boire.

— Ce type a intérêt à ne pas vous approcher tant que vous êtes avec moi.

Le calme avec lequel Clint prononça ces mots la surprit. Sa façon de proférer des menaces était étonnante, à croire qu'il s'agissait de quelque chose de normal. Son visage restait impassible ; aucune émotion ne transparaissait ni dans son attitude ni dans sa voix. Cette maîtrise qu'il avait de lui-même, assez effrayante en soi, eut le don de la rassurer. Il semblait si sûr de lui…

Contrairement à elle.

Elle tourna la tête vers la fenêtre. A en juger par les sifflements du vent, la tempête ne s'était toujours pas calmée. Il était rare qu'un tel déchaînement de violence dure aussi longtemps.

Elle songea à sa situation. Pour l'instant, les conditions météorologiques ne lui laissaient pas le choix, elle était coincée ici avec son sauveur. Mais quand la tempête aurait cessé, que ferait-elle ?

— Il va falloir que j'organise la suite…

— Ne vous emballez pas, l'interrompit Clint. Rien ne presse. Et de toute façon, j'y pense.

— Comment ça ?

Il haussa les épaules sans répondre.

— C'est mon problème, remarqua-t-elle, un peu agacée par sa désinvolture.

— Le mien aussi.

Il avait l'air sérieux. Et ce n'était pas le genre d'homme à parler pour ne rien dire.

— Ce n'est pas la peine de réfléchir à ma place. Je vais trouver une solution, insista-t-elle.

— Si j'ai bien compris, ça fait des années que vous cherchez des solutions. Laissez donc quelqu'un d'autre s'en occuper pour une fois, ça vous changera.

Devant son air renfrogné, il referma son livre et le posa sur la table.

— Ecoutez, Kay, je ne cherche pas à vous imposer mes vues. C'est vous qui prendrez les décisions. J'ai juste quelques propositions à vous faire.

— Très bien. Lesquelles ?

— D'abord, appeler le shérif.

— Ça, sûrement pas. Je vous ai déjà expliqué pourquoi. Je ne veux pas risquer d'être repérée par Kevin.

Un instant, il l'observa en silence, puis reprit froidement :

— Quel est votre but ? Fuir toute votre vie ?

Sa froideur aurait pu s'apparenter facilement à de l'indifférence, mais elle devinait que ce n'était pas le cas.

— Non, admit-elle.

Ses yeux la piquaient. Ah non, elle n'allait pas pleurer ! Dans l'espoir de ravaler ses larmes, elle se mordit la lèvre si fort que cela lui fit mal.

— Dans ce cas, il faut régler le problème, trancha-t-il. Le shérif est un homme en qui j'ai toute confiance. Ce que je lui raconterai de vos mésaventures, il le gardera pour lui. Votre nom ne sortira pas, je vous le promets.

— Vous en êtes sûr ?

— Je vous le répète, il a toute ma confiance. Et je ne parle pas à la légère. Si je vous dis que votre nom ne sera pas ébruité, c'est que c'est vrai. Il faut que vous le rencontriez et que vous lui demandiez de retrouver Kevin.

Il se pencha vers elle et riva ses yeux aux siens.

— Kay, votre ex-petit ami a commis des crimes punis par la loi. Non seulement il vous a frappée, mais en plus, il vous a enlevée et emmenée de force à travers le pays. Ce type doit finir ses jours en prison.

Il avait mis tant de conviction dans ses paroles qu'un instant, elle sentit l'espoir germer en elle, avant de se décourager de nouveau.

— Pour l'envoyer en prison, il faudrait déjà le retrouver, observa-t-elle, morose.

— On le retrouvera. D'une façon ou d'une autre.

— A quoi bon ? De toute façon, ce sera sa parole contre la mienne…

Comme avant. Pas une fois elle n'avait gagné.

— On va prendre des photos de votre visage et de vos blessures, déclara-t-il.

Elle effleura sa joue blessée.

— Je dois avoir une drôle de tête…

— Vous avez la tête de quelqu'un qui a été frappé avec quelque chose de lourd. Comme une barre en fer.

Elle leva les sourcils.

— Pourquoi dites-vous ça ?

— Vous ne vous êtes pas regardée dans le miroir ?

— Non.

Elle avait même soigneusement évité d'affronter son reflet. Avoir mal lui suffisait ; elle ne voulait pas, en plus, être épouvantée par ce qu'elle verrait. Sa joue l'élançait, le cocard qu'elle avait à l'œil lui fermait à moitié la paupière… sans compter tout le reste. Elle avait peur d'être défigurée à vie. Si tel était le cas, elle aurait désormais du mal à trouver une place de serveuse où qu'elle aille…

— Il vaudrait mieux que ce soit le shérif qui prenne les photos, remarqua Clint. Mais s'il ne peut pas venir aujourd'hui, est-ce que vous m'autoriserez à le faire ?

— Pourquoi préférez-vous que ce soit le shérif qui s'en charge ?

— Parce que, comme ça, personne ne pourra les contester. D'ailleurs, ce n'est sans doute pas lui qui les fera, mais une de ses collègues. D'après ce que j'ai vu, vous avez des hématomes sur tout le corps.

Rouge de honte, elle se cacha le visage dans les mains. Mais de quoi avait-elle honte ? Qu'avait-elle fait de mal ?

De nouveau, les larmes perlèrent à ses paupières. Incapable de les retenir, elle les laissa couler sans bruit ni sanglot. Cela faisait longtemps qu'elle avait appris à pleurer en silence.

Clint garda le silence. Lorsque ses pleurs se furent taris, elle s'essuya le visage d'un revers de manche. Sans un mot, il se leva et lui tendit une boîte de mouchoirs en papier.

— Pardon, s'excusa-t-elle, gênée de s'être montrée en spectacle.

— Je vous ai déjà dit d'arrêter de vous excuser.

Il lui proposa une tasse de café qu'elle accepta avec plaisir. Au petit déjeuner, elle avait bu son café machinalement, sans prêter attention à son arôme, tout à ses sombres pensées.

La première gorgée lui chatouilla les papilles.

— Vous l'aimez fort, à ce que je vois. Moi aussi.

Elle lui sourit — un sourire sûrement bizarre, car sa joue

droite était douloureuse. Il ne réagit pas. Les mondanités n'étaient vraiment pas son fort, songea-t-elle en dégustant une autre gorgée de café.

— Quand comptez-vous appeler le shérif ?

— Dès que vous m'aurez donné quelques précisions, répondit-il.

— Quelle sorte de précisions ?

— La voiture que votre ami conduisait, à quoi il ressemble, son nom, le lieu de votre enlèvement.

Elle prit une profonde inspiration. Il avait raison, elle n'allait pas passer sa vie à fuir et à se cacher, même si elle se sentait en sécurité dans cette maison, d'autant plus qu'elle y avait un allié.

Un allié…

Si Clint avait décidé de lui venir en aide, c'était uniquement par devoir. Il n'attendait rien d'elle. Et, finalement, c'était mieux ainsi. Au moins ne risquait-elle pas de s'embarquer dans une aventure scabreuse comme cela avait été le cas avec Kevin.

Oui, Clint était le meilleur allié possible.

— Très bien, fit-elle, déterminée. Dites-moi ce que vous voulez savoir.

Il se leva.

— Donnez-moi deux secondes. Je vais chercher un papier et un crayon.

Elle attendit son retour, les doigts crispés sur sa tasse, en pensant qu'elle était sur le point de signer son arrêt de mort.

Sauf qu'à cet instant, même la mort lui semblait préférable à cette vie qui n'en était pas une.

4

Après que Kay eut répondu à ses questions, Clint alla chercher son téléphone portable et revint s'asseoir dans son fauteuil.

Il était temps d'appeler le shérif.

Certes, les routes étaient encore impraticables, mais peu importait. Il n'avait pas besoin de lui pour protéger Kay ; il avait besoin de lui pour coincer Kevin.

Sur son bloc étaient notés tous les détails qu'elle lui avait confiés. Son écriture laissait à désirer, d'autant qu'il avait écrit en abrégé, mais il avait l'habitude, et il relut ses notes rapidement.

Quand il en vint à la description de la voiture, une idée lui vint à l'esprit, et il faillit laisser échapper un juron de colère. Ce véhicule qui avait ralenti à leur hauteur alors qu'il portait Kay jusqu'à son pick-up... S'agissait-il de Kevin ? La visibilité était telle à ce moment-là qu'il n'en aurait pas mis sa main au feu, mais d'après la description que Kay lui avait faite de la voiture, la ressemblance était troublante.

S'il s'agissait effectivement de Kevin, alors il savait où elle se cachait. La route donnait uniquement accès au ranch et à la propriété voisine, ce qui réduisait le champ des possibilités. L'homme se montrant particulièrement opiniâtre, il avait dû relever la plaque d'immatriculation du pick-up et mener des recherches pour connaître l'identité de son propriétaire. Quelques questions par-ci par-là, et il apprendrait que Kay n'était pas allée au poste de police ni à l'hôpital. La conclusion s'imposerait d'elle-même.

Restait une consolation, en tout cas temporaire. Kevin, comme tout le monde, devait être bloqué par la tempête. Cela leur laissait le temps de réfléchir, jusqu'à ce que la neige cesse et que les routes redeviennent praticables.

Clint tentait de maîtriser sa colère afin de ne pas effrayer Kay. Elle avait bien assez peur comme ça. Tellement peur, même, qu'il préférait téléphoner au shérif devant elle afin qu'elle entende sa conversation et sache qu'il ne la trahissait pas.

Tout en réfléchissant, il composa le numéro du poste de police sur son téléphone.

— Bureaux du shérif de Laramie, répondit une voix.

Il sourit. Qu'il pleuve ou qu'il neige, Velma était fidèle au poste.

— Bonjour, Velma. C'est Clint Ardmore. Je peux parler à Gage ?

— Je vais voir. Comme tu t'en doutes, on est un peu submergés, avec cette tempête. Tous ces gens à qui on dit de rester chez eux et qui sortent quand même… On reçoit des appels de partout !

— Tu es restée chez toi, toi ?

— Je te rappelle que j'habite à deux cents mètres, répliqua-t-elle en riant. Bon, je vais voir si Gage est là. Attends deux secondes.

Il y eut un silence, puis elle reprit le combiné :

— Clint, Gage est parti avec une équipe sortir une voiture du fossé. Il reste Micah. Tu veux que je lui demande de passer chez toi ?

L'on pouvait compter sur les doigts d'une main les personnes à qui il faisait totalement confiance. L'une d'elles était Gage Dalton, le shérif ; une autre, Micah Parish, son adjoint.

Il jeta un coup d'œil à Kay. Au comble de la nervosité, elle se tordait les doigts et jetait de fréquents coups d'œil à la fenêtre comme si cela la démangeait de sauter à travers. Lui-même n'en menait pas large. Depuis qu'il s'était rappelé le véhicule inconnu, il ne pensait plus qu'à cela.

— Tu crois que Micah pourrait venir ? demanda-t-il à Velma.

— Il est dans ton secteur. Donc, j'imagine que oui.

Dans le Wyoming, tous les véhicules de police étaient équipés de pelleteuses qui leur permettaient de se frayer un chemin dans la neige. Les occasions de les utiliser ne manquaient pas, à Laramie.

— Une seconde, Velma.

— Je t'en prie.

Il posa la main sur le combiné et se tourna vers Kay.

— Le shérif n'est pas disponible pour l'instant, mais son adjoint, si. Il peut passer, si vous voulez. A mon avis, ce serait mieux que d'attendre le shérif.

Elle croisa les doigts et les serra à tel point que ses articulations devinrent blanches.

— Vous êtes sûr de lui ?

— Oui. Si ça peut vous rassurer, je lui demanderai de ne pas écrire votre nom sur le rapport.

Elle hésita, puis finit par acquiescer. Mais il était clair que cela ne lui plaisait pas.

Il ôta sa main de l'appareil.

— Velma ? C'est d'accord pour Micah.

— Parfait. Je l'appelle tout de suite.

Il raccrocha, puis reposa l'appareil sur la table basse. Devant lui, Kay se mordait la lèvre avec nervosité.

— Micah va venir, déclara-t-il d'une voix qu'il espéra apaisante. Vous verrez, ça se passera bien.

Elle reporta son regard sur la fenêtre sans répondre. Un vrai cheval sauvage, songea-t-il, intrigué. Au cours des années qu'il avait passées dans l'armée, il lui était arrivé de devoir calmer des hommes effrayés à l'approche d'un combat. Mais avec Kay, c'était plus difficile. Il fallait s'armer de patience, d'une certaine forme de patience qu'il n'était pas sûr de posséder.

Il jura tout bas. Il savait que s'il jurait à voix haute, elle se replierait sur elle-même. Il avait beau s'être endurci au fil des ans, voir une femme se renfermer dans sa coquille à cause de lui lui rappelait trop de souvenirs désagréables et le dégoûtait de lui-même.

La sonnerie du téléphone retentit. Il décrocha aussitôt.

— Oui, Velma ?

— Micah arrive chez toi. Il te remercie pour les Cataphote que tu as plantés le long de la route. Sans eux, il aurait déjà foncé dans le décor.

Clint eut un petit rire. Après le blizzard qui avait soufflé un an auparavant, il s'était décidé à border de réflecteurs la route longue et sinueuse qui menait à son ranch. Au moins savait-on où l'on roulait quand la neige commençait à s'entasser sur la chaussée !

— Bah, ce n'est rien. Lui déblaie bien ma route.

— Ne te réjouis pas trop vite, lui conseilla Velma. Il faudra sûrement que tu recommences. Tu as un chasse-neige, au moins ?

Il ne répondit pas.

— D'après la météo, la neige va cesser, mais le vent continuera jusqu'à demain. C'est comme de repousser l'eau avec un balai quand on a été inondé ! Il va falloir faire gaffe aux congères…

Et, sur ces mots encourageants, elle raccrocha.

Clint reporta son regard sur Kay.

— Micah ne va plus tarder. Son pick-up est équipé d'un chasse-neige. C'est bien, il va déblayer la neige jusqu'à la porte.

Une lueur apeurée passa dans ses yeux, mais elle s'efforça de se maîtriser.

— D'accord.

Il avait beau essayer de la rassurer, il savait que ses efforts étaient vains. Après ce qu'il lui était arrivé, elle avait du mal à se reposer sur autrui, et il la comprenait. Lui-même ne faisait confiance qu'à une poignée de personnes.

*
* *

Un quart d'heure plus tard, le pick-up de Micah apparaissait dans la cour du ranch, enveloppé d'un nuage de neige. Micah en descendit, racla ses semelles couvertes de neige sur les marches du perron, puis frappa à la porte.

Clint vit Kay se tasser sur elle-même. Réprimant un soupir agacé, il alla ouvrir la porte. Une rafale de vent mêlée de neige s'engouffra à l'intérieur en même temps que Micah.

— Bon Dieu, grommela ce dernier en refermant la porte derrière lui. Quel est le crétin qui nous a amené la Sibérie ?

Comme Clint, c'était un homme grand et athlétique. Toutefois, la ressemblance s'arrêtait là. Plus âgé, il avait hérité du teint cuivré, des yeux et des cheveux noirs de ses ancêtres indiens.

— Du café ? proposa Clint en lui serrant la main.

— Oui. Noir et bien serré.

— Viens d'abord par là. J'ai une invitée à te présenter.

Micah la repéra avant même de pénétrer dans le salon.

— Nom de Dieu, murmura-t-il. Qui est la brute qui l'a mise dans cet état ?

Recroquevillée dans le canapé, Kay était prête à bondir ou à sortir ses griffes. Mais seule face à deux hommes imposants — deux dangers potentiels —, qu'aurait-elle pu faire ? Elle se sentait comme une souris devant deux gros matous s'apprêtant à la dévorer toute crue.

— Kay, je vous présente Micah Parish, adjoint du shérif, déclara Clint en s'approchant. Micah, voici Kay Young.

— Bonjour, dit le nouveau venu.

Otant sa veste, il alla l'accrocher à une patère dans l'entrée. Quand il revint dans le salon, Kay scruta le badge bien en évidence sur son uniforme beige, mais cela ne suffit pas à la rassurer.

— Le café d'abord, on parlera ensuite, déclara l'adjoint en se tournant vers Clint. Ça fait trois heures que je suis dans mon pick-up, presque sans chauffage. A mon avis, il y a trop de vent pour le moteur. Il n'arrive pas à chauffer.

— Assieds-toi, je reviens. Kay, vous reprenez du café ?

Elle secoua la tête, ne sachant que penser. Après avoir fui Kevin, voilà qu'elle se trouvait en face de deux malabars dont elle ignorait tout. Peut-être était-elle tombée de Charybde en Scylla… Leurs mains, larges et puissantes, lui faisaient peur. Même avec sa barre en fer, Kevin semblait plus inoffensif.

L'adjoint du shérif s'avança dans la pièce et s'assit sur une chaise devant la cheminée — apparemment, il n'ignorait pas que le fauteuil était réservé à Clint. Tout en tendant les mains vers le feu, il se tourna vers Kay qui aurait voulu disparaître sous terre.

— N'ayez pas peur, la rassura-t-il avec un sourire. Personne ne vous fera de mal.

De toute façon, elle était coincée. Que pouvait-elle faire sinon espérer qu'il disait vrai ?

Clint revenait, deux tasses dans les mains. Il en donna une à Micah, puis reprit place dans son fauteuil.

— C'est pour ça que tu m'as fait venir ? demanda Micah, les sourcils froncés.

— Oui, mais il y a pire.

Kay les regarda tour à tour, la perplexité le disputant à la peur. Qu'est-ce qu'ils racontaient ? Et de qui parlaient-ils ? D'elle ? Seigneur, elle aurait voulu pouvoir se cacher dans les coussins…

Comme l'adjoint du shérif se tournait de nouveau vers elle, elle baissa la tête de façon à ne pas croiser son regard.

— Ma femme fuyait son mari quand je l'ai connue, commença-t-il. C'était un jour de tempête, presque comme aujourd'hui. J'étais de patrouille à ce moment-là, et je l'ai arrêtée pour excès de vitesse. Quand elle a ouvert sa vitre, j'ai tout de suite compris qu'elle était terrorisée.

Kay le regarda à la dérobée.

— Son… son mari la poursuivait ?

— Oui.

— Où est-il maintenant ?

— C'est-à-dire que… il a essayé de la tuer. Alors, je l'ai tué.

Elle laissa échapper un hoquet de surprise et jeta un coup d'œil à Clint. A voir son regard étincelant, elle comprit qu'il était prêt à en faire autant. Sauf qu'elle ne voulait la mort de personne ! Certes, Kevin méritait d'être sévèrement puni, mais de là à le tuer…

Fallait-il en arriver à cette extrémité pour qu'elle retrouve enfin sa liberté ?

— J'ai découvert Kay sur le bord de la route, hier, expliqua Clint. Son ex-petit ami l'avait enlevée au Texas. Il a traversé plusieurs Etats pour arriver jusqu'ici. Par chance, elle a réussi à s'échapper lors d'un arrêt sur une aire de repos.

— Les enlèvements sont sévèrement punis, surtout en cas de dépassement de frontière. En général, le kidnappeur écope de la peine maximale.

— Si seulement ça pouvait lui arriver, murmura-t-elle.

Les larmes lui montaient aux yeux. En dépit de sa fatigue, elle parvint à les retenir. Les paroles des deux hommes, leurs regards concernés et compatissants la rassuraient. Oui, elle était fatiguée, épuisée même, mais au moins ne se sentait-elle plus en danger.

Comme Micah se tournait vers Clint, elle se radossa à son oreiller et les laissa poursuivre sans elle.

— Bon, raconte un peu. Qu'est-ce que tu as ?

— Avant toutes choses, Kay refuse que son nom soit prononcé ou apparaisse dans le rapport. Pas avant que le type ait été épinglé.

— Pas de problème.

Elle laissa échapper un soupir et, rassurée, ferma les yeux tandis que Clint répétait ce qu'elle lui avait raconté — le nom de Kevin, son âge, le signalement de sa voiture, les tortures qu'elle avait subies… Curieusement, entendre tous ces détails lui fit mal. Elle aurait voulu pouvoir tout oublier.

Quand Clint se tut, Micah lui prit le bloc des mains.

— OK, toutes ces informations iront dans le dossier. J'en aurai besoin pour lancer l'avis de recherche.

Il releva la tête vers Kay et ajouta :

— Ne vous inquiétez pas, votre nom ne sera pas mentionné, ni l'endroit où vous vous trouvez, déclara-t-il, avant de préciser, un pli de contrariété sur le front :

— Néanmoins, votre ami sait sûrement que vous êtes cachée dans le coin. On ne lui apprendrait rien.

Il écrivit quelque chose à la fin des notes de Clint, puis reprit la parole.

— Maintenant, on va photographier vos blessures. L'avantage, avec les appareils numériques, c'est que les photos sont datées. Elles servent de preuves.

Kay acquiesça, même si elle appréhendait cette épreuve. Encore une expérience humiliante, songea-t-elle avec dégoût. Montrer ses blessures, c'était faire état de sa faiblesse. Et à un homme, en plus…

Il parut deviner ce qu'elle ressentait, car il ajouta :

— J'aurais préféré que ce soit une de mes collègues qui s'en charge, mais avec la tempête, je ne peux faire venir personne. Quant à attendre l'accalmie, ça risquerait de prendre trop de temps. Les avocats sauteraient sur l'occasion pour prétendre que les blessures sont postérieures à l'enlèvement.

— Très bien, répondit-elle.

Elle aussi y avait pensé. Si elle devait de nouveau affronter Kevin au tribunal, elle ne voulait pas qu'on puisse l'accuser de mensonge, comme cela avait déjà été le cas. Au moins, cette fois, aurait-elle la preuve de sa sincérité.

Quand Micah disparut dehors pour prendre son appareil photo, elle se massa les tempes avec une grimace.

— Ça ne va pas ? s'enquit Clint, les sourcils froncés.

— Si. Enfin… je ne sais pas. J'ai du mal à suivre. Tout va si vite…

— Vous avez traversé beaucoup d'épreuves, ces derniers jours. C'est normal que vous ayez du mal à suivre.

— Oui…

Elle avait surtout du mal à se débarrasser de sa peur.

— Le problème, c'est que je n'arrive pas à me détendre, avoua-t-elle à mi-voix.

— Je sais. Il faut parfois beaucoup de temps pour prendre conscience qu'on peut redescendre de l'arbre… et qu'on ne risque plus rien.

Elle lui jeta un coup d'œil. De toute évidence, il était passé par les mêmes affres qu'elle.

Un souffle glacial traversa le salon, lui arrachant un frisson. Puis Micah fit son apparition, un appareil photo à la main.

— Je vais d'abord prendre des clichés de votre visage, déclara-t-il en se mettant devant elle. Si vous avez du mal à tourner la tête, dites-le-moi, et c'est moi qui me déplacerai.

— Je devrais y arriver.

Il commença à la photographier. A chaque prise, elle clignait des yeux à cause du flash, mais cela n'avait aucune importance. Après tout, ils n'étaient pas là pour prendre des photos de mode.

Après douze clichés, tous sous des angles différents, Micah regarda Clint.

— Qu'est-ce que je peux prendre d'autre ?

— Le dos.

Kay voulut protester, mais Clint posa la main sur son bras.

— Il faut prendre ces photos, insista-t-il. C'est pour votre bien. Et puis, il n'y a rien de gênant à montrer votre dos.

A contrecœur, elle se leva et le laissa relever son sweat-shirt, les bras croisés devant elle comme un bouclier.

Derrière elle, Micah s'immobilisa.

— Nom de Dieu, il ne vous a pas ratée, marmonna-t-il avant de prendre des clichés.

Cela dura quelques secondes, puis il autorisa Clint à baisser le sweat-shirt.

— Il y en a d'autres ?

— Elle en a sur tout le corps. Mais tu as photographié les pires.

Micah rangea l'appareil dans son étui tandis que Kay retournait s'asseoir dans le canapé.

— J'essaierai de vous envoyer Sarah demain, déclara-t-il. Velma m'a dit qu'elle s'occupait d'un accident de voiture avec Gage. Apparemment, les passagers qu'ils essaient de sauver sont des fous furieux !

Cessant d'écouter, Kay mit sa tête dans ses mains. Elle avait honte. Et mal. Etrangement, c'étaient les coups qu'elle avait reçus au visage qui lui faisaient le plus mal. Peut-être parce qu'ils montraient à la face du monde ce qu'elle avait subi.

— Bon, je vais y aller, dit Micah. J'ai encore du boulot.

Clint le raccompagna à la porte où ils discutèrent un instant. L'espace d'une seconde, Kay se demanda ce qu'ils pouvaient bien se raconter, avant de s'en désintéresser. Cela lui était complètement égal. Et puis, elle était trop fatiguée pour se poser des questions.

Se rallongeant sur le canapé, elle se blottit sous la couverture.

Je n'en peux plus…

Des larmes se mirent à rouler sur ses joues, lentement, sans faire de bruit.

Et elle s'endormit.

— Je ne serais pas étonné que son ex sache où elle se cache, expliquait Clint à Micah sur le perron. Une voiture est passée alors que je portais Kay jusqu'à mon pick-up. Elle a ralenti en nous doublant. J'ai pensé qu'il s'agissait d'un touriste imprudent en route pour Rivers Place, mais quand Kay m'a décrit la voiture de Kevin, ça a fait tilt. Je ne peux pas dire que j'ai vraiment bien regardé. Je l'avais dans les bras, et on n'y voyait pas grand-chose à cause de cette fichue neige. Mais il y a quand même pas mal de ressemblances.

Micah se balançait d'un pied sur l'autre. Il neigeait toujours, une neige drue qui tourbillonnait derrière lui.

— Ça ne me dit rien de bon, grommela-t-il, les sourcils froncés. Tu veux que je t'envoie quelqu'un ?

— J'imagine que vous avez d'autres chats à fouetter, avec cette tempête… Garde tes hommes, je devrais réussir à assurer la sécurité de Kay tout seul.

Micah se frotta le menton.

— Ce fils de salaud ne s'aventurera sûrement pas ici par ce temps. Encore que… on ne sait jamais. Ecoute, je mets tout le monde sur le pont. Avec un peu de chance, on le retrouvera planté dans une congère !

— Ouais… On peut toujours rêver.

Clint n'était pas du genre à se bercer d'illusions. Il connaissait bien la loi de Murphy, plus vulgairement appelée loi de l'emmerdement maximum. Aussi se préparait-il toujours au pire.

— Tu as tout ce qu'il te faut ? Nourriture ? Fuel ?

— Tu me connais !

Micah s'esclaffa.

— Oui. On sort de la même école, tous les deux !

Arrivé en bas des marches, il s'arrêta et se tourna vers lui.

— Si tu veux, je peux l'emmener avec moi, proposa-t-il.

Il connaissait son besoin de solitude d'autant mieux qu'à une époque, lui aussi avait choisi de mener une vie solitaire.

— Non, je te remercie, répondit Clint. C'est moi qui l'ai recueillie, et elle commence à me connaître. Elle panique facilement, tu sais. Si tu la prends avec toi, elle risque de s'effrayer de ce changement. Et puis, je ne veux pas que sa présence chez toi t'attire des ennuis. Contrairement à moi, tu as une famille à protéger.

Micah hocha la tête. Après un dernier au revoir, il se dirigea vers son pick-up, ses jambes s'enfonçant dans la neige jusqu'à mi-cuisses.

Debout dans l'embrasure de la porte, Clint le regarda partir dans un nuage de neige. Le vent soufflait toujours, froid et mordant. En quelques secondes, les empreintes des pneus disparurent.

Clint soupira. Heureusement qu'il y avait la nature pour le réconcilier avec la vie. Qu'y avait-il de plus pur qu'un manteau de neige immaculée recouvrant le paysage ?

Malheureusement, cela ne suffisait pas à le rasséréner. Parce qu'au-delà de cette beauté se déchaînaient des luttes à mort entre les peuples, les hommes, les frères. Pas seulement des luttes de pouvoir, mais des luttes pour survivre.

Et lui, que pouvait-il faire ?

Se racheter.

Grâce à Kay.

5

Kay se réveilla après une nuit agitée, peuplée de cauchemars. A peine eut-elle ouvert les yeux qu'elle sentit son cœur s'accélérer. Dans la cheminée, le feu dansait, dessinant des ombres mouvantes sur les murs.

Apeurée, elle tourna la tête et aperçut Clint assis dans son fauteuil. Sur la table basse se trouvait une lampe à pétrole.

— Il y a une panne d'électricité, dit-il simplement.

— Ah... Le vent doit souffler fort.

Le corps douloureux, elle repoussa les couvertures dans lesquelles elle s'était entortillée, et s'assit sur le canapé.

— Vous voulez quelque chose ? s'enquit-il. On n'aura pas d'eau chaude avant que le courant soit rétabli. Mais pas de panique, j'ai des réserves pour la cuisine.

— Ça ira, merci.

Que pouvait-elle dire d'autre ? Maintenant qu'elle avait un peu récupéré, elle aurait volontiers pris une douche. Cela dit, elle pouvait attendre quelques heures.

— Je peux faire chauffer de l'eau pour un bain, proposa Clint, à croire qu'il lisait dans ses pensées. Un petit bain, bien sûr.

— C'est gentil, mais il vaut peut-être mieux ne pas gaspiller l'eau.

Il chassa sa remarque d'un geste de la main.

— J'imagine que vous n'avez pas eu souvent l'occasion de vous laver pendant votre enlèvement. Et je sais combien il est important de se sentir propre.

Elle lui sourit, à la fois étonnée et reconnaissante de la

compréhension qu'il manifestait à son égard. Et elle envers qui personne ne s'était jamais montré compréhensif éprouva un élan de sympathie pour lui.

— Je vous apporte quelque chose à boire ? demanda-t-il en se levant.

— Non, merci. Ça va.

— Bien. Je vais faire un tour dehors, mais je ne serai pas long. Je veux m'assurer que le vent n'a pas commis trop de dégâts.

Elle acquiesça sans enthousiasme. Lui disait-il la vérité, ou sortait-il dans le but de voir s'il n'y avait pas un rôdeur autour du ranch ?

« Arrête ton cinéma ! souffla une petite voix à son oreille. Il faut toujours que tu dramatises ! »

Après tout, il n'y avait aucune raison pour que Kevin ait deviné qu'elle se cachait là. Aucune raison, donc, pour que Clint s'inquiète.

Malgré tout, la peur ne la quittait pas. Réussirait-elle un jour à s'en débarrasser ?

Tendant l'oreille, elle l'entendit enfiler sa parka puis sortir.

La porte claqua derrière lui.

Elle était seule.

Un frisson la secoua. Seigneur, dans quel état elle se mettait ! Kevin pouvait se vanter d'avoir atteint son but : la peur était profondément ancrée en elle.

Tous les sens aux aguets, elle s'assit sur le bord du canapé, posa les pieds par terre et attendit le retour de Clint, prête à bondir à la moindre alerte. Elle tremblait comme une feuille à l'idée de se retrouver face à Kevin.

Un sursaut de rébellion l'obligea à se calmer. Elle n'allait quand même pas passer sa vie à regarder derrière elle pour s'assurer que personne ne la suivait !

Se forçant à oublier Kevin, elle fit dévier ses pensées sur Clint. Une véritable énigme, cet homme-là. Une personnalité à fleur de peau. Bon cœur, mais écorché vif… Il avait sûrement une blessure secrète. Comme elle, en somme. Elle devinait qu'il ne lui en parlerait pas. Non seulement il devait être avare de confidences, mais en plus, il n'avait aucune raison de se confier à elle.

Cela ne l'empêchait pas de commencer à éprouver de la sympathie à son égard. A certaines de ses paroles, il lui avait semblé qu'il avait choisi de vivre seul moins par dégoût de l'espèce humaine que par dégoût de lui-même.

Mais peut-être se trompait-elle du tout au tout. Peut-être lui prêtait-elle des sentiments qu'il n'éprouvait pas. Il était possible que ses paroles aient dépassé sa pensée quand il lui avait dit que l'égoïsme ambiant le dégoûtait. N'en restait pas moins qu'il faisait preuve d'une générosité et d'un sens du devoir peu communs. D'un instinct de protection exacerbé. Et d'une rare compréhension.

Fallait-il qu'il soit fin et délicat pour avoir saisi qu'elle répugnait à montrer toutes ses blessures à l'adjoint du shérif. Il avait compris que ces ecchymoses représentaient à ses yeux bien plus que des bleus. Elles étaient la marque de la honte, gravée sur elle.

Et puis, cette pudeur avec laquelle il l'avait aidée à se dévêtir…

Il pouvait toujours essayer de jouer les durs ou se considérer comme un monstre, elle n'était pas dupe. Autrement, il n'aurait jamais fait tout cela pour elle.

Plongée dans ses pensées, elle n'entendit pas la porte s'ouvrir et se refermer. Des pas retentirent dans l'entrée. Elle se retourna brusquement pour s'assurer qu'il s'agissait bien de Clint.

— Aïe ! s'exclama-t-elle en sentant une douleur aiguë fuser dans ses côtes.

Sans prendre le temps d'accrocher sa parka, Clint se précipita vers elle.

— Que se passe-t-il ?

Elle tenta de reprendre sa respiration.

— Aïe !

— Dites-moi ce qui se passe, voyons !

— Je… j'ai fait un faux mouvement. Je dois avoir une côte cassée ou fêlée.

— Ça ne me surprendrait pas. C'est douloureux ?

Elle prit une petite inspiration et grimaça.

— Ça va passer. C'est… quand je respire. J'ai l'impression de recevoir un coup de couteau dans la poitrine

— Vous allez dire que je radote, mais vous devriez consulter un médecin. Dès que les routes seront dégagées…

— Ça va aller.

Elle regretta aussitôt la sécheresse de son ton. La peur qui avait repris possession d'elle la rendait désagréable. Voir le médecin signifierait qu'une autre personne serait au courant de sa présence au ranch. Et puis, avec quoi paierait-elle ? Elle n'avait pas un sou.

— Calmez-vous, répliqua Clint en levant les mains. De toute manière, on est coincés ici.

Elle s'obligea à sourire.

— Vous avez raison, ça ne sert à rien de se disputer.

— On en reparlera plus tard.

Il retourna dans l'entrée pour accrocher sa parka — laquelle avait fait une flaque devant le canapé —, puis revint avec une serpillière.

Elle le regarda essuyer le sol, un peu gênée de rester les bras ballants. Respirer la gênait moins, la douleur commençait à s'atténuer.

— Comment est le temps ? demanda-t-elle, histoire de parler.

— Epouvantable. La neige a cessé de tomber, mais la température est glaciale, et il y a un vent à décorner les bœufs. Croyez-moi, c'est un jour à ne pas mettre le nez dehors ! Pour l'instant, le mieux que l'on puisse faire, c'est de profiter du feu et d'un bon livre.

Elle s'assombrit. Sans lui, elle serait sans doute ensevelie sous une épaisse couche de neige, cadavre frigorifié que l'on n'aurait retrouvé qu'au printemps, au moment du dégel…

Elle ferma les yeux et serra les paupières dans l'espoir de chasser ces sombres pensées. Bon sang, pourquoi se faisait-elle peur avec des idées pareilles ? Rien de tout cela n'arriverait. Elle était en lieu sûr, bien au chaud, nourrie et logée.

Pour l'instant…

— Vous avez mal ?

Elle rouvrit les yeux. Clint s'était rassis dans son fauteuil et l'observait, une pointe d'inquiétude dans le regard.

— Non. Je me battais avec mes démons.

— Vous devriez essayer de les chasser. Ça fait du bien de prendre du repos de temps en temps.

— Si seulement je savais comment faire…

Il pianota sur les bras de son fauteuil.

— Je sais que je ne suis pas très distrayant. Je ne parle pas. Je jouais au poker, mais j'ai arrêté. D'ailleurs, ce ne serait pas vraiment drôle à deux…

— Je ne me plains pas. Vous avez déjà fait beaucoup pour moi. Peu de gens se seraient montrés aussi bienveillants.

Il secoua la tête.

— Je n'ai vraiment pas fait grand-chose. Et arrêtez de me hisser sur un piédestal, ajouta-t-il en grommelant.

Surprise, elle en oublia ses démons. Pensait-il vraiment ce qu'il disait ? Même les policiers, pourtant censés la protéger, l'avaient abandonnée à son sort.

— Vous vous sous-estimez.

— Non, je suis lucide, c'est tout.

— Vous êtes attaché à votre solitude et, malgré cela, vous m'avez…

Elle s'interrompit. A quoi bon discuter avec lui ? Elle ne lui ferait pas changer d'avis et risquait même de le mettre en colère.

— En tout cas, je vous suis reconnaissante. Très reconnaissante.

— Je vous remercie, mais je n'en mérite pas tant. Vous avez faim ?

Sa pirouette destinée à changer de sujet ne lui échappa pas.

— Mon horloge biologique fonctionne comme un coucou suisse ces derniers jours, poursuivit-il avec plus de légèreté. Personnellement, je mangerais bien un sandwich thon-salade. Ça vous dit ?

— C'est parfait.

Tel un polichinelle de sa boîte, il bondit de son fauteuil et se dirigea vers la cuisine.

Elle le regarda s'éloigner, admirative. De dos aussi, c'était un bel homme. Epaules larges, longues jambes, démarche élastique…

Son cœur s'emballa dans sa poitrine.

Ah non !

Elle ne voulait plus d'homme dans sa vie, elle avait donné. Dorénavant, elle préférait vivre seule que mal accompagnée.

Mais alors, d'où venait ce léger frémissement au fond de son être ? Et cet intérêt à l'égard de Clint ?

Bon sang, les agressions répétées de ces trois dernières années ne lui avaient donc pas suffi ? Comment pouvait-elle encore imaginer qu'un homme puisse lui apporter du bonheur ? A croire qu'elle ne comprendrait jamais…

L'amour éternel, l'entente entre l'homme et la femme, l'épanouissement dans le couple… tout cela n'était que légende. L'on ne pouvait compter que sur soi pour être heureux.

Elle poussa un soupir. La raison était une compagne bien froide, et son cœur refusait d'être réduit au silence. Certes, ses rêves avaient été brisés en mille morceaux, mais elle avait tellement envie de les recoller, de leur faire reprendre vie.

Le jeu en valait-il la chandelle ?

« Beaucoup trop dangereux », souffla sa petite voix intérieure.

Un bruit de vaisselle l'obligea à sortir de ses pensées. Peu après, Clint revint avec deux assiettes sur lesquelles trônaient d'énormes sandwichs. Il en posa une sur la table basse devant elle, une autre à côté du fauteuil, puis retourna dans la cuisine et revint avec deux verres de soda et des serviettes.

— Mangez, lui dit-il. Si vous avez encore faim après votre sandwich, j'ai de quoi en refaire.

Elle considéra son assiette avec ébahissement. Des tranches de pain de seigle avec un filet de mayonnaise et du thon. Plein de thon. Le sandwich était certes très alléchant, mais elle n'avait pas faim à ce point ! A coup sûr, elle n'arriverait pas au bout.

— C'est bon, fit-elle après en avoir avalé une bouchée.

Il esquissa un demi-sourire.

— J'adore le thon. J'en mange tout le temps. Je dirais que c'est la base de mon alimentation. Sans le thon, je serais un homme frustré et affamé.

Elle réprima le petit rire qui lui venait aux lèvres, de peur d'avoir mal aux côtes.

— C'est parce que c'est pratique que vous aimez tant le thon ?

Il sourit, plus franchement cette fois.

— Exactement. Quand on est paresseux, il faut être inventif.

Il y eut un silence pendant lequel il l'observa.

— Vous allez récupérer très vite et très bien, lâcha-t-il soudain.

— Pourquoi dites-vous ça ?

— Vous avez du ressort.

Sa réponse lui mit du baume au cœur, même si ce n'était pas vrai.

Elle but une gorgée de soda et mordit dans son sandwich.

— Que faites-vous dans la vie ?

— J'écris.

— Ah ? Et qu'écrivez-vous ?

Il haussa les épaules.

— Des romans d'aventures. J'écris sur d'autres sujets aussi.

Il parut hésiter avant de préciser :

— Philosophie, morale…

— Vraiment ?

Piquée dans sa curiosité, elle reposa son sandwich.

— Est-ce que vous avez été publié ?

— Un certain nombre de mes articles a paru dans la presse, et j'ai publié un livre dont vous avez peut-être entendu parler : *Théorie sur la guerre.* En résumé, il s'agit d'un ensemble de réflexions sur les guerres. Les arguments pour, les arguments contre, s'il existe des situations qui les justifient, etc.

Au comble de l'étonnement, elle en oublia son sandwich.

— Je croyais qu'il n'y avait que les grands professeurs qui publiaient ce genre de choses.

— Pas seulement. Nous sommes quelques-uns à ne pas enseigner. Nous réfléchissons. Beaucoup trop.

Elle crut d'abord qu'il plaisantait, avant de comprendre qu'il était sérieux.

— Je ne me moquais pas. Je suis juste étonnée.

— Il y a Thoreau et moi. Deux philosophes paumés.

— J'imagine que vous avez fait des études poussées pour en arriver à écrire des articles philosophiques.

— J'ai suivi des cours pendant que j'étais à l'armée. Mais j'étais déjà en troisième cycle.

— Vous m'impressionnez !

Il eut un geste de dédain.

— Il n'y a pas de quoi. A l'armée, on nous incite à continuer nos études. C'est facile de suivre des cours.

— Encore faut-il vouloir le faire…

— C'est juste une autre façon de fuir.

Elle n'osa pas lui demander ce qu'il fuyait.

— J'aurais bien aimé aller à la fac, déclara-t-elle avec une pointe de mélancolie. Peut-être qu'un jour…

— Je suis persuadé que vous irez.

Elle aurait aimé en être aussi sûre.

— En quoi vous inscrirez-vous ? demanda-t-il.

— Je ne sais pas. J'aimerais faire des études de médecine, ou devenir infirmière. Mais je ne sais pas si j'en serais capable.

— Les deux premières années de fac sont communes à toutes les matières. Ça permet de toucher un peu à tout et de décider ensuite, en connaissance de cause. Je suis sûr que vous trouverez votre voie.

— Je l'espère… J'aspire à autre chose qu'au métier de serveuse. Je me pose beaucoup de questions. Et avec les années, je suis de plus en plus curieuse.

— La curiosité n'est pas un défaut.

Elle se pencha vers son assiette et reprit son sandwich.

— Ce livre que vous avez écrit, *Théorie sur la guerre…* qu'est-ce qu'il raconte ?

— C'est une étude sur les circonstances qui peuvent moralement justifier une déclaration de guerre. Depuis la nuit des temps, les peuples essaient de répondre à cette question. Ceux qui ont une conscience, évidemment.

— Et vous, vous avez répondu ?

Il haussa les épaules.

— Disons que j'ai essayé en m'appuyant sur des situations précises… Personnelles.

Craignant de ne pas comprendre ses explications si elle continuait à l'interroger, elle en resta là.

— Ça me plairait de le lire, commenta-t-elle simplement.

— C'est un peu aride, mais si ça ne vous rebute pas…

— Il a eu du succès ?

— Tout dépend de ce que vous entendez par succès. Est-ce que j'ai gagné de l'argent ? Non. En revanche, il est utilisé dans les lycées et les universités.

— C'est plutôt bien, non ?

— Oui, répondit-il avec un sourire. Le succès, c'est d'être lu.

— Effectivement. Pour un auteur, ça ne doit pas être agréable d'être ignoré.

— C'est même très triste. Mieux vaut encore ennuyer ses lecteurs.

Elle le considéra avec étonnement.

— Vous êtes sérieux ?

— Oui. Au moins, on leur fournit un sujet de conversation ! Blague à part, j'adore quand, en début de trimestre, je reçois des e-mails d'étudiants ou autres qui veulent discuter de mon livre. Souvent, parce qu'ils ne sont pas d'accord.

— Personnellement, je n'oserais pas vous contredire.

— Moi, au contraire, je me frotte les mains. Ces échanges me stimulent.

Elle eut un petit rire sans joie.

— Je ne suis pas comme ça.

— Heureusement que nous sommes tous différents. Sinon, la vie serait vraiment monotone.

Laissant retomber la conversation, elle mordit dans son sandwich. Décidément, cet homme était un mystère. Un solitaire qui aimait discuter avec autrui par e-mails interposés. Donc, il ne s'était pas complètement coupé du monde. Il avait seulement dressé quelques barrières pour se protéger. De hautes barrières mais qui ne l'empêchaient pas d'échanger avec le monde extérieur.

Elle comprenait assez bien ce besoin de mettre une frontière entre lui et les autres. Si son monde à elle pouvait être aussi bien protégé, ce serait formidable, songea-t-elle un instant.

Et puis, non. Elle ne voulait pas d'un univers aussi restreint. Elle ne se pensait pas née pour vivre seule, ni pour tout intellectualiser. Avant Kevin, elle avait quelques amis avec lesquels elle passait beaucoup de temps. Après le premier acte de violence, quand elle avait cru que tout était rentré dans l'ordre, elle avait recommencé à les voir. Et l'avait aussitôt regretté. Kevin n'aimait pas la savoir avec eux, par jalousie, sans doute, et lui faisait payer chacune des visites qu'elle leur rendait. C'était déjà douloureux d'être maltraitée, mais en plus, elle avait dû laisser derrière elle toutes ses connaissances.

Depuis lors, elle s'était interdit de s'investir dans quelque relation que ce soit. Rien de plus que la stricte nécessité.

A bien y réfléchir, en quoi était-elle différente de Clint ?

L'appétit coupé, elle reposa son sandwich dans son assiette et se radossa au canapé avec une grimace de douleur.

— Assez ? fit Clint, les yeux posés sur elle.

— Oui, assez.

Assez de tout, et surtout de sa vie de misère.

— Vous savez, je peux chauffer de l'eau pour que vous preniez un bain. Ça vous ferait du bien.

— Je ne veux pas gaspiller l'eau. On ne sait pas combien de temps le mauvais temps va durer.

— Dans le pire des cas, je ferai fondre de la neige. Ce n'est pas comme si nous étions perdus en plein milieu du désert.

La remarque lui arracha un sourire, qu'il prit pour un acquiescement.

— Alors, c'est d'accord ? Je vous prépare un bain ? Vous verrez, vous vous sentirez mieux ensuite.

Elle hésitait encore. Pourtant, force lui était de reconnaître que sa proposition était tentante.

— Vous êtes sûr que ça ne vous ennuie pas ?

— Avec cette panne d'électricité, je suis au chômage technique. Je préfère vous faire chauffer de l'eau que fixer les murs.

— Dans ce cas, d'accord pour un bain.

Il lui sourit, visiblement satisfait.

— Je finis mon sandwich, et je m'en occupe.

La quantité et la taille des marmites et casseroles que renfermait la cuisine la laissèrent pantoise.

— Vous recevez beaucoup chez vous ? demanda-t-elle, ébahie.

— Pourquoi ?

— Toute cette batterie de cuisine ! Vous n'utilisez quand même pas tout ça pour vous tout seul ?

— On n'en a jamais trop. Dieu sait ce qui peut se passer ! ajouta-t-il, une lueur de malice dans le regard. Regardez ces marmites : je ne ferais jamais la cuisine avec, elles sont trop minces. Mais pour faire bouillir de l'eau, elles sont idéales.

Joignant le geste à la parole, il en prit trois énormes qu'il plaça sous le robinet afin de les remplir d'eau. Quand elles furent pleines, il en posa deux sur la cuisinière, puis apporta l'autre dans le salon pour la mettre dans la cheminée.

Et ils attendirent.

Quand l'eau commença à frémir, il retira la marmite du feu et l'emporta dans la salle de bains, avant de faire de même avec celles de la cuisine.

— Kay ? appela-t-il après quelques minutes.

— Oui.

— Vous pouvez venir ?

Elle le rejoignit dans la salle de bains. De la vapeur montait de la baignoire, et il y faisait bon. Pour remplacer le plafonnier, Clint avait allumé des bougies.

— Je vais ajouter de l'eau froide, annonça-t-il. Dites-moi quand la température vous conviendra.

Elle s'assit sur le rebord de la baignoire et plongea la main dans l'eau, avant de la retirer prestement.

— Allez-y.

Elle attendit un peu, puis replongea prudemment la main dans l'eau.

— Vous pouvez éteindre. C'est parfait.

Il ferma le robinet.

— J'ai oublié de vous donner de quoi vous changer, se rappela-t-il soudain. Attendez, je reviens tout de suite.

Quelques secondes plus tard, il revenait avec un survêtement propre, bleu cette fois, et des serviettes de toilette. Il posa un flacon sur le bord de la baignoire.

— Du shampoing. Je suis désolé, je n'ai pas de sels de bain à vous offrir. Le luxe et moi…

Le seul fait qu'il y pense la toucha.

— Pour tout vous dire, je n'en utilise pas moi-même, remarqua-t-elle.

— Je vais mettre une autre marmite à chauffer au cas où vous voudriez ajouter un peu d'eau chaude. Vous n'aurez qu'à m'appeler, j'entrerai à reculons.

Après un dernier regard autour de lui, il se dirigea vers la porte et marqua une pause sur le seuil.

— Je reste à côté. Surtout, n'hésitez pas à m'appeler si vous avez besoin d'aide.

Elle ne répondit pas.

Comme il refermait la porte derrière lui, elle se dit qu'elle ne l'appellerait sûrement pas — à condition de ne pas avoir besoin de lui, bien sûr. Cela dit, ne l'avait-il pas aidée à se changer quand il l'avait ramenée chez lui, trempée jusqu'aux os, après sa longue marche dans la neige ? En fin de compte, il n'y avait plus rien qu'il n'ait déjà vu…

Lentement, avec précaution, elle ôta ses vêtements, puis entra dans la baignoire en se tenant au rebord du lavabo. L'eau était encore un peu trop chaude, mais la température était supportable. Sans compter qu'un peu de chaleur ferait du bien à son corps meurtri.

Une fois allongée dans l'eau, elle ne bougea plus. La tête posée sur une serviette pliée en quatre, elle ferma les yeux et laissa la chaleur agir. On ne devait pas être mieux au paradis !

Quand s'était-elle offert le luxe d'un bon bain chaud pour la dernière fois ? Aucune idée. Depuis Kevin, elle ne prenait plus que des douches — et des rapides. Parce qu'elle savait qu'elle était particulièrement vulnérable lorsqu'elle se douchait.

Encore une séquelle de sa vie avec lui…

Quand on ne sait pas ce que l'on risque de subir, mieux vaut ne pas se trouver dans une situation qui vous empêche de fuir.

Un frottement contre la fenêtre lui fit soudain rouvrir les yeux. Elle scruta la vitre, le cœur battant à se rompre, mais ne vit rien d'autre que de la buée.

Allons, ce n'est rien, se rassura-t-elle. Elle ne risquait rien, ici ; elle était en sécurité. Clint était juste à côté et elle savait qu'il accourrait au moindre cri de sa part. Aussi brutal que soit Kevin, il ne ferait pas le poids devant lui.

Non, elle ne risquait rien.

Rassurée, elle s'autorisa à se détendre. Elle aurait aimé pouvoir se laisser aller complètement, somnoler même, mais elle était nue et, dans son esprit, nudité signifiait vulnérabilité. Mieux valait qu'elle évite de s'endormir.

Dommage…

Réussirait-elle un jour à se débarrasser de ce sentiment d'insécurité ?

Oui, si Kevin écopait d'une peine de prison de vingt ans au moins. Après quelques années, elle parviendrait sans doute à reprendre confiance. Mais pour l'instant…

Un coup à la porte la fit sursauter. Avec un frisson, elle s'aperçut que l'eau du bain s'était refroidie. Finalement, elle avait dû s'assoupir sans s'en rendre compte.

— Tout va bien, Kay ? lança Clint depuis le couloir.

— Je crois que je me suis endormie.

— Tant mieux. Vous voulez de l'eau chaude ?

Sans qu'elle sache pourquoi, la peur lui serra soudain le ventre. Etait-ce sa proposition ? L'idée qu'il puisse entrer et la voir dans toute sa faiblesse ? Ou un mauvais pressentiment ?

— Non, merci. Je vais me laver et sortir.

— D'accord. Appelez-moi si vous avez besoin d'aide.

La chaleur avait détendu ses muscles endoloris. Assise dans l'eau tiède, elle réussit à se laver sans réveiller la douleur, puis elle se mouilla les cheveux et les frictionna avec du shampooing.

Incroyable comme cela faisait du bien…

Une fois rincée, elle manœuvra la manette du clapet de vidange du bout du pied, puis s'apprêta à sortir. Entrer dans la baignoire ne lui ayant pas posé de problème, elle pensait que l'opération inverse lui serait aussi facile.

Erreur.

La baignoire était profonde, et s'en extirper, un exercice autrement plus complexe. Les mains agrippées aux bords, Kay tenta de se lever. En vain. Elle pesta, essaya de nouveau, sans plus de succès.

C'était à hurler. Ses côtes, ses bras, son dos… Tout son corps lui faisait mal.

Les larmes lui montèrent aux yeux. De quoi avait-elle l'air, nue dans cette baignoire vide ? Et puis, elle grelottait, maintenant.

Zut, zut, zut !

C'était vraiment injuste. Pourquoi toujours elle ? Rien ne marcherait donc jamais ?

Les mâchoires serrées, elle reprit son élan, agrippa les bords, et hop !

Elle retomba au fond de la baignoire avec un cri de douleur.

— Kay ! Qu'est-ce qui se passe ? lança la voix inquiète de Clint.

Elle posa le front sur l'émail blanc. C'en était trop. Elle avait honte d'elle et de sa faiblesse. Honte d'être un poids pour les autres.

Les larmes roulant sur ses joues, elle secoua la tête, le front collé au rebord froid de la baignoire.

— Kay ?

Sans attendre sa réponse, Clint ouvrit la porte.

Terriblement gênée, elle évita son regard. Il ne fallait pas être devin pour imaginer sa tête devant le spectacle qu'elle offrait, nue, couverte de bleus, agrippée à une baignoire dont elle n'arrivait pas à sortir. Pathétique…

Si seulement il l'avait abandonnée à son sort dans la neige… Tout aurait été fini. Plus de douleurs, ni d'humiliation. Plus de honte.

— Ah ! s'exclama-t-il, apparemment rassuré. Attendez une seconde, je vais vous aider à sortir.

Il s'éloigna et revint aussitôt. Elle sentit une serviette sur ses épaules.

— Voilà, dit-il en la séchant avec précaution. Encore une minute.

Quand il eut fini, il lui releva les cheveux et les entortilla dans une autre serviette.

— Maintenant, je vais vous soulever en essayant de ne pas vous faire mal. Mais je ne peux pas vous promettre que les serviettes resteront en place.

— Merci, bredouilla-t-elle, les larmes s'accumulant sous ses paupières. Je suis désolée…

— Ne vous excusez pas. On a tous besoin d'aide un jour ou l'autre.

Il se baissa et l'entoura de ses bras. Embarrassée, elle ferma les yeux. Comme elle le craignait, les serviettes glissèrent, et elle sentit ses mains rugueuses sur ses hanches.

Gêné lui aussi, il essaya de les rattraper.

— Ce n'est pas grave, le rassura-t-elle tout en espérant que cette épreuve serait bientôt terminée. D'après ce que vous m'avez dit, vous m'avez déjà vue dans mon plus simple appareil…

— Joli appareil, remarqua-t-il avec un sourire en coin.

Une plaisanterie destinée à la réconforter ? C'était gentil de sa part.

Arrivé dans le salon, il l'allongea sur le canapé et remonta la couverture sur elle.

— Je vais chercher vos vêtements. Vous pourrez vous habiller tranquillement.

Elle le regarda retourner à la salle de bains puis revenir avec le survêtement bleu.

— Voilà, fit-il en le posant sur la table basse.

Son intonation, sèche et sans appel, la pétrifia. Il avait retrouvé son visage des mauvais jours, froid, dur, impénétrable — le visage qu'elle lui avait vu le premier jour. Pire que tout, il semblait fuir son regard. Il la trouvait sûrement repoussante avec tous ses bleus. Et il devait pester de ne toujours pas pouvoir la mettre dehors.

— Je… je suis vraiment désolée…

Il ne répondit pas.

Elle poussa un soupir malheureux. Donc, elle avait deviné juste. A ses yeux, elle n'était qu'un boulet, et il avait hâte de se débarrasser d'elle.

Certes, il s'était montré plutôt attentionné jusqu'à présent. Mais elle ne pouvait lui en vouloir d'en avoir assez de s'occuper d'elle. Surtout qu'elle était entièrement responsable de la situation dans laquelle elle se trouvait. Si elle avait eu un tant soit peu de caractère, elle aurait tenu tête à Kevin, n'est-ce pas ?

— Faites-moi savoir quand vous serez prête, lâcha-t-il.

Et il s'en alla.

Réprimant les cris de douleur qui lui montaient aux lèvres à chaque mouvement, elle réussit à s'asseoir et finit de se sécher. Curieusement, la sensation de sa main sur ses hanches persistait. Et c'était agréable. Elle qui ne supportait plus le moindre contact…

Etait-ce l'amorce d'un tournant dans ses relations avec les hommes ? Depuis Kevin, elle détestait qu'on la touche. Mais, là, elle avait aimé. Clint avait des mains douces et chaudes…

Songeuse, elle enfila le survêtement, puis fit des revers aux jambes afin de ne pas se prendre les pieds dedans.

— Clint ? Ça y est, je suis visible.

Il revint, ramassa les serviettes humides, sauf celle qu'il lui avait enroulée autour des cheveux, s'arrêta et la considéra, l'air un peu hésitant.

— Qu'est-ce que vous faites de vos cheveux ? Vous voulez de l'aide ?

En temps normal, elle aurait refusé sa proposition, mais quelque chose avait changé.

— Ça ne vous ennuie pas ?

— Non.

Lapidaire. Comme toujours.

— Attendez, dit-il.

Il emporta les serviettes mouillées dans la salle de bains, puis revint avec une serviette sèche et un peigne.

— Désolé, je n'ai pas de brosse, s'excusa-t-il en montrant sa coupe militaire. Mais je vais aller doucement.

Contournant le canapé pour se placer derrière elle, il posa la serviette sèche sur ses épaules et enleva celle qui lui entourait la tête. Elle sentit la masse lourde de ses cheveux tomber sur ses épaules.

— Penchez-vous en arrière et posez la nuque sur le dossier.

Elle obéit. Il commença à la peigner, les gestes lents et doux. Quand il tombait sur un nœud, il ne forçait pas, mais s'arrêtait pour le démêler.

Les yeux à demi fermés, elle profitait de ce moment de calme. C'était étrange de se sentir détendue alors qu'un presque inconnu la coiffait…

— Vous êtes très doué, déclara-t-elle. Où avez-vous appris à coiffer sans faire mal ?

— Sur les chevaux, répondit-il avec un petit rire. Cela dit, j'ai de la chance. Vos cheveux sont beaucoup plus doux et s'emmêlent moins qu'une crinière !

Il la peignait en prenant son temps. C'était agréable — et terriblement sensuel. Et elle se surprit à apprécier ce moment.

— Vous avez des chevaux ? demanda-t-elle après quelques minutes.

— J'en ai deux. Ils sont en pension chez un ami pour l'hiver. Gildas se charge d'en prendre soin et de les monter à ma place en attendant le retour du printemps.

— Il est sympa, votre ami.

— En fait, c'est son métier. Je n'ai donc aucun scrupule à les lui confier. Mes chevaux reviennent au printemps, gros, gras et heureux, et c'est un régal de les monter. Je n'ai pas le savoir-faire de Gildas. Les mauvaises habitudes qu'ils prennent avec moi en été, lui les lisse en hiver. C'est parfait.

Elle s'esclaffa.

— Ils ont tant de défauts que ça ?

— Ils n'en font qu'à leur tête et deviennent difficiles. Gildas essaie de comprendre ce que je fais de travers, mais il n'a pas encore trouvé. Il se contente de redresser le tir.

— C'est bizarre, ça. Il sait comment redresser le tir, mais il est incapable de vous dire ce qui cloche dans votre manière de faire ?

Clint s'arrêta, le peigne en l'air.

— En fait, si. Il me donne des conseils, du style : « Il faut que tu écoutes tes juments. Que tu les aimes. » Mais je ne fais que ça, les aimer ! Je ne vois pas ce que je peux faire de plus !

Il ne voyait pas, ou il ne voulait pas ? se demanda-t-elle, amusée.

Il donna un dernier coup de peigne à ses cheveux, puis s'arrêta pour de bon.

— Et voilà, fit-il. Je peux vous mettre un élastique si vous voulez.

— Laissez-les libres. Ils sécheront plus vite. Merci.

Déjà fini ? Dommage…

Elle aurait pu passer des heures ainsi, à l'écouter lui raconter des histoires tout en lui caressant les cheveux.

— Vous vous sentez mieux ?

— Mille fois mieux. Si vous saviez comme c'est agréable de se sentir propre…

— Je sais.

De toute évidence, il parlait d'expérience.

La laissant seule dans le salon, il alla ranger la salle de bains, puis s'affaira dans la cuisine. Quand il revint, deux tasses de café à la main, son visage était de nouveau impénétrable, limite glacial. Le temps des histoires était révolu, comprit-elle, attristée.

Il lui tendit une tasse.

— Le courant n'est toujours pas revenu, annonça-t-il en s'asseyant dans son fauteuil. Vu l'heure, il y a peu de chance pour qu'il soit rétabli avant demain matin.

— En ce qui me concerne, ça ne me gêne pas. Je me sens très bien.

L'ombre de sourire qu'elle vit sur ses lèvres adoucit à peine la dureté de son expression. Oui, la froideur reprenait ses droits.

C'est mieux comme ça.

De toute façon, elle n'avait pas envie de nouer des liens avec lui. A moins qu'elle ne se mente…

Le cas échéant, elle courait le même danger qu'avec Kevin. Et il y avait de quoi avoir peur.

6

Après avoir donné une tasse de café à Kay, Clint lui annonça qu'il sortait pour voir si le vent n'avait pas causé de dégâts dans le ranch. C'était un prétexte, bien sûr. En fait, il avait besoin de prendre l'air. Et pas seulement parce qu'il faisait chaud à l'intérieur.

Nom de Dieu, il ne manquait plus que ça !

Il poussa la porte et dévala le perron, le col de sa parka remonté jusqu'aux oreilles. La neige avait recommencé à tomber, glaciale, toujours accompagnée d'un vent mordant.

Il n'était pas encore tiré d'affaire, songea-t-il d'un air sombre.

Il était un monstre. Un sale type. Le pire des cauchemars pour Kay, même si elle le considérait comme son sauveur. Les souffrances que Kevin lui avait infligées n'étaient rien comparé à ce qu'il avait fait. A ce qu'il avait dû faire.

Dû ? Etait-ce le mot juste ?

Il avait exécuté les ordres, rempli les missions qu'on lui avait confiées, sans s'interroger sur les moyens employés. A l'époque, cela lui semblait normal. C'était plus tard, alors qu'il brassait des idées noires, que l'honnête homme en lui s'était réveillé.

Avait-il eu raison d'accepter les ordres sans se rebeller devant leur cruauté ?

Pourquoi ne s'était-il pas insurgé ? Pourquoi n'avait-il pas tracé un trait entre le bien et le mal ? Dit non ? Parce qu'il aurait fallu qu'il prenne la responsabilité de ses actes.

Comme il l'avait dit à Kay, chacun fait ce qu'il croit le mieux à un instant donné, mais cela finit toujours par sonner creux. Un jour ou l'autre, on s'interroge, on a des remords… C'était ce qui s'était passé pour lui. Et il en avait fait un livre.

Si son essai, *Théorie sur la guerre*, avait suscité tant d'émotion, tant de réactions négatives, c'était parce qu'il ne s'était pas contenté d'écrire sur la responsabilité des peuples,. Il avait mis en cause les responsabilités individuelles. Dont la sienne.

Incapable de se retenir, il lança une bordée de jurons — il en avait un certain nombre à sa disposition, et dans toutes les langues. Puis il donna un coup de pied dans la neige, comme pour se venger sur elle de son stress.

D'accord, il avait fallu qu'il vienne en aide à une femme. Il n'avait pas pu s'y soustraire. Mais la désirer ?

Bon sang, elle était blessée, mal en point, elle avait peur… Alors, pourquoi la trouvait-il si attirante ? Sa conscience l'empêchait de mettre cette attirance sur le compte d'une trop longue solitude ou de pulsions sexuelles irrépressibles. Il en était seul responsable. Car il était seul maître de tout ce qu'il ressentait.

C'était pour cela qu'il avait un cerveau. Pour se détourner des tentations qui pouvaient le condamner à tomber encore plus bas, au fond de l'enfer.

Se penchant, il ramassa de la neige dans ses mains nues et en fit une boule qu'il comprima. Des filets d'eau coulèrent entre ses doigts. Il garda la neige dans ses mains jusqu'à ce que ses doigts le brûlent et qu'il soit obligé de la lâcher.

Du contrôle, voilà tout. Il travaillait la maîtrise de soi depuis longtemps. Il fallait être fort pour garder son calme quand des éléments extérieurs s'ingéniaient à venir vous perturber.

Partager son ranch avec cette femme était une épreuve parce que la bête qui sommeillait en lui commençait à se réveiller. La bête, avec ses besoins instinctifs et primaires…

Se tournant brusquement, il partit faire le tour du ranch, vérifia toutes les entrées, puis rentra.

Du coin de l'œil, il vit Kay se rasseoir sur le canapé. Elle avait dû guetter son retour.

— Vous devriez vous méfier, lâcha-t-il sèchement tout en enlevant sa parka et ses bottes.

D'un pas énervé, il alla s'asseoir dans son fauteuil, en face d'elle, et la fixa.

Elle écarquilla les yeux.

— Qu'est-ce qui se passe ? Ça ne va pas ?

— Non.

— Vous êtes souffrant ?

— Plus que vous ne le croyez.

Il ferma les yeux, puis prit une décision. Il fallait qu'elle le voie sous son vrai jour. Et qu'elle ait peur. Cela le calmerait sûrement.

— Je vais vous dire quelque chose, commença-t-il, les paupières toujours baissées.

— Oui ?

— Vous devriez avoir peur de moi.

Elle laissa échapper une exclamation.

— Pourquoi ?

Il rouvrit les yeux afin qu'elle y voie toute la noirceur de son âme — du moins l'espérait-il.

— Parce que je suis un monstre.

— Un monstre ? Que voulez-vous dire ?

— Vous ne savez pas de quoi je suis capable. A côté de moi, votre ami est un agneau. Je suis une machine à tuer. J'ai été entraîné à ça. J'ai blessé, mutilé, estropié. J'ai terrorisé et j'ai assassiné. OK, c'était mon métier, mais ce n'est pas une excuse. Je sais de quoi je suis capable, et Kevin est à des années-lumière du malheur que j'ai semé.

Kay le dévisagea, les yeux écarquillés, incrédule. Mais il remarqua avec contrariété qu'elle ne s'était pas recroquevillée sur elle-même.

Apparemment, son discours n'avait pas suffi à l'effrayer.

Il se pencha vers elle et reprit, un ton plus bas :

— Pensez-vous qu'en temps de guerre, nous devrions ignorer notre conscience et refuser la responsabilité d'actes que nous désapprouvons ?

— Je… je n'ai jamais réfléchi à ça.

— Personne n'y pense ou presque. Pourquoi y penser quand on n'a pas eu l'occasion de connaître l'enfer ? demanda-t-il avec un sarcasme non dissimulé. Sauf que ceux qui ont eu à le vivre ne sont plus les mêmes par la suite. Les anciens combattants souffrent de toutes sortes de maladies mentales. Pourquoi ? Parce que la société brise le contrat.

— Quel contrat ?

— Le contrat de ceux qui disent : « Nous vous avons envoyés. Faites ça en notre nom, et nous ignorerons les règles morales que vous avez transgressées. » La société tout entière partage la responsabilité.

Elle ouvrit des yeux ronds. C'était de l'hébreu pour elle.

— Ils nous ont promis l'absolution, mais ne nous l'ont pas donnée. Ils peuvent toujours organiser de grands défilés militaires, coller des stickers sur les pare-chocs de leurs voitures, accrocher des rubans jaunes ou nous appeler leurs héros… Ils ne peuvent pas nous donner l'absolution parce que ce n'est pas à eux de la donner.

Il se passa la main dans les cheveux.

— « Faites ça en notre nom, et vous serez des héros », disent-ils. En réalité, c'est : « Allez donc combattre pour nous, oubliez votre vernis d'homme civilisé et battez-vous comme des sauvages. Mais à votre retour, faites comme s'il ne s'était rien passé. Agissez de sorte que nous ne soyons pas responsables de ce que nous vous avons demandé de faire. Et, surtout, ne nous en parlez jamais. Ne l'évoquez même jamais. »

— Oh, Clint…

Il eut un geste impatient de la main.

— Il y a autre chose. Non seulement les militaires doivent vivre ensuite avec des remords, mais on leur laisse endosser toute la responsabilité de ce qui a été fait. Un soldat ne peut pas s'en sortir indemne. Chaque fois qu'il ferme les yeux, les images défilent et, chaque fois, il se demande pourquoi il n'a pas dit non.

— Comment peut-il dire non ? Il ne sait ce qui va se passer que lorsqu'il est trop tard.

— C'est ça, le piège. Pendant la Seconde Guerre mondiale, on a découvert que les hommes ne voulaient pas s'entretuer. Un soldat sur quatre seulement a fait feu au cours des combats.

— Vraiment ?

— Oui. On a donc mis au point un système. Vous en avez peut-être entendu parler… Maintenant, les militaires sont entraînés sur des consoles de jeu vidéo avant d'être envoyés sur les champs de bataille. Vous n'imaginez pas le nombre de soldats que j'ai entendu dire : « C'était comme un jeu vidéo. » Sauf qu'ils ramassent les morceaux des corps déchiquetés. Et qu'ils n'ont plus le choix : c'est tuer ou se faire tuer. Alors, ils passent de l'autre côté de la ligne. Et de la ligne suivante… Et puis les lignes finissent par ne plus exister du tout. Il n'y a plus de limites.

— Non ?

— Non. Parce qu'ensuite, vous ne réfléchissez plus. La trouille, la mort de vos copains et tout un tas d'autres trucs vous poussent à dépasser les bornes. Vous ne pensez plus, c'est un luxe que vous n'avez pas le temps de vous permettre. Avant longtemps.

Il marqua une pause, mais elle se contenta de le regarder de ses grands yeux bleus sans rien dire.

— Quelques-uns, les plus chanceux, ont droit à une formation spéciale. Après un lavage de cerveau, on les envoie sur des opérations où ils font des choses qu'on ne montre jamais dans les films. On essaie d'en faire des héros. Croyez-moi, il n'y a rien d'héroïque là-dedans. Ce ne sont que de pauvres types qui veulent sauver leur peau. On vous envoie au casse-pipe avec un aller simple. Une fois que vous y êtes, vous ne pouvez plus reculer. Alors, vous foncez dans le tas. Parce que, si vous ne le faites pas, vos potes paieront. Les soldats qui combattent pour le drapeau, ou pour maman ou pour un sucre d'orge, ça n'existe pas. Sur le terrain, on se bat uniquement pour le copain qui est à côté.

Il se tut. Devant lui, Kay avait fermé les yeux, et il crut qu'il avait atteint son but.

Mais quand elle rouvrit les paupières, au lieu d'éviter son regard, elle le fixa. Etait-elle folle ?

— Je suis désolée, murmura-t-elle. Vraiment désolée.

Il réagit violemment.

— Vous ne comprenez pas ! Je vous dis que je suis un monstre !

— Un monstre ne parlerait pas de cette façon. Il ne me raconterait pas tout ça avec un tel dégoût de soi.

Il jura de nouveau sans se soucier de lui écorcher les oreilles. Et elle ne broncha pas.

— Vous devriez cesser de vous faire du mal, lui conseilla-t-elle. Le monde est plein de gens qui ont été contraints de faire des horreurs, et ce ne sont pas des monstres pour autant.

— Ah non ? Nous sommes quoi, alors ?

— Des êtres humains. Des gens ordinaires. Des gens qui ont été poussés par des circonstances particulières. Croyez-vous que je n'ai jamais songé à planter un couteau dans le dos de Kevin ? Croyez-vous que je n'ai pas rêvé de le tuer ? J'y ai pensé plus d'une dizaine de fois. Cela fait-il de moi un monstre ?

— Vous ne l'avez pas fait.

— Pas par vertu. Simplement parce que l'occasion ne s'est pas présentée.

Elle baissa les yeux et ôta une poussière imaginaire de son sweat-shirt.

— Mais, cette fois, s'il me retrouve, je passerai à l'acte. J'ai bien l'intention d'acheter une arme.

A ces mots, il sentit quelque chose se craqueler en lui.

— Ne faites pas ça, gronda-t-il.

— Pourquoi ? Je ne peux plus vivre comme ça.

— Vous ne pourriez plus vous regarder en face. Croyez-moi, Kay, vous vous haïriez. Laissez donc quelqu'un d'autre s'en charger.

— Qui ? Personne n'a jamais rien fait pour l'empêcher de me nuire. Sauf une fois où il a été mis en prison. Et en est ressorti presque aussitôt.

— Dans ce cas, c'est moi qui le ferai.

— Non ! s'écria-t-elle. Je ne veux pas que vous ayez la mort de Kevin sur la conscience.

Il sentit la douleur qui lui étreignait la poitrine s'intensifier.

— Ne me faites pas confiance, Kay. Jamais. Vous m'entendez ? Jamais.

— Mais… je vous fais déjà confiance.

— Vous avez tort. J'espérais que vous verriez la rage qui m'anime. J'ai vu certains de mes anciens collègues exercer leur fureur sur leurs enfants ou leur femme. Méfiez-vous de moi. Les démons qui me hantent peuvent surgir à tout moment, et alors…

Sa phrase semblait encore plus menaçante, laissée ainsi en suspens. Kay baissa les yeux sur ses mains. Puis elle releva la tête et plongea dans ses yeux.

— J'en prends le risque, déclara-t-elle posément.

Il se leva en jurant et se mit à arpenter la pièce. Elle ne voyait donc pas le danger qui la menaçait ?

L'envie d'envoyer son poing dans le mur le démangeait. Mais il n'était pas fou. Il n'allait pas risquer de se fracasser la main dans le seul but de briser le cycle infernal de ses pensées.

Il finit par s'arrêter, le plus loin possible d'elle, et appuya son front au mur. Une fois qu'il serait parvenu à endormir ses démons, il irait déjà mieux.

Soudain, il sentit une main sur son épaule.

— Clint, chuchota Kay.

Trop tard.

Il se retourna brusquement et la prit dans ses bras. Avant qu'elle ait pu réagir, il posa ses lèvres sur les siennes. Il avait besoin de chaleur humaine. Besoin de savoir qu'il valait encore quelque chose aux yeux de quelqu'un.

Elle eut un mouvement de recul, dû sans doute à la surprise. Car, ensuite, elle leva les bras et les passa derrière sa nuque. Elle le serra fortement contre elle, comme si elle avait peur qu'il lui échappe.

La plaie béante qu'il avait au cœur s'élargit encore, décuplant à la fois son désir et ses tourments.

Non. Il devait arrêter. Se dominer. Contrôler ses pulsions.

Luttant contre le désir, il s'obligea à rompre leur étreinte et s'écarta de Kay. Elle rouvrit les yeux. Ses lèvres étaient un peu plus rouges, comme meurtries, et il se haït.

— Clint…

— Je dois sortir.

Un nuage de tristesse passa sur le visage de Kay, mais elle hocha la tête et retourna s'asseoir sur le canapé.

Après avoir quitté la maison d'un pas rageur, il marcha dans la neige, offrant son visage aux rafales de vent.

— Nom de Dieu, grommela-t-il dans sa barbe. Quel imbécile…

Assise sur le canapé, Kay tentait de comprendre ce qui lui arrivait. Elle qui se croyait insensible au malheur des autres, qui pensait n'être plus que peur et indifférence, voilà qu'elle se découvrait capable d'émotions. Capable d'éprouver autant de peine pour les autres que pour elle. Peut-être même plus.

Clint dont elle partageait la douleur à cet instant était sorti dans le froid pour tenter de dompter ses démons.

Elle aussi avait ses démons, mais ils n'étaient rien comparés aux siens. La haine de soi qu'il avait accumulée était effarante. Elle pouvait toujours se flageller pour ce qu'elle avait fait ou pas à propos de Kevin, elle pouvait se mépriser pour n'avoir pas su être à la hauteur et avoir honte d'elle et de sa faiblesse, ce n'était rien comparé à ce que Clint ressentait.

Comment pouvait-elle l'aider ? Elle n'en avait malheureusement aucune idée. Lui prenait soin d'elle, la protégeait, et elle était impuissante à lui venir en aide. Tout ce qu'elle avait fait, c'était réveiller des souvenirs qu'il s'efforçait d'oublier. Bravo !

Le temps aurait montré une certaine accalmie, elle se serait dépêchée de partir de façon à ne plus lui imposer sa présence. A lui épargner… Lui épargner quoi ? Rien. Rien du tout. Si elle se sauvait, il se détesterait encore plus. Et si elle se perdait ou, pire, si Kevin la rattrapait, il s'en voudrait éternellement.

Le complexe d'infériorité que Kevin avait réussi à insinuer en elle n'était rien par rapport aux tourments qu'il devait supporter.

Incapable de rester en place, elle se leva et se rendit dans la cuisine. Au moins pourrait-elle s'occuper utilement en préparant le dîner. Un bon petit plat afin de lui montrer sa reconnaissance. Et de lui faire comprendre qu'il comptait à ses yeux.

— Bon sang, qu'est-ce que vous fabriquez ?

Elle n'avait pas entendu Clint rentrer, et sa voix la fit sursauter. Se retournant aussi vite que son corps endolori le lui permettait, elle le vit sur le seuil, éclairé par la lueur de la lampe à pétrole, immense et l'air bougon.

— La cuisine, répondit-elle en s'efforçant de prendre un ton dégagé.

— Vous devriez être couchée. Vous avez encore mal partout, ça se voit. Ce n'est pas comme ça que vous allez reprendre des forces.

— Je vais bien, rassurez-vous.

Elle se tourna vers la marmite dans laquelle une soupe mijotait et ajouta avec légèreté :

— J'ai trouvé une boîte de coques dans le placard. Ça m'a donné envie de préparer une soupe marinière.

— Ça sent bon.

Le compliment était aimable, mais la voix avait oublié de l'être.

— Ça sentira encore meilleur dans deux heures, remarqua-t-elle.

Alors qu'elle soulevait avec difficulté la planche sur laquelle elle avait découpé des cubes de pomme de terre, il s'approcha et la lui prit des mains.

— Laissez-moi faire.

— Merci.

Elle se retint de lui demander s'il allait mieux. Mieux valait éviter une nouvelle dispute.

Tandis qu'il versait les pommes de terre dans la marmite, leurs bras se frôlèrent. Elle aurait aimé renouer le lien qu'ils avaient — timidement — commencé à tisser et qu'il avait défait avec ses étranges déclarations. Mais une fois de plus, elle n'osa pas. Après ce qui s'était passé tout à l'heure, elle avait peur qu'il la repousse.

Elle se racla la gorge.

— D'ordinaire, j'utilise de la crème fraîche, mais je n'en ai pas trouvé. Je mettrai du lait avec une noisette de beurre. Ça devrait aller.

— Ce sera très bon, j'en suis sûr.

Elle le vit sourire, ce qui la rassura. Peut-être avait-il laissé sa mauvaise humeur et ses états d'âme à la porte. Prendre l'air suffisait parfois à remettre les idées en place.

— Je peux vous aider ? demanda-t-il en regardant autour de lui.

— Oui. Sortez-moi un couvercle. Le placard sous l'évier est un peu bas pour moi.

— Poussez-vous, je m'en occupe.

Il se baissa et prit un couvercle qu'il posa sur la marmite.

— La soupe doit mijoter un bon moment, précisa-t-elle.

— Autre chose ?

— Non, c'est tout pour l'instant.

Tournant le bouton de la lampe à pétrole, il augmenta l'intensité de la flamme.

— Vous devriez aller vous rallonger, Kay, lui conseilla-t-il en fronçant les sourcils. Vous êtes toute pâle.

— Je me demande comment vous pouvez le voir avec cette lumière !

Cela dit, il n'avait pas tort. Ce court passage dans la cuisine l'avait vidée de toute son énergie, et elle avait mal partout. Quand donc récupérerait-elle ses forces ? Elle se sentait aussi faible qu'un enfant qui vient de naître.

Sans un mot, Clint lui prit le bras et l'aida à retourner dans le salon. Où le monstre était-il caché ? L'avait-il enseveli dehors sous la neige pour quelques heures ? Sans doute. Elle-même était très douée pour refouler ce qui la perturbait.

Il la laissa s'installer, puis disparut dans la cuisine. Dix minutes plus tard, il revenait avec du café.

— C'est une bonne idée, dit-elle. Merci.

En allant dans la cuisine tout à l'heure, elle avait songé à en faire, mais s'était limitée à la préparation du dîner. Trouver le café, la cafetière, les filtres et les tasses lui avait paru insurmontable, surtout dans cette pièce qu'elle ne connaissait pas.

— Au cas où je m'endormirais, vous pourriez remuer la soupe de temps en temps ? lui demanda-t-elle.

— Pas de problème.

Elle ne doutait pas un instant qu'il le fasse. C'était d'ailleurs ce qu'il y avait de gênant chez lui : il était trop parfait, trop intelligent, trop savant. A côté de lui, elle se sentait vraiment en position d'infériorité. La liste de ses aptitudes était courte : prendre des commandes, servir à table, fuir. Et faire la cuisine. Oui, elle cuisinait plutôt bien. A part cela, songea-t-elle en se rembrunissant, elle ne pouvait se flatter d'avoir accompli grand-chose en vingt-six ans de présence sur cette terre.

— Ça ne va pas ? fit Clint.

Encore un démon…

N'empêche que c'était agréable de voir quelqu'un s'inquiéter à son sujet. Cela ne lui était pas arrivé depuis la mort de sa grand-mère.

Elle décida d'être franche avec lui.

— Je réfléchissais à ma vie, et je me disais que je n'en avais pas fait grand-chose.

— Tout dépend de la façon dont vous la regardez.

Elle laissa échapper un petit rire. Et grimaça en sentant une douleur fuser dans ses côtes.

— Vous me faites penser à un prof. Ou à un psy.

— J'aime bien les psy, pour la plupart, déclara-t-il. Eux, au moins, ne vous laissent pas vous embarrasser d'excuses. Ils vous disent que ce que vous faites est aussi nul que vous le pensez et qu'il y a juste quelques changements à opérer pour que vous alliez mieux.

— Vous avez déjà vu un psy ? lui demanda-t-elle, intriguée.

— Très souvent.

Après le discours tourmenté qu'il lui avait tenu, elle ne put s'empêcher de trouver une certaine ironie dans sa réponse.

— Et vous pensez que ça a servi à quelque chose ?

— Je suis toujours là, non ?

Sa réponse la refroidit. Seigneur, il avait dû traverser des périodes de grand désarroi pour envisager le suicide. Elle aussi y avait pensé. Mais elle se doutait que, contrairement à elle, lui avait failli passer à l'acte.

— A votre avis, que me dirait un psy ? s'enquit-elle.

— Je ne vous connais pas assez pour pouvoir vous répondre dans le détail, mais il vous conseillerait sûrement d'arrêter de vous flageller pour des choses que Kevin a faites.

— Et si j'y arrivais ?

— Il faudrait ensuite régler le problème.

— Comment ? J'ai déjà essayé, figurez-vous.

— Je sais.

— Alors ?

Il se caressa le menton, l'air songeur.

— Vous voulez que je vous dise ce que je propose ?

— Allez-y.

A part éliminer Kevin — ce qu'elle lui interdisait d'envisager —, elle ne voyait pas ce qu'il pouvait suggérer.

— Si la police ne réussit pas à mettre ce type à l'ombre pour de bon, je connais des gens qui peuvent vous aider à changer d'identité. Mais attention : cela signifie tout changer. Ce salaud pourra toujours vous chercher, il ne vous retrouvera jamais.

Elle écarquilla les yeux.

— Vraiment ? C'est possible ?

— Absolument. Il y a beaucoup de gens qui se sont volatilisés dans la nature de cette façon. Mais pour que cela marche, il faut que le changement d'identité soit mis en place par des experts, en toute légalité.

Elle le considéra, déconcertée. Bien sûr, elle savait que de fausses cartes d'identité circulaient, surtout dans les milieux en marge de la légalité. Elle-même, quand elle était serveuse, avait appris à vérifier l'authenticité des papiers qu'on lui présentait. Cela dit, la plupart des fraudeurs finissaient tôt ou tard par se faire prendre. Quant au programme de protection des témoins, il fallait être sacrément important ou posséder des informations primordiales pour en bénéficier. Ce qui était loin d'être son cas.

— Comment fait-on pour changer d'identité ?

— Il faut connaître les bonnes personnes, les bonnes adresses. Je ne parle pas du monde interlope, rassurez-vous.

— C'est fantastique, murmura-t-elle. Mais ça doit coûter très cher…

— Dans votre cas, ce serait gratuit. Un service. Mais avant d'aller si loin, on va laisser le temps à la police d'agir. S'ils retrouvent Kevin et l'envoient croupir à vie dans une cellule, on n'aura pas besoin d'en arriver là.

Elle poussa un profond soupir.

— Vous pensez que je pourrais devenir quelqu'un d'autre ?

— S'il le faut… Maintenant, imaginons que vous soyez quelqu'un d'autre. Que ferez-vous de votre nouvelle vie ?

La question la prit de court, et elle ne répondit pas.

— Pensez-y, lui conseilla-t-il. Parce que, d'une façon ou d'une autre, quand vous quitterez cette maison, votre vie ne sera plus la même.

La détermination qu'elle lut dans ses yeux la troubla. Cet homme était capable de tout. Et une fois sa décision prise, il allait jusqu'au bout.

— Eh bien… je mettrais de l'argent de côté pour pouvoir aller à l'université.

— Pourquoi attendre ? Je peux vous aider à obtenir une bourse et un prêt. Vous n'aurez pas à amasser un pécule pour aller à la fac, mais vous devrez vous trouver un job parallèlement à vos cours afin de rembourser le prêt.

— Ce serait formidable !

— Donc, vous voilà à la fac. Entre les cours et votre travail, il vous reste quelques heures. Qu'en faites-vous ?

— Je… euh… j'aimerais aider les gens.

Il sourit.

— Il y a une belle âme en vous.

— Je voudrais juste…

Elle hésita un peu.

— J'aimerais améliorer le sort des autres. Les enfants envoyés dans des familles d'accueil, les femmes battues… Je sais ce que sont le désespoir et l'impuissance. De n'avoir personne vers qui se tourner.

Il hocha la tête.

— La vie ne vous a pas détruite, c'est bien.

— Je ne sais pas, fit-elle, interpellée par sa remarque.

— Je peux vous dire que non. La vie vous a certes malmenée, mais elle ne vous a pas démolie. Ni aigrie. Je ne vois aucune amertume en vous. Quand ce salaud de Kevin aura été arrêté, le monde sera sans limites pour vous.

Le pensait-il vraiment ? Comment pouvait-il en être sûr ? Il la connaissait si peu…

Quoi qu'il en soit, c'était agréable de savoir que quelqu'un voyait en elle une femme bien et pleine d'avenir, et non une créature faible, incapable d'affronter ses démons.

Elle sourit.

— Merci.

— Ne me remerciez pas. Je dis ce qui est.

Avec précaution, elle releva les jambes et les replia sous elle. Changer de position lui faisait du bien, cela lui permettait de soulager les points les plus douloureux.

Ce qui était encore meilleur, c'était que, pour la première fois depuis longtemps, elle entrevoyait un espoir. Cet espoir, elle le devait au soi-disant monstre assis en face d'elle. Derrière ses airs méchants, lui non plus n'était peut-être pas aussi démoli qu'il le croyait.

7

Au petit matin, la tempête, qui avait fini par se calmer, céda la place à un soleil éclatant. L'électricité n'était toujours pas revenue, mais tout compte fait, elle ne leur avait pas beaucoup manqué. La cheminée leur avait permis de bénéficier d'une douce chaleur et, grâce à la cuisinière à gaz, ils avaient pu manger normalement.

Que demander de plus ?

Kay avait ouvert les rideaux et regardait dehors. La neige avait complètement recouvert le chemin que l'adjoint du shérif avait déblayé la veille avec son pick-up. Clint avait-il un chasse-neige à sa disposition ? Elle le voyait mal déneigeant une telle couche à la pelle.

— Eloignez-vous de la fenêtre.

Surprise, elle lâcha le rideau et se retourna. En revenant de son inspection dehors, Clint s'était changé. Il avait troqué ses vêtements contre un jean et une chemise en flanelle.

— Pourquoi ?

— Je vous dis de reculer.

— Il s'est passé quelque chose ?

— Le téléphone ne marche pas.

Elle fronça les sourcils. De toute évidence, il lui cachait quelque chose.

— Ce n'est pas la peine de me raconter des histoires, Clint. Vous avez peur qu'on me voie, c'est ça ?

Voyant son hésitation, elle insista :

— Dites-moi la vérité. Je ne veux pas que vous me mentiez.

Des tremblements la secouèrent. Soudain faible, elle

voulut retourner s'asseoir dans le canapé, mais ses jambes se dérobèrent sous elle. Clint se précipita pour la soutenir.

— Je sais que vous me cachez quelque chose, reprit-elle une fois qu'il l'eut aidée à regagner le canapé.

Il s'accroupit près d'elle, sans répondre.

— Je veux savoir, Clint, insista-t-elle. Pourquoi ne me dites-vous rien ?

Il laissa passer un silence, puis se jeta à l'eau.

— Quand vous avez décrit la voiture de Kevin… Eh bien, je me suis dit que je l'avais déjà vue. Une voiture similaire nous a dépassés pendant que je vous portais jusqu'à mon pick-up…

— Oh, mon Dieu !

— Ne commencez pas à paniquer. Je ne suis pas du tout sûr que ce soit lui. Je n'ai pas vraiment fait attention, j'étais plus préoccupé par vous. Et puis, la neige tombait très fort… On n'y voyait rien. La seule chose dont je sois sûr, c'est qu'une voiture est passée et a ralenti à notre niveau. C'était peut-être juste un touriste imprudent ou quelqu'un qui se rendait chez mon voisin.

Les mains moites, elle se tordit les doigts. Kevin avait failli la retrouver. Son salut s'était-il joué à deux secondes près ?

— Ne vous affolez pas, insista Clint. Je vous répète que je ne suis pas sûr que ce soit lui.

— Il n'empêche que vous êtes inquiet. Sinon, vous ne m'auriez pas ordonné de m'éloigner de la fenêtre.

— Simple question de bon sens. Rien ne nous dit qu'il sait où vous êtes.

— Non, mais cela ne signifie pas qu'il l'ignore.

Il eut un soupir agacé devant son entêtement.

— Pas de panique, je vous dis ! Je ne le laisserai pas s'approcher de vous.

— Je ne vois pas comment vous pourrez l'en empêcher, répliqua-t-elle, le cœur cognant sourdement dans sa poitrine.

— Ça, j'en fais mon affaire.

Elle ferma les yeux. Au moment où elle commençait juste à reprendre espoir, voilà que Kevin réapparaissait dans sa vie, telle une menace invisible.

Clint posa la main sur son bras.

— Kay, j'ai averti Micah.

Elle rouvrit les yeux, épouvantée.

— Du calme ! La police va organiser des rondes et surveiller les environs. Je lui fais confiance. Quant à moi, je vais prendre quelques précautions supplémentaires de façon qu'il ne puisse pas entrer dans la maison sans réveiller les morts.

Encore secouée, elle le regarda passer d'une fenêtre à une autre, sans oublier les portes. Concernant les ouvertures qui donnaient sur l'arrière, il plaça un objet métallique devant chacune, puis les rattacha à un fil. Si quelqu'un essayait d'entrer sans y avoir été invité, les objets tomberaient les uns sur les autres avec un bruit à réveiller les morts ! Aux ouvertures qui donnaient sur l'avant, il réserva un autre traitement. Il les condamna purement et simplement avec des clous.

Elle s'était cru en sécurité, mais ce n'était qu'une illusion, se dit-elle en tressaillant à chaque coup de marteau. Une fois de plus, elle était enfermée dans la prison de la peur.

— Pourquoi ne m'avez-vous pas mise au courant ?

Clint s'interrompit dans sa tâche.

— Parce que vous ne risquiez rien pendant la tempête. Vous aviez besoin de repos.

— Et besoin d'un mensonge ?

— Je ne vous ai pas menti. Je vous répète que je ne suis sûr de rien…

— Je veux un revolver.

— Pas question, ils restent sous clé. De toute façon, je n'ai pas besoin d'une arme pour venir à bout de ce type.

Elle se redressa sur le canapé.

— Mais moi, j'en ai besoin !

Il secoua la tête.

— C'est trop dangereux.

— Arrêtez, Clint !

Lâchant son marteau, il vint se planter devant elle et posa les mains sur ses épaules.

— Ecoutez, Kay, les armes sont dangereuses. Imaginez qu'il fasse nuit. Une silhouette passe devant vous, vous avez peur, vous tirez. Et c'est moi.

— Je ne vous confondrais jamais avec lui.

— Quand on a peur, on voit des menaces partout. Autre chose : avez-vous déjà tiré ?

— Non.

— Vous êtes sûre que vous oseriez le faire ? Parce que, si vous ne tirez pas, Kevin vous arrachera votre arme des mains, et soyez certaine que lui n'hésitera pas à s'en servir.

Il laissa passer un silence, afin qu'elle s'imprègne de ses paroles, puis reprit :

— Croyez-moi, Kay, je n'ai pas besoin d'un revolver pour lui faire regretter son audace s'il décide de s'introduire ici. Il en prendra pour son grade, je vous l'assure !

— Vous, peut-être…

— OK, vous voulez une arme ? Qu'est-ce que vous diriez d'un tisonnier ? Ou d'un démonte-pneu ? Vous pourrez le garder à portée de main. Comme ça, si jamais il s'approche, bang, un bon coup sur la tête et il s'en souviendra. Ou plutôt, il ne s'en souviendra pas.

Elle avait beau ne pas être d'accord avec son raisonnement, elle n'eut d'autre choix que de capituler.

— Très bien, mais je veux quelque chose qu'il ne puisse pas m'arracher des mains. Il a de la force.

— Je vais voir ce que je peux trouver.

— Il risque de me frapper le premier…

Clint la regarda droit dans les yeux, sans ciller.

— Kay, il faudrait que je sois mort pour qu'il approche aussi près de vous.

Mue par la peur, ou par la reconnaissance, elle passa impulsivement les bras autour de ses épaules et enfouit le visage dans son cou. Il se raidit à son contact, tel un bloc de pierre, puis, insensiblement, se détendit. S'efforçant de ne pas la brusquer, il l'entoura de ses bras tout doucement.

— Je te protégerai, murmura-t-il à son oreille. Je te le jure.

Tiens ? Il l'avait tutoyée ?

— A quel prix, Clint ? A quel prix me protégeras-tu ?

Vers midi, elle s'aperçut qu'il ne tenait plus en place. Elle aurait aimé manifester la même énergie que lui, mais elle avait encore besoin de repos.

Une fois de plus, il alla à la fenêtre pour regarder dehors.

— Je vais sortir déblayer la neige, annonça-t-il.

— Pourquoi ? Tu as besoin de la voiture ?

— On ne sait jamais…

Il se tourna vers elle.

— Ne t'inquiète pas, tu ne risques rien. Dans l'état actuel des choses, personne ne peut approcher du ranch à cause de la neige. Il faudrait quelqu'un de plus courageux que Kevin pour oser s'aventurer jusqu'ici.

— Tu crois ?

— Oui. Un homme qui frappe une femme est un lâche.

— Ou un malade…

Il haussa les sourcils.

— Tu penses que c'est un malade ?

— Je ne sais pas.

— Dans ce cas, tu n'as qu'à me rejoindre dans le pick-up. Ce ne sera pas long. Laisse-moi seulement y aller le premier pour actionner le chauffage.

— Merci.

A une époque, elle n'aurait jamais cru Kevin capable de la poursuivre à travers tout le pays. Et pourtant, non seulement il l'avait fait trois fois, mais en plus il l'avait enlevée. Son obsession était telle qu'il n'hésiterait sans doute pas à braver la neige afin de la retrouver.

Etait-il malade ? Fou furieux ? A la réflexion, oui, sûrement.

Dehors, Clint avait mis le pick-up en marche. Elle l'entendit tousser puis contourner le ranch. Avec toute cette neige, il semblait peiner. Revenant à la maison, il monta les marches du perron et tapa des pieds pour faire tomber la neige de ses semelles.

Kay le rejoignit dans l'entrée.

— Je vais te prêter une parka, mais tu vas nager dedans, l'avertit-il en la dévisageant. Je ne sais pas si je vais trouver quelque chose à te mettre aux pieds…

— L'important, c'est que j'aie chaud.

Sans trop savoir pourquoi, elle avait envie de sourire. A cause de la gentillesse de Clint ? Ou de la perspective de remettre le nez dehors, de humer l'air frais et d'offrir son visage au soleil ?

Il lui apporta plusieurs paires de chaussettes et s'agenouilla devant elle pour les lui enfiler.

— Si je te prête une paire de bottes, tu vas les perdre. Il vaut mieux que je te porte jusqu'à la voiture.

Bizarrement, l'idée qu'il la porte dans ses bras ne lui déplut pas. Plus elle le connaissait, et plus elle l'appréciait. Très attentionné à son égard, il s'occupait d'elle comme d'un objet précieux. Personne, absolument personne, n'avait jamais fait le dixième de ce qu'il faisait pour elle. Même dans les souvenirs les plus lointains qu'elle avait de sa mère, elle ne se rappelait rien d'aussi agréable.

Attrapant une immense parka, il l'aida à l'enfiler, puis remonta la fermeture à glissière. Il fit des revers aux manches — pas facile —, mais au moins lui libéra-t-il les mains. Ensuite, il lui prêta de gros gants en laine bleue. Elle rit en regardant ses mains. Le bout des doigts était vide et gigotait bizarrement quand elle les agitait.

— Il paraît que tu es là-dedans ? plaisanta-t-il avec un sourire.

Sans crier gare, il passa un bras sous ses genoux, l'autre sous ses bras, et la souleva. Décidément, sa force la surprendrait toujours — cette force qui lui avait fait si peur au début et qui la rassurait, à présent.

Arrivé au pick-up, il la déposa sur le siège du passager. Une douce chaleur régnait dans l'habitacle. Pendant qu'elle s'installait tant bien que mal sur son siège, il alla fermer à clé la porte de la maison, puis la rejoignit et s'assit derrière le volant.

Il passa la première. Comme sur le véhicule de l'adjoint du shérif, un chasse-neige était fixé à l'avant du pick-up. Malgré tout, il ne semblait pas beaucoup aimer la neige.

— Il ronchonne quand je lui demande de faire ça, expliqua Clint. Il estime qu'il n'a pas à faire le travail d'un chasse-neige.

— Jusqu'où comptes-tu aller ?

— A deux cents mètres. Le chasse-neige qui est passé déblayer la route cette nuit a laissé une congère qui bloque le chemin.

Elle sentit son cœur s'arrêter.

— Tu veux dire que le chasse-neige est déjà venu ?

Ce qui signifiait que les routes étaient rouvertes. Et que Kevin pouvait surgir à tout moment, s'il savait où elle se trouvait.

— Je l'ai entendu passer vers 4 heures du matin. Il reviendra sûrement plus tard dans la journée. Et il faudra que je déblaie de nouveau.

— Tu dois le faire souvent ?

— Ça dépend. Ces deux dernières années, les chutes de neige ont été très importantes. Quand les hivers sont plus cléments, je déblaye deux ou trois fois seulement au cours de la saison.

Il leur fallut près d'une demi-heure pour atteindre la congère. Mais Clint eut beau enfoncer la pédale d'accélérateur, le pick-up refusa d'avancer d'un millimètre. En désespoir de cause, il abandonna et tira le frein à main avec un juron.

— Qu'est-ce qui se passe ? demanda Kay.

— La neige est trop dure, il faut que je déblaie à la pelle. Ne bouge pas.

Il descendit de voiture, ouvrit le coffre et en sortit une grosse pelle.

Assise dans l'habitacle, bien au chaud, Kay se sentait complètement inutile — un sentiment qu'elle détestait. Elle le regarda attaquer avec sa pelle le talus que le chasse-neige avait formé en repoussant la neige sur les côtés. Il semblait peiner.

— Voilà, l'entendit-elle dire après quelques minutes de labeur.

Il rangea la pelle dans le coffre, puis remonta à bord, recula de quelques mètres et appuya sur l'accélérateur.

— Accroche-toi.

A peine eut-elle posé la main sur la poignée de sa portière que le pick-up fonça dans le tas de neige, la projetant en avant. Sa ceinture de sécurité la retint brutalement, et elle ravala un cri de douleur.

Sous le choc, la congère explosa en craquant.

Clint recula de quelques mètres avant de repasser la première.

— Je recommence, annonça-t-il en la regardant. Tu peux tenir le coup ?

Elle opina et, cette fois, se cramponna des deux mains à la poignée.

— Ce doit être très amusant… en d'autres circonstances.

Sa remarque le fit rire.

— Tu veux dire si tu n'avais pas mal partout ?

Faisant prendre de l'élan à son véhicule, il le précipita dans ce qui restait de la congère et repoussa la neige sur les côtés. Quand la route fut dégagée, il manœuvra et prit le chemin du retour.

— Ça va ? s'enquit-il en lui jetant un coup d'œil.

— Oui, ça va.

Sauf que cet exercice lui avait rappelé, s'il en était besoin, qu'elle était couverte d'hématomes et que son corps n'avait pas fini de digérer les coups de Kevin. Mais la douleur passerait, ce n'était qu'une question de temps.

Arrivé au ranch, Clint se gara devant la maison et contourna le pick-up pour l'aider à sortir. Elle le laissa approcher, terriblement tendue. De toute façon, elle n'aurait pas pu faire un mouvement.

— Tu as mal, n'est-ce pas ? dit-il en ouvrant la portière.

Elle hocha la tête. Il était sensible et observateur ; peu de choses lui échappaient.

— Un peu. Ce sont mes hématomes…

— Pas tes côtes ?

— Non.

Il lui jeta un regard mi-figue mi-raisin.

— La prochaine fois, tu resteras au ranch.

— Sûrement pas.

— Comme tu voudras.

Il la prit dans ses bras et la porta jusqu'à la maison.

— Je vais ranger le pick-up dans le garage et, en revenant, je t'aiderai à te déshabiller.

Lorsque la porte se fut refermée sur lui, elle laissa échapper un gémissement. Elle avait mal partout. Ses muscles, tétanisés, criaient grâce.

Se mordant la lèvre pour ne pas pleurer, elle ôta ses gants. Clint l'avait installée devant la cheminée, et il faisait chaud. Elle tenta ensuite d'enlever la parka, mais le vêtement était tellement grand que l'entreprise se révéla au-dessus de ses forces, et elle déclara forfait.

Etre dépendante des autres était vraiment pénible. Chaque fois qu'elle avait essayé de prendre sa vie en main, Kevin s'était arrangé pour tout faire capoter. Il avait bien réussi son coup, cette fois. Il l'avait laissée complètement impuissante. Incapable de courir, de se sauver ou de retirer une simple parka.

La colère l'envahit, prenant le pas sur la peur. Dans le fond, c'était tant mieux. La colère la dynamisait ; hors de ses gonds, elle devenait entreprenante, dégourdie. Chaque fois, c'était la colère qui l'avait poussée à avancer, qui lui avait donné la force de se battre, alors que la peur, au contraire, la paralysait.

Folle de rage, elle saisit la fermeture à glissière et réussit à la descendre à moitié. Une fois qu'elle aurait extirpé ses bras des manches, le reste irait tout seul.

— Je vais t'aider.

Surprise, elle releva la tête et aperçut Clint debout près d'elle.

— Non, je veux y arriver toute seule.

— C'est ce que je vois. Cela dit, ce n'est pas la peine de te faire mal.

Et, sans lui laisser le temps de protester, il lui ôta la parka par la tête.

— Voilà, c'est fait.

— Il ne fallait pas, répliqua-t-elle, agacée. Je préfère m'occuper de moi toute seule.

— Je sais. Mais quand tu peux avoir de l'aide, pourquoi vouloir à tout prix te faire mal ?

C'était la logique même. Sauf qu'à cet instant précis, elle se moquait bien de la logique.

— Tu ne peux pas comprendre, l'accusa-t-elle sans réussir à réprimer son agressivité. Est-ce que tu te rends compte que je ne peux même plus sortir seule d'une baignoire ? Ni enlever une parka ? Je suis totalement impuissante... Inutile !

— Je sais exactement ce que tu ressens.

Une expression douloureuse passa sur son visage. Mais tout à sa colère, elle ne la vit pas.

— Ah oui ? Et comment le sais-tu ?

Il évita son regard.

— J'ai été blessé, moi aussi.

Sa colère fondit comme neige au soleil. Elle se sentit ridicule et surtout mesquine. Comment ne l'avait-elle pas deviné ? Bon sang, elle était tellement focalisée sur ses petites misères qu'elle ne faisait pas attention aux autres. Il n'y avait qu'elle, elle et encore elle.

— Veux-tu que je t'aide à enlever tes chaussettes ? demanda-t-il.

— Je veux bien, si ça ne t'ennuie pas.

Elle venait de comprendre quelque chose. Perdre un peu de son autonomie n'était rien comparé à tout ce que cet homme avait déjà fait pour elle. Cet homme qui, comme elle, avait besoin de se sentir utile et qui avait dû beaucoup souffrir, beaucoup plus qu'elle…

— Merci, dit-elle. Mais j'en garde une paire.

— Comme tu voudras.

Pendant qu'il lui enlevait ses chaussettes, elle regarda autour d'elle. Les flammes remplissaient la pièce de leur chaude lueur.

— Ça ne me gêne pas qu'il n'y ait pas d'électricité, commenta-t-elle. Ta maison est encore plus douillette comme ça.

— Moi aussi, j'aime bien.

Il se leva, les chaussettes à la main, et se dirigea vers le couloir. Arrivé sur le seuil, il se retourna.

— Et si tu essayais de prendre la vie un peu plus à la légère ?

— Ça te va bien de dire ça !

Il sourit.

— Je sais. C'est plus facile à dire qu'à faire.

Elle lui rendit son sourire.

— N'est-ce pas ?

Au lieu de repartir, il resta planté là, les yeux fixés sur elle. Puis, brusquement, il détourna le regard.

— Au fait, avant d'oublier…

Il se rendit dans l'entrée où il souleva quelque chose. Elle le rejoignit, intriguée.

— J'avais promis de te donner une arme, expliqua-t-il en lui tendant un démonte-pneu. Tiens-le par l'extrémité courbée, tu auras une meilleure prise.

Elle allait prendre la barre métallique quand ses mains se mirent à trembler. C'était le cauchemar qui rentrait dans la maison.

Elle leva les yeux vers Clint.

— Je n'en peux plus. Je veux que ça s'arrête.

— Je comprends ça aussi, dit-il en hochant la tête.

Et cette fois, elle ne mit pas ses paroles en doute.

Clint ne tenait pas en place, et il savait très bien pourquoi.

Les sens aiguisés par des années d'expérience, il devinait que la menace se rapprochait. Du coup, il avait du mal à s'asseoir et à se détendre.

Ses pensées revenaient sans cesse à Kevin. Emprunterait-il la route pour monter au ranch ? Impensable. Il ne viendrait pas se jeter aussi bêtement dans la gueule du loup.

S'aventurerait-il alors à pied jusqu'ici, malgré la neige ? Peut-être. Il était assez fou pour s'y hasarder, en tout cas.

A partir de ce que Kay lui avait révélé de son ex-petit ami, Clint s'était fait une idée assez précise de sa personnalité. Poursuivre sa proie commençait à le lasser. Si la chasse l'avait excité au début, si la certitude de retrouver Kay et de pouvoir recommencer à la terroriser l'avait stimulé, il avait maintenant dépassé ce stade. En l'enlevant, il avait franchi la frontière qui le séparait encore de la folie. A présent, il ne voulait plus seulement la pourchasser mais en finir avec elle, une fois pour toutes, quelles qu'en soient les conséquences.

Fasciné par la psychologie, Clint avait étudié des cas de personnes psychotiques. Les idées fixes et autres obsessions pathologiques conduisaient à des actes extrêmement graves. Et sachant qu'une obsession induisait toujours une action, celle de Kevin ne pouvait se terminer que d'une seule façon : mal.

Lorsqu'une idée fixe atteignait son paroxysme, ce qui semblait être le cas de Kevin, elle ne le quittait plus. Elle l'aiguillonnait, le pressait, le poussait, exigeait une conclusion expéditive. Un obsédé ne pouvait maîtriser longtemps son obsession.

Kevin viendrait forcément.

C'était pour cette raison que Clint envisageait tous les

scénarios possibles. Il y avait fort à parier que Kevin viendrait de nuit, dans le noir. De préférence aux toutes premières heures du matin, quand il croirait tout le monde endormi — il ignorait que Clint avait décidé de veiller. Avec la neige qui recouvrait la campagne, ce ne serait pas difficile de le voir approcher, sauf s'il se camouflait, une éventualité à ne pas écarter.

Fou ne voulait pas dire stupide. C'était même souvent le contraire, en particulier quand, à la folie, se mêlait de la paranoïa.

Même si son séjour en prison n'avait pas rendu Kevin paranoïaque, il l'était sûrement en ce moment. Non sans raison. Il devait imaginer que Kay avait porté plainte contre lui pour enlèvement et qu'il y avait des dizaines de flics à ses trousses.

Un homme sain d'esprit se serait empressé de disparaître. Pas Kevin. Peut-être était-il sain d'esprit aux yeux de la loi, mais cela s'arrêtait là. Il devait se cacher quelque part, impatient de terminer le travail, attendant, pour agir, que les esprits s'apaisent et que l'on croie qu'il ne viendrait plus.

Clint ne tomberait pas dans le panneau. Combien de temps l'homme jugerait-il bon d'attendre ? Difficile de le savoir. Deux ou trois jours, guère plus. Aiguillonné par son obsession, il allait perdre patience et vouloir passer au plus vite à l'action pour en finir avec Kay.

Seulement, il trouverait des obstacles inattendus…

Clint fit rapidement l'inventaire des opérations telles que son adversaire devait les envisager. Il commencerait par attendre que la pression retombe. Ensuite, il observerait la maison afin d'estimer le nombre de personnes présentes.

Tout cela, bien sûr, à supposer que ce soit lui qui les ait doublés le fameux soir. Mais Clint, en dépit de ce qu'il avait dit à Kay, en était persuadé. Ne la revoyant pas sur la route, Kevin avait dû faire demi-tour quelques kilomètres plus loin, puis conclure que Clint l'avait prise à son bord.

Trouver l'identité du propriétaire du pick-up n'avait pas dû être un problème. Quant à savoir s'il n'avait pas emmené Kay ailleurs par la suite, facile. Un, n'importe qui pouvait prendre des renseignements auprès de l'hôpital pour savoir s'il y avait eu des admissions. Deux, étant donné la tempête et l'état des routes, il avait sûrement exclu la possibilité que Kay ait été transportée ailleurs.

Conclusion logique, le bon Samaritain l'avait emmenée chez lui où elle se trouvait encore.

Clint poussa un juron, avant de s'arrêter net en se rappelant que Kay n'était pas loin. Il ne voulait pas l'inquiéter davantage et susciter tout un flot de questions embarrassantes.

Restait donc quelques jours à attendre, le temps que Kevin mitonne son plan d'attaque.

Deux jours grand maximum, parce que les démons qui l'agitaient n'allaient plus tarder à le faire sortir de l'ombre.

8

Dans l'après-midi, le téléphone sonna, signe que la vie était revenue à la normale.

Clint décrocha immédiatement.

— Clint ? C'est Sarah Ironhead.

— Salut, Sarah.

C'était son mari, Gildas, qui gardait ses chevaux pendant l'hiver. Clint était devenu, à son corps défendant, un membre à part entière de la famille Ironhead.

— Micah m'a demandé de venir prendre des photos de ta protégée.

Il se figea en imaginant les conséquences que pourrait provoquer cette démarche.

— Ecoute, Sarah, il vaudrait mieux éviter de faire trop de publicité autour de la présence de Kay au ranch.

Elle garda le silence un instant.

— Tu crois qu'il vous surveille ?

— Il serait idiot s'il ne le faisait pas. Or, je ne pense pas qu'il le soit, remarqua-t-il. Ce type est un psychopathe, et j'ai promis à Kay de mettre fin au harcèlement dont elle est victime. Le mieux, c'est qu'il s'imagine que tout le battage autour de cette histoire est retombé. Comme ça, il passera à l'acte. Si vous ne l'arrêtez pas quelque part en ville ou ailleurs, c'est ici que ça va se terminer. Je ne pense pas qu'il attende encore longtemps avant de se manifester. Le plus vite sera le mieux.

Sarah n'hésita pas une seconde.

— Je peux venir en civil et la ramener avec moi si tu préfères.

— Et s'il est en train d'épier le ranch ?

— Très juste. D'accord, je vais en parler à Micah et Gage, et voir ce qu'on peut mettre en place comme surveillance discrète. Au moins quelques voitures autour de chez toi…

— A mon avis, il ne viendra pas par la route. Je ne veux pas non plus qu'il ait peur et s'enfuie, sinon il recommencera à la poursuivre.

— Tu crois ?

— Oui. Ce type est un obsédé, et il n'y a qu'une façon de mettre un terme à ses agissements. A ce stade, il ne doit pas avoir envie d'attendre qu'elle bouge de nouveau, ni de recommencer à courir derrière elle. Il n'est pas prêt à prendre le risque de la voir disparaître pour de bon.

— Compris. On va voir comment on peut rester dans les parages sans être remarqués. Mais ne sois pas surpris si Gage râle.

— Il a rempli assez de missions d'infiltration dans sa vie pour comprendre.

Il raccrocha. En se retournant, il dut affronter le regard de Kay, blanche comme un linge.

— Je suis désolée de poser autant de problèmes…

Il fronça les sourcils, sans comprendre pourquoi elle s'excusait. Puis il se rappela sa phrase : « Le plus vite sera le mieux. » Elle avait pu mal l'interpréter.

Avec n'importe qui d'autre, il n'aurait pas pris la peine de clarifier le sens de ses paroles. Il se moquait de ce que les gens pensaient de lui. Mais avec elle, c'était différent. Ce qu'elle pensait lui importait.

— Ecoute, Kay, je ne cherche pas à me débarrasser de toi, au contraire. Je veux juste te mettre hors de danger, le plus tôt possible.

Elle hocha la tête sans toutefois se départir de sa morosité.

Il était en train de se demander si elle l'avait cru quand elle reprit brusquement la parole.

— On est piégés, c'est ça ? Dis-le-moi franchement.

— Peut-être…

— Il n'y a pas de peut-être. C'est oui ou non.

Elle se radossa au canapé et ferma les yeux. Elle baissait les bras, comprit-il, alors même qu'elle venait de retrouver un peu d'espoir. C'était vraiment dommage…

Il refusait de la blesser ou d'être la cause de son abattement. Mais, par-dessus tout, il refusait qu'elle s'attache à lui, un attachement qui ne pourrait se solder que par de la douleur. Ils n'avaient aucun avenir en commun.

Tout ce qu'il voulait, c'était qu'elle se serve de lui comme d'une arme afin de se débarrasser de Kevin. Malheureusement, elle était trop altruiste pour utiliser qui que ce soit. Ne lui avait-elle pas dit de ne pas toucher à Kevin parce qu'elle ne voulait pas qu'il ait sa mort sur la conscience ? Comme si sa conscience remarquerait un poids supplémentaire, compte tenu du tonnage qu'elle supportait déjà !

Il jura tout bas. Ses barrières de défense se craquelaient de plus en plus, et il n'était pas sûr de vouloir colmater les brèches. Il aurait dû tourner les talons et quitter la pièce.

Tout de suite.

Au lieu de cela, ému par sa tristesse, il s'approcha et s'assit à côté d'elle. Jamais il n'avait éprouvé une telle émotion, hormis lorsqu'il était confronté à la mort. La douleur qu'elle manifestait lui semblait aussi importante que sa propre vie.

Il passa les bras autour d'elle et la prit sur ses genoux. De surprise, elle entrouvrit la bouche.

« Va-t'en ! lui souffla une petite voix dans sa tête. File avant que ça dégénère ! »

Impossible. Cette femme mettait à bas toutes ses défenses. Et il détestait cela, d'autant plus qu'il se sentait paralysé, incapable de garder ses distances.

Mû par une impulsion, il se pencha vers elle et approcha

ses lèvres des siennes. Il avait besoin de lui prouver qu'une personne au moins sur cette terre ne la considérait pas comme de la camelote bonne à flanquer à la poubelle. Et, cette fois, il allait l'embrasser tendrement, au lieu d'y mettre l'impatience qui avait marqué son premier baiser. Il le fallait pour elle, mais pour lui aussi. Pour se rassurer. Se dire qu'il n'était pas un monstre.

Alors qu'il prenait possession de ses lèvres, il vit ses pupilles se dilater. Elle ne le repoussa pas ; elle acceptait qu'il l'embrasse. Il lui sembla même qu'elle attendait ce moment depuis longtemps.

Juste quelques secondes, se promit-il. Juste un petit peu, pas plus.

L'étau qui lui enserrait la poitrine se resserra encore. Pourquoi ne pouvait-il pas mener une vie normale ? Une vie qu'il n'aurait pas gâchée en commettant tant d'erreurs, en se conduisant comme un monstre…

Ses lèvres effleuraient les siennes, chaudes et douces, affectueuses, à tel point qu'il sentait son cœur se gonfler. Et si la réponse qu'il cherchait tenait dans la tendresse de son baiser ?

Intimidée, surprise ou émue, Kay se montra d'abord réservée. Puis, comme si elle éprouvait elle aussi le besoin d'être rassurée, elle répondit à son baiser avec ardeur. Cherchait-elle à se convaincre qu'elle comptait à ses yeux ?

Très vite, leurs interrogations cédèrent la place à une pulsion plus instinctive. Il n'aurait su dire qui prit les devants, mais brusquement, leurs langues se mêlèrent et entamèrent une danse frénétique.

Un désir intense s'empara de lui et se propagea dans tout son corps. Il se raidit.

Non. Arrête !

Seulement, il ne le pouvait pas. Il avait besoin de ça. Et besoin d'elle parce que, à sa manière, elle lui offrait l'absolution qu'il ne trouvait nulle part ailleurs.

Elle s'écarta et reprit son souffle. Mais quand il se pencha afin de reprendre sa bouche, elle ne lui opposa pas de résistance. Au contraire, il la sentit fondre contre lui.

Sans plus contrôler ses gestes, il laissa ses mains caracoler sur son corps. Elles trouvèrent ses seins. Des seins faits pour le creux de ses paumes. Il eut envie de déchirer le sweat qui l'empêchait de sentir le grain de sa peau. Se dominant, il la caressa doucement alors que, au fond de lui, son désir lui criait de la prendre tout de suite, de s'enfoncer dans la beauté et l'oubli que son corps lui offrait.

Un gémissement s'échappa de ses lèvres, et elle se cambra contre lui. Malgré le tissu épais de son sweat-shirt, il sentit ses seins se durcir.

Victoire !

Elle aussi avait envie de lui. Au moins autant que lui.

Entraîné par un désir qu'il ne contrôlait plus, il cessa de réfléchir. Après des années de déni, il était aujourd'hui prisonnier de ses sens. Il voulait plus, il voulait tout. Et maintenant.

Ses mains se faufilèrent sous son sweat et le relevèrent. Après l'avoir admirée, il se rapprocha, se baissa et laissa ses lèvres courir sur sa peau.

— Non ! s'écria-t-elle soudain d'une voix affolée. Non, Clint, arrête !

Revenant brusquement à lui, il recula tandis qu'elle prenait le bas de son sweat et le rabattait en hâte sur elle.

Bon Dieu, qu'est-ce que j'ai fait ?

Malgré son embarras, il affronta son regard et tenta de lire dans ses yeux effrayés.

— Kay ? Je t'ai fait mal ?

Il vit les larmes perler à ses paupières et se maudit d'en être la cause.

— Je… je suis désolée, bredouilla-t-elle. Je voulais… Non… Excuse-moi…

Conscient que sa proximité la gênait, il alla s'asseoir à l'autre bout du canapé.

— Excuse-moi, répéta-t-elle d'une voix brisée. Excuse-moi…

Et, tournant la tête vers le dossier, elle se mit à sangloter tout bas.

Bon sang, que lui avait-il fait ? Il l'ignorait. Restait une certitude : mieux valait qu'il garde ses distances et la laisse tranquille.

Le visage enfoui dans le dossier du canapé, elle pleura pendant un long moment. Il resta dans son fauteuil à la regarder, impuissant. Lui dire des paroles rassurantes ? Mais lesquelles ? La serrer dans ses bras pour la consoler ? Elle risquait de mal le prendre.

Sa frustration était à son comble. De même que son sentiment de culpabilité.

— Je suis désolé, déclara-t-il quand les sanglots s'espacèrent. Je fais toujours tout de travers.

— Comment ça ?

Sa voix était étouffée par le dossier du canapé.

— Je t'ai blessée, expliqua-t-il. Je ne sais faire que ça. Blesser.

L'ennui, c'est qu'il ne savait pas réparer.

— Mais ce n'est pas toi !

— Pardon ? fit-il, croyant avoir mal compris.

Elle se retourna et affronta son regard.

— Ce n'est pas toi ! s'écria-t-elle avec colère. Tu n'as rien à te reprocher, Clint. C'est moi. Moi !

— Toi ? Mais… pourquoi ?

— Tu ne comprends pas ! Je voulais que tu m'embrasses, mais je ne peux pas… Je ne peux pas !

Il commençait à saisir.

— Pourquoi ?

— Parce que…

Un hoquet lui échappa. Elle ferma les yeux.

— … il m'a violée.

*
* *

Juste le temps de mettre ses bottes, et Clint sortit dans le froid sans même enfiler sa parka. Il avait besoin d'air. Besoin de se calmer. Cela le démangeait d'étrangler Kevin de ses propres mains ou de passer sa rage sur quelque chose, n'importe quoi, qu'il puisse réduire en miettes.

Mais il ne voulait pas que Kay le voie dans cet état. Il ne voulait pas craquer devant elle. Ni qu'elle se recroqueville à l'extrémité du canapé comme elle l'avait déjà fait, parce qu'il l'effrayait. Il ne le supporterait pas.

Il fit le tour du ranch quatre ou cinq fois d'un pas nerveux, essayant de tuer l'homme qu'il ne voulait plus être. L'homme qui, pour sauver Kay, risquait de redevenir le monstre qu'il avait été.

Levant les yeux vers le ciel, il lui adressa une bordée de jurons. Que lui avait dit cet aumônier, un jour ? Ah oui, que Dieu avait l'esprit large et qu'un juron pouvait être une prière. Oui, c'était ça.

Si ce n'est qu'il avait tendance à penser que, la plupart du temps, Dieu ne l'écoutait pas. D'ailleurs, pourquoi l'aurait-Il fait ? Il n'avait aucune raison d'écouter Clint Ardmore, cet homme inhumain, damné pour l'éternité.

Mais Kay ?

Kay ne méritait pas ce sort-là.

Une rafale de vent balaya la neige qui vola jusqu'à lui. L'hypothermie le guettait. Aussi reposante que fût l'idée de s'allonger dans la neige et de s'endormir là à jamais, il se dit qu'il ne pouvait pas faire ça. Pas maintenant.

La femme qui l'attendait à l'intérieur comptait sur lui.

Il prit de grandes bouffées d'air froid. Sa colère se dissipait peu à peu. Encore quelques minutes, et il aurait recouvré son calme.

Une fois maître de lui, il se dirigea vers le perron et le gravit en tapant des pieds sur les marches afin d'ôter la neige de ses semelles. Dans la maison, Kay n'avait pas bougé. Elle était assise sur le canapé, droite comme un I, et fixait le mur devant elle.

Son attitude ne lui dit rien de bon.

— Kay ?

— Oui…

— Ça va ?

— Comment veux-tu que ça aille ? rétorqua-t-elle.

Il poussa un petit soupir tout en retirant ses bottes.

— Qu'est-ce que j'ai encore fait ?

— Je ne vois pas ce que tu aurais pu faire, tu étais dehors !

— Arrête, Kay. Ça ne sert à rien de s'énerver.

Il vint s'asseoir à son côté dans le canapé. En dépit de l'agressivité dont elle faisait preuve, son petit doigt lui disait qu'elle avait besoin de lui.

— Vas-y, parle-moi.

— Je n'ai rien à dire.

— Je pourrais prétendre que je suis désolé de t'avoir embrassée, mais ce serait un mensonge. Ce qui me navre, en revanche, c'est ce qui t'est arrivé. Je me sens totalement impuissant. Je ne peux pas réparer, Kay.

Elle fuit son regard.

— Pourquoi réparer ? Je ne te demande rien, que je sache.

Toujours cette agressivité…

Brusquement, la lumière se fit jour en lui, et il comprit la raison de son attitude.

— Tu ne crois tout de même pas que je suis sorti parce que tu me dégoûtais ?

— Si, justement ! s'écria-t-elle avec véhémence. Je sais ce que je suis. Une marchandise avariée. Je ne peux même pas… je ne peux même pas…

Sa voix se brisa, et elle regarda au loin.

— Je suis répugnante.

— Répugnante ? S'il y a bien une chose que tu n'es pas, c'est ça. Tu veux savoir pourquoi je suis sorti ? Tu veux la vraie raison ?

Elle lui lança un coup d'œil à la dérobée.

— Je suis allé prendre l'air parce que je sentais que le monstre qui vit en moi allait de nouveau faire surface. J'avais envie de tuer, de massacrer Kevin de mes propres mains. Je t'assure que ce n'était pas parce que tu me dégoûtais. Tu n'as rien de dégoûtant, figure-toi.

— Si, marmonna-t-elle, plus faiblement.

— Pourquoi ? Parce que tu as été violée ? Ce n'est pas toi qui l'as voulu, que je sache ! Cette saloperie, c'est Kevin qui l'a faite, pas toi !

Il prit une profonde inspiration et poursuivit :

— Même si la vie te forçait à faire le trottoir contre un billet de vingt dollars, tu ne serais pas dégoûtante. Violée ou pas, tu n'as rien — absolument rien — de dégoûtant, tu m'entends ?

Elle ne répondit pas, les yeux fixés sur ses mains.

Le silence s'éternisa, seulement rompu par le crépitement du feu dans la cheminée. Clint se disait que ses arguments n'avaient pas réussi à la convaincre quand, tout d'un coup, un filet de voix s'éleva.

— J'estime que je vaux plus de vingt dollars.

Soulagé, il ne put retenir un petit rire, mais reprit vite son sérieux de crainte qu'elle n'interprète mal sa réaction.

— Au moins cinq cents, commenta-t-il néanmoins.

Elle lui jeta un regard en coin.

— A une époque, je me serais évaluée à bien plus que ça.

— Et tu aurais eu raison. Moi aussi je trouve que tu vaux beaucoup plus que ça, mais j'ai eu peur que tu croies que je cherchais à te flatter.

Lentement, elle tourna la tête vers lui et le regarda. Un petit sourire releva le coin de ses lèvres, très brièvement, car elle s'assombrit de nouveau.

— Le problème, c'est que je ne vaux plus rien, aujourd'hui.

— Pourquoi dis-tu ça ?

Il attendit sa réponse, bien qu'il la connaisse déjà. Il voulait qu'elle parle, qu'elle évacue ses souffrances en les lui confiant.

— Parce que je… je ne peux pas. Je voulais que tu m'embrasses, et quand tu t'es approché, je me suis raidie. J'ai paniqué. Je suis… cassée.

Il chercha ses mots avant de répondre.

— Un jour ou l'autre, la vie a raison de nous. Personne n'y coupe. On se retrouve brisé, au fond du gouffre, croyant qu'il n'y a pas de solution. Sauf qu'il y en a. Au prix de gros efforts et de patience, on peut recoller les morceaux et se reconstruire. C'est vrai, on n'est plus le même qu'avant. Mais au moins, on tient debout, et c'est le plus important.

— C'est ce que tu as fait ? Tu as recollé les morceaux ?

— Je n'ai pas encore fini, mais je suis sur la bonne voie.

— Tu es en pleine reconstruction, alors ? Tu montes des murs de défense autour de toi ?

Il hocha la tête.

— J'essaie, même si j'ai du mal. En ce moment, par exemple, ça ne marche pas très bien.

— Comment ça ?

C'était une question à laquelle il ne s'était pas préparé. Il n'avait pas de réponse à offrir, pas plus pour elle que pour lui. Ce dont il était sûr, c'est que, du jour où elle était entrée dans sa vie, quelque chose s'était fissuré en lui, et il ignorait à quoi ressemblerait son paysage intérieur une fois le tremblement de terre terminé.

Voyant qu'il gardait le silence, elle n'insista pas et baissa les yeux sur ses mains.

A l'inverse des femmes qu'il avait connues, elle ne multipliait pas les petits coups de bec dans l'espoir de provoquer ses confidences. Sa discrétion lui plaisait d'autant plus qu'il avait des zones d'ombre qu'il préférait oublier.

— Je suis désolée, lâcha-t-elle après quelques secondes. J'ai débarqué dans ta tanière, troublé ta solitude et perturbé ta tranquillité. En gros, j'ai déclenché une avalanche de bouleversements dans ta vie.

— Une bouffée d'air frais, corrigea-t-il.

Elle parut étonnée.

— Comment ça ?

Il sourit tristement.

— Même les ermites ont parfois besoin d'éléments extérieurs pour les aider à balayer les toiles d'araignée qu'ils tissent dans leur tête.

— Si je comprends bien, je suis un plumeau ? suggéra-t-elle, l'ombre d'un sourire sur les lèvres.

— Quelle prétention, ma chère !

Il éclata de rire.

— Un très grand plumeau, alors !

Sa plaisanterie réussit à la faire rire. Et il constata qu'elle se détendait. Même son visage reprenait des couleurs.

Certes, tous ses problèmes n'étaient pas réglés, loin de là. Les serpents avaient l'art de se cacher pour mieux resurgir au moment où on les attendait le moins. Néanmoins, Kay était de nature solide ; elle se remettait vite des mauvais coups. Et il aimait ça.

Finalement, il devait prendre exemple sur elle. Parce que, à force de se regarder le nombril, il commençait à tourner en rond. Et il en avait assez.

Le soleil continua à briller toute la journée, et le vent finit par se calmer. Des conditions idéales pour Kevin, songea Clint en allant de fenêtre en fenêtre.

Sous l'action du soleil, la neige commençait à fondre, et des stalactites se formaient sous les gouttières. Parfait. Plus il y en aurait, mieux ce serait. Et si elles grossissaient, ce serait encore mieux, car non seulement elles deviendraient dangereuses, mais elles formeraient un vrai barrage contre l'envahisseur.

En entendant des bruits de vaisselle, Clint rejoignit Kay

dans la cuisine. A moitié baissée devant un placard, elle se battait avec les casseroles pour en attraper une.

— Laisse-moi t'aider, proposa-t-il en s'approchant. Que veux-tu ?

Elle se redressa avec une grimace de douleur.

— Je deviens folle à me tourner les pouces. J'ai besoin de m'occuper l'esprit. Comme tu as aimé ma soupe de poisson, je me suis dit que j'allais préparer le dîner…

Il aurait dû se douter qu'elle étouffait à rester là, sans occupation.

— Il me semble avoir vu un poulet dans ton frigo, ajouta-t-elle.

— Oui, il m'arrive de cuisiner.

Elle le regarda avec un sourire.

— Ça ne te gêne pas que ce soit moi qui m'en occupe ?

— Pas le moins du monde. Je peux t'aider si tu veux.

Il sortit le poulet du réfrigérateur et le posa sur le comptoir.

— Le courant n'est toujours pas revenu, remarqua-t-il.

— C'est vrai. J'avais oublié.

Elle considéra le poulet et fronça les sourcils.

— Tu penses qu'il est encore bon ?

Il toucha la volaille.

— Il est bien froid, ça devrait aller. Mais si le courant ne revient pas, tous les aliments qui sont dans le frigo vont se perdre.

— Il ne va pas se réchauffer si vite, quand même, objecta-t-elle, dubitative.

— A force de l'ouvrir et de le refermer, la température va grimper à l'intérieur. Tiens, j'ai une idée : si on enfouissait la nourriture dehors, dans la neige ? Conservation garantie !

Ils rirent ensemble à cette plaisanterie.

— Pour quelqu'un qui aime se suffire à lui-même, il y a longtemps que j'aurais dû acheter un générateur, déclara Clint. J'ai déjà fait une étude de prix, mais je ne me suis jamais décidé.

— Ça arrive à tout le monde.

— Oui, peut-être…

Elle se tourna vers le comptoir et contempla le poulet qui attendait d'être préparé.

— Est-ce que tu as un plat qui va au four ? s'enquit-elle.

Se baissant, il ouvrit un placard et en extirpa un plat creux.

— Tu as des citrons ?

Il disparut dans le cellier.

— Il t'en faut combien ?

— Au moins deux.

Il revint avec deux citrons et les lui tendit.

— Du poivre ?

Il ouvrit un autre placard et en sortit le poivrier.

— Il te faut du sel aussi ? demanda-t-il sans refermer le placard.

Elle opina tout en le fixant d'un air étonné.

— Ta cuisine est toujours rangée comme ça ?

La question le surprit.

— Eh bien, oui. Pourquoi ?

— Personnellement, je laisse toujours le sel et le poivre à portée de main sur le comptoir.

Il haussa les épaules.

— L'entraînement. L'habitude de ne pas laisser de traces.

— L'aviation ?

— Non, la marine.

— Ah.

— Si tu veux, je peux tout laisser sur le comptoir.

— Pour te rendre fou ? fit-elle avec un sourire en coin. Non, merci. Je m'adapterai.

Son sourire s'évanouit, et elle se mordit la lèvre.

— De toute façon, je ne vais pas m'éterniser chez toi.

Il ne sut que répondre. S'il acquiesçait, elle croirait qu'il était pressé de se débarrasser d'elle. Et même s'ils savaient tous les deux qu'il valait mieux qu'elle s'en aille, il ne voulait pas qu'elle ait l'impression d'être chassée. S'il disait non, elle risquait d'imaginer qu'il la pensait incapable de prendre sa vie en main.

Quoi qu'il fasse, il aurait tout faux.

Elle retourna à son poulet, le frotta avec de l'huile d'olive qu'elle dénicha dans un placard, pressa les citrons sur la peau, puis mit les zestes à l'intérieur avec du sel et du poivre.

— Je n'ai jamais vu personne faire ça, commenta-t-il. Ça va être bon.

En réalité, il cuisinait très bien, mais il ne voulait pas avoir l'air de tout savoir.

Une pincée de sel sur la peau, deux tours de moulin à poivre, et elle déposa le poulet dans le plat.

— Et voilà, annonça-t-elle avec satisfaction. Une demi-heure à deux cents degrés, puis une heure à cent cinquante.

Il alluma le four pour le préchauffage.

— Autre chose ?

— Ça dépend de ce que tu veux manger avec. En général, je prépare du riz sauvage en accompagnement.

— J'en ai.

Il retourna dans le cellier et en revint avec un paquet.

— Dommage qu'on ne puisse pas utiliser mon cuiseur à riz…

— Tu en as un ?

— Je mange beaucoup de riz. Une habitude que j'ai gardée de mes missions à l'étranger.

Elle lui lança un regard interrogateur, mais ne posa pas de questions — ce qu'il apprécia.

— Je vais prendre une casserole, déclara-t-elle. Ça ne me changera pas de d'habitude puisque je n'ai pas de machine.

Il nota qu'elle avait soigneusement évité de dire « à la maison » ou « chez moi ». Le choix des mots était rarement anodin, il le savait. Kay n'avait pas de maison, et ce, depuis la mort de sa grand-mère. Sans doute avait-elle espéré créer un foyer avec Kevin, mais il avait saccagé ce rêve également.

Chassant ces pensées de son esprit, Clint revint à un sujet plus terre à terre.

— Je ne pourrais pas vivre sans ce cuiseur. Il fait du riz parfait sans que j'aie à m'en occuper. Et comme j'ai tendance à oublier la cuisine quand je travaille…

Elle hocha la tête sans rien dire.

— Tu as besoin d'autre chose ? s'enquit-il.

— Pas pour l'instant. Eventuellement des légumes, si tu en as.

— J'en ai tout un choix dans le congélateur qui se trouve dans le garage. Sans doute plus que ce que tu peux imaginer.

— On verra ça tout à l'heure.

Elle se tourna vers lui.

— Je ne t'empêche pas de travailler, au moins ?

— Pas d'électricité, pas d'ordinateur. Je suis en vacances !

Il n'aurait pas dû rester bavarder avec elle. Parler créait des liens ; c'était dangereux. En bavardant, il risquait de laisser échapper des confidences qu'il aurait préféré garder pour lui. Seulement, quand elle lui avait avoué qu'elle commençait à s'ennuyer, il s'était senti obligé de l'occuper. Et maintenant, il continuait afin qu'elle ne remarque pas que la nuit qui approchait le rendait de plus en plus nerveux…

— Dis-moi, tu aimes lire, non ? lança-t-il à brûle-pourpoint.

— J'adore.

— Dans ce cas, j'ai quelque chose à te montrer.

Violant toutes les règles qu'il s'était fixées afin de préserver son intimité, il la guida jusqu'à son bureau.

— Je passe devant toi, déclara-t-il devant la porte.

Il pénétra dans la pièce et la regarda entrer à son tour, l'air ébahi. Les étagères qui tapissaient les murs du sol au plafond étaient remplies de livres, de même que son bureau.

Elle s'avança au milieu de la pièce et tourna sur elle-même, visiblement extatique.

— S'il y en a un qui te plaît et que tu n'arrives pas à l'attraper, appelle-moi. J'irai te le chercher.

— Merci. J'adore les livres. J'ai toujours rêvé d'avoir une bibliothèque.

— La mienne n'a rien à voir avec une bibliothèque nationale, mais il y a déjà de quoi lire.

Il montra les étagères sur sa gauche.

— De ce côté-là, c'est la fiction. Le reste est à droite. En général, les livres sont classés par auteurs dans l'ordre alphabétique, expliqua-t-il. Bon, je te laisse. Fouille, amuse-toi.

S'éloignant dans le couloir, il la laissa seule. Il avait besoin de prendre ses distances, de fuir la troublante attirance qu'il éprouvait à son égard. Besoin aussi de ne pas la contempler dans son antre où il n'avait jamais fait entrer personne.

Etrange décision… A moins que ce n'ait été volontaire, au contraire. Une bibliothèque reflétait l'âme de son propriétaire. Et si Kay en prenait conscience, quand elle aurait fini de passer les livres en revue, elle saurait tout de lui.

Un soupir lui échappa. Bon sang, quelle motivation l'avait donc poussé à lui révéler un peu plus de lui-même ?

Distraitement, elle l'entendit retourner dans la cuisine, mettre le poulet au four et remonter le minuteur. Elle était heureuse. Farfouiller dans les étagères était un vrai bonheur.

Clint possédait une quantité de livres incroyable. Les avait-il tous lus ? Elle-même n'avait jamais eu de bibliothèque où qu'elle habite. Et à supposer qu'elle ait pu amasser quelques livres, elle aurait été obligée de les laisser derrière elle en s'enfuyant. Cela lui aurait fendu le cœur.

Après quelques recherches, elle tomba sur un livre de science-fiction assez usé. *Cantique pour Gregory*. Vu son état, Clint avait dû le lire plusieurs fois. Le résumé imprimé au dos lui plut. Avec un peu de chance, ce roman parviendrait à la distraire de ses mornes pensées. Et si Clint l'avait lu plusieurs fois, cela signifiait sans doute qu'il poussait le lecteur à réfléchir.

En revenant dans le salon, elle trouva Clint absorbé dans

son livre. C'était vraiment agréable de vivre avec quelqu'un sans être obligée de lui faire la conversation, songea-t-elle. En tout cas, elle avait besoin de cette liberté. Besoin d'air et de répit.

Elle avait surtout besoin de répit. Ne plus penser. Oublier qu'elle avait adoré qu'il la prenne dans ses bras. Oublier aussi la souillure qui l'avait empêchée de prendre ce qu'il lui offrait. Oublier qu'elle était détruite.

Oublier Kevin lui-même.

Malgré les dires de Clint, elle ne pouvait s'empêcher de craindre qu'il ne parvienne jusqu'à elle. C'était un malade, elle le comprenait, à présent. Un vrai psychopathe dont la place se trouvait dans un hôpital psychiatrique. Un homme normal, doté d'un minimum de jugeote, lui aurait fiché la paix après son séjour en prison.

Toutefois, la peur qu'elle avait de lui n'était rien comparée à la panique qu'elle éprouvait en songeant qu'elle devrait bientôt quitter le ranch et se retrouverait seule et isolée. A sa merci.

Clint avait tenté de la rassurer en lui proposant de l'aider à changer d'identité si la police ne parvenait pas à mettre la main sur lui. Mais elle n'arrivait pas à croire que cela suffirait.

Elle prit soudain conscience qu'elle attribuait à Kevin à la fois l'omniscience et l'omnipotence. C'était ridicule, et pourtant vrai. En dépit du soin avec lequel elle effaçait toute trace de son passage, il finissait toujours par la retrouver, telle une bête attirée par son odeur. Ou un diable tout-puissant.

Bon sang, était-elle en train de perdre la tête ? Pensait-elle vraiment que Kevin était doté de dons surnaturels ? Qu'il était plus qu'un simple mortel ?

Refermant son livre — qu'elle ne lisait pas, de toute façon —, elle se tapa sur la tête. Elle avait l'impression de perdre la raison.

— Ça ne va pas ?

A la voix de Clint, elle sursauta. Elle avait dû taper plus fort qu'elle ne le pensait, pour attirer ainsi son attention !

Elle hésita à lui répondre. Après tout, cet homme n'était qu'un inconnu. Peut-être lui avait-elle fait confiance jusque-là, mais ç'avait été plus par nécessité qu'autre chose. D'un autre côté, elle en avait assez de tourner en rond. Ses réflexions ne la menaient nulle part.

— Je viens de m'apercevoir que je considérais Kevin comme quelqu'un de… surnaturel.

Il eut l'air étonné.

— Comment ça ?

— Quand je pense à lui, je vois une créature toute-puissante, et je me dis que je ne réussirai jamais à lui échapper, même en changeant d'identité.

Clint hocha la tête.

— Je comprends.

— Non, c'est complètement idiot…

Il posa son livre.

— Ce n'est pas idiot du tout. Sais-tu quelle est la meilleure façon d'apprendre ?

— Non. Comment ?

— Par l'expérience. Et plus l'expérience est chargée d'affect, plus la leçon portera, expliqua-t-il, avant de lui adresser un sourire doux-amer : tu parles à un spécialiste en la matière. Moi aussi j'ai reçu des leçons, et je peux t'assurer que je les ai retenues. In-dé-lé-biles.

Elle se mordit la lèvre. Une fois de plus, elle aurait mieux fait de se taire.

— Kevin t'a suivie de ville en ville, reprit-il. Combien de fois ? Trois ?

Elle acquiesça.

— Eh bien, à ta place, je me poserais la même question. Moi aussi, je me demanderais si je ne suis pas poursuivi par le diable en personne.

Qu'il ait deviné le fond même de ses pensées la soulagea, et elle poussa un profond soupir.

— C'est exactement ça.

— Bien sûr que c'est ça. Comment pourrait-il en être autrement ?

La question était purement théorique. Décidément, il ne cessait de l'étonner par sa compréhension des choses et d'elle-même. Son éducation, l'instruction qu'il avait reçue et sa grande expérience lui donnaient toutes les réponses.

— Je connais Kevin, lâcha-t-il soudain.

Sous le choc, elle sentit la peur la submerger tel un raz-de-marée, et se recroquevilla sur elle-même. Non, c'était impossible… Etait-elle tombée dans un piège ?

Il leva une main en signe d'apaisement.

— Du calme, Kay. Je ne dis pas que je le connais personnellement. C'est juste que je connais ce type d'individu.

Terriblement soulagée, elle ferma les yeux et inspira profondément afin de calmer les battements de son cœur.

— Je te demande pardon, s'excusa-t-il. Je devrais faire plus attention aux termes que j'utilise.

— Ça va…

La panique refluait, heureusement.

— J'ai trop l'habitude d'être seul. Du coup, je dis tout haut ce que je pense tout bas. Il faut que je me méfie. Tout n'est pas toujours bon à dire.

— Ne t'inquiète pas, c'est passé, le rassura-t-elle. En revanche, côté flagellation, tu es pire que moi !

— Peut-être, admit-il avec un demi-sourire.

Elle poussa un autre soupir.

— Que disais-tu sur Kevin ?

— Je connais ce type d'individu. C'est un obsédé, voilà tout. Tu l'obsèdes tellement qu'il veut contrôler ta vie entière. Quand il est allé en prison, tu as recommencé ta vie ailleurs, loin de lui, mais il t'a retrouvée. Tu t'es encore sauvée, il t'a poursuivie, et ainsi de suite…

Ses yeux se mirent à la piquer sans qu'elle sache trop pourquoi.

— Bref, il a découvert qu'il adorait te pourchasser. Ça

l'excitait de te retrouver quand tu te croyais hors de danger. Son plus grand plaisir, c'était de briser le sentiment de sécurité que tu ressentais. Il voulait te faire comprendre que c'était lui, et lui seul, qui dirigeait ta vie et que, quoi que tu fasses et où que tu ailles, il la contrôlerait toujours.

Elle hocha la tête péniblement.

— Tout ça, c'est encore vrai aujourd'hui, poursuivit Clint. Ce qui est nouveau, c'est qu'il t'ait enlevée. Ça signifie que son obsession prend un tournant.

Elle crut que son cœur s'arrêtait de battre.

— Mais encore ?

— Te courir après commence à l'ennuyer. Maintenant, il te veut avec lui. Il veut te montrer qu'il contrôle non seulement ta vie, mais aussi ta mort.

— Oh, non…

— Il ne se débarrassera de son obsession que lorsqu'il aura démontré qu'il détient le contrôle suprême.

Elle sentit ses poumons se vider, sous le choc. Puis elle explosa.

— Je l'avais dit ! J'avais dit qu'il me tuerait !

— Oui, moi aussi j'ai des envies de meurtre…

L'expression qui déforma alors son visage l'aurait horrifiée si elle n'avait compris que toute cette haine ne s'adressait pas à elle.

Elle s'affaissa brusquement dans le canapé.

— Alors, il va venir ?

— Oui, il viendra, martela Clint. Sa folie va le pousser à venir te chercher ici et, cette fois, il ne te laissera pas t'enfuir. Malheureusement pour lui, j'ai un plan.

9

L'électricité fut rétablie alors qu'ils dînaient. En entendant le réfrigérateur repartir, Kay leva les yeux vers Clint.

— Enfin, fit-il. C'est bon signe.

Il ne se leva pas pour aller allumer le plafonnier, préférant sans doute la lumière des bougies.

Il devait être pressé de se remettre au travail et de retrouver sa solitude, songea-t-elle avec un pincement au cœur. Comment lui en vouloir ? Malgré tout, l'idée qu'il s'enferme dans son bureau, devant son ordinateur, et la laisse seule dans le salon la déprimait à l'avance.

Déprimée ? Se serait-elle attachée à lui, en si peu de temps ? Impossible.

A moins que…

Dès l'instant où elle avait compris que Kevin ne cesserait jamais de la poursuivre, elle ne s'était plus liée d'amitié avec personne, sachant qu'une rupture serait inévitable et que cela ne ferait qu'ajouter à son chagrin. Avec Clint, c'était différent. Il l'avait recueillie sur le bord de la route et lui avait offert la sécurité. Mieux, il lui avait promis de la protéger. C'était normal qu'il ait une petite place dans son cœur.

Normal, mais aussi idiot. Car il faudrait bien qu'elle parte un jour. Si Clint parvenait à arrêter Kevin, alors elle quitterait le ranch, et lui retrouverait sa sacro-sainte solitude.

— Ta recette est vraiment délicieuse, déclara-t-il après avoir mangé une première bouchée de poulet. Il faudra que je m'en souvienne.

— C'est facile.

Il sourit.

— Tant mieux si c'est facile… mais ça ne lui enlève rien.

Et voilà. Une fois de plus, elle venait de se dévaloriser à ses yeux. Manquer à ce point de confiance en soi était vraiment terrible.

Soudain envahie par le désespoir, elle baissa les yeux sur son assiette. Kevin l'avait totalement anéantie. Détruite. Trouverait-elle un jour assez d'énergie et de volonté pour se reconstruire ? Son avenir en valait-il seulement la peine ?

Devant elle, Clint avait posé son couteau et sa fourchette, et la considérait, une étrange lueur dans le regard. Avait-elle dit quelque chose sans s'en rendre compte ? Ou avait-il entendu un bruit ?

— Tu m'as dit que tu avais grandi dans des familles d'accueil. Comment était-ce ? demanda-t-il.

Elle haussa les épaules.

— Des fois, c'était horrible. D'autres fois, ça allait.

— C'est-à-dire ?

— J'ai toujours eu l'impression d'être déracinée. Je n'étais de nulle part. Mon statut de pensionnaire à temps complet devait avoir quelque chose de pénible. De pesant.

— Tes parents adoptifs te le faisaient sentir ?

— Quelquefois. Ou alors ils essayaient de ne pas y prêter attention. Mais c'était moi, le problème.

— Comment ça ?

— J'étais incapable d'apprécier l'endroit où j'étais. Comme si je savais que ça n'allait pas durer. A la mort de ma grand-mère, j'étais devenue difficile. Agressive, amère, bagarreuse… Je suis allée dans plusieurs familles à la suite.

— Les gens devaient bien s'attendre à ce que ce ne soit pas facile. On n'accueille pas un gosse qui a traversé autant d'épreuves sans savoir qu'il faudra faire quelques… ajustements.

De nouveau, elle haussa les épaules.

— Certaines familles accueillent des enfants dans le seul but de gagner de l'argent. Si elles en prennent plusieurs, elles reçoivent une belle allocation. Et si elles rognent sur les dépenses des enfants, ça devient encore plus intéressant.

— C'est ignoble !

— Les gens sont les gens. Certains sont meilleurs que d'autres.

Voilà qu'elle philosophait, maintenant ? Elle rit toute seule à cette pensée.

— Je n'étais pas facile, admit-elle. Je n'étais pas reconnaissante, ni sage, ni prête à me couler dans le moule. Résultat, j'ai enchaîné trois familles parce qu'on n'arrivait pas à me maîtriser. Ou qu'on ne voulait pas. Je ne sais pas. J'étais trop jeune pour le savoir.

— Evidemment que tu étais trop jeune. Tu devais être un fardeau pour eux, mais ils auraient dû s'en arranger.

— Bref, à ma quatrième famille, j'ai compris que j'étais un poids et que j'irais comme ça d'étape en étape.

— C'est triste.

— J'en étais arrivée à un point où je n'attendais qu'une chose : devenir adulte et vivre par moi-même, sans personne sur mon dos. C'était comme si j'hibernais. Je ne me faisais pas d'amis parce que je savais que, tôt ou tard, je partirais ailleurs.

— Bon sang, c'est épouvantable ! s'exclama-t-il avec véhémence.

A son éclat de voix, elle se raidit, avant de s'apercevoir qu'il n'était pas en colère contre elle. Pourquoi croyait-elle constamment que c'était après elle qu'on en avait ?

— Je croyais que le jour où je serais enfin seule, je pourrais m'enraciner quelque part. Etre comme tout le monde.

Elle regarda ailleurs.

— Ça ne s'est pas passé comme ça.

— Raconte-moi.

— J'appelle cette période-là « la désillusion ». J'ai essayé de m'ancrer quelque part, mais je n'ai pas réussi. A la fin, je n'y ai plus cru. J'ai loué un studio, sauf que je n'ai pas défait mes valises, ni même accroché un tableau. J'ai sympathisé avec quelques collègues. Je sortais avec eux, mais en y repensant, je m'aperçois aujourd'hui que je ne me suis jamais livrée entièrement. Personne n'a jamais su qui j'étais vraiment, ce qui ne m'a pas empêchée, en les quittant, d'avoir le cœur serré. Sans doute moins que si je m'étais totalement ouverte à eux, mais quand même. En fait, j'étais toujours en hibernation.

Clint pinça les lèvres.

— C'est là que Kevin entre en scène, j'imagine

— Oui, Kevin est arrivé, comme en réponse à mes souhaits.

Elle se maudit tout bas.

— Comme j'ai été bête…

— Tu veux bien arrêter de dire ça ?

— C'est pourtant la vérité.

— Non. Ça avait du sens à ce moment-là, c'est tout, répliqua-t-il. Donc, Kevin… Laisse-moi deviner la suite. Il était affectueux, amical, chaleureux. Près de lui, tu t'es sentie en confiance. Il te rassurait. C'est ça ?

Elle ferma les yeux.

— Oui, murmura-t-elle.

— Tu as eu l'impression de trouver enfin un point d'ancrage. Tu as cru que tu pouvais t'accrocher à lui.

— Oui.

Elle rouvrit les yeux tandis qu'il poursuivait :

— Comme tu lui plaisais beaucoup, à tous points de vue, il a essayé de te séduire à grand renfort de compliments. La flatterie marche à tous les coups. Il est ensuite venu gratter à ta porte, et tu lui as ouvert parce que, comme tout un chacun en ce bas monde, tu avais besoin d'être aimée.

Elle sentit les larmes lui monter aux yeux.

— Tu n'as rien fait de travers, Kay. Il t'a embobinée, c'est tout.

— Clint…

— Ç'aurait pu arriver à n'importe qui, si ce n'est que tu étais une proie plus facile à cause de ton passé, expliqua-t-il.

Maintenant, il faut que tu cesses de te croire responsable de tout ce qui t'est arrivé. C'est lui qui est responsable, pas toi. Kevin et tous les individus de son espèce sont des prédateurs. Ils sont nés prédateurs. Il t'a utilisée. Tout est sa faute, et ce qui t'est arrivé aurait pu arriver à n'importe qui d'autre. Pour lui, ça n'aurait fait aucune différence.

— Mais…

Les yeux à moitié fermés, il secoua la tête.

— Il n'y a pas de mais. Certains types naissent avec un don. Ils inspirent tellement confiance qu'on a l'impression que ce qu'ils disent est vrai quelle que soit la situation. Certains utilisent ce don à bon escient ; d'autres en tirent avantage ; et les derniers, les mauvais… Leurs victimes sont… Comment dire ? On ne peut rien leur reprocher. Tu comprends ? Ce n'est pas un crime de se fier à quelqu'un. De croire une personne qui semble sincère. Il n'y a rien d'idiot là-dedans. D'ailleurs, la plupart des gens commencent par faire confiance jusqu'à ce que les faits leur donnent une raison de douter. Notre monde ne fonctionnerait pas s'il en allait autrement. Ce serait un enfer.

Il laissa échapper un rire chargé d'amertume.

— Tu n'auras jamais l'occasion de rencontrer quelqu'un aussi peu confiant que moi. Mais toi, je te crois. Je sais que tu me dis la vérité. S'il en était autrement, tu ne serais déjà plus là.

Sa dernière remarque l'interloqua.

— C'est vrai ?

— Oui, c'est vrai. Est-ce que ça fait de moi un imbécile ?

Elle secoua la tête.

— Tu vois ?

Il reprit sa fourchette.

— Donc, Kevin arrive. Avec son instinct de prédateur, il repère tout de suite la proie facile. Ce qui ne signifie pas que tu es une idiote, loin de là. C'est juste lui qui montre sa lâcheté.

— Pourquoi ?

— Parce qu'il s'est bien gardé de jeter son dévolu sur quelqu'un d'aussi fort que lui. Crois-moi, les types de son genre sont tous des lâches. Ils jouent les fiers-à-bras devant les faibles, s'attaquent aux cibles fragiles, mais surtout pas à celles qui pourraient riposter.

Lorsqu'elle était avec Kevin, elle n'avait jamais eu le recul suffisant pour réfléchir à la situation. En écoutant Clint, elle avait l'impression d'ouvrir les yeux.

— Donc, alors qu'il te savait déjà affaiblie, il a été assez lâche pour en profiter encore. Quel salaud !

Elle ne put réprimer un sourire.

— Oui, c'est un salaud.

— Et le mot est faible !

Il riva son regard au sien.

— Je fais rarement des promesses, mais là, je vais en faire une.

— Laquelle ?

— Je te promets de tout mettre en œuvre pour te débarrasser de Kevin. J'irai jusqu'au bout, quelles qu'en soient les conséquences. Bon Dieu, ce que je vais aimer lui tordre le cou !

Une nouvelle fois, elle mesura la violence qu'il avait accumulée, une violence qui contrastait tant avec la gentillesse qu'il manifestait à son égard. Mais curieusement, il ne l'effrayait pas. Sans doute parce qu'elle avait confiance en lui. Devait-elle en conclure qu'elle n'était pas complètement détruite ?

— Clint ?

— Oui ?

— Je ne veux pas que tu fasses quoi que ce soit qui pourrait t'amener à te détester encore plus.

— Alors, là, je m'en moque !

Elle avait du mal à l'entendre parler comme ça.

— Tu es quelqu'un de bien, insista-t-elle.

— Tu ne me connais pas.

— Si. Je te connais, maintenant. Je t'ai vu vivre pendant deux jours, prendre soin de moi alors que je n'étais qu'un fardeau à tes yeux. Tu es un homme bien. Je sais que tu as fait des choses dont tu n'es pas fier, mais elles ne te correspondent plus.

Il eut un sourire sardonique.

— C'est ça…

— Je sais ce que je dis.

Il la considéra un instant, puis lâcha :

— Tu t'es laissé prendre à mon piège ?

— Peut-être. Mais tout ce que tu viens de me dire, tu ferais bien d'y réfléchir toi aussi.

Après le dîner, il insista pour qu'elle se repose pendant qu'il débarrassait et lavait la vaisselle.

Elle reprit sa place sur le canapé et le regarda aller et venir entre la cuisine et le salon. *Un type bien*, songea-t-elle. Les pervers n'étaient guère perturbés par leur conscience. Clint l'était peut-être trop.

Si seulement elle pouvait l'en convaincre… Malheureusement, il était dans un tel état psychologique qu'il y avait fort à parier qu'il ne l'écouterait pas.

Quand il eut fini la vaisselle, il revint dans le salon et s'assit dans son fauteuil avec son livre. Il était nerveux, elle le sentait. Et plus la nuit avançait, plus sa nervosité semblait croître.

— Tu attends quelque chose ? s'enquit-elle, rompant le silence.

— Kevin.

Son cœur marqua un temps d'arrêt, puis se remit à battre à toute vitesse.

— Ce soir ?

— Sans doute pas. Un prédateur avec un minimum de jugeote commencera par épier les lieux pendant un ou deux jours.

— Tu parles de lui comme d'un animal, remarqua-t-elle, étonnée.

— Il est pire qu'un animal. Les animaux chassent pour se nourrir, pas pour prendre leur pied.

— Je suppose que tu en sais plus que moi sur le sujet…

Des ombres passèrent dans ses yeux gris. L'espace d'une seconde, elle se dit qu'elle aurait aimé l'aider à exorciser ses fantômes. Cette pensée lui arracha un sourire ironique. Encore aurait-il fallu pour cela qu'elle soit capable d'exorciser les siens !

Il reposa son livre brusquement et se pencha en avant, les coudes sur ses genoux.

— Ecoute, il faut que je te prévienne.

Elle se raidit.

— De quoi ?

— Tu vas me trouver très nerveux, surtout la nuit. Je tournerai en rond dans la maison, je sortirai fréquemment pour inspecter les environs… Mais ce n'est pas parce que je suis aux aguets qu'il se passera forcément quelque chose. D'accord ?

Elle hocha la tête, le ventre noué par la peur, tandis qu'il continuait :

— Je dois être très vigilant. Sur le qui-vive. Bref, évite de me perturber.

— Je vais essayer.

— Mes années dans l'armée m'ont rendu très réactif face au danger, mais aussi violent. Alors, méfie-toi.

— Euh… d'accord.

Il fronça les sourcils.

— Comprends bien ça : il est possible que je réagisse au quart de tour, sans même réfléchir. Je peux devenir dangereux.

Elle lui dissimula tant bien que mal son inquiétude, mais des questions se bousculaient dans sa tête. Risquait-il de la blesser si elle le gênait ? Et comment pouvait-elle être sûre qu'elle ne le gênait pas ?

— Le mieux, c'est que tu prennes ta douche maintenant. Passe des vêtements propres, mets-toi à l'aise. Je vais bientôt monter la garde. Parle avant de bouger, c'est tout ce que je te demande.

— D'accord.

Les ombres qui voilaient son regard se dissipèrent un peu.

— Je compte sur toi.

— Tu crois que ce sera pour ce soir ?

— Non. C'est trop tôt. Kevin ne peut pas deviner combien il y a de personnes dans le ranch. Il va falloir qu'il fasse le guet. Et moi, que je sois assez discret pour ne pas l'effrayer et le faire fuir.

Comme il le lui avait conseillé, elle prit une douche. Quel soulagement de pouvoir se débrouiller seule, sans son aide !

La chaleur du jet la soulagea aussi efficacement qu'un massage, et elle savoura ce moment privilégié. C'était la première fois depuis bien longtemps qu'elle éprouvait un sentiment de bien-être. Quand elle se fut séchée, elle enfila les vêtements propres que Clint lui avait donnés et se coiffa, là encore, toute seule. Un exploit !

Elle sortit de la salle de bains, heureuse de ces progrès qui lui permettaient de redevenir autonome.

— Clint ? appela-t-elle.

Seul le silence lui répondit.

Sa joie céda aussitôt la place à la panique. Tremblante, elle recula et s'adossa au mur comme pour s'y fondre.

— Clint ?

Toujours pas de réponse.

S'efforçant de maîtriser sa peur, elle se rappela soudain le démonte-pneu qu'il lui avait donné en guise d'arme. Le plus silencieusement possible, elle longea le couloir jusqu'au salon et balaya la pièce du regard.

Personne.

A moins que quelqu'un ne se cache dans l'ombre d'un meuble…

La barre métallique se trouvait sur le canapé. Si elle

voulait la récupérer, elle n'avait pas le choix. Prenant son élan, elle fonça à travers la pièce, saisit l'arme, puis retourna se plaquer contre le mur de l'entrée afin qu'on ne puisse pas l'atteindre par-derrière.

Elle respirait bruyamment. Son cœur battait à tout rompre. On devait l'entendre dans toute la maison.

Elle qui s'était toujours demandé comment l'on pouvait se cacher d'un ennemi invisible avait sa réponse. C'était impossible.

Ses doigts se crispèrent sur le démonte-pneu. Il pesait très lourd.

Bon sang, où Clint était-il donc passé ?

Tout à coup, il y eut un grincement. Son cœur s'arrêta. Quelqu'un abaissait la poignée de la porte d'entrée.

Serrant son arme à deux mains, elle se tourna vers la porte. Si Kevin entrait…

Mais la silhouette qui passa le seuil ne ressemblait pas à celle de Kevin.

C'était Clint. Naturellement, sans se presser, il referma la porte derrière lui, ôta ses bottes, puis, tout en enlevant sa veste, se retourna.

Son regard rencontra le sien. Et ils restèrent un instant face à face à se regarder. Lui, étonné ; elle prête à tuer.

— Tu m'as fait peur, articula-t-elle soudain.

Lâchant son arme, elle alla se jeter dans ses bras. Il la serra contre lui et l'enveloppa de toute sa puissance si rassurante.

— Tout va bien, murmura-t-il. Je suis là.

— Je… J'ai cru que…

Les mots ne venaient pas.

Agrippée à ses épaules, elle enfouit son visage dans sa chemise.

— Ne me laisse pas… Je t'en supplie, ne me laisse pas…

Comprenant son besoin de réconfort, il fit glisser ses bras le long de son dos et la souleva de terre. Elle serra les jambes autour de sa taille. Elle aurait voulu se fondre en lui.

— Chut, souffla-t-il à son oreille.

Elle ne s'était pas rendu compte qu'elle pleurait.

— Chut, répéta-t-il.

Elle prit soudain conscience qu'ils s'étaient déplacés dans le salon et qu'elle était maintenant assise sur ses genoux, accrochée à lui comme une planche de salut. Il changea de position et, passant le bras derrière sa tête, l'attira à lui, joue contre joue.

— Je suis désolé, murmura-t-il. Je t'ai appelée, pendant que tu prenais ta douche, pour t'avertir de mon absence, mais tu n'as pas dû m'entendre.

— Hmm…

— Je suis vraiment désolé.

Sa voix était douce et chaude, encore plus que d'habitude. C'était comme s'ils se découvraient âmes sœurs dans la souffrance. Peut-être avait-il lui aussi remarqué les points communs qui les liaient.

Mais qu'importe. Ce qui comptait, c'était qu'ils aient tissé un lien, et qu'il en soit conscient également. Jamais elle n'avait connu une telle connivence mêlée de tendresse avec personne. Même ses sentiments à l'égard de Kevin n'avaient jamais atteint ce degré d'affection.

Oubliant peu à peu sa peur, elle se détendit dans ses bras. Il sentait bon — un mélange viril d'après-rasage, de savon et d'air frais. Et elle pour qui les hommes représentaient pourtant une menace sentait tous ses sens s'enivrer à cette odeur. Sa tension retombait, cédant la place à des impressions nouvelles. La sécurité de son torse puissant, son étreinte douce mais ferme, son souffle régulier contre son oreille, sa chaleur communicative. Sa haute stature et sa force impressionnante… Rien ne l'inquiétait plus, maintenant qu'il était au service de sa protection.

Un ange gardien. Tombé du ciel alors même qu'elle commençait à perdre espoir.

La chaleur qu'il dégageait la réchauffait. La chatouillait,

même. A cheval sur ses cuisses, elle prit soudain conscience qu'elle avait envie de lui. Jamais elle n'aurait imaginé qu'elle pourrait de nouveau éprouver pareille sensation. Cela faisait longtemps que Kevin avait éteint la dernière flamme qui brûlait en elle. Et voilà qu'au contact de Clint, cette flamme se ravivait, plus ardente que jamais. Les épaisseurs de tissu entre eux n'ôtaient rien à son excitation — et avaient, elle le reconnaissait, l'avantage de la rassurer.

Les jambes de chaque côté de ses cuisses, elle attendait, espérait contre tout espoir que leur contact s'approfondirait.

Elle se mit soudain à trembler, affolée par la teneur de ses pensées. Qu'espérait-elle, à la fin ? Elle ne pouvait pas. Elle était cassée, incapable de contacts charnels. Avait-elle besoin d'autres preuves ? Si elle continuait, elle s'arrêterait fatalement en route et les décevrait tous les deux. Elle ne pouvait pas lui infliger cette épreuve, elle n'avait pas le droit. Pas deux fois.

Elle s'obligea à calmer son souffle. L'envie de savoir que Kevin ne l'avait pas complètement détruite, qu'elle pouvait encore donner et prendre du plaisir, la tenaillait, décuplant son désir. Elle avait envie de Clint comme elle n'avait jamais rien désiré depuis la disparition de sa grand-mère. A tel point que cela lui faisait peur.

Terrifiée à l'idée qu'il puisse lire en elle, elle voulut s'écarter, mais le frôlement du tissu entre ses cuisses lui arracha un soupir.

— Kay…

Non. S'il te plaît, non…

Elle ne voulait pas arrêter. Pas quand elle était sur le point d'avoir la réponse à une question primordiale, essentielle.

La main de Clint glissa le long de son dos. Lentement. Délicatement.

Elle se mordit la lèvre.

Je t'en supplie… Prends-moi, tout de suite ! aurait-elle voulu lui crier.

Avec une infinie douceur, il caressa ses hanches, descendit plus bas sur ses fesses et s'y attarda. Elle sentit son sexe dressé à travers leurs vêtements. Il la désirait ! Lui aussi la désirait ! Et, à cette constatation, ses complexes qui l'empêchaient d'avancer parurent s'évaporer comme par magie. Non seulement il n'éprouvait pas de dégoût à son égard, mais en plus, il lui montrait qu'elle n'était pas seule dans ce moment de folie.

Enfouissant son visage dans son cou, elle piqueta sa peau de petits baisers et se mit à onduler sur lui. Avant de s'apercevoir qu'elle ne savait pas comment faire. A l'époque de Kevin, c'était toujours lui qui prenait l'initiative. Qu'elle soit consentante ou non, c'était lui qui décidait. Du coup, elle n'avait aucune idée de la façon dont on excitait un homme.

En avait-elle seulement envie ?

Comme s'il avait deviné ses pensées, Clint la pressa légèrement contre son sexe. Elle poussa un cri. Jamais elle n'avait ressenti pareil plaisir. Et brusquement, guidée par un instinct qu'elle ne se connaissait pas, elle lui donna un coup de reins. Brutalement.

Une fois seulement parce qu'elle voulait plus. Elle voulait tout.

— Doucement, murmura-t-il.

Croyant que son inexpérience lui avait dicté un faux pas, elle voulut s'écarter, mais il la retint contre lui.

— Doucement, répéta-t-il. Lentement. Prends ton temps.

Prendre son temps ? S'il y avait une chose qu'elle ne voulait pas faire, c'était bien ça ! Elle redoutait trop que sous l'effet de la peur et du dégoût d'elle-même, son désir ne disparaisse…

A moins qu'il ne cherche en réalité à la repousser.

Désorientée, elle desserra son étreinte. Et fut d'autant plus surprise quand il glissa la main entre eux. Il sinua lentement entre ses cuisses et, avec douceur, se mit à la caresser à travers le tissu qui, tout en la protégeant, décuplait ses sensations.

Seigneur… Personne ne l'avait jamais touchée de cette

façon. Kevin était toujours pressé, il déchirait à moitié ses vêtements pour aller droit au but. Avec Clint, c'était…

Le mot lui échappait. Il la touchait du bout des doigts, ou plutôt l'effleurait, avec autant de délicatesse que si elle avait été un pétale qu'il aurait eu peur de froisser. Ses gestes étaient doux, mesurés, sûrs. Et le tissu qui la protégeait empêchait les mauvais souvenirs de resurgir.

S'abandonnant au délice de ses caresses, elle cessa soudain de réfléchir.

Jamais elle n'aurait cru que l'on puisse être aussi patient, délicat et attentionné. Il lui faisait du bien sans rien demander en retour. Inlassables, ses doigts allaient et venaient, légers comme des plumes. Ils la frôlaient, appuyaient légèrement ici ou là, voletaient sur son intimité telle la neige emportée par le vent.

Les nerfs à fleur de peau, elle sentit soudain le plaisir monter en elle, violent, impérieux. Un gémissement lui échappa, qu'elle ne chercha pas à retenir. Puis un autre, encore plus langoureux. Elle se sentait bien, en confiance. Clint avait une main sous ses fesses, l'autre entre ses jambes, et cela ne la gênait pas. Au contraire.

Avec lui, aucun de ces gestes ne lui semblait anormal. Avec lui, aucun mauvais souvenir ne refaisait surface. Ce qu'il lui donnait était nouveau, complètement différent.

Incapable de se retenir, elle se cambra contre lui pour s'offrir tout entière à ses caresses. Elle voulait ressentir ces sensations qu'elle n'avait jamais éprouvées ; elle voulait se laisser porter vers ces lieux magiques qu'elle n'avait jamais explorés. Quand elle reprit son mouvement de va-et-vient sur ses cuisses, il ne changea rien à ses gestes. Il continua à la toucher avec la même douceur, sans la brusquer, sans rien précipiter ni rien demander en retour, la laissant libre d'elle-même. Libre de décider.

Devant cette liberté qu'il lui offrait, elle gémit de plus belle. Le plaisir se mua peu à peu en douleur, une douleur exquise qu'elle aurait aimé se voir infliger pendant des heures — mais qui l'aurait sûrement tuée.

Sans chercher à approfondir ses caresses, il continuait à l'effleurer de ses doigts délicats. La fièvre qui la brûlait atteignait son paroxysme. Et tout à coup, alors qu'il la touchait à peine, elle se cabra en criant son nom, submergée par un plaisir indicible…

Vidée de toute énergie, elle se laissa retomber contre lui et enfouit la tête dans son cou. Il l'écarta légèrement en murmurant qu'elle n'avait pas besoin de se cacher de lui. Ni d'elle-même.

— Je n'aurais jamais cru…

— Je sais, répondit-il.

Il la connaissait mieux qu'elle ne se connaissait. Ou peut-être, ainsi qu'il le lui avait dit, connaissait-il bien Kevin.

Mais elle n'avait pas envie de penser à Kevin. Elle ne voulait pas qu'il trouble la beauté de ce moment.

Repoussant son image loin dans sa mémoire, elle s'appliqua à savourer pleinement cet instant. A ne penser qu'aux bras puissants qui l'enveloppaient avec tant de tendresse. A cet homme qui venait de lui prouver qu'elle était vivante et capable de profiter de la vie. A cet homme qui ne lui avait rien demandé en échange du plaisir qu'il lui avait donné. Clint était bon, généreux, désintéressé. Et même dans ses rêves les plus fous, jamais elle n'avait imaginé que quelqu'un comme lui puisse exister.

Une idée dérangeante lui vint soudain à l'esprit, et elle recula légèrement.

— J'ai honte… Tu dois me trouver terriblement égoïste.

— Non, pas du tout. Tu n'imagines pas le plaisir que tu m'as donné.

Elle releva la tête pour le regarder, croyant qu'il plaisantait.

— Mais tu…

— Tous les hommes n'ont pas la chance d'envoyer une

femme au septième ciel. Surtout une femme qui croit qu'elle ne connaîtra jamais cette sensation.

Elle laissa échapper un soupir et enfouit de nouveau son visage dans son cou.

— Tu m'as fait connaître le nirvana, murmura-t-elle. Et même au-delà.

— C'est beau là-haut, n'est-ce pas ?

— Merveilleux.

Et elle s'entendit ajouter :

— Et si je veux y retourner ?

— Je me ferai commandant de bord pour t'emmener vers les étoiles.

Elle se redressa et posa les mains à plat sur son torse. Dans son mouvement, leurs sexes se touchèrent.

— Et si…

Elle s'interrompit, hésitante. Voyant le silence s'éterniser, il l'incita à poursuivre.

— Si quoi ?

Elle le regarda par en dessous.

— Et si… j'ai envie de plus que… ça ?

Voyant un demi-sourire apparaître sur ses lèvres, elle rougit violemment.

— Je te choque ?

— Pas du tout. Au contraire. Si tu veux plus que ça, comme tu dis, je me ferai un grand plaisir de te le donner.

Elle sourit, avant de se cacher dans son cou, gênée de se montrer aussi directe avec lui.

— C'est vrai ?

— Je te donnerai tout ce que tu veux, Kay. Autant que tu voudras. Mais à deux conditions.

Elle se redressa.

— Lesquelles ?

— On ne fera rien qui te mette mal à l'aise, et nous progresserons à petits pas.

— Il te faudra la patience d'un saint.

— J'en ai à revendre, répliqua-t-il simplement. J'estime que tu as eu largement ta part de mauvaises expériences, et je ne veux pas que tu regrettes, c'est tout.

Elle le considéra un instant.

— Tu es vraiment étonnant, déclara-t-elle, sincère.

— Ce n'est pas mon avis.

— Arrête, Clint. Je sais reconnaître un homme bien d'un sale type.

Il ferma les yeux. Cherchait-il à lui cacher ses démons ? Elle aurait bien aimé leur tordre le cou, à ceux-là, pour l'en débarrasser à jamais.

— Cli-int ?

— Tout va bien, la rassura-t-il.

Il soupira, puis rouvrit les yeux. Les fantômes étaient toujours là, mais ils n'étaient plus seuls. Dans son regard dansait une flamme ardente qui la troubla.

Quelques secondes passèrent avant qu'il reprenne la parole.

— Il faut d'abord que je fasse quelque chose.

— Oui ?

— Je serais indigne de ta confiance si je ne commençais pas par aller jeter un coup d'œil dehors. Ma dernière ronde date d'il y a une heure.

Si longtemps ? Elle sentit la peur lui nouer le ventre.

— Je croyais qu'il ne viendrait pas avant plusieurs jours ?

— On ne sait jamais. Je préfère ne pas prendre de risques et pécher par excès de prudence. Tant pis si ça me donne l'air idiot !

Malgré sa peur, elle trouva la force de sourire devant ce trait d'autodérision.

— Et si je t'empêche de sortir ?

— Désolée, ma belle.

Sans crier gare, il la souleva et la reposa sur le canapé.

— Les choses importantes, d'abord. Si tu n'as pas changé

d'avis à mon retour, nous pourrons embarquer dans la navette spatiale.

Elle le suivit dans l'entrée. Avant de sortir, il lui tendit le démonte-pneu, puis déposa un baiser sur son front.

— Ferme à clé derrière moi.

Dehors, Clint inspira une grande bouffée d'air frais. Non qu'il ait besoin de se laver les poumons de l'odeur de Kay, mais il fallait qu'il ait les idées claires et le flair intact pour sentir la présence de Kevin.

La confiance que Kay lui témoignait le bouleversait, et il sentait ses défenses se fissurer de plus en plus. Si elle devait s'en aller dans les jours à venir, il devinait qu'elle laisserait un grand vide dans son cœur.

Lui qui ruminait souvent des idées sombres était étonné d'éprouver des sentiments qui n'étaient pas négatifs ni douloureux. Etonné, et heureux. Peut-être commençait-il à voir la vie d'un autre œil…

Mais chaque chose en son temps.

Il marcha le long de la maison en s'efforçant de ne pas scruter le rideau d'arbres qui longeait la barrière. Dans le garage était rangée une paire de jumelles à infrarouges. Pas une de ces lorgnettes hypersophistiquées que possédait l'armée, mais des jumelles suffisamment puissantes pour l'avertir de la présence d'un être vivant. C'était avec cet engin, et sans se faire voir, qu'il scannerait les arbres.

Il contourna la maison, guettant l'air de rien les mouvements suspects. Le nez au vent, comme un animal, il huma l'air. Il avait appris l'importance des odeurs lors de sa formation à l'armée.

Votre ennemi a peut-être un régime alimentaire différent du vôtre. Dans ce cas, l'odeur qu'il dégagera sera également différente.

Dans une zone comme celle-ci qui ne comptait d'êtres

vivants que des animaux, le plus petit relent d'odeur humaine avait son importance.

Il ne flaira rien.

Lorsqu'il s'était établi dans le ranch, il avait déboisé les abords de la maison sur environ cent mètres. Dieu sait pourtant qu'il aimait les arbres ! Mais la méfiance héritée d'années à côtoyer le danger l'avait rendu paranoïaque. C'était plus fort que lui. Pour rien au monde il n'aurait laissé à proximité de sa maison, la nature offrir un abri à des personnes malintentionnées.

Dans le garage, il fouilla dans un carton à la recherche de ses jumelles en se félicitant de s'en être souvenu. S'il prenait à quelqu'un l'envie d'approcher du ranch, il en serait tout de suite averti.

Dissimulé derrière une fenêtre, il scanna la forêt avec son appareil. Il surprit quelques points chauds dans les bois, mais devina qu'il s'agissait d'animaux. Il scanna aussi la neige sans relever la moindre empreinte. Si Kevin avait guetté les va-et-vient dans le ranch, il était resté à bonne distance.

L'absence de signes ne voulait pas dire qu'il ne les avait pas épiés. Si ses suppositions étaient justes, il y avait fort à parier que l'homme ferait le guet le jour, pendant les heures chaudes — du moins, les plus chaudes —, et lancerait son attaque au milieu de la nuit.

Pour l'instant, tout était normal, conclut Clint en rangeant ses jumelles. Il faudrait qu'il fasse une autre ronde plus tard. Beaucoup plus tard, quand Kevin les croirait endormis.

Il sortit du garage et leva les yeux vers le ciel tout en revenant vers la maison. La lune serait bientôt pleine. Kevin devait sûrement penser que cela lui faciliterait la tâche. A moins qu'il ne se décourage à l'idée d'être repéré plus facilement. A cause de la réverbération sur la neige, la lune éclairerait presque comme en plein jour.

Clint secoua la tête. A coup sûr, Kevin profiterait de la

pleine lune, d'autant plus qu'il devait lui tarder d'accomplir sa sale besogne.

Il restait donc peu de temps avant qu'il se manifeste.

A cette idée, malgré des années passées à maîtriser ses pulsions, Clint sentit un plaisir cruel l'envahir.

10

Empêtrée dans un méli-mélo de sentiments contradictoires, Kay attendait Clint. Embarras, espoir, peur, euphorie, les émotions se télescopaient dans sa tête à tel point qu'elle se sentait vulnérable, mal à l'aise, inquiète.

Quand on frappa à la porte, elle ne put s'empêcher de sursauter.

— C'est toi, Clint ?

— Oui. Ouvre.

Elle déverrouilla la porte et s'effaça de façon à le laisser passer. Une bouffée d'air froid l'accompagna dans la maison.

— Tout va bien, la rassura-t-il en enlevant ses bottes. Aucune trace de lui.

Ce n'est qu'à ce moment-là qu'elle s'aperçut que pas un instant elle n'avait pensé à la menace qui pesait sur elle. Son unique préoccupation avait été sa relation avec Clint. Qu'il soit là ou non, il occupait toutes ses pensées.

— On dirait que tu as froid, remarqua-t-elle. Tu veux un café ?

Il suspendit son geste et la considéra. Pour la première fois depuis qu'elle le connaissait, elle réussit à déchiffrer son expression.

Il se demande si je regrette ce que nous avons fait.

Regrettait-elle ? Certainement pas.

Voyant qu'il ne lui posait pas de question, elle passa les bras autour de sa taille et se serra contre lui. Elle sourit, elle-même étonnée de son audace. A peine l'avait-il recueillie chez lui qu'il l'avait avertie : il menait une vie tranquille et solitaire qui lui plaisait, et il n'autorisait personne à venir troubler sa retraite. Personne. Et voilà qu'elle était là. Pour un temps limité, certes, mais bien présente tout de même.

Il déposa un baiser dans ses cheveux.

— Je vais t'aider à préparer le café, proposa-t-il.

— Si tu veux.

Dans la cuisine, il sortit le café du placard, le versa dans le filtre, puis mit la cafetière en marche. En attendant que le café finisse de passer, il s'appuya au bord du comptoir et attira Kay à lui.

Oubliant tout, café, filtre et le reste, elle se blottit contre lui. Si seulement elle avait pu passer le reste de sa vie ainsi, entre ses bras chauds et protecteurs…

Malheureusement, la vie était avare de joies définitives. Rien ne durait jamais ici-bas, elle l'avait appris à ses dépens. Néanmoins, pour le peu de temps qu'il lui restait à passer avec lui, pourquoi ne pas en profiter ?

Quand le café fut prêt, ils retournèrent dans le salon, leur tasse à la main. Cette fois, au lieu de s'asseoir dans le fauteuil, Clint prit place avec elle sur le canapé et passa son bras autour de ses épaules.

Voulait-il lui faire comprendre qu'il était ouvert à tout ? Qu'elle n'avait pas à avoir honte de son désir ? Pas besoin de se cacher ?

A cette idée, elle éprouva soudain une impression de liberté ô combien enivrante. Elle était libre d'être elle-même, sans crainte d'être punie ou critiquée.

Des larmes affluèrent à ses yeux. Des larmes de bonheur.

— Ça ne va pas, Kay ? demanda-t-il avec inquiétude.

— Non…

Ses sanglots augmentèrent. Comment lui expliquer ?

— Tu me… tu m'as… Pour la première fois, je m'accepte telle que je suis.

Il laissa échapper un juron.

— J'espère bien que tu t'acceptes !

— Non, tu ne comprends pas… C'est la première fois que je ressens ça.

— La première fois ? murmura-t-il.

— Oui. Et toi ? Est-ce que tu te sens en harmonie avec toi-même ?

— Je l'étais, à une époque.

Après quelques secondes, il ajouta :

— J'essaie de le redevenir, mais…

Elle lui caressa la joue.

— Tu es quelqu'un de bien, tu sais. Tu vaux largement mieux que la plupart des gens sur cette terre.

— Qu'est-ce que tu en sais ?

— Arrête de dire ça, le rabroua-t-elle avec un petit rire. Je ne te connais pas depuis longtemps, mais les circonstances font que je sais qui tu es. Tu es gentil, généreux, attentionné. Peut-être que tu étais différent autrefois, mais l'important, c'est ce que tu es aujourd'hui. Tu es un homme qui a accepté d'accueillir chez toi une inconnue en détresse malgré ses a priori sur le genre humain et son besoin de solitude. Tu n'as pas hésité une seconde à me venir en aide. Voilà qui tu es aujourd'hui, Clint. Un type bien.

Il esquissa un vague sourire.

— Peut-être…

— Pas peut-être. Sûrement.

Elle prit son visage dans ses mains et l'attira à elle pour l'embrasser. En le sentant tendu, elle crut qu'il la repousserait et lui reprocherait son audace. Mais quand il posa ses lèvres sur les siennes, elle comprit qu'il cherchait seulement à se dominer afin de ne pas la brusquer.

— Oh, Clint…

Elle aurait donné tout l'or du monde pour le guérir de ses blessures comme il l'avait aidée à panser les siennes. Il ne méritait pas d'être hanté par des démons narquois et malveillants.

— Doucement, l'arrêta-t-il alors qu'elle approfondissait leur baiser.

Doucement ? Il ne voyait donc pas qu'elle était prête pour tout ? Mais il avait raison. Compte tenu de ses expériences passées, mieux valait ne pas brûler les étapes.

Sois patiente.

Il plongea son regard dans le sien.

— Tu es prête ? s'enquit-il d'une voix rauque.

— Prête ?

— Prête à venir avec moi.

L'espace d'un instant, de vilains souvenirs affleurèrent à sa mémoire, mais elle réussit à les refouler.

— Je suis prête à essayer.

— Alors, montons à bord de notre navette spatiale !

Elle sourit tout en se demandant par quoi il allait commencer. Il se leva et la souleva sans effort dans ses bras.

— Je ne suis pas du genre à faire l'amour sur un canapé, expliqua-t-il en l'emmenant dans le couloir.

Elle eut envie de rire.

— Pourquoi ?

— La peur de tomber m'empêcherait d'être un bon amant.

Ils rirent de sa plaisanterie, puis leurs regards se soudèrent.

— Tu es très belle, Kay, déclara Clint gravement. Et très attirante.

Elle se sentit rougir.

— Si je ne me maîtrisais pas, je t'aurais déjà sauté dessus, ajouta-t-il. Il y avait longtemps que personne ne m'avait fait un tel effet. Rien qu'à te regarder, je suis plus chaud que la forge du forgeron.

Elle s'esclaffa, flattée malgré tout.

— Là, tu exagères !

Ils étaient arrivés dans sa chambre. Les rideaux étaient tirés, de sorte qu'il y faisait très noir. Seul un rai de lumière provenant du couloir permettait de distinguer le mobilier. En regardant autour d'elle, Kay vit le lit, très large — ce qui semblait normal vu la stature impressionnante de son propriétaire —, une commode, une chaise et un placard dépourvu de porte.

Son regard revint au lit. Et elle eut un frisson d'appréhension.

— On peut en rester là si tu préfères, proposa Clint comme s'il lisait dans ses pensées.

— Ce n'est pas ce que tu crois... En fait, j'ai peur de te décevoir.

— Impossible !

— Tu n'en sais rien.

— Si.

Il lui adressa un sourire en coin.

— C'est quand même étrange... Tu as peur de me décevoir, et moi, j'ai peur de te blesser.

— Ça, ça ne m'inquiète pas du tout.

En fait, si, cela l'inquiétait. Et voilà qu'une fois de plus, il avait trouvé les mots qu'il fallait pour la rassurer et la mettre à l'aise. A présent, elle savait qu'il ne ferait rien avant d'avoir la certitude que c'était vraiment sa décision.

Elle alla s'allonger sur le lit. La rejoignant, il prit sa main dans la sienne, et ils restèrent ainsi, immobiles, les yeux fixés au plafond, pendant quelques minutes.

— A quelle heure décolle-t-on ? demanda-t-elle soudain.

Il eut un petit rire.

— C'est toi qui décides.

— C'est que... je ne sais pas comment on fait pour décoller.

Cette fois, il éclata franchement de rire. Au lieu de se vexer, elle haussa les épaules et roula sur le côté pour le regarder.

— On ne m'a jamais demandé mon avis, lui expliqua-t-elle. Avec Kevin, j'aurais pu être une poupée, ça n'aurait fait aucune différence.

— Le salaud ! marmonna-t-il entre ses dents. Ce n'est pas comme ça que ça doit se passer.

A son tour, il se tourna de façon à lui faire face.

— Ça te plairait qu'on joue à un jeu ? proposa-t-il en se relevant sur un coude.

— Ça dépend. Quel jeu ?

— Faisons comme si tu n'avais jamais fait ça avant. Imaginons que c'est ta toute première fois.

Cela risquait d'être dur, mais l'idée était intéressante.

— D'accord.

— Supposons que je suis une sorte de méchant séducteur sans aucune expérience.

— Je ne suis pas sûre que le côté méchant me plaise.

— J'ai dit ça parce que la plupart des gens pensent que les séducteurs sont des sales types. Personnellement, je ne le crois pas.

Du bout du doigt, il lui caressa la joue et ôta une mèche de cheveux de son visage, avant de dessiner le pourtour de son oreille. Ce contact la fit frissonner.

— Promets-moi une chose, reprit-il.

— Quoi ?

— Si ça ne va pas, dis-le-moi. Pas la peine de te justifier. Dis simplement non, et je comprendrai.

Elle hocha la tête en dépit de son appréhension.

— C'est promis.

— Bien.

De nouveau, il caressa l'ourlet de son oreille et descendit le long de son cou jusqu'à la petite veine qui battait à sa base. Cette caresse lui arracha un soupir.

— Tu vois ? murmura-t-il. Ça peut être amusant.

— Tu as déjà joué à ça ?

— Je n'en ai jamais eu besoin. Mais je crois que je vais beaucoup aimer.

Moi aussi, songea-t-elle.

— Ferme les yeux, ma chérie. Ne pense à rien. Ressens, c'est tout.

Ses gestes étaient si tendres qu'elle se laissa faire. Il caressa son visage, son cou… Elle commençait à éprouver des sensations nouvelles, excitantes. Des sensations qui appelaient autre chose.

— Clint…

Son appel resta sans réponse. Clint était patient, trop patient peut-être. Il avait tout son temps.

Elle sentait son corps exiger plus. Elle voulait qu'il la caresse partout — absolument partout. Descendant sur son sweat-shirt, il laissa glisser ses doigts entre ses seins, sur son ventre, vers ses hanches, puis répéta son geste. Elle exhala un soupir. Instinctivement, son corps se rapprocha du sien.

— Doucement… Nous avons tout notre temps.

Que c'était dur ! Le moindre effleurement faisait surgir en elle des sensations incroyables. Jamais elle n'aurait imaginé que rester passive puisse être aussi difficile. Avec Kevin, elle avait l'impression d'être gelée à l'intérieur, à tel point que les ordres qu'elle devait exécuter étaient autant d'épreuves. Avec Clint, c'était l'inverse. Lui qui, au contraire, ne demandait rien la mettait en transe.

— Clint, murmura-t-elle.

— Encore ?

Elle n'eut pas le temps de répondre. Il avait posé la main sur ses seins. Le choc, telle une décharge électrique, fut si soudain et si inattendu, qu'elle laissa échapper une exclamation de surprise.

— Tes seins sont magnifiques, tu le sais ? chuchota-t-il d'une voix rauque.

Vraiment ? Dans la brume qui avait envahi son esprit, elle se rappela vaguement que Kevin leur reprochait d'être trop petits, voire qu'il s'en plaignait. Mais Kevin n'était pas là. Il n'était plus question de lui ici. Et Clint semblait la voir avec d'autres yeux.

Il referma la main sur un de ses seins.

— Regarde. Il tient parfaitement dans ma paume.

A travers le sweat, il caressa son mamelon du bout du pouce. Elle gémit.

— Ils sont beaux. Tellement beaux que j'ai envie de les embrasser.

— Oui…

Sa main descendit encore, caressa son ventre, puis se faufila sous son sweat.

Cette main calleuse sur sa peau douce… Elle adorait cette sensation. C'était un peu — un tout petit peu — comme une râpe qui courait sur son ventre. Un supplice délicieux.

Il remonta lentement le long de son ventre, afin de lui laisser le temps de l'arrêter. Mais c'était bien la dernière chose qu'elle avait envie de faire.

Arrivé à la hauteur de son sein, il se mit à dessiner des petits ronds sur son mamelon. Il le titillait, le taquinait, puis s'arrêtait un peu avant de recommencer de plus belle.

Elle haletait, perdue dans le flot des sensations. Soudain, elle sentit son souffle tiède sur sa poitrine, et sa langue humide remplaça son pouce. Le manège reprit jusqu'à ce qu'elle crie grâce. Elle voulut le prendre par le cou, mais il l'en empêcha.

— Chut, fit-il. Je suis loin d'avoir fini.

Vraiment, alors qu'elle filait déjà vers les étoiles ?

Sans la prévenir, il referma la bouche sur son sein et se mit à la mordiller. Elle sursauta. Il titilla son mamelon avec adresse jusqu'à ce que le plaisir gronde en elle. Jusqu'à ce que, ivre de désir, elle entrouvre les jambes pour l'accueillir.

— Tu es si tendre…

Il se pencha sur son autre sein et recommença ses caresses. Avec la même patience, la même tendresse, la même douceur.

— Clint, gémit-elle, impatiente de le sentir en elle. Oooh…

Ses gémissements ne le firent pas changer de rythme. Et même quand elle empoigna ses épaules pour tenter de l'amener à elle, il murmura :

— Pas encore… Je veux que nous allions ensemble sur la lune…

Il voulait l'emmener sur la lune ? A cette idée, elle laissa échapper un soupir de plaisir. Son corps vibrait, les hanches levées vers lui, le suppliant de mettre fin à son supplice…

Tout en continuant à mordiller son sein, il fit glisser sa main le long de son ventre et l'inséra entre ses cuisses.

— Clint…

— Non, ma chérie. Pas tout de suite.

De nouveau, il la caressa avec douceur, comme si elle était une fleur de soie. Son corps tremblait, se débattait pour atteindre les étoiles, mais son pantalon commençait à la gêner.

Qui aurait pensé qu'une torture puisse être aussi exquise ?

— Clint…

Cette fois, il plongea son regard dans le sien. Un regard grave et sérieux.

— Est-ce que tu es prête ?

Elle affronta son regard.

— Oui, je suis prête.

— Tu en es sûre ?

Elle n'avait aucun doute. Soulevant les hanches, elle l'aida à lui ôter son pantalon. Ses doigts puissants trouvèrent les pétales de chair, et ce qu'elle ressentit, un mélange de douleur et de plaisir, fut si intense qu'elle poussa un cri.

Il s'arrêta aussitôt.

— Ça va ?

— Oh… S'il te plaît, continue…

Elle saisit sa ceinture.

— Clint…

— Oui, ma chérie, doucement.

Il s'éloigna quelques secondes, puis revint, entièrement nu. Dans la pénombre, elle ne voyait pas grand-chose, mais elle pouvait le toucher, le découvrir. Essayer de le rendre aussi fou qu'il la rendait folle.

Il lui enleva son sweat-shirt, lui ôta le pantalon qui lui enserrait les chevilles et la serra contre lui. Ils ne faisaient plus qu'un, à présent. Elle sentait son sexe, très dur, contre son ventre, et cette image acheva de l'exciter. Elle serra les jambes autour de sa taille. Elle le voulait en elle, comme elle n'avait jamais rien désiré de toute sa vie.

Il se serra un peu plus contre elle, puis elle sentit ses mains et sa bouche caracoler sur elle, s'attarder parfois comme si elles cherchaient à mémoriser le moindre centimètre carré de sa peau.

— Je te donnerai tout ce que tu veux, murmura-t-il entre deux baisers. Dis-moi.

Elle passa les bras derrière sa nuque et pressa ses hanches contre lui.

— Je te veux, toi.

Il n'y avait plus de retour possible, maintenant.

— Attends une seconde, souffla-t-il.

Il roula sur le côté. Bruit d'un tiroir que l'on ouvre, d'un emballage que l'on déchire. Suivi d'une odeur qui lui sauta aux narines, pénible et agressive, rappel douloureux d'autres fois.

Elle se figea.

Avant que les mauvais souvenirs aient pu la paralyser, Clint revint à elle et reprit ses caresses comme lui seul savait le faire, avec des gestes si subtils, si précis et habiles qu'elle frémissait chaque fois qu'il l'effleurait.

— S'il te plaît, Clint, le supplia-t-elle. S'il te plaît…

Elle ne supporterait pas cette torture une minute de plus.

A sa grande surprise, au lieu de la retourner, il la souleva et l'assit à califourchon sur lui. Puis il empoigna ses hanches.

— Juste ce que tu veux, chuchota-t-il en l'immobilisant. Je ne ferai rien de plus. C'est toi qui es maître à bord. C'est toi qui nous conduis.

Cela tombait bien, elle savait exactement où elle voulait aller. D'un geste décidé, elle le plaça sous elle. Sentit le latex. Puis s'abaissa lentement sur lui. Son sexe était grand, et elle était aussi étroite que s'il s'agissait de sa première fois. Cela ajoutait à l'excitation et à l'émerveillement. C'était comme une renaissance, comme si cet acte effaçait tous les autres. Comme s'il lavait la souillure.

Elle le guida en elle. Une fois qu'il l'eut complètement pénétrée, elle poussa un soupir de bonheur et se mit à onduler sur lui.

Agrippés l'un à l'autre, ils s'envolèrent ensemble vers les étoiles…

— Je vais aller prendre une douche, lui murmura-t-il à l'oreille.

Etendue sur lui, nue, moite et pantelante, elle secoua la tête. L'idée d'être séparée de lui, ne serait-ce que quelques secondes, ne lui plaisait pas.

— Si, insista-t-il.

Elle crut percevoir une pointe d'agacement dans sa voix.

— Il faut que je sois prêt en cas de visite inopinée.

Avec un soupir, elle le laissa se retirer, puis roula sur le côté.

— Je reviens tout de suite, promit-il en piquetant sa peau de baisers.

Quand il eut disparu dans la salle de bains, elle resta immobile. Elle ne voulait rien faire qui puisse perturber le bien-être qui l'emplissait tout entière.

Les yeux fermés, elle écouta l'eau couler dans la douche, puis le silence. Elle perçut très précisément le moment où il revint dans la chambre. Comment avait-elle pu vivre si longtemps en ignorant qu'une telle magie existait ?

Il la souleva. Surprise, elle ouvrit les yeux et sentit qu'il la rallongeait entre les draps. Il remonta les couvertures sur elle, puis se glissa à son côté et se serra contre elle. Elle enfouit le visage dans son cou.

— Ce voyage dans l'espace… exceptionnel ! lâcha-t-elle soudain.

Il éclata de rire.

— Je n'en avais jamais fait d'aussi beaux.

Ils restèrent ainsi allongés l'un contre l'autre à savourer ce bonheur. Mais, après quelques minutes, la sonnerie du téléphone résonna.

— Zut, grommela Clint en sortant du lit.

Il quitta la chambre et alla décrocher le téléphone dans le salon. Ne comprenant pas ce qu'il disait, elle tendit l'oreille, sans plus de succès.

Ses pensées se dirigèrent aussitôt vers Kevin. La menace se rapprochait-elle ? Effrayée, elle ferma les yeux et serra fort les paupières en priant afin que l'auteur de ce coup de fil soit un ami de Clint.

Malheureusement, le mal était fait. Kevin avait repris sa place dans ses pensées, avec le cortège de mauvais souvenirs qui l'accompagnait. Parviendrait-elle un jour à le rayer de sa mémoire ?

— Kay…

Elle rouvrit les yeux. Clint se tenait sur le seuil.

— Habille-toi, lui ordonna-t-il en ramassant ses vêtements épars. Je n'allume pas. Est-ce que tu vois assez clair ?

— Que se passe-t-il ?

— Je te demande de t'habiller. Tes tennis sont à peu près propres, tu pourras les mettre.

Et il disparut dans le couloir sans plus d'explications.

— Mais qu'est-ce qui se passe ? lui cria-t-elle, la peur au ventre.

Seul le silence lui répondit.

Fébrile, elle se leva et enfila son survêtement en vitesse, oubliant les chaussettes qu'il lui avait prêtées — lesquelles ne seraient de toute façon pas rentrées dans ses tennis.

— J'arrive, lança-t-elle en se dépêchant de le rejoindre.

Parvenue à la porte du salon, elle s'arrêta net, interdite. Clint enfilait son jean, son dos bien en évidence. Un dos qui n'était qu'une cicatrice. De haut en bas, de long en large, il était recousu, rapiécé, complètement rafistolé.

Seigneur…

Des marques de brûlure, des lambeaux de chair mal raboutés, des trous laissant supposer qu'on lui avait tiré dessus, des bosses… Ce n'était pas un dos, mais un champ de bataille.

En l'entendant étouffer une exclamation, il se retourna. Sur le torse aussi, il avait des cicatrices impressionnantes. Comment avait-elle pu ne pas les sentir pendant leur étreinte ?

Il attrapa sa chemise et s'empressa de l'enfiler afin de lui cacher ses marques.

— Désolé, marmonna-t-il, l'air gêné. Je sais que ce n'est pas beau à voir…

Incapable de trouver ses mots, elle le fixa un instant en silence.

— Ce n'est pas ça, articula-t-elle enfin. J'imagine la douleur que toutes ces blessures t'ont causée. Comme tu as dû souffrir…

Il eut un sourire ironique.

— La morphine, tu connais ? Ça fait des merveilles.

Evitant son regard, il finit de s'habiller. Leur belle complicité semblait s'être envolée, et Kay ne savait pas comment détendre l'atmosphère.

— Et puis zut pour Kevin, lâcha-t-elle soudain, avant de traverser la pièce pour le rejoindre.

Sans lui laisser le temps de la repousser, elle écarta les pans de sa chemise et plaqua les mains sur son torse. Lentement, elle suivit les méandres que les cicatrices avaient tracés sur son corps.

— Ne te cache pas, murmura-t-elle en posant la joue sur sa poitrine. S'il te plaît…

Immobile, il la laissa faire. Se collant à lui, elle passa doucement les mains dans son dos où les cicatrices étaient pires encore.

— Kay, murmura-t-il d'une voix altérée. Il faut que j'y aille. Tout de suite.

Elle chercha son regard.

— Ça n'enlève rien à ton charme, tu sais.

Une lueur passa dans son regard sombre, avant de disparaître. Il reprit son masque impénétrable.

— Kay, je dois absolument faire ma ronde.

Essayait-il de lui échapper ? De clore la discussion ? A moins qu'il n'ait appris quelque chose au sujet de Kevin…

Le ventre noué, elle recula.

— Tes tennis sont dans l'entrée, déclara-t-il. Elles devraient être sèches, maintenant.

— D'accord.

— Ferme la porte à clé quand je sortirai. Et prends le démonte-pneu.

Mû par la peur, son cœur accéléra d'un coup, et elle suivit Clint dans l'entrée.

— Dis-moi ce qui se passe, je t'en supplie.

Il s'arrêta devant la porte et se retourna.

— On a aperçu Kevin en ville, aujourd'hui. Le shérif a fait circuler son portrait. Un commerçant l'a formellement reconnu.

L'espace d'une seconde, son cœur cessa de battre.

— Donc, il sait, ou va bientôt savoir, qu'on le recherche…

— Non, objecta Clint. Les gens d'ici bavardent entre eux, mais ne parlent pas aux étrangers, encore moins dans une affaire comme celle-ci.

Il posa la main sur la poignée de la porte.

— Ferme à clé derrière moi et finis de t'habiller. Je reviens tout de suite.

Elle obéit à ses ordres tout en essayant de réprimer sa peur. Cette fois, elle n'était pas seule. Elle avait Clint. Et Clint était plus fort que Kevin.

Malgré tout, elle n'était pas tranquille. Après avoir lacé ses tennis, elle empoigna la barre métallique et attendit qu'il revienne.

Une attente interminable…

Enfin, un coup retentit sur la porte.

— C'est moi, fit la voix de Clint.

Elle ouvrit et le laissa passer. Devant son visage sombre, elle se retint de se jeter dans ses bras. La chaleur de son étreinte lui manquait terriblement.

— Tu as vu quelque chose ? demanda-t-elle en s'efforçant de lui dissimuler son anxiété.

— Non.

Il ôta ses bottes et accrocha sa parka à la patère, avant de passer devant elle pour se rendre dans le salon. Il marchait, tel un chat sauvage, les muscles tendus, prêt à bondir. Quant à son visage dur, il n'avait plus rien de la tendresse qui l'animait quand ils avaient fait l'amour.

— Clint, parle-moi.

Il était allé jusqu'à la cheminée et ajoutait des bûches dans le foyer. Au moins ce geste, normal, ordinaire, avait-il quelque chose de rassurant. Malheureusement, les fantômes étaient de retour ; elle les avait vus dans son regard dès qu'il était rentré.

— Pour l'instant, il n'y a rien à craindre, lâcha-t-il. Tu peux te reposer.

Regard distant, aucune gentillesse dans la voix… A quoi pensait-il de si grave qu'elle ne compte plus ?

— Peut-être devrais-tu appeler le shérif pour qu'on vienne me chercher, suggéra-t-elle. Ou alors, tu peux me conduire au poste…

Il se tourna vers elle, visiblement surpris.

— Pourquoi dis-tu ça ? Je croyais que tu étais contre.

— Parce que je ne me pardonnerais jamais s'il t'arrivait malheur. Ou si tu devais faire quelque chose que tu regretterais plus tard… Je ne suis qu'une égoïste.

— Non.

Non ?

— Si, je suis un monstre d'égoïsme.

Il secoua la tête.

— Kay, toute cette affaire va bientôt prendre fin. Si je t'emmène au poste, Kevin pourra t'y retrouver facilement, et je refuse de prendre ce risque. Non, cette fois, j'en fais mon affaire.

Avant qu'elle ait pu protester, il se dirigea vers la fenêtre et ôta l'obstacle qu'il avait placé devant. Il fit de même avec toutes les ouvertures.

— Pourquoi enlèves-tu tout ça ?

— Je les avais mis là pour que tu puisses dormir tranquille. Je ne voulais pas que tu passes tes nuits à guetter le moindre bruit. Mais aujourd'hui, ce n'est plus nécessaire.

— Comment saura-t-on s'il entre ?

Le sourire qu'il lui adressa, loin de la rassurer, la glaça.

— Ne t'inquiète pas. Si jamais il essaie d'entrer, je le saurai. Mais je ne veux pas qu'il ait peur et se sauve.

Elle grimaça. Qu'il enlève ces protections des fenêtres ne lui plaisait pas. Cela dit, il avait l'air si sûr de lui…

— Quand on n'a pas assez de sentinelles pour couvrir tout un territoire, poursuivit-il, il faut mettre en place un système d'alarme périphérique.

Elle avait tellement peur que, malgré l'attention qu'elle affichait, elle ne comprenait pas vraiment ses explications.

— Tu as une sentinelle ici, c'est moi, conclut-il. Fais-moi confiance, Kay. La liberté de ton tortionnaire ne se compte plus qu'en jours, maintenant. Voire en heures.

Pourvu qu'il dise juste…

A force de le redouter, Kevin avait fini par prendre des proportions monstrueuses dans sa tête, et elle le voyait à présent comme un géant surhumain. Sauf que Clint aussi était un géant. Et un vrai.

Soudain épuisée, elle cessa de discuter et alla s'asseoir dans le canapé, le démonte-pneu toujours dans la main. Une chose était sûre : il fallait que cela se termine. Les jours passés, Clint lui avait fait découvrir un style de vie qui lui plaisait. Un style de vie qui pourrait être le sien si elle retrouvait sa liberté.

Elle avait maintenant un objectif, une raison de ne plus accepter son asservissement.

Une fois la tournée des fenêtres terminée, Clint reprit sa place habituelle dans son fauteuil. Elle se sentit rejetée et faillit fondre en larmes, avant de se demander si elle ne lui prêtait pas de fausses intentions.

— Clint ?

— Oui ?

Elle se ravisa.

— Non, rien.

Il ne la délaissait pas. Il s'était simplement mis en mode concentration, ce qui excluait toute distraction. Il devait rester sur ses gardes, être prêt à agir à la moindre alerte. Mieux valait qu'elle évite de le perturber.

Pourquoi ne l'avait-elle pas compris tout de suite ? Son extrême vigilance ne l'avait-elle pas sauvée elle aussi à plusieurs reprises quand elle était avec Kevin ?

— Kay ?

En dépit de son air sombre, sa voix était douce.

— Oui ?

— Je veux que tu saches que…

Il s'interrompit, l'air hésitant. Comprenant qu'il se battait contre lui-même, elle attendit patiemment qu'il poursuive.

— Ecoute, jusqu'à ce qu'on ait attrapé Kevin, tu vas me voir sous un drôle de jour. Il ne faut pas que ça te fasse peur.

— Je sais.

Il parut surpris.

— Comment le sais-tu ?

— Parce que je sais.

— Ça ne t'effraie pas ?

— Après ce que j'ai traversé ? J'ai été battue, brûlée, violée. On m'a pourchassée à travers la moitié du pays. On m'a enlevée et laissée mourir de faim… La seule chose que j'ai évitée jusqu'à présent, c'est qu'on me tire dessus. Mais même sans ça, je crois avoir un assez bon aperçu de ce dont les hommes sont capables.

— Je suis désolé…

Il s'assombrit un peu plus.

— Tu sais, j'ai fini par comprendre que les hommes avaient parfois des raisons de se montrer violents.

— Vraiment ?

— En cas de légitime défense. Ou pour défendre quelqu'un. Ce sont, je pense, les seules raisons valables.

Elle sourit.

— C'est le résumé de ta *Théorie sur la guerre* ?

— Si l'on veut…

— Tiens, serais-je plus intelligente que je ne le croyais ?

Il poussa un soupir.

— Arrête de te sous-estimer. Tu n'as pas besoin d'être bardée de diplômes pour être intelligente. Crois-moi, tu es très douée.

— Merci. Il n'empêche que j'aimerais bien suivre des cours à l'université.

— Quand cette affaire sera réglée, on s'arrangera pour que ton rêve se réalise.

Elle se demanda comment cela pourrait arriver, mais n'insista pas.

— Je ne suis pas inquiet pour toi, reprit-il. Tu es tout à fait capable de décrocher les diplômes que tu souhaites.

Si ses paroles lui mirent du baume au cœur, elle était consciente qu'il lui restait encore beaucoup de chemin à faire pour y parvenir.

— Bon, qu'est-ce qu'on fait, maintenant ?

— On attend.

Il reporta son regard sur la fenêtre.

— A mon avis, il ne viendra pas ce soir. La tempête a cessé hier seulement, et il n'a pas dû avoir le temps de nous espionner.

— Demain soir, alors ?

— Peut-être. Je crois — mais ça n'engage que moi — qu'il attendra un jour de plus, histoire d'être bien sûr qu'il n'y a que nous deux.

— Et ensuite ?

— Ensuite, il viendra en pleine nuit, entre 2 et 4 heures du matin, quand il nous croira endormis.

— Sauf qu'il n'est pas question qu'on se couche.

— Bien sûr que non.

Replongeant dans ses souvenirs, elle plissa le front.

— Ça se passera sûrement de cette façon... Chaque fois qu'il a resurgi dans ma vie, c'était pendant la nuit. A deux reprises, il m'a surprise au lit en train de dormir. La dernière fois... je faisais du jogging en pleine campagne. Les chemins sont souvent déserts, et j'imaginais que je ne craignais rien. J'étais persuadée que j'entendrais sa voiture arriver.

— Et alors ?

— Alors, il ne m'a pas suivie. Il m'attendait. Il a surgi d'un buisson et m'a donné un coup sur la tête. Je n'ai même pas eu le temps de comprendre ce qui m'arrivait.

Il y eut un silence. Puis Clint se pencha vers elle, le visage plus ombrageux que jamais.

— Quand il sera là, je veux que tu fasses exactement ce que je te dis.

— D'accord.

— Tu as vu, je n'ai qu'un placard et il n'a pas de porte. Donc, si je te dis de te cacher, tu vas sous le lit. Pas de si, ni de mais.

— Pourquoi ?

— Parce que nous ne sommes que deux dans cette maison, et qu'il va très vite le découvrir. Parce qu'il veut que ça se termine. Si tu veux mon avis, il va venir armé et, crois-moi, ce ne sera pas avec un démonte-pneu. Ni un canif.

Affolée, elle posa la main sur sa bouche.

— Est-ce qu'il ne vaut pas mieux que tu m'emmènes à la police ? Je ne veux pas que tu prennes de risques à cause de moi.

— Non, martela-t-il.

Son entêtement la fit soudain sortir de ses gonds. La peur de le perdre exacerbait ses émotions.

— Bon sang, Clint, arrête de jouer les héros ! Qu'est-ce que tu veux, à la fin ? Que Kevin te tire dessus ?

— D'abord, il ne sait pas que j'ai l'intention de l'attendre. Ensuite, j'aurai un gilet pare-balles. Je regrette juste de ne pas en avoir un pour toi. Tu iras donc te cacher sous le lit. Compris ?

Elle hocha la tête, toute colère envolée, mais ne put s'empêcher de remarquer :

— Si j'ai le temps…

— Tu auras le temps. D'ailleurs, tu te cacheras sous le lit avant même qu'il entre.

Elle leva les sourcils, perplexe.

— Comment sauras-tu quand il sera prêt à entrer ?

— Je l'attendrai.

Son raisonnement se mordait la queue, songea-t-elle avec inquiétude. Néanmoins, Clint semblait tellement sûr de lui qu'elle ne tenta pas de discuter. Après tout, il avait l'habitude de ce genre de situations, pas elle.

Désemparée, elle regarda l'horloge sur la cheminée. Une horloge qui allait dorénavant occuper une place importante dans sa vie.

Kevin allait surgir au plus noir de la nuit.

Mais laquelle ?

A minuit, Clint sortit faire le tour du ranch pour la énième fois. Dix minutes plus tard, il revenait, une drôle de paire de jumelles à la main.

— Ces jumelles permettent de voir dans le noir, expliqua-t-il alors qu'elle le regardait avec des yeux ronds.

Il traversa la maison et éteignit les lampes les unes après les autres, jusqu'à ce qu'il ne reste plus que la lumière du feu. Animées par l'éclat des flammes, des ombres valsaient dans la pénombre.

Clint arpentait les pièces dans un silence angoissant. Plus

inquiète que jamais, espérant un sourire ou un mot rassurant, elle le regardait aller et venir, sans oser lui parler.

— Bon Dieu, ce feu ! gronda-t-il entre ses dents.

— Il te dérange ?

— Il m'empêche de regarder dehors. Si je soulève le rideau, Kevin me verra.

— On n'a qu'à l'éteindre.

Il secoua la tête.

— Je n'ai pas le chauffage central. Et cela reviendrait à envoyer une fusée en l'air pour lui dire qu'on l'attend.

Il s'arrêta, préoccupé.

— Je suis presque sûr qu'il n'entrera pas par-devant. Sarah m'a dit que Gage avait multiplié les rondes de police dans le secteur. Discrètement, tout de même. Kevin ne doit pas être habitué aux schémas classiques des patrouilles, il ne devrait donc pas trop se méfier.

L'explication lui parut obscure, mais elle hocha quand même la tête.

— Il cherchera une couverture maximum, donc il viendra par l'arrière.

— Tu as cloué les fenêtres, lui rappela-t-elle.

Il haussa les épaules.

— Je l'ai fait pour toi.

Il réfléchit tout haut.

— S'il casse une vitre pour entrer, on l'entendra. S'il fait coulisser la fenêtre, on l'entendra aussi à cause du grincement. Ensuite, il lui faudra un peu de temps pour escalader. Bref, quand il surgira, on aura eu tout le temps de se préparer… Non. A mon avis, il va plutôt essayer de forcer une serrure.

Il releva les yeux sur elle, interrogateur.

— Tu sais s'il sait le faire ?

— J'imagine que oui. Il a pénétré deux fois dans mon appartement sans que mes voisins s'en rendent compte. Après son passage, il n'y avait aucune trace d'effraction.

— Très bien. C'est donc comme ça qu'il va entrer ici…

Il laissa échapper un petit rire sans joie. Et se remit à arpenter le salon. Au passage, il jeta un coup d'œil à l'horloge. Elle suivit son regard. Bientôt 1 heure.

Il se tourna vers elle.

— Je vais bientôt te demander d'aller dans la chambre. S'il se passe quelque chose, n'importe quoi, jure-moi que tu te cacheras sous le lit.

Elle voulut protester, mais il l'arrêta d'un geste.

— Kay, je ne veux pas avoir en plus à m'inquiéter pour toi. Ce n'est qu'en te sachant à l'abri que je pourrai faire mon boulot tranquillement.

— D'accord.

En réalité, elle n'était pas d'accord du tout. L'idée qu'il prenne tous les risques à sa place lui répugnait. D'un autre côté, elle se savait incapable d'affronter Kevin seule. Elle avait eu beau tenter de lui échapper, il avait toujours eu le dessus. Finalement, elle avait baissé les bras. A quoi bon lutter puisqu'il gagnait toujours ?

Elle poussa un soupir que Clint n'entendit pas. Une chose était sûre (mais elle le garderait pour elle) : elle ne se cacherait pas. Elle refusait de se cacher plus longtemps. Si elle ne se battait pas pour se défendre, alors elle perdrait quelque chose d'essentiel à ses yeux : l'estime de soi.

De nouveau, elle soupira. Cette fois, Clint l'entendit et l'interrogea du regard.

— Ce n'est rien, mentit-elle à voix basse.

Et il reprit son va-et-vient.

— Clint ? demanda-t-elle un peu plus tard.

— Oui ?

— Où as-tu eu ces cicatrices ?

Il garda le silence un moment avant de lui répondre.

— Lesquelles ?

— Eh bien… toutes.

Il montra son côté droit.

— Celle-ci est due à un sniper. Celle-là…

Il passa le bras derrière son dos.

— … c'est un coup de couteau pendant une opération sous couverture.

Il ramena la main sur son torse.

— Les brûlures, je les ai eues quand on a sauté sur une bombe lors d'une mission de reconnaissance.

— A aucun moment, tu ne portais de gilet pare-balles ou une protection quelconque ?

— Quand on opère sous couverture, on ne porte jamais de gilet pare-balles. Ce serait le meilleur moyen de se faire remarquer.

Elle sentit son estomac se nouer.

— Tu es… handicapé ? Je veux dire, tu as perdu…

Voyant qu'elle ne trouvait pas ses mots, il acheva à sa place.

— Je n'ai perdu aucun organe vital, si c'est ce que tu veux savoir. La preuve, je suis là. Juste un morceau de poumon, quelques côtes, des bouts de muscle… Ah si, j'oubliais : ma rate. Tu vois, il n'y a pas de quoi en faire un plat.

De toute manière, il n'était pas du genre à se plaindre, elle l'avait compris.

— Tu as encore mal ?

— Parfois. Les vieilles douleurs se réveillent toujours de temps à autre, qu'elles soient dues à un combat ou à un tournoi de foot.

Elle qui n'avait cessé de geindre depuis son arrivée se sentit mal à l'aise.

— Je me demande comment tu peux recommencer à…

— A quoi ? A travailler ?

Elle acquiesça en silence.

— Comme toi, maintenant. Je fais face. De toute manière, on n'a pas le choix, trancha-t-il avec une impatience mal dissimulée. Bon, assez parlé. On pourrait nous entendre.

A ces mots, elle se mit à trembler.

Ah non ! Ce n'est pas le moment d'avoir peur !

La main tendue, il s'approcha d'elle.

— Viens, je t'emmène dans la chambre. Tu pourras t'asseoir dans le fauteuil ou t'allonger sur le lit. Comme tu préfères.

La chambre était plongée dans l'obscurité, ce qui n'était pas très rassurant. Mais elle ne dit rien.

— Une dernière recommandation : ne t'endors pas. Il faut que tu puisses te cacher quand je te le dirai.

— Si tu crois que je peux m'endormir dans ces conditions...

Entre l'adrénaline et la peur, elle ne voyait même pas comment elle allait réussir à rester allongée sur le lit.

Elle rejoignit le fauteuil à tâtons et s'assit, persuadée qu'elle deviendrait folle si l'aventure devait s'éterniser.

Avant de la laisser, Clint enleva ses chaussettes, ce qu'elle trouva bizarre. Peut-être craignait-il de glisser sur le parquet. Lorsqu'il passa la porte de la chambre, il lui parut très large d'épaules. Avait-il déjà enfilé son gilet pare-balles ?

Enfin, il disparut dans le couloir, aussi silencieux qu'un chat, tandis qu'elle fixait le noir, le cœur battant.

Jamais les heures ne lui avaient paru aussi longues. Le temps s'étirait en longueur, indéfiniment. Chaque fois qu'elle avait éprouvé ce sentiment, un malheur s'était produit. Pourquoi le temps ne pouvait-il ralentir sa course quand tout était merveilleux ? Pourquoi, dans les moments de bonheur, semblait-il filer comme une fusée ?

Refusant de se laisser submerger par la panique, elle se remémora le bonheur qu'elle avait ressenti dans les bras de Clint. Le plaisir indicible qu'elle avait éprouvé à le sentir en elle. Et la certitude que, grâce à lui, elle allait se reconstruire.

Elle était vivante. Oui, bien vivante.

Les yeux sur le réveil qui égrenait les minutes en chiffres rouges, elle se prit à rêver. Qui aurait cru qu'en pareilles circonstances, elle se serait laissée aller à envisager le bonheur ? Un avenir souriant ?

Cela, elle le devait à Clint, un homme — et un amant — formidable. Bien qu'elle n'ait pas beaucoup d'expérience en la matière, elle pensait pouvoir affirmer qu'il faisait très bien l'amour. Son corps le lui avait crié aussi sûrement que s'il avait connu des millions d'aventures.

Clint avait ravivé en elle des sensations endormies depuis si longtemps qu'elle les croyait mortes. Et aujourd'hui, elle savait une chose : elle ne voulait pas mourir avant d'avoir refait l'amour avec lui.

Et si cela impliquait qu'elle reste assise là dans le noir, terrorisée, elle le ferait.

Elle serra le démonte-pneu qu'elle tenait à la main en se félicitant d'avoir cette arme en cas de besoin. Et, surtout, de savoir Clint à proximité, véritable ange gardien.

Après des années passées à fuir, elle avait enfin rencontré quelqu'un qui, au nom du devoir et de l'honneur, l'avait prise sous son aile. Quelqu'un qui était prêt à se battre pour elle, avec elle, et à la sauver du harcèlement dont elle était victime.

Croiserait-elle un jour un homme qui lui ressemble ? C'était peu probable. Il était de la race des gens rares. Même ceux qui auraient dû l'aider — procureurs, policiers… — s'étaient montrés impatients, pensant sans doute qu'ils avaient mieux à faire qu'à perdre leur temps avec elle. Certains l'avaient écoutée, pas suffisamment toutefois. Eux aussi devaient être trop occupés.

Et puis, il y avait eu l'incompréhension. On lui avait reproché de ne pas apporter assez de preuves de la culpabilité de Kevin. Son corps martyrisé n'en était pas une, peut-être ? Si, sauf que Kevin s'était forgé un alibi en béton et n'avait rien laissé qui puisse le trahir.

Et, après l'incompréhension, l'humiliation. On avait insinué qu'elle s'arrangeait pour que son tortionnaire la retrouve. Qu'elle éprouvait un plaisir sado-masochiste à vivre dans la terreur.

Comme elle les avait détestés, tous ces gens dont la mission était de faire respecter l'ordre et la loi !

Assise dans son fauteuil, les doigts crispés sur la barre

métallique, elle serra les paupières de façon à empêcher les larmes de couler. C'était fini. Toutes ces épreuves étaient terminées et, avec l'aide de Clint, elle n'aurait plus jamais à les revivre.

Le jour finit par poindre et, avec lui, le regret de devoir attendre que revienne la nuit, avec tout ce que cette perspective suscitait d'angoisses.

Si seulement elle avait pu être loin…

Clint apparut dans l'encadrement de la porte.

— Essaie de dormir, lui conseilla-t-il. Je peux tenir encore quelques heures, mais ensuite, il faudra que tu prennes la relève.

Elle aurait aimé qu'il se couche avec elle, mais ne dit rien. A cette heure, et après une nuit de veille, il avait sûrement autre chose en tête que de la serrer dans ses bras pour l'emmener au septième ciel.

Et elle le comprenait. Il fallait être vigilant, ne pas baisser la garde. A moins que la police ne parvienne à mettre la main sur Kevin, songea-t-elle soudain, avant d'écarter cet espoir. Kevin était trop malin pour se laisser prendre.

Clint avait raison, il viendrait de nuit et par-derrière. Là où personne ne le verrait.

Peut-être était-il fou, mais il n'était pas idiot.

Posant le démonte-pneu par terre, elle se glissa dans le lit avec un soupir. Les draps sentaient encore l'odeur musquée de leurs ébats. Elle les inspira avec bonheur avant de sombrer dans le sommeil.

11

Clint la réveilla vers midi avec un bon café. Assis au bord du lit, il l'appela jusqu'à ce qu'elle ouvre les yeux. Malgré les efforts qu'il faisait pour paraître frais et dispos, elle devina qu'il était fatigué.

— Tu n'aurais pas dû me laisser dormir si tard, lui reprocha-t-elle en se redressant.

Alors qu'elle s'apprêtait à se lever, il l'en empêcha avec un sourire et lui caressa les jambes. Un frisson la parcourut.

— Tu veux boire ton café au lit, ou tu préfères le prendre ailleurs ?

Ce qu'elle voulait ? Rouler avec lui dans les draps !

Honteuse d'abriter de telles pensées, elle rougit.

— Ce que j'aimerais n'est pas au menu de ce matin…

— Pas pour l'instant, en effet, commenta-t-il en riant.

Il avait dans les yeux une lumière chaude qu'elle ne lui avait encore jamais vue.

— Tout va bien ?

— Pour l'instant, oui.

Elle décida de se lever avant de ne plus en être capable. Compte tenu de la fièvre de leurs ébats, s'ils recommençaient aujourd'hui, aucun d'eux n'entendrait Kevin s'il lui prenait l'envie d'apparaître.

Avec un soupir de regret, elle quitta la chaleur du lit et se rendit dans le salon.

— Tu as préparé le déjeuner pour nous deux ? demanda-t-elle en voyant les deux couverts.

— Oui, tout chaud, tout prêt.

Le choix des mots la fit sourire et, en voyant son regard malicieux, elle comprit qu'il l'avait fait exprès.

— Ça m'a l'air délicieux, déclara-t-elle en humant les œufs au bacon.

— J'ai été surpris que l'odeur ne te réveille pas. Moi, j'aurais bondi du lit !

— Je devais dormir très profondément.

Son appétit la surprit elle-même, et elle attaqua son assiette bien garnie avec joie.

Ils mangèrent en silence. De quoi auraient-ils parlé ? De leurs ébats amoureux ? Ce n'était franchement pas le moment. De Kevin ? Non merci, il n'allait pas, en plus du reste, rompre le charme de leur petit déjeuner. De l'avenir ? Qu'en savaient-ils ?

Elle avait beau profiter du moment, une pointe d'embarras planait dans ce silence. Comme une gêne qui ne disait pas son nom.

On a trop de choses en tête. Trop de sujets à éviter, se rassura-t-elle.

Dans le fond, il lui tardait que Kevin se manifeste. Il était plus que temps que cette attente prenne fin.

La dernière bouchée avalée, Clint se leva et lui demanda de le réveiller à 17 heures.

— Tu auras assez dormi ? demanda-t-elle avec inquiétude.

— Absolument. Et de toute façon, je veux avoir les yeux grands ouverts quand la nuit tombera.

Il marqua un temps d'arrêt.

— Jette un coup d'œil par les fenêtres de temps en temps, mais reste à distance.

Elle hocha la tête. Avec un frisson, elle le regarda longer le couloir puis disparaître dans la chambre. Elle était seule, à présent.

Elle regarda autour d'elle, en quête d'une occupation. Malgré ses ecchymoses qui la gênaient encore et que leurs ébats n'avaient pas épargnées, elle décida de débarrasser et de laver la vaisselle. Le temps allait passer lentement jusqu'à 17 heures, elle le savait.

Elle s'attaqua à la vaisselle tout en regardant de temps en temps par la fenêtre, comme elle avait vu Clint le faire, c'est-à-dire en écartant à peine les rideaux.

Tout semblait calme, dehors.

Quand elle revint s'asseoir sur le canapé, une surprise l'attendait. Un livre. Un gros livre vert foncé, sans jaquette, avec le titre imprimé en lettres noires.

THÉORIE SUR LA GUERRE
ETUDE ET RÉFLEXIONS

Sous le titre, en italique, était indiqué le nom de l'auteur :

Clint Ardmore,
Doctorat de 3e cycle. US Marines Officer (à la retraite)

Avec impatience, elle s'assit et l'ouvrit. Sur la page de garde, un petit mot l'attendait. Son cœur se serra.

« Pour Kay, qui comprend bien plus qu'elle ne le croit, Clint. »

Elle relut la phrase, encore et encore. Les mots dansaient devant ses yeux. Profondément émue, elle étouffa un sanglot. Ce cadeau était le plus beau qu'elle ait jamais reçu, car il lui disait qu'elle était assez intelligente pour comprendre.

Un instant, elle serra l'ouvrage sur son cœur, chérissant à la fois le livre, l'intention et, bien sûr, celui qui l'avait écrit et lui faisait l'honneur de le lui dédicacer et de le lui offrir.

Pourquoi le lui avait-il donc laissé en catimini alors qu'elle avait tant envie de le remercier ?

Convaincue, quoi qu'il ait écrit en dédicace, qu'elle n'en comprendrait pas le premier mot, elle l'ouvrit et attaqua la préface. A sa grande surprise, elle se laissa tout de suite prendre.

Quand, bien plus tard, elle releva la tête, elle s'aperçut que la nuit avait déjà commencé à tomber. Un coup d'œil à l'horloge la fit sursauter. 17 h 30. Il avait dit 17 heures. Le temps avait filé comme une flèche.

Posant le livre sur le canapé, elle se leva d'un bond et se rua dans la chambre. Il allait être furieux — et il aurait raison.

— Clint ?

D'un mouvement, il jaillit du lit et s'accroupit en position de défense, les bras devant lui.

Elle recula d'un pas.

— Clint, c'est moi.

Reconnaissant sa voix, il se releva.

— Il fait noir, remarqua-t-il.

— Oui. Euh… J'étais plongée dans ton livre. Du coup, j'ai laissé passer l'heure, expliqua-t-elle en appréhendant sa réaction. Je suis vraiment désolée. Tu m'en veux ?

— Pourquoi diable serais-je fâché ?

Il n'avait pas parlé, il avait aboyé. Suspendant son souffle, elle fit deux pas en arrière.

— Excuse-moi, reprit-il plus calmement. Je ne suis pas en colère contre toi. Comment veux-tu que je sois fâché contre toi ? J'ai été surpris, c'est tout.

Elle reprit son souffle, mais son cœur battait encore la chamade.

— Parce que j'ai laissé passer l'heure.

— Si je me mettais en colère pour des trucs comme ça, je serais marteau.

— Ou Kevin…

Il poussa un juron.

— Excuse-moi, répéta-t-il. Ce sont encore mes fichus démons qui me travaillent… Quand on me réveille en sursaut, je crois toujours que je suis attaqué.

— Je comprends.

Elle marqua une hésitation.

— Au fait, merci pour le livre. Je l'ai commencé, et je le trouve passionnant.

— Tu dis ça pour me faire plaisir. Je sais que c'est indigeste.

Elle secoua la tête énergiquement.

— Pas du tout, je le pense vraiment. Ce n'est pas une lecture facile, mais j'apprends beaucoup de choses. C'est pour ça que j'ai oublié de te réveiller.

— Eh bien, tant mieux. On dit plutôt du bien de mes romans, mais ce livre est particulier. C'est plus un ouvrage d'étude destiné aux profs de fac et à leurs étudiants qu'un livre de chevet.

— Je ne suis pas à la fac, moi !

— Non, mais ce n'est qu'une question de temps.

Avec un sourire, il s'approcha d'elle et l'enlaça.

— Il va falloir que je me fasse examiner, murmura-t-il comme pour lui-même. Je suis complètement fou…

Sur ces mots, il se pencha et prit possession de ses lèvres.

Bercée par son baiser, elle se laissa emporter vers une planète où rien n'existait que lui. Elle aurait aimé rester dans ses bras et savourer encore ce pur moment de bonheur, mais il la repoussa brusquement.

— Il faut que je me débarrasse de ce type, grommela-t-il. Il interfère avec mon désir de te mettre dans mon lit.

Un courant électrique la traversa.

— C'est vrai ?

— Oui. Mais chaque chose en son temps. D'abord, on se débarrasse de Kevin. Ensuite, on verra si on est complètement fous, tous les deux.

Peut-être avait-il raison, songea-t-elle. Mais si la folie ressemblait à cela, alors elle voulait être folle pour toujours.

Ils se rendirent dans la cuisine. Autour d'eux, les ombres s'épaississaient. Alors qu'elle se demandait si l'angoisse qu'elle ressentait dans le noir n'allait pas la marquer à vie, Clint alluma le plafonnier de la cuisine.

— Un sandwich au beurre de cacahuètes, ça te va ?

— C'est parfait, répondit-elle, encore à moitié aveuglée par la lumière. Pourquoi as-tu allumé ?

— Il faut que tout ait l'air normal. C'est l'heure du dîner, il est logique qu'on éclaire la cuisine. Va donc allumer dans le salon.

— Tu veux lui faire croire que nous ne nous doutons de rien ?

— Tu as tout compris, commenta-t-il avec un sourire.

— Tu vas retourner inspecter les environs ?

— Non, pas ce soir.

— Pourquoi ?

— Parce que, si jamais il nous a observés, il sait déjà que je surveille. Maintenant, je veux qu'il croie que je vais aller me coucher, rassuré.

Elle n'avait jamais imaginé la dose de psychologie qu'il fallait dans ce genre de situations.

— Alors, tu as tout programmé depuis le début ?

— J'étais payé pour ça, à l'armée.

Une ribambelle de questions lui chatouillait la langue.

— Mais…

Il leva la main.

— Laisse-moi cinq minutes pour préparer les sandwichs et, si tu veux, on parle ensuite de ce que je faisais avant et des raisons pour lesquelles j'ai changé d'orientation. De mode de vie, plutôt.

— D'accord.

Elle se rendit dans le salon où elle alluma quelques lampes. Si quelqu'un observait le ranch, il devait comprendre, en dépit des rideaux tirés, que des gens allaient et venaient dans la maison, vaquant normalement à leurs occupations.

Elle retourna dans la cuisine. Bien que les ombres l'effraient, elle se serait sentie plus en sécurité sans lumière. Cela dit, elle se fiait totalement à Clint.

Ils mangèrent leurs sandwichs à table, avec un grand verre de lait.

— Bien, commença Clint entre deux bouchées. Je me suis fait une idée de Kevin à partir de ce que tu m'as raconté. Je vois comment il pense et ce qui le décidera à agir.

— Continue.

— Je comprends tes doutes. J'admets que je peux me tromper sur lui, mais je ne le pense pas. J'ai déjà vu ce genre de prédateurs doublés de fieffés salauds d'obsédés.

Elle haussa les épaules.

— Hier, j'ai inspecté les alentours dans l'espoir d'apercevoir des signes de sa présence. Mais je n'ai plus besoin de le faire : qu'il ait été aperçu en ville me montre qu'il ne repartira pas. Il est quelque part dans le coin, et ce, pour une bonne raison : parce qu'il sait que tu es là.

Le pain qu'elle était en train d'avaler se coinça dans sa gorge, et elle se mit à tousser. Prenant son verre, elle but un peu de lait afin de se remettre.

Clint posa la main sur la sienne.

— Ce que je dis t'inquiète ?

— Non. Enfin… si. Mais je veux savoir. Il faut que je sache.

Il planta son regard dans le sien.

— Bien. Nous savons qu'il est quelque part par là. Et qu'il va venir. S'il épie le ranch depuis la fin de la tempête, il sait que je suis sorti inspecter les lieux. Je l'ai fait non seulement pour voir de quel côté il risquait d'arriver et où il pouvait se cacher, mais aussi pour lui envoyer un signal. Pour qu'il comprenne que je le guettais. Pour le tenir quelque temps à distance. Maintenant, je vais lui envoyer un signal différent. Il faut qu'il croie que nous nous pensons à l'abri, maintenant.

— Afin qu'il vienne sans se méfier ?

— Exact. Comme je te l'ai dit hier soir, je ne veux pas qu'il se sauve. Pas maintenant.

Il eut un sourire de satisfaction.

— A mon avis, il viendra cette nuit. Ou demain. Je suis prêt à le parier.

Elle regarda son assiette et soupira. Cette perspective lui avait coupé l'appétit.

— Je suis désolé, s'excusa Clint. Je vois que tu t'inquiètes, mais tu as tort. Kevin n'est pas aussi malin qu'il se l'imagine, et il est loin d'être aussi doué que tu le penses.

— Peut-être…

— Crois-moi, insista-t-il en serrant sa main. Allez, mange. Ça te donnera des forces.

Elle secoua la tête.

— Rien ne passera.

— Ne te laisse pas dominer par la peur. Utilise-la, ne la laisse pas t'utiliser.

Elle se demanda combien de fois il avait déjà employé cette phrase, puis se dit que, tout compte fait, elle n'avait pas envie de le savoir. Pas maintenant, en tout cas.

— Je vais essayer.

— La colère est un bon substitut. Si la peur devient trop forte, essaie de penser à quelque chose qui te met en rage.

Elle sourit.

— C'est plus facile à dire qu'à faire.

— Réfléchis-y.

Elle se rappela sa force, son assurance tranquille, sa volonté indestructible. C'était un pilier auquel elle pouvait s'accrocher, plutôt que de se laisser entraîner dans les eaux glacées de la peur.

— Tu peux y arriver, Kay, assura-t-il. Tu t'es enfuie trois fois. Et la dernière fois, malgré tes hématomes, le coup que tu avais reçu à la tête, et la tempête, tu as couru, couru pour lui échapper… Ça dénote une rare détermination.

Son compliment la réconforta un peu.

— Il ne me reprendra pas vivante. Pas cette fois.

Clint acquiesça.

— Aie confiance en moi, ma chérie.

— J'ai confiance en toi.

Malgré elle, un petit rire lui échappa.

— Je l'espère, fit-il avec un sourire.

— N'empêche que si Kevin arrive armé jusqu'aux dents…

Elle s'interrompit, en proie à un frisson d'appréhension.

— Ça va mal se passer, marmonna-t-elle en secouant la tête. Je suis sûre qu'il sera armé.

— C'est probable.

Ce qui ne parut pas le troubler le moins du monde.

— C'est pour ça qu'il faudra que tu te caches sous le lit. Si jamais je suis… momentanément invalidé, attrape-le par les chevilles quand il sera assez près du lit, et brise-les. Il ne s'y attendra pas.

— Ça, je saurai faire.

— Bien sûr que tu sauras. De toute façon, il aura bien plus de mal qu'il ne le croit à me mettre hors d'état de nuire. Il va vivre un cauchemar.

Il parlait avec tant de certitude qu'elle ne pouvait qu'être convaincue. Il savait, il connaissait, il avait déjà fait.

Un calme tranquille l'envahit peu à peu, chassant ce qui lui restait de peur.

— D'accord, dit-elle d'une voix ferme. Mais… Clint ?

— Oui ?

— Je ne veux pas qu'il t'arrive du mal. On a d'autres planètes à explorer, tous les deux.

Il éclata de rire — un rire franc et massif comme il n'en avait encore jamais eu avec elle.

— Compte sur moi, ma chérie. Compte sur moi.

12

La nuit finit par envelopper totalement le ranch. Même les lumières allumées, Kay la sentait comme une menace. Depuis Kevin, elle avait peur du noir et croyait voir des ombres rôder partout.

A 22 heures, après plusieurs heures passées à faire semblant de lire, elle entendit Clint remuer.

— Ça y est, murmura-t-il. Tu vas aller sous le lit maintenant. C'est une heure normale pour se coucher. Désolé que le plancher soit si dur.

— Pas de problème.

Peut-être que, sous le lit, le noir serait moins noir et lui ferait moins peur…

Toujours armée du démonte-pneu, elle se rendit dans la chambre et attendit que Clint ait fini d'éteindre toutes les lampes.

Lorsqu'il la rejoignit, il la prit dans ses bras et l'embrassa. Sa peur s'apaisa le temps du baiser, puis reprit ses droits sitôt qu'il l'eut lâchée.

— Bien, fit-il, la voix grave. Va sous le lit. Veux-tu un oreiller ?

— Je ne préfère pas.

La barre métallique à la main, elle s'accroupit et se glissa sous le sommier.

— Hé, Clint ?

— Oui ?

— Tu es un maniaque

— Pourquoi dis-tu ça ?

— Parce que, sous tout lit qui se respecte, il y a des moutons. Je n'en vois pas un seul.

Son rire était communicatif, et elle rit avec lui.

— On pourra y remédier.

Certainement ! En tout cas, elle voulait le croire.

La lumière s'éteignit. Au lieu de partir, il resta un moment sur le pas de la porte. Il dut en profiter pour enlever ses chaussettes, car quand il s'éloigna enfin, ce fut en silence, sur ses pieds nus. Un vrai chasseur.

Même en tendant l'oreille au maximum, elle n'entendait plus un bruit en dehors du crépitement du feu dans la cheminée. Elle essuya les paumes de ses mains sur son sweat et empoigna de nouveau le démonte-pneu sans trop le serrer pour ne pas avoir de crampe.

Lentement, sans faire de bruit, elle rampa sous le lit. Elle sortit la tête, puis le corps, mais resta allongée par terre. Ainsi, s'il prenait à Clint l'idée de revenir dans la chambre, il ne la verrait pas.

Sa décision était prise : quoi qu'il advienne, Clint n'affronterait pas Kevin seul. S'il lui arrivait quelque chose, elle ne se le pardonnerait jamais.

Peu à peu, ses yeux s'adaptaient à la pénombre. La petite lueur orangée venant de la cheminée se frayait un chemin jusqu'à la chambre. Parfait, il ne lui en fallait pas plus. Si elle devait attraper les chevilles de Kevin, elle les verrait. Elle ne les manquerait pas, en tout cas pas faute de lumière.

Elle crut entendre Clint parler. Etait-il au téléphone ?

Le plancher était dur. Ses ecchymoses se rappelaient douloureusement à elle, mais elle s'efforçait de ne pas y penser. Une sorte de plaisir cruel l'animait, l'aidant à tenir bon. Cette fois, elle était prête, Kevin ne l'attraperait pas par surprise. Et si elle devait utiliser ce démonte-pneu, elle n'hésiterait pas. Bon sang, il le sentirait passer !

Tout ce qui allait lui arriver, il l'avait mérité. Il l'avait battue, blessée ; il avait voulu la tuer. Il devait payer. Il ne méritait pas d'être en liberté.

Elle sentait la colère l'envahir. Lentement mais sûrement, la rage enflait en elle, à tel point qu'elle s'effraya elle-même. Mue par une telle fureur, elle serait capable d'amocher sérieusement Kevin.

Elle aperçut les pieds nus de Clint qui entrait dans la chambre.

— Clint ? murmura-t-elle.

— Oui ?

— Tu as ton gilet pare-balles ?

— Oui, je viens de le mettre.

Quelque chose dans sa voix l'inquiéta.

— Que se passe-t-il ?

— J'ai appelé Sarah.

— Et ?

— Les flics sont dans le coin. Tout près. Ils encerclent le ranch. Kevin va tomber dans la nasse.

— Oh mon Dieu…

— Chu-ut !

— Clint ?

— Plus un mot.

Le ton était ferme.

— Pas un bruit, tu m'entends ?

Elle se tut tandis qu'il repartait vers le salon en silence. Pour atteindre la porte, elle se remit à ramper. Avec la barre métallique, ce n'était pas facile, mais elle n'abandonna pas. Kevin n'avait qu'à entrer, il s'en mordrait les doigts.

Elle resta allongée près de la porte à attendre. Les minutes semblaient durer des heures. A ce rythme, elle serait morte de vieillesse avant l'aube.

Soudain, un bruit attira son attention. Un grattement, quelque part. Qu'est-ce que cela signifiait ?

Retenant sa respiration, elle tendit l'oreille. Le silence

était revenu, seulement troublé par le craquement du bois dans l'âtre.

Et puis, brusquement, elle crut entendre gratter de nouveau.

Son cœur fit un bond dans sa poitrine. Malgré la semi-obscurité, elle vit Clint passer devant la chambre en direction de la porte de derrière. Avait-il entendu quelque chose, lui aussi ?

Paniquée, elle crut que son cœur s'arrêtait. Ses mains étaient moites. Elle les essuya, puis saisit le démonte-pneu en le serrant de toutes ses forces. Ce n'était pas le moment de le lâcher. Quel dommage que Clint n'ait pas voulu lui donner un fusil… Et s'il était blessé ? Si elle ne frappait pas Kevin assez fort et qu'il lui résistait ?

Les promesses que Clint lui avait faites — « J'irai jusqu'au bout » — lui parurent tout à coup bien présomptueuses.

Elle tenta de se raisonner. Ne savait-il pas de quoi il parlait ? Il avait été blessé de nombreuses fois, et sérieusement. Si quelqu'un savait de quoi il était capable, c'était bien lui.

Elle s'obligea à respirer plus calmement. A rester tranquille, sans bouger. Ses nerfs étaient tendus à craquer. Jamais elle n'aurait cru qu'attendre puisse être aussi difficile.

Un autre bruit la pétrifia sur place. Un petit clic métallique. Une serrure qu'on crochète ?

Son imagination s'enflamma. Elle imagina Kevin se glissant dans la maison par la porte de derrière sans qu'on le voie. Un immense Kevin, plus imposant que jamais, sorte de dinosaure indestructible…

« Arrête ! » intima-t-elle à sa petite voix intérieure.

La phrase de Clint lui revint à la mémoire. « Ne laisse pas la peur t'utiliser. Utilise-la. » Un bon conseil — le meilleur, même.

Mue par une décharge d'adrénaline, elle repoussa la terreur qui la tenaillait. Elle pouvait le faire. Elle allait le faire. Jamais plus Kevin ne porterait la main sur elle.

— Plutôt mourir, murmura-t-elle.

Le bruit se précisa. Cette fois, plus de doute, il s'agissait bien de la porte du fond. La serrure. Non, plutôt un gond. On venait d'ouvrir.

Pourquoi diable Clint ne bougeait-il pas ?

— Qu'est-ce qu'il fabrique ? marmonna-t-elle.

Elle ferma les yeux une seconde afin de se remémorer le plan de la maison. Clint attendait sûrement que Kevin avance dans le couloir, jusqu'à l'endroit où il était caché. Il devait se préparer à lui sauter dessus quand il passerait.

Le plan semblait ingénieux… aussi longtemps que son adversaire ne dégainerait pas. L'idée que Clint puisse être blessé l'effrayait encore plus que Kevin lui-même.

La colère commençait à porter ses fruits. Elle se sentait prête à agir, et très lucide. Tout ce qu'elle entendait, voyait, pensait était limpide, clair comme du verre.

Un autre grincement. Le gond, encore ? Ou la semelle d'une chaussure sur le plancher ? Impossible de le déterminer. Sa seule certitude, c'était que la menace était entrée au cœur de la maison.

Elle se mordit la lèvre, suspendit son souffle…

Et tout s'enchaîna très vite. Si vite, même, qu'elle aurait été incapable de dire dans quel ordre les choses s'étaient déroulées.

Il y eut un bruit sourd. Un grognement. Sans plus attendre, elle se leva et passa dans le couloir en brandissant le démonte-pneu devant elle. Les bruits de lutte allaient en s'amplifiant. Deux silhouettes se battaient, dont l'une, la plus grande, devait être Clint. Elle fit deux pas, déterminée à frapper Kevin dès que sa position le lui permettrait.

Le salaud ! Il allait payer, maintenant. Elle ne lui ferait pas de cadeau !

Soudain, un coup de feu retentit. Le temps parut se suspendre. Mais personne ne cria, personne ne tomba. Et la lutte reprit de plus belle.

Kay s'approcha encore en rasant le mur. Elle attendait le

moment opportun pour agir, mais ils se bagarraient, tellement mêlés l'un à l'autre qu'elle ne pouvait rien tenter sans risquer de toucher Clint.

Il y eut d'autres grognements, des bruits étouffés. Puis de nouveau un coup de feu.

Les mains crispées sur le démonte-pneu, elle vit avec horreur la silhouette la plus imposante s'effondrer. Kevin avait touché Clint.

La fureur la prit.

Avance, espèce de salaud! Allez, avance! Plus près!

— Tiens, voilà pour toi ! gronda cette voix qu'elle ne connaissait que trop bien.

Pétrifiée, elle regarda Kevin frapper sa victime puis l'enjamber.

Clint était blessé. Mort ?

Une rage incommensurable s'empara d'elle. Telle une furie, elle se rua vers Kevin avec un hurlement. Son apparition dut le surprendre, car il se redressa et la regarda approcher d'un air ahuri. Sans doute n'avait-il pas imaginé qu'elle pût un jour se retourner contre lui. Sauf qu'elle n'était plus la femme passive et terrorisée qu'il connaissait. Elle avait changé. Et elle était prête à tout pour se venger de lui qui venait de s'attaquer à Clint.

Animée par l'énergie du désespoir, elle serra la lourde barre de toutes ses forces et prit son élan. Jamais elle ne s'était sentie aussi forte, aussi déterminée, aussi enragée. Sans doute le résultat conjugué de toutes les nuits de terreur, de toute l'angoisse, de toutes les douleurs, de toute la haine qu'elle avait concentrées contre lui... La somme de tout ce qu'il lui avait fait endurer...

Alors qu'il se redressait, le démonte-pneu s'abattit sur son bras. Elle entendit le craquement sinistre de l'os qui casse, suivi d'un hurlement de douleur. Mais telle une tigresse déchaînée, elle releva son arme et le frappa de nouveau.

— Voilà pour toi !

Cette fois, le coup le toucha à l'épaule. Le revolver tomba par terre, puis elle vit Kevin vaciller, tomber à genoux. Mais, même au sol, il n'était pas encore complètement OK. Le visage grimaçant, il la regardait avec une haine non dissimulée.

Elle s'apprêtait à abattre le démonte-pneu sur lui quand Clint se redressa. Il donna un coup dans le dos de Kevin, puis l'empoigna à deux mains.

La lutte reprit de plus belle entre les deux hommes.

— Lumière ! cria Clint.

Elle courut dans le couloir et appuya sur l'interrupteur. Horrifiée, elle s'aperçut que du sang coulait sur le visage de Clint. Et sur son bras.

Sa colère se transforma en une rage froide et autrement plus dangereuse. Aussi menaçante qu'une gorgone, elle s'approcha des deux hommes, attendant le moment propice pour mettre à exécution son objectif. Son seul et unique objectif.

— Clint ! lança-t-elle en levant le démonte-pneu.

Il recula, évitant de justesse la barre métallique qui s'abattit sur l'épaule de Kevin. Ce dernier hurla. De nouveau, elle leva son arme et prit son élan, prête à l'achever, à le tuer.

— Non ! cria Clint. Stop !

Elle s'immobilisa tandis qu'il s'approchait de Kevin pour le mettre hors d'état de nuire. Sans ménagement, il s'assit à cheval sur lui, puis plongea la main dans sa poche et en sortit un lien en plastique qu'il lui noua, bien serré, autour des poignets, malmenant son épaule fracturée. Kevin poussa un cri de douleur.

Toujours à cheval sur lui, Clint recula légèrement et sortit de sa poche un deuxième lien qu'il lui enroula autour des chevilles. Kevin hurla de nouveau.

— Kay ? appela Clint.

— Oui ?

— Appelle le 911, tout de suite. Il nous faut une ambulance.

— Mais tu saignes !

Toute l'horreur de la scène qui venait de se dérouler lui

apparut alors, et la colère commença à céder le pas à la peur. Une autre forme de peur.

— Vite ! lui ordonna-t-il.

Laissant tomber le démonte-pneu, elle se précipita dans le salon et composa le 911 de ses doigts tremblants. Le standard de Police Secours décrocha dès la première sonnerie.

— Il y a eu des coups de feu, articula-t-elle à l'attention de la voix rassurante qui avait répondu. Un homme est gravement blessé.

— J'envoie une ambulance. Dites-moi où vous êtes.

Une fois les précisions données, elle alla déverrouiller la porte d'entrée, puis, presque comme un zombie, retourna auprès de Clint. Plus rien d'autre ne comptait.

Assis par terre, le dos contre le mur, il ne quittait pas des yeux son prisonnier. Kevin se tortillait dans l'espoir de défaire ses liens, mais chaque mouvement lui arrachait des hurlements de douleur.

— Sale pute ! s'écria-t-il en crachant sur Kay. Tu ne perds rien pour attendre ! Je te le ferai payer !

Les yeux de Clint se plissèrent en deux fentes menaçantes.

— Répète ça, et je t'étrangle de mes mains, gronda-t-il d'un ton si dur et si cassant qu'il était clair qu'il tiendrait sa promesse.

Kevin dut le comprendre, car, le visage déformé par la douleur et la haine, il se tint tranquille.

— Ma ceinture. Vite, souffla Clint en lançant un regard à Kay.

Elle se laissa tomber près de lui, souleva son gilet pare-balles et défit sa ceinture.

— Mets-la autour de mon bras, au-dessus de la plaie, et serre autant que tu peux.

Ses mains tremblantes ne lui facilitèrent pas la tâche, d'autant qu'elle aussi commençait à fatiguer. Enfin, elle resserra la ceinture sur son bras, lui arrachant un gémissement de douleur.

— Les secours arrivent, le rassura-t-elle en lui tenant la main. Tiens bon.

— Oh !

Elle se retourna. Une femme en uniforme, les cheveux noir de jais, venait d'apparaître à l'entrée du couloir. Derrière elle se tenait Micah et, près de Micah, un homme plus âgé au visage barré d'une profonde cicatrice. On aurait dit que le malheureux avait visité l'enfer.

La femme se précipita vers elle.

— Ça va ? Vous n'avez rien ?

— Moi non. C'est Clint.

L'homme à la balafre et Micah l'aidèrent à se relever. Ils s'agenouillèrent ensuite près de Clint, livide et en sueur.

— Nom de Dieu, tu es complètement fou ! s'exclama Micah en resserrant la ceinture autour de son bras.

— Ça va, souffla Clint.

— Bien sûr que ça va ! Tu t'es vu ? Artère brachiale sectionnée. Tu aurais pu te vider de ton sang !

— Je te dis que ça va…

— C'est ça, c'est ça, grommela l'homme au visage balafré. Je te signale que tu es couvert de sang.

Kay se sentit chanceler.

— Clint, murmura-t-elle tandis que la femme venait la soutenir.

Remuant le bras afin de se dégager, elle fit deux pas vers lui et s'effondra. Elle s'arrangea tout de même pour l'atteindre et appuya la tête sur sa jambe.

— Clint…

Elle sentit une main sur ses cheveux.

— Ça va aller, ma chérie. Ne t'inquiète pas. Je te jure que ce n'est rien…

Quelqu'un rit.

Puis, sans qu'elle comprenne ce qui se passait, un voile noir descendit sur ses yeux.

*
* *

Quand elle reprit conscience, des secouristes étaient penchés sur elle, et Micah et sa collègue aux cheveux noirs semblaient monter la garde à son côté.

— Je vais bien, murmura-t-elle. Ces blessures-là ne datent pas d'aujourd'hui. Mais... Clint ?

— Il a été transporté à l'hôpital en hélicoptère, lui apprit l'un des secouristes. Rassurez-vous, il était bien vivant quand on l'a emmené. Il n'arrêtait pas de donner des coups de pied et de ronchonner.

— Dieu merci !

Elle tremblait et pleurait tout à la fois. D'un revers de la main, elle s'essuya les joues.

— Je veux le voir.

— Je vais vous emmener, si vous voulez, intervint la femme aux cheveux noirs.

Elle s'accroupit près d'elle avec un sourire.

— Je suis Sarah Ironhead. Je crois que vous connaissez mon beau-frère, Micah.

— Ah oui... Il est gentil.

— Je suis d'accord, acquiesça-t-elle. Vous pouvez me dire qui est ce type, là-bas ?

Kay suivit son regard. Allongé sur une civière, encore ligoté, Kevin avait perdu de sa superbe. De toute évidence, il n'en menait pas large.

— Mon ex-petit ami.

— Le shérif Dalton va s'occuper de lui en personne, expliqua Sarah en montrant l'homme au visage balafré debout à côté de Kevin. Il n'aime pas beaucoup que des individus viennent agresser les habitants de son comté. Je crois qu'il a déjà appelé la police fédérale en renfort.

Kay ne parvenait pas à détacher son regard de celui qui l'avait tant tourmentée. A présent inoffensif, il faisait presque pitié.

— Je voulais le tuer...

— Vous n'êtes pas la seule. Nombre de policiers au poste

l'auraient volontiers écharpé en sachant tout ce qu'il vous a fait subir.

— Vous ne comprenez pas… Je voulais le tuer, mais Clint m'en a empêchée. Sans lui, je crois que je l'aurais achevé.

Micah la considéra de ses grands yeux noirs.

— Clint est un sage. Vous ne vous seriez jamais pardonné votre geste. C'est dur d'avoir un mort sur la conscience.

— Même en cas de légitime défense ?

— Même en cas de légitime défense.

Apparemment, il savait de quoi il parlait. Elle se rappela l'avoir entendu dire qu'il avait dû tuer l'ex-mari de sa femme pour la sauver.

Assurée que Kevin ne risquait plus de la blesser, elle ferma les yeux et s'autorisa à se détendre. Avant de se redresser brusquement.

— Clint !

— Allez, Kay, fit Sarah en passant le bras sous le sien. Voyons si vous tenez debout.

Prenant appui contre le mur, Kay ravala les gémissements de douleur qui lui montaient aux lèvres, et se releva tant bien que mal.

— Parfait, déclara Sarah avec satisfaction. Nous pouvons les suivre à l'hôpital.

— C'est long, lâcha Kay en sortant subitement de son mutisme. Ça n'en finit pas.

A bout de forces et de nerfs, elle n'avait pas dit un mot depuis qu'ils avaient quitté le ranch, imitée par Sarah. Mais, maintenant, elle avait l'impression qu'ils n'arriveraient jamais à l'hôpital.

— On n'est plus très loin, répondit Sarah.

Kay se repassait en boucle le film des événements de la nuit. Les bruits de serrure, l'intrusion de Kevin, la bagarre entre Clint et lui, les coups de feu. Sa peur quand elle avait vu Clint tomber et qu'elle avait cru qu'il était mort. Son envie de tuer Kevin. Sa haine si forte et dévastatrice…

A présent, Clint était à l'hôpital. A cause d'elle. Il fallait qu'il s'en sorte. Il le fallait.

Elle serra les poings sur ses genoux, regrettant que cette maudite voiture n'aille pas plus vite.

Arrivée à l'hôpital, elle se précipita aux urgences.

— Non, madame, vous ne pouvez pas le voir. Il a été emmené au bloc.

Au bloc ? Seigneur…

— C'est normal, la rassura Sarah. Clint a été grièvement blessé. Les chirurgiens doivent maintenant ôter la balle et le recoudre. Si vous voulez, je vais vous chercher un café.

— Merci.

Quelques secondes plus tard, Sarah revenait avec deux tasses de café. Kay prit celle qu'elle lui tendait et considéra le liquide brûlant, des larmes plein les yeux.

Sarah la regarda avec compassion.

— Ne vous inquiétez pas pour lui, Kay. Il est résistant. Il s'en sortira.

— Peut-être, mais c'est un être humain. Rien qu'un être humain…

Sarah lui prit la main et la serra dans la sienne.

— Vous verrez, tout ira bien, répéta-t-elle. Prenez le temps de vous remettre, on s'occupera de votre déposition plus tard.

Kay hocha la tête en sanglotant. De toute façon, elle était bien incapable d'aligner deux mots. Une seule chose la préoccupait : que Clint s'en sorte.

Le jour commençait à se lever quand, enfin, un médecin poussa la porte de la salle d'attente où elle se trouvait. Il semblait fatigué mais satisfait, ce qui lui rendit espoir.

— Mademoiselle Young ? demanda-t-il en s'approchant.

M. Ardmore m'a demandé de vous considérer comme un membre de sa famille. Je peux donc vous donner de ses nouvelles.

Il s'assit à son côté et poursuivit :

— Tout s'est bien passé. M. Ardmore est maintenant en salle de réveil. La balle avait sectionné l'artère brachiale, au niveau du biceps, occasionnant une grande perte de sang. On lui a ôté la balle et fait une transfusion.

Trop émue pour prononcer un mot, elle acquiesça de la tête.

— Sauf complications, il devrait se rétablir rapidement. D'ailleurs, il pourra sans doute quitter l'hôpital dès demain, à condition que quelqu'un lui donne les soins à domicile.

— Je serai là, déclara-t-elle aussitôt.

Le médecin se leva.

— Il risque de ne pas se réveiller avant un certain temps. J'enverrai quelqu'un vous chercher quand il aura repris conscience.

— Merci, docteur.

Immensément soulagée, elle se pencha en avant et mit la tête dans ses mains.

Le médecin, au lieu de partir, lui toucha l'épaule.

— Cette plaie à la tête et cette balafre sur votre joue… Vous avez reçu des coups ?

— Oh, ça remonte à quelques jours.

— Je préférerais qu'on vous examine. Ça ne me plaît pas.

— Mais je vais bien ! protesta-t-elle.

— Vous parlez comme M. Ardmore. Il disait la même chose en arrivant ici.

— De toute façon, je ne peux pas. Je n'ai pas d'argent, pas de sécurité sociale…

— Aucune importance. Je veux que quelqu'un vous examine. Ça vous fera passer le temps en attendant que M. Ardmore se réveille.

Elle n'eut d'autre choix que d'accepter. Sarah l'accompagna jusqu'à une salle d'examen où un jeune médecin, très séduisant, la prit en charge.

— Dr Marcuse, se présenta-t-il en lui tendant la main.

Après lui avoir demandé de s'allonger, il l'examina de la tête aux pieds tandis que Sarah photographiait les plaies, les bosses et les ecchymoses. Il y en avait de toutes les couleurs. Des bleues qui viraient au violet. Des violettes qui devenaient vertes. Des vertes mêlées de jaune. Encore mieux qu'un arc-en-ciel !

— Bien, fit le Dr Marcuse quand il eut fini son examen. Je ne l'aurais pas parié, mais effectivement, vous n'allez pas si mal que ça.

— Je vous l'avais dit.

Il lui adressa un sourire à faire fondre le pôle nord. Sans même le remarquer, Kay descendit de la table d'examen et demanda :

— J'aimerais voir Clint Ardmore. Vous croyez qu'il est réveillé, maintenant ?

Il fronça les sourcils.

— Vous voulez vraiment le voir ? Vu vos blessures, j'ai quelques doutes sur la qualité de vos relations…

Elle se récria. Il n'avait rien compris ! La relation qu'ils avaient, Clint et elle, était merveilleuse. Indicible.

Le médecin haussa les épaules.

— Si vous le dites… Pour moi, tout va bien. Médicalement, il n'y a pas lieu d'être inquiet.

L'attente reprit, insupportable. Au bout d'une bonne heure, on vint enfin la chercher pour la conduire au chevet de Clint. Allongé dans un lit, un bras bandé de l'épaule au coude, il semblait avoir repris des couleurs, remarqua-t-elle, soulagée.

Elle s'assit à côté de lui, puis, tout doucement, prit sa main dans la sienne. Il battit des paupières et ouvrit les yeux à moitié.

— Kay ?

— Tout va bien, chuchota-t-elle. Je suis là, rendors-toi.

Il referma les paupières. Sans lâcher sa main, elle posa la tête sur l'oreiller juste à côté de lui et le contempla.

Il semblait si faible, si fatigué…

Epuisée elle aussi, elle se laissa peu à peu gagner par le sommeil. Son ange gardien était sauf, c'était tout ce qui comptait.

Elle se réveilla dans l'après-midi. Relevant la tête, elle plongea dans les yeux de Clint. Des yeux gris emplis de tendresse.

— Comment vas-tu ? s'enquit-il avec inquiétude.

— Je vais bien. Mais ce n'est pas sur moi qu'on a tiré.

— Bah, c'est trois fois rien. Je vais vite sortir d'ici.

— Sûrement pas ! s'exclama-t-elle. Pas avant demain. Et seulement si tout va bien.

Le ton ferme et la décision, apparemment sans appel, le firent sourire.

— Tu as peur de ne pas savoir par quel bout me prendre ?

Elle s'esclaffa.

— Ça, je pense que je le sais. Non, je veux ce qui est le mieux pour toi.

— On est bien d'accord. Le mieux, c'est que je sorte d'ici. Je suis comme neuf, maintenant.

Il hésita avant de reprendre :

— Kay, j'aimerais — mais j'en demande peut-être trop…

Elle fronça les sourcils. Où voulait-il en venir ?

— Quoi donc ?

— J'aimerais que nous puissions bavarder tous les deux sans risquer d'être dérangés.

— Je vois, commenta-t-elle, une boule dans la gorge.

Sans doute comptait-il lui demander de partir, maintenant que Kevin était hors d'état de nuire. Seulement, cela le gênait de le faire devant un tiers, que ce soit un policier ou une infirmière.

Bon. Qu'est-ce que tu préfères ? Faire durer le suspense encore vingt-quatre heures, ou percer l'abcès tout de suite ?

Quoi qu'elle décide, ce serait un crève-cœur.

— Les médecins ne t'autoriseront pas à partir, remarqua-t-elle en tentant de lui dissimuler sa peine.

— Ils ne peuvent pas m'en empêcher.

— Ils te demanderont de signer une décharge.

— Et alors ? Je la signerai.

— Mais il va falloir appeler une ambulance pour te ramener, Clint. Tu ne peux pas rentrer chez toi en voiture.

— Nom de Dieu ! s'emporta-t-il.

C'est le moment que choisit le shérif pour pénétrer dans la chambre. Kay n'avait pas encore eu l'occasion de bien le voir. En le regardant s'avancer vers le lit, elle s'aperçut qu'en plus de la balafre qui lui paralysait tout le côté droit du visage, il boitait. Malgré cela, l'état de Clint semblait le réjouir.

— Bien, bien… Je vois que notre héros national est réveillé.

— Oublie pour le héros, Gage, grommela Clint en se renfrognant.

— Comme tu veux. Il n'empêche que tu as mené l'opération de main de maître. Nous sommes arrivés deux minutes trop tard. Mais on a le gars.

— J'espère qu'il déguste, l'animal !

Le sourire de Gage s'épanouit.

— Je peux te dire qu'il en bave, assura-t-il en tirant une chaise à lui. Il est menotté à un lit au fond du couloir. Multiples fractures de l'épaule, nuque écrasée, cheville en compote. Des bleus partout et des plaies qui pissent le sang. On devait sacrément lui en vouloir !

Clint s'éclaira, visiblement amusé.

— Tu peux remercier la walkyrie ici présente. Je pense qu'elle a pris son pied.

— Ça se voit !

Gage se tourna vers Kay.

— Notre équipe a bien travaillé pendant que vous vous

terriez chez Clint. Vous voulez connaître le résultat de notre enquête ?

— Avec plaisir.

— En fouillant dans les antécédents de votre ex-petit ami, on a trouvé d'autres plaintes contre lui. Je ne comprends pas qu'on l'ait laissé se balader en liberté...

— Certains flics ne s'intéressent qu'aux « grosses » affaires, marmonna Clint. Une jeune femme qui vient leur raconter ses malheurs conjugaux, ils s'en moquent. Ils ont d'autres chats à fouetter !

— Avec un peu d'efforts, ils auraient trouvé largement de quoi se mettre sous la dent. Figure-toi qu'on a trouvé pas mal de preuves contre lui. Impossible de s'introduire par effraction dans un appartement ou de traverser le pays sans laisser de traces.

De nouveau, Gage se tourna vers Kay.

— Enfin, tout ça, c'est de l'histoire ancienne, maintenant. Vous serez heureuse d'apprendre que votre persécuteur est poursuivi pour multiples effractions, harcèlement, coups et blessures, double tentative d'assassinat, enlèvement — ce dernier motif sera probablement traité par la police fédérale puisqu'il vous a fait franchir plusieurs Etats. Le plus important, c'est qu'il n'est pas près de respirer de nouveau l'air frais de nos montagnes !

A la fois soulagée et triste, elle sentit ses yeux se brouiller.

— Merci, articula-t-elle d'une voix chevrotante.

— Vu le nombre de chefs d'accusation, le procureur va avoir du pain sur la planche.

— Désolée pour le procureur, mais c'est bien fait pour lui !

L'air satisfait, Gage s'adressa à Clint.

— Au fait, tu ne veux toujours pas travailler avec nous ?

— Sans façon. Ma vie me convient très bien comme ça.

A ces mots, elle crut que son cœur s'arrêtait. Il venait de prononcer la phrase qu'il ne fallait pas, celle qu'elle redoutait par-dessus tout. L'arrêt de mort de tous ses espoirs. En dépit de son chagrin, elle tenta de rester digne.

— Encore une chose, reprit Gage. Le médecin accepte que tu rentres chez toi si tu jures de ne pas faire de bêtises et… si tu as une infirmière.

Il interrogea Kay du regard.

— Ça vous dérangerait de jouer la garde-malade pour quelques jours ?

Elle esquissa un sourire.

— C'est le moins que je puisse faire.

— Dans ce cas, c'est réglé. On viendra prendre vos dépositions dans un ou deux jours.

S'appuyant au dossier de sa chaise, Gage se leva avec une grimace de douleur et serra la main de Clint.

— Je vais demander que quelqu'un vienne t'aider à t'habiller, déclara-t-il. Et quand tu seras prêt, je vous ramènerai tous les deux chez vous.

13

Chez vous.

Gage avait prononcé ces mots sans réfléchir, comme si c'était normal.

Chez vous, c'était chez Clint, bien sûr ; ce ne serait jamais chez elle. Kay le savait, et cela la peinait. Elle avait beau prendre plaisir à faire toutes les petites choses qu'il voulait bien lui laisser, le temps qu'il reprenne des forces, elle savait que cela ne durerait plus longtemps.

Il aimait sa vie telle qu'elle était. Il l'avait encore dit à l'hôpital, deux jours auparavant.

Comme il se déplaçait difficilement et ne pouvait ni se coucher ni sortir de son lit tout seul, il avait décidé de s'installer dans le canapé du salon. Il était le type même de l'homme qui ne supportait pas d'être dépendant et considérait son invalidité comme la pire chose au monde.

Exaspérée de l'entendre se plaindre, elle éleva le ton.

— Ça pourrait être pire, tu sais. Tu pourrais être mort.

Sa remarque le fit éclater de rire.

Bien que surprise de sa réaction, elle rit avec lui. Mieux valait désamorcer la crise.

Mais le troisième jour, alors qu'il semblait avoir surmonté et son hémorragie et l'intervention chirurgicale, il lui demanda de venir s'asseoir auprès de lui. Ses yeux brillaient bizarrement.

Cette fois, je suis fichue, songea-t-elle, le cœur en berne. *Il va me dire de partir, sous prétexte qu'il peut se débrouiller sans moi.*

Ce qui n'était pas faux. Malgré son bras encore invalide, il s'en sortait assez bien dans les gestes de la vie quotidienne.

Le ventre noué, elle s'assit donc sur le bord du canapé et attendit qu'il dégoupille sa grenade.

— Je suis abominable, lâcha-t-il.

Prise de court par cette entrée en matière, elle écarquilla les yeux.

— De quoi parles-tu ?

— Je suis abominable…

Elle fronça les sourcils.

— Tu peux m'expliquer ?

— Je parle de moi, de ce que je suis.

— Pourquoi dis-tu ça ?

— Tu ne connais qu'une facette de moi.

— Je te connais bien plus que tu ne l'imagines, répliqua-t-elle en haussant les épaules. Tu crois peut-être que je ne vois pas les fantômes qui hantent ton regard ? Que je ne sais pas que tu peux être, toi aussi, un redoutable prédateur ?

Il la considéra d'un air interdit.

— J'ai vu et fait beaucoup de choses horribles. Des choses que je ne pourrai jamais te raconter…

— Tout le monde a le droit d'avoir des secrets.

Il serra les lèvres. Oh, elle n'avait pas de mal à deviner où il voulait en venir : à la rupture. Il existait toutes sortes de techniques pour rejeter quelqu'un. Clint en exerçait une originale.

— Certains secrets sont toxiques. Ils vous grignotent l'âme.

Elle ne chercha pas à discuter. Sa gorge était tellement serrée qu'elle lui faisait mal et, de toute manière, elle n'avait pas d'arguments à lui opposer. Alors, elle attendit la suite, les mains croisées, tellement serrées que ses articulations étaient blanches.

Il ferma les yeux un instant.

— J'ai fait du mal. Beaucoup de mal. Je ne suis pas un homme recommandable, Kay.

— C'est ce que tu penses.

— Ce que je pense est la seule chose qui compte.

De nouveau, elle ne répondit pas, à court d'arguments. A quoi bon lui dire qu'elle n'aimait pas l'entendre parler de lui en ces termes ? Il ne l'écouterait pas.

— Je suis venu me réfugier ici, ou plutôt me cacher ici, pour essayer de voir clair en moi. Pour tenter de travailler sur moi, de ne plus être le sale type que j'avais été.

Il se tut. Sans doute choisissait-il bien ses mots afin de ne pas la blesser.

Comme le silence s'éternisait, elle le relança.

— Continue.

— Quand tu as été entraîné à tuer, quand tu es allé trop souvent au front et que tu as fait trop de guerres, tu en reviens cassé. En miettes. Irrécupérable. Je n'ai plus confiance en moi. J'ai peur de moi.

— Pourquoi ?

— Parce que j'ai vu plusieurs de mes hommes dans l'incapacité de revenir à la vraie vie. Parce que, quand ça les prend, ils passent leur hargne, leur haine sur leur famille. Lorsqu'on revient de l'enfer, on ne peut pas retrouver une vie normale.

— Tu crois ça ? Mais…

— Il n'est pas question de croire ou de ne pas croire. Je l'ai constaté de mes yeux.

Elle hocha la tête. Elle commençait à mieux comprendre ses peurs.

— Mais toi, Clint ? Tu t'es déjà acharné, vengé sur un ami ? Sur une maîtresse ? Une compagne ?

Il serra les mâchoires.

— Pas encore. Mais je sais qu'il vaut mieux que je reste dans mon coin, seul.

— Peut-être…

— Pas peut-être. Je ne me mets jamais dans des situations où la bête féroce qui sommeille en moi pourrait se réveiller.

— Sauf pour protéger une femme qui atterrit chez toi à l'improviste.

Il se passa la main sur le visage.

— Tu as vu ce que je suis devenu.

— J'ai vu ce que je suis devenue. Sans toi, j'aurais tué Kevin.

— Je ne voulais pas que tu aies un meurtre sur la conscience.

— Toi non plus, tu ne l'as pas tué !

— Pourtant, ce n'est pas l'envie qui m'a manqué, murmura-t-il. Bon Dieu, si tu savais comme ça m'a démangé…

— Mais tu ne l'as pas fait. Moi aussi, je voulais le réduire en miettes, mais tu m'en as empêchée. Ça devrait te dire quelque chose.

— Bon sang, Kay, essaie de comprendre ! s'écria-t-il avec impatience. Tu ne dois pas me faire confiance !

— Le problème, c'est que, justement, je te fais confiance. Totalement. Que tu le veuilles ou non, Clint, j'ai toute confiance en toi et en ton *self-control.*

Il la considéra, l'air abasourdi, puis regarda ailleurs.

— Je ne veux pas profiter de toi…

— Comment ça ?

— Maintenant que tu es libérée de Kevin, un avenir merveilleux s'ouvre à toi. Un avenir plein de promesses et de soleil. Au lieu de ça, tu es ici en train de t'étioler auprès d'un ours solitaire. Va-t'en, Kay, déploie tes ailes et vole. Ne me laisse pas profiter de toi. De ta jeunesse, de ta beauté.

Elle leva les yeux au ciel.

— Tu ne profites pas de moi.

— Tu as eu besoin de moi pendant quelque temps. Et de notre promiscuité sont nés des sentiments que tu crois réels mais qui ne le sont pas.

Son cœur se mit à battre plus vite. Pouvait-elle entrevoir un espoir ? Ce dont elle était sûre, c'est que cette bataille-là, elle la gagnerait.

— Que je crois réels ? répéta-t-elle. Ce n'est pas flatteur. Tu me crois idiote ou quoi ?

Pour la première fois depuis qu'ils se connaissaient, elle le vit s'empourprer.

— Non, tu n'es pas idiote du tout…

— C'est pourtant ce que j'ai compris. Je ne suis pas non plus une princesse qui passe ses journées enfermée dans sa tour d'ivoire. J'ai une certaine expérience de la vie et des êtres humains. S'il y a une chose dont je suis convaincue, c'est que tu es un homme bien. Vraiment bien.

— Non.

— Si.

Elle s'agenouilla à côté du canapé et approcha son visage du sien.

— C'est toi que je cherche depuis toujours, murmura-t-elle. Oui, toi.

— Mais non ! C'est absurde !

— Pas du tout. Je le sais. Tu n'as pas conscience de tout ce que tu as fait pour moi, Clint, poursuivit-elle. Et je ne parle pas de ce qui s'est passé avec Kevin. Tu t'es occupé de moi quand j'étais désespérée, au bord du gouffre. Grâce à toi, j'ai le sentiment non seulement d'exister mais de valoir quelque chose. Tu m'as parlé comme on parle à un adulte intelligent et, grâce à toi, je me sens intelligente. Tu m'as donné confiance en moi ; tu m'as donné une assurance que je n'avais jamais eue auparavant. Enfant, j'avais déjà l'impression d'être nulle, de n'intéresser personne. Toi, tu as estimé que je valais la peine que l'on se batte pour moi. Tu as même risqué ta vie.

Elle lissa le revers de sa chemise entre ses doigts.

— Tu comprends, Clint ? Personne, depuis que je suis toute petite, ne s'est jamais occupé de moi comme tu l'as fait. D'aussi loin que je me souvienne, personne n'a jamais jugé que je valais la peine que l'on se donne du mal.

— Mais…

Elle posa l'index sur ses lèvres de façon à l'arrêter.

— Jette-moi dehors et retourne à ta solitude si c'est ce que tu veux. Mais, quoi que tu fasses, sache que tu ne m'empêcheras jamais de t'aimer.

— M'aimer ?

Abasourdi, il riva son regard au sien.

— Mais… comment… ?

Elle haussa les épaules.

— J'aurais pu m'en aller dès que la tempête de neige a cessé. J'aurais pu appeler la police et lui demander de venir me chercher. Mais je ne l'ai pas fait. Quoi que tu en penses, je me suis toujours sortie des situations incroyables dans lesquelles Kevin m'avait mise. Si j'avais voulu te quitter, je l'aurais fait. J'aurais peut-être puisé dans mes dernières forces, mais j'y serais parvenue.

— Comment ? Tu n'avais pas un sou, nulle part où aller…

Elle eut un mouvement d'impatience.

— Puisque je te dis que je me serais débrouillée ! Tu sais, j'ai passé ma vie à courir, à me cacher, à disparaître. J'aurais trouvé un autre abri. Je le sais, c'est ce que j'ai toujours fait. Je n'étais pas prisonnière, Clint. Seulement, je ne voulais pas m'en aller.

Leurs regards se soudèrent. Clint poussa un profond soupir.

— Tu penses vraiment ce que tu dis ?

— Bien sûr !

Elle le regarda avec intensité.

— Ecoute-moi, Clint, je t'en supplie. Je pense sincèrement ce que je dis. Je t'aime, j'ai confiance en toi. Si tu ne me crois pas, tant pis. Si tu souhaites qu'on fasse un essai, six mois, un an, deux ans, dix ans, je suis d'accord. Je te laisserai tout le temps qu'il te faudra pour que tu te sentes bien, à l'aise. Parce que, s'il y a une chose que je ne veux surtout pas, c'est franchir ta porte pour de bon et ne jamais revenir.

Le silence retomba, pesant. Puis elle vit une lueur éclairer ses yeux gris.

— C'est dur de vivre avec des fantômes…

— Moi, je vis avec les miens. Comme tu as pu t'en rendre compte, j'en ai quelques-uns qui traînent dans les coins. Mais je m'en accommode.

— Et tu partiras si un jour tu en as envie ?

— Je n'en aurai jamais envie.

Il sourit. Un sourire qui illumina son visage.

— Je t'aime, Kay.

— Moi aussi je t'aime. Maintenant, vas-tu cesser de chercher à te débarrasser de moi ?

Son sourire s'élargit.

— J'abandonne.

— Parfait.

Elle se rassit sur le bord du canapé et s'appuya contre lui. C'était merveilleux…

— Tu sais quoi ? fit-elle soudain en riant. Mon cœur fait des bonds dans ma poitrine !

— Tu sais quoi ? répéta-t-il. Kay Young, veux-tu être ma femme ?

Au comble du bonheur, elle sentit les larmes perler à ses paupières.

— Quand ?

— Je ne veux pas te presser.

Il y avait dans sa voix tant d'émotion qu'elle ne put se retenir plus longtemps. Des larmes coulèrent sur ses joues. Il les essuya tendrement.

— Ne pleure pas, mon amour.

— Ce sont des larmes de bonheur, bredouilla-t-elle entre deux sanglots.

— Mon ange…

Elle s'obligea à reprendre son calme, puis plongea dans ses yeux où brillait une immense tendresse.

— La semaine prochaine, Clint. Marions-nous la semaine prochaine.

Soudain, il se sentit des ailes. C'était comme s'il n'avait

jamais été blessé. De son bras valide, il la souleva, la posa sur ses genoux, puis prit possession de ses lèvres.

Il lui donna un baiser enfiévré, intense et brûlant comme le feu qui les réchaufferait tout au long de leur vie.

Retrouvez les autres romans de la série
« Enquêtes à Denver », de Nora Roberts, sur notre site
www.harlequin.fr

Retrouvez en octobre,
dans votre collection

BLACK ROSE

Une épouse à protéger, de Beverly Long - N°403

SÉRIE LE DÉFI DES HOLLISTER - TOME 1/4

En arrivant à Ravesville, Chase Hollister est submergé par une multitude de souvenirs. Mais, très vite, il se ressaisit et revient à l'instant présent. Car, s'il est de retour dans le village de son enfance, ce n'est pas seulement pour vendre la ferme familiale, mais surtout pour accomplir la mission qui vient de lui être confiée : protéger Lorraine Taylor, témoin à charge dans le procès d'un dangereux criminel. Lorraine, qu'il a décidé de faire passer pour sa jeune épouse afin de mieux tromper ceux qui la recherchent, et dont la beauté et la fragilité éveillent en lui bien plus que des instincts protecteurs…

La menace aveugle, de Lara Lacombe

Alors que Fiona se sent doucement glisser dans le sommeil, un bruit lui fait rouvrir les yeux. Apercevant une silhouette derrière la fenêtre, elle bondit de son lit, saisit son chat — son seul trésor — et monte dans sa voiture. Tout en roulant vers le poste de police, elle se repasse le film de la nuit précédente : l'attaque de la supérette où elle travaille, son patron lui confiant, pour une raison mystérieuse, un carton rempli de papiers et de photos… Et puis Nate, le séduisant policier qui, jaillissant de derrière un rayon, a maîtrisé son agresseur et qui, elle l'espère, lui offrira ce soir encore aide et protection.

Brûlante attraction, de Elle James - N°404

Dans le bar bruyant et enfumé où elle vient d'entrer, Tracy cherche des yeux l'homme avec qui elle a rendez-vous. Soudain elle l'aperçoit : les épaules larges, le visage énergique, il ressemble aux photos qu'elle a vues de lui. Mais, tandis qu'elle s'approche pour le saluer, elle sent sur elle son regard de prédateur et se trouble malgré elle. Inquiète, elle se demande alors si elle va être capable de supporter un coéquipier de cet acabit, et si son attirance incompréhensible pour ce macho aux allures de baroudeur ne sera pas un obstacle à la réussite de leur mission contre le trafic d'armes au Honduras…

Cet inconnu dans la nuit, d'Angi Morgan

Je ne vous kidnappe pas, Kenderly, je vous sauve la vie… Au bord de la crise de panique, Kenderly Tyler tente de maîtriser les battements de son cœur et se demande quelle mouche l'a piquée de monter ainsi sur la moto d'un inconnu. Certes, c'est grâce à lui qu'elle vient d'échapper à l'homme qui a tué sous ses yeux les deux clientes qu'elle était en train de coiffer, mais peut-elle réellement faire confiance à ce soi-disant chevalier servant ? Qui lui prouve qu'il n'est pas de mèche avec le tueur ? Et pourquoi s'obstine-t-il à vouloir l'entraîner avec lui au lieu de la déposer au commissariat le plus proche comme elle le lui a demandé ?

Retrouvez en octobre,
dans votre collection

BLACK ROSE

Pour l'amour d'Emma, de Julie Miller - N°405

Pas de relations. Pas de promesses. Pas de sentiments. Telle est la devise de Jake depuis qu'il a repris conscience dans un hôpital du Texas avec, à la tête, une blessure qui l'a rendu amnésique. A Kansas City, où il est venu vivre, il mène une existence sans histoires et se demande à chaque instant quel homme il était avant… Jusqu'au jour où, lors d'une promenade nocturne, il sauve la vie de Robin, une jeune femme qui vient d'être attaquée. Dès qu'il s'approche d'elle pour la rassurer, Jake comprend que c'en est fini de sa chère tranquillité. Car non seulement il n'a jamais croisé un regard aussi beau que celui de Robin, mais il va découvrir bientôt qu'elle est la mère d'une adorable petite fille : Emma, un bébé qui le fait fondre malgré lui…

Un troublant soupçon, de Ryshia Kennie

Ennemi, policier ou simple touriste ? C'est la question que se pose Erin depuis qu'elle a fait la connaissance de Josh, le séduisant estivant qui semble la suivre dans sa cavale à travers la Malaisie… La Malaisie où, elle l'espère, elle échappera enfin au gang qu'elle a surpris en flagrant délit de meurtre et qui la pourchasse depuis. Très vite, Erin découvre la véritable identité de Josh : agent de la CIA, c'est bien pour la retrouver qu'il a traversé l'océan. Pourtant, quelque chose dans son attitude la déstabilise : comme si Josh n'était pas là pour la protéger mais pour l'arrêter. Comme s'il la soupçonnait d'être la complice des criminels auxquels elle tente d'échapper…

COUP DE CŒUR

HARLEQUIN

Vous n'avez pas le temps de lire tous les romans Harlequin ce mois-ci ?

Découvrez les 4 meilleurs avec notre sélection :

COUP DE CŒUR

HARLEQUIN

www.harlequin.fr

Composé et édité par HARLEQUIN

Achevé d'imprimer en août 2016

CPi
BLACK PRINT

Barcelone

Dépôt légal : septembre 2016

Pour l'éditeur, le principe est d'utiliser des papiers composés de fibres naturelles, renouvelables, recyclables, et fabriquées à partir de bois issus de forêts gérées selon un système d'aménagement durable. En outre, l'éditeur attend de ses fournisseurs de papier qu'ils s'inscrivent dans une démarche de certification environnementale reconnue.

Imprimé en Espagne